这个人不会让他
去蹚刀山火海
只会小心翼翼地
让他走过的路
遍地尘芒

魅丽文化　桃天工作室

玻璃藕纸

荒川黛 ✦ 著

长江出版社
CHANGJIANG PRESS

图书在版编目（CIP）数据

玻璃糖纸 / 荒川黛著 . — 武汉 ： 长江出版社，
2023.3
ISBN 978-7-5492-8613-3

Ⅰ．①玻… Ⅱ．①荒… Ⅲ．①长篇小说－中国－当代
Ⅳ．① I247.5

中国版本图书馆 CIP 数据核字（2022）第 226478 号

玻璃糖纸 / 荒川黛 著

出　　版	长江出版社	
	（武汉市解放大道 1863 号）	
出版统筹	曾英姿	
选题策划	刘思月　戴　铮	
市场发行	长江出版社发行部	
网　　址	http://www.cjpress.com.cn	
责任编辑	罗紫晨	
印　　刷	湖南天闻新华印务有限公司	
版　　次	2023 年 3 月第 1 版	
印　　次	2023 年 3 月第 1 次印刷	
开　　本	880mm×1230mm　1/32	
印　　张	10.5	
字　　数	320 千字	
书　　号	ISBN 978-7-5492-8613-3	
定　　价	48.60 元	

目录

C O N T E N T S

目录

C O N T E N T S

①
洛水河畔，
逆水行舟

✦

"啪！"

窗明几净的办公室里，年逾五十的男老师程利民脸色铁青，猛地一拍桌子，把桌上的茶杯盖震得倾斜了一下又"当啷"一声盖回去。

"篮板上放点儿菜叶，猪打得都比你强，这话是你说的吧？"

"是。"

答话的男生穿着统一制式的夏季校服，大概是因为刚打了一场篮球，衣服让汗浸得有些湿，贴在了身上。

男生校服衬衫的领口解开了几颗扣子，隐约露出一小截锁骨，浑身上下都透出一股青春期特有的张扬气息。

程利民又是一拍桌子，这次杯子没能幸免于难，"砰"的一声碎在桌边。他本能地抽了抽嘴角，将视线从碎瓷片上移回来。

"你怎么说他们的？"

霍行舟想了想，委婉地说道："就这？"

"霍行舟，你不嘲讽别人不行吗？"

"摆事实、讲道理也叫嘲讽？重点班的同学心理承受能力就这种水平？"

程利民倒三角眼一瞪，恨不得把霍行舟扔出去："你再瞎搞我让你好看！"

霍行舟："……"

"你给我滚！"程利民伸手一指办公室的门，再也忍不住，吼了出来，声音尖利刺耳。

霍行舟一听，立刻弯腰捡起篮球，恭敬地朝程利民鞠躬说了声"老师再见"，准备立马溜走。

程利民一脸铁青："我让你走你就走，我让你学习你怎么不听我的？现在倒是听话了？你给我站住！"

霍行舟右臂夹着篮球，懒散地侧着身子回了头。

程利民抬头看了一眼时间，他被霍行舟气得连要紧事都差点儿忘了，忙叫住他说："你等会儿。我现在有事走不开，你去校门口帮我接个人，应该马上就到了。"

霍行舟掂着篮球，随口问："什么人啊？"

"转学到我们班的新同学，叫洛行。"

"哦，我知道了。"

霍行舟一出办公室，冯佳便从楼梯口探出头。他接过霍行舟手里的篮球，随手在地上拍了几下，震得楼道"砰砰"响。程利民探出脑袋怒吼："冯佳！"

冯佳立刻收了球，假装没听见，快步溜下楼才问霍行舟："哎，老程喊你进去干吗？"

霍行舟漫不经心地说："没怎么，他就问了一下我跟八班的冲突是怎么一回事儿。"

八班跟九班，一个重点班，一个普通班，向来不和，互相冷嘲热讽是常有的事。只是这次嘲讽得有些过火了，传到了霍行舟的耳朵里。

冯佳想到这个就来气，连"呸"了好几声："当时话可不是这么说的，现在输了球被打脸了转头就跟老师告状说我们欺负人？"

霍行舟没说话。

冯佳又问："老程让你保证什么没？"

霍行舟点点头。

冯佳神秘兮兮地凑过来："真保证了啊？你怎么说的？"

"保证还这样。"

"好！"

教师办公楼的南侧是操场，塑胶跑道内圈铺了一层草坪，午休时间有很多女生凑在一块儿看男生打球。

霍行舟长得好，除了爱嘲讽人外，性格还算不错，在学校的知名度很高。今天这场冲突之后，关于他的话题又添了不少。

穿过操场往校门口走去的路上，他吸引了不少女同学的目光。胆子大的就盯着他看，脸皮薄的则红着脸偷偷地瞄上一眼。

冯佳看着那些女生的视线，艳羡不已地说："我要是也有这么多女生关注，我愿意戒一个月，不，戒一年的烤腰子。"

霍行舟对此满不在乎，"啧"了一声："没出息。"

"教室在这边，你去哪儿啊？"冯佳走着走着发现不对劲，伸手往回指了指，"这是出校门的方向吧？你刚从办公室出来就想逃课啊？"

霍行舟脚步没停，懒懒地回道："程老师让我去接个人，说是新转来的学生。"

冯佳不解地往校门口看："这都高三最后一年了，还转什么学啊？该不会是那种被处分开除，没地方要了，才塞我们班来的吧？"

霍行舟回忆了一下程利民的话，复述给冯佳听："省里扶植计划选上来的学生，校长安排的。"

"哼，省里扶植计划选上来的学生塞我们班？我们班什么水平校长不知道吗？他是教书育人还是误人子弟呢？"

不同于高三其他的重点班、火箭班和普通班，九班是一个奇葩班。

有年级组第一的叶俏俏，有年级组吊车尾的冯佳，剩下的全是程利民口中上课调皮，下课捣蛋，平时除了学习什么都干的问题学生。

校长安排优生进奇葩班，这还是头一回听说。

冯佳忍不住又往校门口看了一眼，有点儿担忧："你说会不会是什么打架斗殴被学校开除的？那真要是一个硬茬儿，你这地位是不是岌岌可危了？"

霍行舟嘴角一勾，完全没把这句话放在心上："怎么着，他还敢爬我头顶上去？如果真有那么一天，我就去旗杆底下唱《征服》。"

冯佳说："话别说得这么早，万一呢？"

"什么万一！你去问问八班那班长有没有万一。"霍行舟"啧"了一声，眼角眉梢全是嘲讽，"一个破转学生还往我头上爬，闹呢？"

冯佳看着他一脸嘲讽的样子，突然有点儿理解八班班长为什么对他恨得牙根儿痒痒了。

不过他恨也没用，被事实打脸了。

冯佳打算利用新同学做无本买卖，立刻说："你别把话说得这么满啊，万一他真有本事爬你头上蹭着，你请我撸一个月的串儿怎么样？"

"你也就这点儿出息。"霍行舟听完就乐了，"得了，哥再给你追加一条，他真要能爬到我头顶兴风作浪，我就……"

他顿了顿，环视了一下校园，找到一栋挺不错的建筑，抬手指了指那座数十米高的钟楼："我就从那儿爬上去。"

二中门口有个公交车站台，站牌上"二中"两个字锈掉了一块漆，平白往上拔了一截，莫名碰瓷当上了一中。

霍行舟仰头看着摇摇欲坠的站牌，往后退了两步，认真地想，这倒霉玩意儿要是被风刮一下会不会就这么折了？

他要是被砸了，得请几天假？

伤筋动骨一百天，少说得请两个月假，两个月下来再养养，直接休息到高考。

不错。

他正盘算得起劲，一辆公交车"嘎吱"一声停在面前，从里头"掉"出一个人，差点儿栽到自己面前。

这个人背着一个不太大的书包，鼓鼓囊囊的，不知装了多少东西，两只手还各拎了一个袋子。

也不知道是不是被人从车上端下来的，像一个白嫩的皮球从里头一路跟跄着出来，滑稽极了。

"我的乖乖。"

憋了一下午闷气的霍行舟立即被逗乐了。

"呼——"

车上的空调坏了，这趟车又不知道是怎么回事，从上车到下车，全程挤满了人。

洛行足足站了十几站，被挤得一身都是汗，一下车就迫不及待吐了一口肺里积压的空气。

他怕自己听不见公交车报站的声音，会坐过站，所以一直站在后门。但他被挤着又没法儿伸手去捞拉环，只得僵着身子站了一路，腿都快断了。

车一到站他就忙不迭地下车，结果腿有点儿麻，一脚踩空，差点儿栽倒了。

洛行迎着光抬起头，被刺得眨了眨眼睛，他看着有些古旧但庄严的教学楼，嘴角浮现一丝克制的笑意。

二中，他终于转来了！

"洛行？"

"新同学？"

霍行舟叫了半天，这个人光顾着看校门也不理他。他无奈地伸手，拍了一下洛行的肩膀，结果吓得洛行打了一个哆嗦。

洛行手里的袋子差点儿没拿稳，下意识地攥紧后退了一步。

来接自己的人竟然是他！

原本以为自己只是跟他在同一所学校，没想到竟然和他在一个班！

霍行舟。洛行知道他的名字，也记得他的样子，但猝不及防的见面还是让洛行手足无措，完全不知道该说点儿什么。

应该打招呼吗？先说你好？自我介绍……还是怎样比较好呢？

洛行紧张地攥紧了袋子，霍行舟见他呆呆地站在原地，脚底生了根似的不说话也不动，便再次抬脚朝他走了过去。

现在是傍晚，公交车来的方向逆光，霞光给他镀上了一层柔软的光芒。

霍行舟站到他面前，眼皮上下掀了掀，粗略地打量了一下，这个人看上去年纪很小。

洛行一张脸小得有些不符合高中生的样子，浅浅的发色衬着一双浅褐色的眼睛，微微抬起头的时候，会露出削尖的下巴。简单的白衬衫领口规规矩矩地扣好，一颗也没落下。

"你是洛行吗？"霍行舟又问他。

他已经过了变声期，声线有些低沉，因为说话时带着点儿漫不经心，像轻轻地在人心上掐了一把，不轻不重，还没等人仔细体会就又松开了。

洛行把紧张压下去，尽量使声音平静下来："我是……是，请问你是二中的同学吗？"

"霍行舟。程老师有点儿事，让我过来接你。"霍行舟往他身后看了看，随口问道，"就你一个人过来？"

洛行轻轻地"嗯"了一声："我妈妈很忙，我一个人可以的。"

霍行舟"哦"了一声，他本来就是随口一问，便也没放在心上。他垂眼看了一下这个一看就是学傻了的乖学生："那走吧。"

霍行舟率先转过身，双手插兜走在前面。他想起冯佳的话，随口又问："哎，小孩，你转到二中来干什么？"

洛行深吸一口气，调整好紊乱的呼吸，尽力压平语调说："省里的扶植计划，我被选中来二中做交换生。"

二中是一所老学校，历经几十年风雨，新新旧旧的楼混在一起，像一个脱了妆的美人，有百余年树龄的广玉兰树枝叶茂盛极了，此时正是花开时节，整个校园清香扑鼻。

霍行舟带着洛行穿过两栋建筑，到达最后面的高三教学楼。

这节自习课结束就到了吃饭的点，程利民也没交代要把新同学带去哪儿，霍行舟索性就带着他直接去了教室，结果在拐角遇见了开完会回来的程利民。

"你是洛行吧？"程利民一脸和善地笑着迎上来。

洛行点头，乖乖巧巧地鞠了一躬："程老师您好。"和旁边那个站没站相的霍行舟形成强烈对比。

"你的生活用品都没带来吗？"程利民看他手里拎着的塑料袋也不像能装生活用品的。

"这样吧，我给你批一张生活用品申请表，晚上你直接去生活老师那儿领，今年新生应该还有不少剩余的。"

"谢谢老师。"

"走吧，进教室。"程利民怎么看这个乖孩子怎么喜欢，从模样上看就乖得不行，一定很省心。

洛行轻轻地动了动被勒得充血的手指，血液不大流畅，时间长了，有点儿失去知觉了。

霍行舟正巧看见，大发慈悲地伸手接了过来，结果沉得他一个趔趄，脱口而出："这么沉，你在里头装石头了吧？"

"是……是书。"洛行连忙解释。血液乍一流通手指就开始发热发麻，他忍不住攥了两下。

程利民闻言，瞪了霍行舟一眼："你以为是你啊？开门去。"

霍行舟不情愿地"哦"了一声，转过身，由于两只手都拎着东西，他就当着程利民的面抬起脚对着门一踹。

程利民深吸一口气，忍了。

霍行舟这一踹，瞬间把原本在睡觉的、玩手机的、安静写卷子的同学惊扰到了。

后排几个开惯了玩笑的看见他拎着两个大红塑料袋进来，活像捡垃圾的，都快笑傻了。

张悬被人从睡梦中晃醒，一抬头也不顾程利民在旁边便脱口而出："霍行舟，你这是刚从哪个乡村本土剧的片场回来啊？这袋子还挺喜庆的，啊哈哈哈。"

"霍少爷这双手拎过的东西，回头得供起来，起码得早晚三炷香再磕个响头。"

"磕个响头可还行？结拜呢，兄弟？"

"喀！"程利民重重地咳了一声，提醒这群不成器的家伙，"安静点儿，教室是你们家菜市场吗？一人一句不像话。"

教室瞬间归于平静，看热闹的盯着霍行舟，好奇心重的盯着洛行，眼神儿都齐刷刷地往讲台的方向瞟。

"你回去坐吧，洛行上来。"程利民说。

霍行舟把东西放到讲台底下，也没跟程利民说什么，就慢慢悠悠地往自己的座位走了。路过张悬位子的时候，他抬脚踹了一下。

张悬连忙抓紧桌子稳住了，小声地吹了声口哨，拉开自己的抽屉，露出堪比小卖部的饮料品种："大哥，喝什么自己拿。"

"一边儿去。"霍行舟坐到自己的位子上，抽了一本书垫胳膊，长腿随意一伸，掏出手机回微信。

程利民双手撑着讲台："这位是我们班新转来的同学，叫洛行，是这次省里扶植计划挑上来的同学。"说着，他转过头看了看洛行，"你把名字在黑板上写下来。"

洛行点了点头，伸手从讲台上拿起一支粉笔，在黑板上写下自己的名字。他的笔锋转换流畅，最后一勾带着些风流写意，和本人乖软的样子截然不同。

高三的这帮学生，写完作业都算不错了，哪里还顾得上写字好看？女同学一见他这个板书，就开始窃窃私语："哇，他的字写得真好看。"

"他长得也挺好看的，干干净净的，一看就是好学生。"

"不一定吧？他真要是扶植计划里挑上来的，干吗转学到我们班来啊？隔壁八班，楼下六班，都是重点班。还有十一班火箭班更好，咱们班可是连普通班还不如呢。"

"开学一个月才转学，别是被原先的学校开除了，用这个借口塞进来混日子的吧？"

讨论的声音不小，连最后一排的霍行舟都听见了。他抬头瞥了一眼讲台上的洛行，也不知道程利民在跟他说什么，只见他乖乖巧巧地点了点头。

他怎么看怎么讨程利民的喜欢，看着确实是一个乖学生，没意思。

霍行舟嘴角勾出一个讥诮的笑，把手机调成静音，开了一局游戏。

讲台上，程利民若有所思地点了点头："那行，你有事就跟老师说，跟班长叶俏俏说也行。"

洛行点头："好。"

"你到……"程利民四下打量了一遍，指了指左侧靠窗的位子，"张悬往里头坐吧，就霍行舟前面那个位子。"

洛行抬头往程利民手指的方向看，霍行舟正低着头不知道在干什么。他抿了抿嘴唇，又说了声"好"。

程利民一看又有炸锅的趋势，重重地敲了一下桌子："你们说还是我说？"

教室里重归安静。

"新同学刚到我们班，你们要和平共处，别搞那些排外情绪。尤其是你，张悬，上课别偷偷摸摸打游戏影响洛行，要让我知道了，你给我去楼下做一百个蛙跳，再把教室里所有的窗户擦一遍，听见没？"

张悬冷哼一声，把音调拖得长长的："知道了，老师。"

程利民"嗯"了一声，又别过头去看第二排的女生："叶俏俏，这次月考的卷子你趁现在去跟张老师要一份，等洛行做完了交到我的办公室。"

"知道了，老师。"叶俏俏站起来回答。

"行了，都坐下吧。"程利民交代完就出去了，待会儿他还有个年级例会要开，临走还交代大家好好上晚自习，不准吵闹。结果他前脚刚走，后脚整个教室就炸开了锅。

"完了，老师怎么安排他跟张悬坐一起啊？"

"张悬一向是欺软怕硬惯了的。"坐在过道旁的女生看着路过的洛行，有点儿担心地说，"新同学这种一看就是软柿子的属性，凉了，凉了。"

"不跟张悬坐，难道跟霍行舟坐？就霍行舟那个脾气，你怕是想让他两天之内就转学。"

"也是。"

洛行拎起讲台下的两个袋子，走到张悬旁边。他等了一会儿，看张悬还没有让开的意思，便低下头说："同学，麻烦让一下。"

张悬因为刚刚被程利民当着全班同学的面点名批评，心里有气，故意抬起下巴不肯让道："我就不让，你能怎么着？你咬我啊。"

张悬挑高眉毛看着面前的洛行，好像觉得不够过分似的，又把腿伸出来挡在过道里："这样吧，你叫我一声哥，我就让你过去。"

不知道谁看热闹不嫌事儿大地叫了一声："张悬，你有人家大吗？

就占人便宜。"

张悬一听，立刻拍桌子直接面向洛行："你叫不叫？"

这一声把后头的霍行舟都给惊动了，他掀开眼皮，看了一眼被为难的新同学。

只见他放下自己的东西，慢吞吞地摘下书包，从张悬的头顶放过去，面对面和他对峙着，浅色的瞳眸不卑不亢地看着他。

新同学脖颈修长，长长的睫毛卷而上翘，微微抿着的嘴唇饱满红润，乖巧得让人看着就觉得是个好学生。

霍行舟嘴角一勾，张悬这次还真捡到一个软柿子。不知道一会儿新同学会不会哭着找程老师告状，就像八班那群人一样。

"张悬，你还行不行了？"不知道谁先起的头，大家齐声哄笑。

"张悬，要不然你就让了吧，人家站在那儿半天了，你好意思吗？说不定你真没人家大。"

张悬本来只是想在新同学身上撒撒气，但是现在班里四十多个同学全盯着他看，真要他先认输，那也太没面子了。

"让你叫哥你不乐意，那你叫我爷也成。你就求爷让你过去，多简单的一句话啊，快说就让你过去。"

这话说得就有些过分了，霍行舟抬起脚伸到张悬的椅子上。

"你再说一遍！"洛行浅色的瞳眸瞬间变得凌厉，白皙的手背上有几条青色血管绷紧着，他似乎在忍耐什么。

本来他以为洛行是一个软柿子，没想到看错人了。

有点儿意思。

霍行舟有些玩味地收回了要踹张悬椅子的脚，好整以暇地看着洛行，看他打算怎么应对班里这个刺儿头。

张悬好像没发现似的，嘴里的话也越说越过分。洛行的手指捏得咯咯作响，眼看就要忍不住了。

霍行舟眉头一蹙，在他动手之前抬脚往前面一踹："差不多行了。"

张悬猝不及防扑到课桌上，捂着脑门回头："谁踢我？不要命了？"

"我。"霍行舟抬头。

张悬立刻怂了："开个玩笑，开个玩笑，新同学请进。"

洛行手指一松，凌厉的表情瞬间收得一干二净，默默地弯腰从地上拎起东西，垂眼跟霍行舟低声说了句："谢谢。"

霍行舟看他从刚刚要吃人的"小狼崽"瞬间变成"小白兔"，感觉还挺新奇，于是朝他勾了勾手指。

洛行一脸疑惑，附耳靠过去，然后瞬间瞪大了眼睛。

"你怎么谢我？"霍行舟挑眉一笑，"不然也叫我一声哥？"

洛行抿了嘴角，没回应这句话便转过身去。

霍行舟看了一眼洛行的背影，玩味地勾了勾嘴角。张悬这家伙不好惹，洛行真要把他揍了，非得被他赖到学校给处分不可。

这种乖巧听话的好学生转学第一天就接到处分，估计得哭吧？

下了课，张悬早跟人勾肩搭背溜出去吃饭了，桌上的补习资料扔得到处都是，有一半还摊在洛行的桌上。

几个比较活泼的同学过来跟新同学说话，围着他问了一圈他以前学校的事情。还有两个女生给了他一盒酸奶和几块糖，让他不要搭理张悬。

洛行一一道谢。

叶俏俏等他们都走了才抱着卷子走过来。

"新同学。"叶俏俏见他没回应，敲了一下桌子等他抬起头来才把卷子放在他的桌上，"新同学，这是我们这次月考几门课的卷子，你晚自习做完了再交给我吧。"

洛行说："好，谢谢。"

叶俏俏笑着说不客气，从口袋里掏出几张卡放在桌上，挨个儿跟他说："这个是饭卡，这个是水卡，在生活老师那里办就行了，一个押金是三十元。平时打水和吃饭都要刷卡，我们学校是不收现金的。你要是不喜欢吃食堂的饭，去外面吃也行，不过时间很短就别去太远了，迟到了门卫不让进的。"

"好。"洛行再次点头。

叶俏俏发现，他跟人说话的时候，两只眼睛会特别认真地盯着别人看，直勾勾的，有些奇怪。

叶俏俏指了指卡说："今天生活老师应该已经下班了，你先用我的卡吧，明天办完了卡你再还给我。"

洛行："不用了，谢谢。"

"那好吧。"叶俏俏对人一向有分寸，不会过于热情，也不会过于冷淡，听他这么说也没强求。

洛行把张悬的书往旁边推了推，然后把自己的书挨个儿掏出来摆上了桌。

他本该交换到市一中去的，但他跟校长提出自己想去二中，一是想和霍行舟做同学，二是……

手机振动了一下，是一条不算短的语音。他找出耳机戴上，把声音调到最大听。

"洛行，你怎么转去二中了啊？不是说去一中的吗？你妈妈今天在学校闹了一场，把校长给气得住院了。你没事吧？"

洛行又点开另外一条语音。

"洛行洛行，你妈妈今天来学校找你，才知道你转学去了二中，怎么，你转学的事情都没告诉她吗？"

几条语音他挨个儿听完，说的基本上是同一件事。他一脸疲倦，伸手捏了捏鼻梁，一条条地回复了。

他回复完语音后看了一眼时间，五点四十八分，到晚自习开始之前应该可以做完半张卷子。

洛行手指一抹，桌上和桌肚里一层灰尘，张悬的垃圾也堆得满满当当。于是他又从书包里拿出湿纸巾，擦了擦桌面和抽屉。

等都弄干净了，他才把试卷铺开，找出演算纸和笔，做起卷子来。

他的时间不多，不趁现在做题的话，今天晚上就做不完了。

霍行舟还在后面玩手机，不知道是在回什么人的微信，笑着骂了一句："去你的，我把他们按地上的时候你还不知道在哪儿撒尿和泥呢。"

"行了，我来了。"

洛行安安静静地做卷子，肩颈微微低下去，看起来认真极了。霍行舟看时间差不多，感觉校园里没那么拥挤了，才慢条斯理准备下去吃饭。

他起身时视线扫过前面坐着的新同学，不知想到了什么，忽然嘴欠地问了一句："哎，新同学，你成年了吗？"

洛行没动。

霍行舟本来就是随口一问，他回不回答倒是没多要紧。但被他无视，气劲儿就上来了。

"哼。"自己刚刚还救了他呢，扭头就不认账了？

霍行舟抬起脚轻轻踢了他的凳子一下："喂，同学。"

洛行没防备，整个人跟着椅子一歪，笔尖直接戳上了演算纸，划了一道长长的大口子。

洛行回过头，还没从刚才那几条语音的情绪里抽离出来，干巴巴地问了一句："有事吗？"

霍行舟看他这副冷硬无比的表情，这会儿也回过味来，无趣地说了声"没事"。

洛行看着他的背影，下意识地抬手按了按耳朵。

二中食堂的饭尤其难吃，什么稀奇古怪的东西都能炒成菜，比方说草莓炒猪肝，简直是魔鬼料理。所以学生们一般都会趁着晚自习前的半个小时出去吃饭。

校门口摆着不少小摊，还有几家装修挺精致的奶茶店和小吃店。再往前走十来米有一条小吃街，各种烧烤都有。

霍行舟他们平时也爱往那儿去。

冯佳发短信问霍行舟是不是老样子，先给他点了，霍行舟回了个"嗯"，然后慢悠悠地从卫生间出来。

楼梯口在教室的前门，霍行舟出来以后不经意地别过头往里面看了一眼。

洛行从书包里掏出一个挺残旧的不锈钢保温杯，上头还磕掉了一大块漆，盖子也凹下去一个坑。

他拧了两下盖子好像没拧开，松松地甩了两下又去拧，桌上放着一个看不出形状的面包。

他左手拿着面包，面无表情地啃了两口，仔仔细细嚼了咽下去，又喝了一口水，润润喉咙，全程眼睛就没离开过面前的卷子。

霍行舟拿出手机，隔着窗户拍了一张照片，打算用微信发给冯佳，让他瞧瞧新同学的学习态度。

结果他这一拍，正好对上了洛行抬起的头。

他嘴里还咬着一小口面包，估计是一下子没反应过来，微张着嘴有些滑稽。霍行舟指尖一按，就把他拍了下来。

洛行做着卷子，总觉得窗外站着一个人一直没走，疑惑地抬起头，结果正好看见霍行舟举着手机冲他晃了两下。

他看见霍行舟的嘴唇动了动，可没能看清他说的是什么。

洛行抿了抿嘴唇，垂下眼帘，再抬起头的时候发现霍行舟已经走了。

霍行舟走到小吃店的时候，正巧遇到隔壁班的刘梦雅，对方冲他轻轻笑了一下："好巧呀。"

"我天天在这儿吃，能有多巧。"

霍行舟腿长，先她一步进去。刘梦雅和两个女同学手挽着手，走得慢。

冯佳和李乐凡就坐在门口第二张桌子，两个人都吃完一份米线了，正捧着肚子一脸满足地喝可乐。

"吃撑了？"他笑道。

冯佳立马装模作样地掐着嗓子说："霍哥哥，人家吃撑了，你快给我揉揉肚子。"

李乐凡笑得直拍桌子。

"起开，吃饭呢！你再抱我一下，我的脸都杵饭里了。"

霍行舟抽了一下手，没抽动，胳膊肘往后一抵："刘梦雅来了。"

冯佳一个鲤鱼打挺坐直身子，眼睛四下一扫："你又骗我。"

"没骗你，她真来了。"

"我再信你就是狗，今天你必须对我负责！"

霍行舟正在掰一次性筷子，被他这么一推，食指扎上里头的牙签，倒吸了一口凉气："冯佳，你把血给我舔干净。"

下一秒，刘梦雅走了进来。

"汪汪。"冯佳缩了缩脖子，赶紧连喊了几声霍哥求饶。李乐凡就在那儿乐："铁骨铮铮冯佳，好！"

霍行舟没理他，狼吞虎咽地吃完饭，就到门口去付账，扫微信的时候多给了五块。

"喂，你是不是付错账了？"冯佳听见收款的语音提示，疑惑地转过头，就看见霍行舟走到饮料柜那边拿了一瓶罐装奶茶出来。

"你怎么改喝奶茶了？"冯佳说完就明白了，应该是给班长买的。他们俩关系特好。

霍行舟拿着奶茶往前走，轻呵了一声："你管我呢。"

冯佳"呸"了一声，和李乐凡一块又不知道笑什么去了。

吃饭时间也就半小时，满打满算够吃一顿饭。霍行舟路过球场的时候听见里头挺闹腾，便偏头往里面看了一眼。

六班和八班在打篮球。

这两个班都是高三的重点班，平均分折下来能甩九班一条街，所以一向自诩高人一等地和九班不和，处于互相看不起的状态。

里头不知道谁"嗷"了一嗓子："霍行舟，晚上打一场啊。"

霍行舟没接话。

李乐凡问："你怎么兴趣不大的样子？"

"不是兴趣不大，是没意思。"霍行舟收回视线，拿着奶茶往教学楼走，想了想，又补了一句，"一个能打的都没有。"

"就是。"冯佳说，"八班那帮家伙除了告状，就知道拿成绩压人。学习好了不起啊？我们班长还是全校第一呢，我们说什么了？"

李乐凡收回视线，他不打球，不知道球场烽烟："这么明显不好吧？"

"这就叫明显了？"霍行舟冷嗤一声，"我把他们按在地板上摩擦的时候你没看到，就他们班那个班长，冯佳知道。"

李乐凡扭头去看冯佳，见他装模作样学着霍行舟的语气和神态说："嘚，差得离谱。"

三个人回到教室的时候，差不多还剩五分钟就要上晚自习了。

同学们大多都回来了，霍行舟看新同学还在做卷子，不紧不慢地在演算纸上写写画画，认真得令人心惊。

他走过来，手掌一扣，把那罐奶茶拍在他手边。

洛行被吓了一跳，看了奶茶几秒："有事吗？"

霍行舟"嗯"了一声："赔礼。"

洛行的话在舌尖滚了三滚，才谨慎地开口："我不……"

"啪！"

霍行舟的手指一扣拉环，将那个银白色的拉环挑起来，教室里瞬间安静了。

众人纷纷回头去看，冯佳直接傻了。他那罐奶茶怎么拍在洛行桌上了？不是说好给班长的吗？

霍行舟压低身子，居高临下地看着他："同学，这么记仇？"

"不用了。"

洛行的性格没有那么外放活泼，又因为从小受到严苛的教育，不太会与人相处，怕被人讨厌就不跟他做朋友了，刻意的压抑之下就显得有些冷漠。

"嗯？"霍行舟见他手里还握着笔，忽然想起他下午刚来写名字的时候，有女生夸他字写得好看，顺便扫了一眼。

字迹确实挺漂亮的，他家里好像有一幅类似的字，但一时没想起来，也就没放在心上了。

洛行以为他没听清，低声跟他解释："你没有欺负我，不用赔礼。"

霍行舟被他这个回答惊了一下，正巧张悬还没回来，索性大大咧咧地坐到他的位子上："那我给你赔礼，就可以欺负你了？"

霍行舟说话发音不是那么字正腔圆，而是带着一点儿漫不经心，活像逗人玩似的，弄得洛行不知该怎么回应。

"你再不说话，我可就当你默认了。"

"我不是那个意思。"洛行捏着写卷子的中性笔，手背上的血管一条一条显露出来。

"那你是什么意思？"

"你能……能不能别离我这么近？"洛行艰难地问。

霍行舟难以理解地看着他，竟然还有人让他滚远点儿？

霍行舟从他的手里抽出笔，不由分说地把奶茶放到他手里，站直身子说："你不喝那就丢了吧，晚上自习时间挺长的。"

洛行呆呆地看着手里的奶茶，好半天才说了声："谢谢。"

霍行舟摆了摆手，回到自己的座位上。

洛行愣了好半天才握住奶茶轻轻喝了一口，清甜的香草味瞬间漫上舌尖，比他往常喝过的任何一款奶茶都要好喝。

"洛行。"前排的同学转过头，敲了一下他的桌子，是一个鼻梁两边长着一小片雀斑的男生，看起来挺友善的。

"我叫胡佳文，待会儿下了晚自习一起去吃夜宵吧。"他转了一下椅子，整个人反着坐在椅子上，随意捏着一支笔在手上翻花似的转了转。

"你住哪间寝室啊？要不要我帮你拿东西？"

洛行不太适应别人这样热情的邀约，轻轻地摇头婉拒："我还不知道住哪间寝室，晚上我有事要出去，就不麻烦你了，谢谢。"

"下了晚自习还有事啊？我们学校图书馆晚上不开的，你要是想写作业的话，只能留在教室里了。"

洛行说："不是，我是要出去一趟。"

胡佳文点点头："哦，那你记得跟程老师请假，要不然你晚上没有假条门卫不让你进来，还要请你的家长呢。"

听到"请家长"三个字，洛行的手一抖，奶茶溅了几滴在试卷上。他很快便反应过来，拿纸擦干净了。

"我知道了，谢谢。"

上课铃响了，胡佳文流畅地转笔收尾，把笔拍在了桌上，转身坐过去。

洛行喝完最后一口奶茶，把笔用笔帽套上后放在笔袋里，拿起手机看了一下时间，不到六点半。

他将没做完的卷子收拾了一下，夹在课本里，然后又放进书包里，背起来径直朝办公室走去。

程利民一听他刚来就要请假，本来有点儿不想答应，这个借口那些逃课的学生常用，他都快麻木了，但洛行说是去看以前学校的校长。

程利民也听说了洛行他妈妈把校长气得住院的事情，觉得这孩子也算是有心了，立即给他批了假，还问他要不要找一个人陪他一块儿去。

洛行说不用，自己在晚自习结束之前一定会回来。

程利民把假条和生活用品申请表一起递给他："对了，咱们班没有额外的空余寝室了，把你安排去高一、高二的寝室也不合适，作息时间不一样也影响你学习。正好霍行舟的寝室还有一张空床，你就搬过去先住着吧，这是钥匙。"

洛行接过钥匙："谢谢老师。"

程利民看他这副乖巧的样子，有些担忧："霍行舟吧，虽然连他妈妈都说这孩子欠收拾，但我看他的本性不坏，是一个挺有担当的孩子。"

洛行点头道："我知道的。"

程利民原本只是想让他不要跟霍行舟一般见识，免得起冲突，听他这么说就忽然拐了个话头："洛行啊，老师知道你是一个乖孩子，以后一定会有好出路的。"

洛行以为他是不想让自己待在九班，心里顿时凉了半截："老师，您有话就直说吧，没有关系的。"

"好孩子。"程利民先低低地叹了口气，手拍在试卷上，有些不舍地说，"我明年带完你们也该退休了，以后想操心也没什么机会了。时间过得可真快啊，一眨眼几十年都过去了。"

洛行静静地听他絮絮叨叨说着自己从教多年的心酸和快乐，有点焦急地瞥了一眼办公室里的挂钟。

"九班的这些孩子，虽然学校的人都对他们避之不及，还给咱班取了一个'奇葩班'的外号，但在我的眼里，他们都是很乖很好的孩子。

"尤其是霍行舟，他是我带过的学生里最有天分的，一边打游戏一边听别人背几分钟英语课文，别人不会他都会了，就是不肯学。"

程利民一提到霍行舟就想叹气，总觉得这是一根笔直的小树苗，但偏偏一条路走到黑地往歪脖子树上发展。

程利民一个园丁，只想给他修回来，让他健康成长。

洛行试探地问道："您的意思是想让我劝劝他，带着他一起学习？"

程利民见他这么聪慧，一点就通，就更喜欢了，连连点头说："你也不用明摆着劝他，说不定会适得其反。你的座位离他的近，有意无意地影响一下他就行了，带着他一块儿学习，考一所好大学。"

"好。"洛行脑海里浮现那张玩世不恭的脸，义无反顾地接下了这个担子。

"那行，你快去吧，早点儿回来。你的生活用品表给我吧，我让霍行舟先帮你把行李搬到寝室去。"

"谢谢老师。"

洛行小跑到学校对面的公交车站台时，电话就响了。

他找出耳机戴上，对方的声音很大，又尖又响，刺得他耳膜疼。

"妈妈。"

"别叫我妈！你现在连转学的事情都不告诉我了！要不是我在名单里没找到你，还不知道你已经背着我转学到二中去了。怎么，你现在也……"

洛行面无表情地听着，等着她慢慢发泄，只是感觉耳朵好疼。

他转到二中最重要的原因是她在一中教高三的语文。当时他中考就放弃了一中，填报志愿的时候只填了四中，离那里最远。

这次的扶植计划，他私下找校长说了想到二中去，校长起初也不想答应，说要问问他妈妈的意见。

洛行不想多事就说算了。

只是不知道怎么回事，后来公布名单的时候，校长让他来了二中。

洛行按了按耳朵，等他再回过神的时候，电话已经挂断了。

他拿掉耳机。

公交车停在他面前，司机看了他一眼，又冷冰冰地收回视线。

洛行拿出学生卡刷了一下，一个机械的女声提醒："公交卡余额不足，请投币。"他这才记起自己忘记充值了，又从书包里找出两枚硬币投了进去。

车里除了司机，就他一个乘客。他走到靠后门的单人位坐下，别过头看着外面的夜景。

车里静悄悄的，他有点儿冷，伸手把空调口关上了。

二中就在市区，离市医院只有几站路。但现在正是下班高峰期，足足堵了将近半个小时才到医院。

他在医院旁边的水果摊买了一个果篮，又从钱包里拿出钱，自己只留了两百，其他的让老板全垫在果篮里面。

七点多，天完全暗了下来，洛行绕过急诊楼往后面的住院部走去。

校长坐在病床上，头上裹着厚厚的纱布，脸色有点儿苍白。旁边站着的是他的太太，也是学校的教务主任。

他太太姓周，洛行认识。

洛行深吸一口气，抬手敲了一下门。

周老师一脸冷漠地堵在门口，嫌恶地质问他："你来干什么？看你妈没把校长气死，你再来气死他？"

校长轻斥："你跟孩子说这些干什么？又不是他的错。你让他先进来，堵在门口教训像什么话。"

校长叹了口气，看着门口纤瘦的少年，心里的疼惜油然而生。

洛行从小就没有爸爸，他是他妈妈赵久兰一个人带大的。

当时自己还在小学当校长，赵久兰也是学校的老师，她对洛行严得不得了。

他从小就不被允许跟任何小孩一块玩，别人上体育课打打闹闹，玩沙子和泥的时候，洛行就乖乖巧巧坐在一旁看着。

别的孩子闹得一脸灰，他则干干净净像一个木偶娃娃，一脸压抑的艳羡。

他身上有着和同龄孩子完全不一样甚至是超龄的自律，几乎从来不和小朋友玩，除了写作业外，无论是书法还是绘画，都很好。

他小小年纪就有大家之风。

小孩子哪有不调皮捣蛋的？可偏偏洛行就是那种乖得让人挑不出任何毛病的孩子，无论哪方面都完全不讲道理地优秀。

久而久之，大家都发现了不对劲。这孩子太不寻常了，就像一个校正良好的机器人，没有喜怒哀乐，不会羡慕嫉妒。

后来，他想激发这孩子身上的童心，总这么压抑下去绝对不是什么好事，于是就代了一堂体育课。

起初洛行很胆怯，后来放开了，竟比其他孩子都能闹腾，那也是他头一回在这个孩子脸上看到那么灿烂的笑容。

校长十分欣慰，第二天却发现洛行没来上课。多方打听之后他才知道洛行住院了。病愈之后洛行便转学了。

没想到时隔七年，他还能再当洛行的校长。

洛行双手攥着果篮，一脸歉疚地说："对不起，校长，让您因为我受气了。"

校长乐呵呵地笑了几声，和蔼地冲他招手："不碍事不碍事，周老师总说我血脂厚，血糖高，吃几天住院餐指不定还健康呢。倒是你，你妈妈一定打电话怪你了吧？"

洛行摇了摇头："没有，她知道我去二中不会耽误学习，也没多说什么。果篮是我妈妈让我买给您的，她说自己太冲动了，让我替她向您道个歉，也谢谢您没有计较。"

校长知道这孩子是有意隐瞒，自己受了委屈从来都是往肚子里咽，不肯说出来。

道歉这件事，估计是他自己说的。

至于没有计较，并不是在意赵久兰的名声，他是不想因为这么点儿小事影响了洛行的学业。

这是最重要的一年了。

"我倒是不担心你的成绩，其实洛行啊，学习成绩不是最重要的。你长大了，也该有几个朋友，试试接受别人的好意，别总是拒人于千里之外。"校长叹了口气，不知道自己说这些还有没有用，"将来你进入社会，总不能一个人做所有的事，对不对？"

洛行乖顺地说："我知道，谢谢校长。"

校长心疼地叹了口气，这孩子从小就瘦，明明高三了，却还是显得比同龄人小。

想必赵久兰也没给过他多少爱，而且从她那天的表现来看，她应该是有病的。洛行既要承受，还要照顾她，小小年纪真是苦了他了。

校长伸出手，从枕头底下摸出一个小信封，朝洛行招了招手。

洛行走过去，他把信封放在洛行的手上，再拍了拍洛行的手背："你妈妈近期应该不会给你生活费了，你先拿着。"

洛行抽出手，把钱放在病床上，后退两步说："校长，我有钱的，谢谢您的好意。"

周老师正在切水果，一看校长给洛行钱，立刻冷嘲热讽起来："是啊，你们家有钱，所以人也敢随便欺负，反正付得起医药费，怕什么？"

校长沉声道："你在孩子面前说这个干什么！"

周老师把水果刀一拍："我怎么不能说了？她敢冲到学校里来气人，我看她也敢做更过分的事！扶植计划安排什么人是省里的决定，她自己有能耐直接把儿子安排进一中啊，来我们面前逞什么凶、斗什么狠！"

"别说了，我说了这件事跟洛行没关系，你不要混淆在一起。"

"我怎么混淆了？没把你气死你还觉得可惜是吗？"

洛行怕他们再因为自己吵架，连忙说："校长，周老师，我只跟老师请了三个小时的假。您好好休息，等周日我再来看您。"

"洛行，洛行！"校长看着床上的信封，余光瞥见洛行带来的那个果篮，忙道，"周老师，你把果篮拆了。"

周老师蹙眉："干什么？你还想吃他带来的水果？这母子俩不知道安的什么心，谁知道有没有毒？"

"你快点儿。"校长说着就要扯输液管，"你不拆我自己拆。"

周老师按住他的手让他别动，拎起果篮拆开，挨个儿把水果拿了出来，结果在最底下发现了十六张折得整整齐齐的百元红钞。

"这……"周老师也愣了。

校长一拍床就要起身："我就知道是这样，这孩子……"

周老师捏着钱冷哼："这么点儿钱，还不够你这两天的住院费呢！总算他还有点儿良心，不像他妈，那简直是一个泼妇。"

"你知道什么！"

洛行终于被他妈妈强行调试成了一个完美的机器人，受了委屈不往外说，被嘲讽也依然能保持沉静和礼貌，好像没有任何东西能够打破他的极致自律，只可惜同时他也失去了这个年龄阶段该有的鲜活。

洛行只请了三个小时的假，趁着现在能坐公交车赶紧返校，再晚了，回去就要打车了。从这里打车回学校，少说也得要二十块钱。

坐公交车来回才四块钱。

幸好市教育局统一发了学习资料和练习册，他不需要再买。他是过来交换的，学校免除了他的住宿费。

除了吃饭，他暂时不需要花什么钱。这几天他稍微熬一会儿夜，应该可以支撑到下个月。

他背着书包坐在公交车站台的长椅上，入夜了，凳子有点儿凉。

公交车二十分钟一趟，洛行按照下午去学校时候的时间点稍微推算了一下，公交车应该还有十分钟左右到达。

他拉开书包的拉链，从里头取出一个小本子，估计是翻看过很多次，所以有些残旧。他小心翼翼地打开，露出一张被压得整整齐齐的糖纸，折痕像掌心的纹路，浅浅的。

洛行摸了摸糖纸，又小心地盖上本子，放回了书包里。

公交车准时到达，洛行到学校的时候刚下晚自习。但他没回宿舍，而是直奔教室。叶俏俏正在锁门："你怎么来教室啦？是有东西要拿吗？"

洛行说："班长，我想在教室里写一会儿作业，你能不能把钥匙给我？明天早上我过来开门。"

叶俏俏友好地笑笑："当然行呀。明天早上开门的时间是六点半，那你记住别迟到啦。我先走了，你也别写太晚。"

"谢谢班长。"

洛行坐在很靠后的位置，只打开后面的灯就能看见，可他还是把所有的灯都打开了。

他根本就不是外界传言的那种天才，中考能考全市第一的好成绩是因为曾一遍遍地学过。这些知识像镌刻在他的脑子里，看到题就条件反射地答出来了。

他把所有卷子写完已经快凌晨一点，打了个呵欠缓解困倦，揉揉眼睛，又从书包里取出一台略旧的笔记本电脑。

他接了一个翻译的活儿。

从记事起，他就被强制学各种知识，有些倒也派上了用场。

自从上了高中，他就没再跟赵久兰要过一分钱。虽然赚得不多，但他省一省，不仅够他生活，还能稍微攒一点儿。

也许在未来的一天，他能攒够钱做手术。

霍行舟跟冯佳住一个寝室。

晚自习过后，程利民特地喊了他去办公室，说把洛行安排进了他的寝室，让他帮忙把洛行的生活用品搬回去。

程利民说洛行是个好孩子，三令五申让他千万别欺负洛行，洛行少一根头发就找他算账。

第二天一早，霍行舟醒来后看着对面的床陷入沉思：我夜不归宿，但我知道我是好孩子？

闹着玩儿呢？

冯佳被霍行舟翻身下床的声音吵醒，人还在被窝里没动，眼睛倒是第一时间看向对面。

"新同学这么牛，第一天来就敢夜不归宿？"冯佳从被子里探出脑袋，见地上的生活用品确实没动过之后，又躺回去感慨，"是个狠人，我都不敢这么明目张胆。"

"你以为人人都是你？"霍行舟扔下一句嘲讽的话，扭头就进了卫生间洗漱。

二中的高三生上课很早，早上六点半就开始早自习。

霍行舟破天荒第一次比太阳还早到教室，浑身上下每一个细胞都喊着不适应。

没办法，今天他爸霍叶山作为二中的特聘教师，第一天来上课，表面功夫要做一下，不然耳根子就没法清静了。

张悬一只手揽住他的肩膀，边走边噼里啪啦地说："我跟你说，我们班真的来了一个狠角色，你知道他狠到什么地步吗？"

霍行舟最烦别人搭他的肩膀，皱眉道："起开。"

张悬也不在意，收了手跟在他旁边叨叨："就我边上那个，整整写了一夜作业啊！我听班长说，她早上过来的时候这个人还在写课时训练。"

霍行舟眉毛一挑，夜不归宿是写了一夜作业？

张悬完全不能理解这种人："你说这人是有毛病吧？为了写作业连觉都不睡了，是不是学傻了？"

霍行舟探头看了一眼教室，他的座位上没人，桌上摆着一堆试卷和练习册。

"哎，舟哥你上哪儿去？"张悬看他脚步一停，不仅没进教室，怎么还拐弯儿了？

霍行舟扬了一下手，头也没回地说："卫生间。"

霍行舟一推开门，迎头撞上刚准备出来的洛行。洛行额前的头发和睫毛都湿漉漉的，浅浅的瞳眸也仿佛润着水汽。

他大概被吓了一跳，微张着嘴，呆呆地看着他。

霍行舟看着他熬得像兔子一样的红眼睛，问："昨晚怎么没回去睡觉？"

洛行先是茫然了一秒，然后轻声回答道："二中的进度有点儿快，我想早点儿补上。"

这小孩儿别是学傻了，那破试卷有什么好写的！

霍行舟看着他略微局促的样子，抬手两指一并，在他的额头上敲了一下："学傻了。"

洛行吃痛，捂住脑门，轻轻眨了一下眼睛，湿漉漉的眼睛透着可怜劲儿。

霍行舟见他还傻呆呆地站着，就故意逗他："你还不出去？想陪哥方便？"

洛行一听，立刻跑了。

霍行舟在后头勾了勾嘴角，这新同学虽然没什么良心，还挺有意思的。

②
少年愁滋味，
欲说还休

✦

　　上午的课结束后，胡佳文又转过来邀请洛行一起去吃午饭。

　　他有点儿话多，洛行话少，所以一般情况下都是他在说。

　　"就我们班副班长丁超，我最烦他了，一天到晚想往上爬争做班长。"胡佳文压低声音跟他八卦，"我跟你说，他每天都学到大半夜，绞尽脑汁跟叶俏俏争第一。不过没用，他只能考我们班第二，年级组十几名里都没有他。"

　　洛行静静地吃饭，也不知道听没听进去。

　　"还有那个叶俏俏，我听说她好像是一个孤儿，是被领养的。好像是她父母在一个挺大的案子里被害了，可惨了。不过她爸爸也挺厉害的，听说是我们江城的什么刑警队长，叫商什么的。"

　　洛行吃饭的时候很安静，小口小口地吃，不发出一点儿声音，在一群狼吞虎咽的同学之中显得有些格格不入。

　　洛行吃完饭站起身，端起餐盘放在门外的水池里，洗了手后走出食堂。

　　胡佳文也吃完了，小跑几步追上来，揽着洛行的肩膀问："哎，你为什么转我们九班来啊？我听说你中考是我们全市第一，你怎么没去市一中交换啊？"

　　洛行不动声色地避了一下，说："二中的教学质量也很好。"

　　胡佳文点了点头："这倒也是，我们学校说起来历史比一中还长呢。"他絮絮叨叨，又开始说霍行舟。

"只要有他在，别的班同学就不敢欺负我们。"

学校种了很多栀子花，经夏日阳光一晒，全开了，香喷喷的。

"啊啊啊——霍行舟！"

洛行被撞得一个踉跄，女生忙回头道歉："不好意思啊。"说完也没等回应就跑了。

洛行朝着她跑的方向看了一眼，发出尖叫声的是球场，在食堂和教学楼的中间偏左的位置，被一圈防护栏隔着。

霍行舟身上穿着校服，双手运着一个篮球。

洛行没看过球赛，不懂他这个动作的意义。但单从姿态上来说，他就足以引起所有人的注意力和尖叫。

胡佳文抻长脖子往那边看："哎，洛行，还有一会儿才上课，咱们也过去看看吧。"

他不由分说地将洛行扯了过去，边走边说："霍行舟是我们学校篮球打得最好的，还打过比赛呢，可给我们班争光了。"

胡佳文见洛行面无表情，又说："就八班他们那些重点班，老是瞧不起我们班。有一次在考场上嘲讽我们，说我们将来毕业了也是废物一个，还是回去养猪吧。"

洛行破天荒主动问："然后呢？"

胡佳文一见他有兴趣了，赶紧说："然后这话正好传到了霍行舟耳朵里。当时他也没说什么，后来考完试，哦，就你来的那天，他上午把人约出来，四比零横扫八班。"

"霍行舟把篮球往八班班长面前一扔，就很冷地笑了一声，说'篮板上放点儿菜叶，猪打得都比你强'。"

洛行可以脑补出霍行舟微微挑着眉毛，冷笑着嘲讽别人的样子。

怪不得那天他来接自己的时候，衣服有些潮湿，贴在身上，头发也有点儿湿。

原来他刚打完球。

他们两个人站在场外，霍行舟转过头看见他，站直身子对他喊了一声："洛行。"

洛行没回应，胡佳文杵杵他的胳膊："霍行舟叫你呢。"洛行抬起头朝他看过去，下一秒，篮球笔直地朝他飞了过来。

他不会打球，自然也不会接，本能地伸出手，结果球就这么笔直地撞上了他的左手指。

霍行舟的力气大，所以这个球的力道也非常大，洛行的手立刻钻心般疼痛，紧接着就麻得失去了知觉。

篮球掉到地上滚了滚。

"同学，你怎么连个球也接不住？"球场上，有个个子挺高的男同学嘘了一声，扬声冲他招手，"快给我们扔过来啊。"

洛行的左手止不住地颤抖，弯腰将球捡起来，用力扔了过去。

立刻又引来一大片笑声。有人说道："哈哈哈——哥们儿，你这个姿势，当实心球扔的吧？"

洛行有点儿尴尬。

胡佳文以为他是被起哄，面子上有点儿挂不住，仔细一看，他的鼻尖都有汗了，赶忙问："你没事吧？"

洛行摇了摇头说："没事，回教室吧。"

霍行舟见他扭头走了，正巧快打上课铃了，只好无趣地收了球，说不打了，三两步跑过来，把球扔到他怀里。

洛行手忙脚乱地接住球，抿了嘴角，往旁边走了点儿，不着痕迹地离他远一些。

"没伤着你吧？"

洛行摇头。

霍行舟发现他老往旁边躲，再躲就到路牙石上了。

"没伤着，你往那边躲什么？"霍行舟伸手揽住他的肩膀往自己这边一带，"过来一点儿。"

洛行触电似的避开他，他看着自己陡然一空的手臂，忍不住蹙眉看了一眼旁边的"小雀斑"胡佳文。

怎么洛行跟他一块儿走的时候就有说有笑，还能一块去球场看球，一跟自己走就跟一只刺猬似的？自己身上有刺？

"我去买瓶水，你把我的球带到教室去。"霍行舟没等他拒绝，就调转方向走了。他没办法，只好抱着霍行舟的球回了教室。

每天午休后有一个小时的练习时间，留给学生们写老师自己出的试卷，晚自习的时候再写当天的作业和其他试卷。

洛行从来不主动跟人聊天，严格按照作息时间学习。

张悬吃完零食，把袋子往桌肚里塞了塞，打开手机开始看游戏直播，激动起来的时候还要跟着主播一起暴躁叫嚷："就这水平还打比赛，行不行啊？"

他的动静大，又不知道顾及别人，洛行一让再让，都快贴到墙边了，终于忍无可忍叫了他一声："同学。"

张悬还在喷人，洛行敲了敲桌子叫他："同学。"

张悬摘了一只耳机，还没从自己喜欢的战队输了比赛的事实中回过味来，没好气地问："干吗？"

洛行轻声提醒："麻烦你往旁边让一让，打扰到我了。"

张悬正愁没地方发火呢，这就有个撞枪口的，立刻把炮火对准了他："我不是插耳机了吗？哪儿就打扰你学习了？找抽是吗？"

洛行搁下笔，抬起头看着他："自习课看游戏直播是你的自由，我无权干涉，但是你占用了一张课桌的四分之三，侵占了我的学习空间。"

"什么玩意儿？"张悬被这文绉绉的发言弄蒙了一秒，"你能说点儿人话吗？怎么我就侵占了你的学习空间？说点儿我能听懂的。"

洛行说："麻烦你不要打扰我学习。"

张悬讥诮道："打扰你学习，那要不要画条三八线啊？"

洛行放下笔，还没开口，一道懒懒的嗓音先传了过来："吵什么呢？"

张悬一看霍行舟回来了，气焰顿时消了一点儿，扭过头说："他刚刚说我侵占了他的学习空间，像我侵占了他的领土似的。"

霍行舟一向不爱搭理张悬，更何况他爸这两天一直在学校，他也不想惹事，只点了点头就回到自己的位子上坐着，长腿一伸，抵在了新同学的椅子上。

洛行不打算惹事，便往旁边让了让。

霍行舟看他的侧脸白白净净的，和那些青春期到了总长痘的同学不一样，和同他一起在球场上打球的人也不一样。

他的校服穿得一丝不苟，别过头的时候，甚至能看见脖颈处浅浅的血管。眼角的泪痣，活像不小心溅的一滴墨。

张悬以为他怂了，张扬地笑起来："要不是你，我还不用分给别人四分之一的领土呢，你知足吧，再招我烦明天连四分之一都……你干什么？"

张悬迅速蹦起来——他手边是一把美工刀，插向了课桌一半偏左的位置。张悬条件反射般收手，猝不及防对上洛行冰冷的眼睛："你有病吧？开个玩笑就动手。"

洛行收起美工刀，将它放回笔袋说："我也是开个玩笑。"

"有你这么开玩笑的吗？我看你……"张悬的话还没说完椅子就被踢了，是霍行舟。

"行了。"

张悬憋着一股气，说："你少管，这是我跟新同学的私事！"

霍行舟懒得搭理他，视线一转，洛行却已经开始一脸淡定地写卷子了，仿佛刚才的事儿跟他没关系似的。

不过他脾气还挺大。

"洛行。"霍行舟叫他。

他没反应，甚至笔都没停。

霍行舟看着洛行的背影磨了一下牙。张悬还能让他发两回脾气呢，难道在他眼里，自己比张悬还烦人？

霍行舟脚尖一抵，将他的椅子挪了个位置。没人能无视自己，他也不行。

洛行转过头。

霍行舟朝他勾了勾手指，他顿了顿才往前凑近，隐约听到霍行舟说："你考不考虑换个同桌？"

洛行一时没反应过来，茫然地"啊"了一声。

"两次了。"

洛行再次茫然：什么两次？

霍行舟看着他微微俯着的身子，他的睫毛又黑又长，温驯地垂着。

他的瞳仁颜色浅得像猫眼，衬得眼角的泪痣透着灵动。

"下次你再敢无视我，我就揍你。"霍行舟"恶狠狠"地看着他的眼睛，说，"听见没？"

洛行点了点头。

"那你愿不愿意换个同桌？"霍行舟刻意停顿，在他疑惑的目光注视下等了很久才说下半句，"比方说我。"

这次他靠得极近，洛行听清了。

霍行舟看他久久不说话，也没了耐心："怎么，你不乐意？"

洛行怕他误会，连忙摇头："不是。程老师让我坐在这里，私自调换位子不好。"

霍行舟被理顺了毛，也没介意他的拒绝，指尖轻轻地敲了一下桌子："我没问程老师，问你呢，愿不愿意？"

洛行看着他细长的眼睛，双眼皮浅浅地叠着一层，漫不经心地看着人的时候，却又带着一股无法忽视的压迫感。

洛行想了好一会儿，轻轻地点了点头："愿意。"

霍行舟给点儿颜色就容易上头："那老师要是惩罚你呢，你还来不来？"

洛行这次有点儿犯难。

霍行舟一猜他就是乖学生，拿老师的话当圣旨来执行的，也不为难他了。又不是个个都像他一样，敢当着程利民的面踹教室门。

"那算了。"

"来！"

"嗯？"霍行舟微愣，过了几分钟才反应过来洛行这是在回答他哪句话来着，他笑道，"那你来吧。"

张悬还在生气，看他在收拾东西，立刻说："你说让我不要动，说我占用你学习的位置，你在那儿转头跟人聊天，还占用我打游戏的位置呢。"

全班哄堂大笑。

霍行舟也乐了，笑眯眯地朝张悬的椅子踹了一脚："我给你们一个两全其美的解决方案。"

"什么方案？你把他从我这儿赶出去吗？"张悬抽空从手机屏幕上转过头，问了一句，又迅速转了回去，"哎哎哎，要死要死。"

霍行舟"嗯"了一声。

张悬的游戏角色被打死了，屏幕上一片黑白，转过头来问："你把他赶哪儿去？楼下八班吗？"

霍行舟："赶我这儿来。"

"啊？"

霍行舟懒得解释，也懒得让他挪位子了，直接把自己的桌子往旁边一拉，在墙边硬生生扯出了一个空当。

"搬吧。"

洛行压抑住换座位的激动，平静地收拾了自己的东西，放到最后一排。

冯佳差不多睡醒了，打了个哈欠："哎，洛行，你干吗呢？"

李乐凡是看了全程的，给一脸茫然的冯佳补课："霍行舟日行一善呢。"

冯佳："你没睡醒还是我没睡醒？"

洛行小心地把课本和试卷摆好，没有占用到霍行舟的课桌，规规矩矩地写作业。

霍叶山这几天都在学校上课，时不时"不经意"地路过九班，弄得霍行舟浑身难受。

霍行舟只能等着晚上他下班走了，用晚自习的时间去打一会儿球，发泄一下，所以基本上一到晚自习就看不到他的人影了。

洛行看了几眼旁边的空位，默默地写起了作业。他要抓紧时间，晚上要早点儿把剩余的稿子给翻译完。

他已经两天一夜没睡了，再熬一个通宵有点儿受不了。

他压抑着打了个哈欠，揉了揉眼睛又继续写作业。

换了位子之后，再没人打扰他，效率快多了。

晚自习结束，叶俏俏准备锁门的时候看到他拿出电脑，便走过去提醒他："洛行，我们学校不允许学生带电脑，你用它干什么呢？"

洛行感觉得到叶俏俏是善意的提醒，所以也没遮掩。

"我有个课程是在网上学的，这几天有点儿作业要交。"洛行抬起头看着叶俏俏的眼睛，说，"我今天就弄完，不在教室做了。"

叶俏俏把钥匙递给他："那你早点儿啊，别再熬通宵了，程老师知道了要说你的。"

"知道了，谢谢班长。"

洛行把翻译稿发送至编辑的邮箱的时候都快十一点了，他站起身伸了个懒腰，一下反应过来，宿舍马上要熄灯了！

他一看传送完毕，立刻关了电脑，稍微收拾了一下书本，塞进书包里，锁了门便往宿舍走去。

三人寝室和八人寝室不一样，虽然规定是十一点熄灯，但是可以申请延长熄灯时间，只是多出来的电费需要自己缴纳。

洛行不想影响室友休息，也没钱去缴纳多出来的电费，所以就在教室里写完作业才回去。

他推了一下寝室门，没推开，以为室友已经睡了，便找出钥匙开门。

冯佳刚洗完澡，穿着一条短裤，顶着一脑袋水从卫生间出来，肚子上的肉没来得及吸回去，抖了两下。

两个人四目相对，有点儿尴尬。

冯佳下意识遮了一下肚子上的肉，冷漠地咳了一声："你的东西在那边，自己弄去吧。我们有独立的卫生间，但是要及时打扫。霍行舟每次看见有人拉完屎不冲水就凶得要死，洗完澡、洗完脸把洗手池什么的都洗一下。"

洛行默默地想：冯佳嘴里的这个"有人"，说的是他自己吧？

洛行环视了一下寝室。

这里的环境比四中好很多，有空调和衣柜，还有两张大书桌，上头堆了不少杂物，看着似乎没人使用。

这栋楼后头是一大片珙桐树，光线不是很好，有一根树枝还从窗口伸进来，卡住了大半扇窗户，以至于没法关窗，所以霍行舟和冯佳两个人都睡在另外半边，正对着窗户的这张床是空的。他拆开地上的一个军用大袋子，里头枕头、床垫、床单、被子和蚊帐一应俱全。

当他将东西一一铺到床上，跪在床上整理被角的时候，门又开了，"砰砰砰"几声，洛行看见一个篮球跳进了他刚拿出来的水盆里。

霍行舟抬眼一看，他跪在床上，手里抱着被子，微微抬头看他，浅色的瞳眸衬得他更像一只猫了。

他忽然想起今天在卫生间门口，洛行不小心撞到自己时那副受惊吓的样子，觉得有点儿好玩，忍不住想逗逗洛行。

"你干什么呢？看见我回来行这么大礼。"

洛行正跪着系被罩的带子，一听他的话，低头看到自己像跪迎他似的，三两下系完了绳子爬起来。

"我没……没有。"他说完才发现霍行舟也不是真问他，就是随口一乐，边脱衣服边往浴室去了。

他刚打完球，出了一身汗，黏糊糊的，难受。

洛行的床正对着窗户，那珙桐花枝伸进来，有一半搭在床头的栏杆上，他没法睡。

他伸手往外推了推，冯佳一看，忙"哎"了一声："别动，老程说这枝子比我的胳膊还金贵，折我都不能折了它。"

那张牙舞爪地伸进来的花枝，随着他的动作宣示主权似的颤抖了两下。

看样子他只能跟这花枝友好相处了。

冯佳背过身继续打游戏："弟弟，敢打你大哥，我会飞你知不知道？你要能打到我，我就给你唱《征服》。"

霍行舟洗完澡出来了，他不爱穿睡衣，所以只在腰间围了一条浴巾，松松垮垮的，感觉多走一步就能掉下来。

和冯佳圆润的身材不一样，霍行舟居然还有腹肌，看不出一丝赘肉。

霍行舟看他坐在床上发呆，扯过毛巾胡乱擦了一下头发，在他的床板上敲了敲："想什么呢？再不洗澡要熄灯了。昨天你就没洗，还想两天不洗吗？脏小孩。"

洛行怕他误会自己不爱干净，脱口反驳："我才不脏！"

"傻。"

他嘴角的笑纹有些深，带着明显的莞尔。

洛行这才知道他在揶揄自己，迅速将东西收好，谨慎地把铁皮盒子用被子盖住了才说："我……我就来了。"

霍行舟看他像仓鼠藏宝似的，瞬间来了兴趣："你护什么呢？让我看看，不给看不让你下来。"

洛行遮得更严实了，一副"你敢轻举妄动我就剁了你的手"的架势。

霍行舟故意逼近他："干什么？什么宝贝需要藏着掖着？"

洛行不争论也不反驳，但就是不给他看，两个人对峙了半天也没个结果。

霍行舟觉得没趣了，"啧"了一声说："不看就不看。"

其实倒不是霍行舟真的想看里头的东西，只是霍行舟这个人坏得很，说句软话可能就算了，越是遮掩，他就越想逗逗对方。

洛行一脸防备地看着他："你别偷看我的东西。"

"你里头装的和氏璧吗？我真要偷看了，你还敢给我来个血溅当场？"霍行舟看他被吓住，故意伸手要去夺。见他真往后缩，便把手腕搭在他的床上，挑了挑被角。

这是一个什么类型的家伙？

"你求哥哥看都不看，你藏好了啊，可别露出来刺我的眼。"

洛行在那个小破盒子上盖了一层被子，回头看他一眼，大概是觉得不放心，又添了枕头，压得严严实实的。

霍行舟觉得无趣，转身倒了点儿水，喝完也上床了。

洛行把从生活老师那儿领的东西挨个儿放进盆里，又找到自己的换洗衣服，接着就进了卫生间。

他还有些衣服和书之类的东西在四中，胡佳文说这周是大休，周六和周日两天都不上课，他正好过去一趟，尽量都拿过来。

他们这间三人寝室和普通的八人寝室不一样，条件要好很多。他本就不习惯和别人一起洗澡，这倒是方便了。

他洗完澡把衣服洗了，想起冯佳说的话，又仔仔细细检查了卫生间有没有哪里不大干净，足足弄了将近四十分钟才出来。

此时冯佳已经打完游戏上床了，自来熟地支使洛行："洛行，帮我端一下水，我拖鞋上有水，穿了还得擦脚。"

洛行好脾气，走过去给他端了水过来。

冯佳喝了一口水，抽空道了谢又赶紧道："完了完了，我要死了！这玩意儿是从哪儿冒出来的啊？把我打死了我都没找到他在哪儿。霍行舟，你是村里唯一的希望了，带着我的遗愿活下去，我切你视角了。"

洛行一瞥屏幕，好像是时下很火的一个游戏。

冯佳把视角调到霍行舟那边，看见面前还站着一个人，问道："你玩吗？下次我们把李乐凡喊上，四排啊。"

洛行摇了摇头，他的耳朵听不了这种细微的声音，玩不了。

"不打游戏还有什么意思啊？光学习吗？你还想跟我们班长争第一啊？小心霍行舟揍你。"冯佳不解地把杯子递给洛行，随口道谢，"接一下，谢谢。"

"不客气。"洛行把冯佳的杯子放回桌上，没觉得惋惜，也没什么别的感觉。

他人生的前十七年都在学习，除了学习，他不知道还能干什么。

只是，为什么他跟叶俏俏争第一，霍行舟要揍他？

洛行抬头，往靠窗的床位看了一眼。

霍行舟指尖一动，一声果断又响亮的枪声响起，紧接着又是连续的几声枪响，冯佳踹了一下床板："漂亮！"

他的动作幅度太大，搞得霍行舟的床也晃了，手抖了几下。

"好好说话，别踢床。"

洛行看他眉头皱起又舒展开，鼻梁高挺，眉眼深刻，略垂着头，衬出流畅好看的下颌骨，没变，仿佛还是七年前那个少年。

霍行舟余光瞥见洛行一直在发呆，就是没抽出空看他一眼，等他杀完了所有角色才抬起头往对床看了一眼。

洛行正在爬楼梯。

"你洗完澡了怎么不关灯？"霍行舟把手机往床尾一扔，松松地扯了一下被子躺下去，转过头看了对面一眼，"我们寝室里不允许存在通宵学习这种恶习，听见没？"

洛行正背着身子，没听见他说话。

霍行舟没得到回应，冯佳正好起来上厕所，都快笑傻了："哈哈哈——什么恶习？霍行舟你也有今天。干得漂亮啊，洛行，就别理他。"

冯佳嗓门大，洛行这次听见了，转过头来迅速瞄了一眼霍行舟。他刚刚是又没听见吗？

洛行生怕再次错过霍行舟的话，紧紧盯着霍行舟的嘴唇。他说："不理拉倒，谁稀罕似的。"

洛行没说自己的耳朵有些问题，怕他发现自己的残缺会露出异样的眼光。

冯佳边走边说："虽然不允许学习，但通宵打游戏这种行为我是支持的，到时候你就跟我两票对霍行舟一票。"

"不用了，我不会。"洛行背过身去，小声说。

他连续熬了两天一夜，又奔波着去医院看校长，他已经很累了，几乎是沾了床没几秒就睡着了。

冯佳上床的时候看见他已经睡着了，目瞪口呆地去看霍行舟："这秒睡技能也太强了吧，我要能这么快入睡也不至于每天都是熬夜人。"

霍行舟"呵"了一声："要不要把他喊醒再陪你聊五分钟？"

冯佳一听这话，如临大敌："不了不了，我跟成绩好的同学聊不了五分钟。要不咱们俩聊五分钟吧，我跟你能聊到一起去。"

霍行舟转过身："不了，我跟你也聊不了五分钟。"

洛行早上起来刚想掀被子，一伸手，发现他的左手几乎麻木了，轻轻一攥便是一股钻心的疼。

他睡的这个床位被珙桐占着，窗帘也拉不上，正好有点儿光。

他从被子里伸出手凑近一看，红肿得连指缝都快没了，活像一只卤失败的猪蹄。

他呆呆地看了几秒才回忆起来，应该是昨天接霍行舟那个球的时候被砸伤的。

他太没用了，连个球都接不住。

他轻手轻脚下了床，没开灯，摸着黑进了卫生间，打开水龙头，调小水流用凉水冲了一会儿才缓解疼痛，感觉好一些了才开始洗漱。

他从卫生间换完了衣服出来，霍行舟和冯佳两个人还没醒，他又蹑手蹑脚地把床铺整理了，将盒子锁进柜子里。

霍行舟睡眠浅，虽然洛行的动作已经很轻了，但他还是被锁柜子的声音吵醒，睁了睁眼说："你等我跟……"

"吧嗒。"

霍行舟还剩一半话噎在嗓子眼里，看着眼前关上的门，嘴角硬是抽了抽。

这位新同学还能再无视他一点儿吗？

二中早晨的空气很好，带着水汽的栀子清香沁人心脾，不远处有人在修剪草坪和绿植，空气中带着一股打碎了的青草香。

洛行在操场边坐了一会儿，抬头看着钟楼，指针一点儿一点儿往前推进，还有二十分钟才到六点。

手机上有一条未读微信，是工作室那边发来的，说一周内把薪酬结了，问他还接不接翻译。

洛行想了想，回复：接。

那边的人很果断，又发了一份文件过来，比上次的要大不少，还有一份合同。

工作室那边的人发来语音："这次的翻译不同，是要把中文翻译成法文，霍砚生还答应以后会在下面署你的名字。"

洛行受宠若惊，把音量调到最大反反复复听，生怕自己听错了，又打字过去确认：燕然姐，您是说霍砚生吗？写《血里有风》的那个作者霍砚生？

燕然：是他，你的偶像，你不用确认这么多遍，以后有机会我引荐你们见面。哦，对了，你看了合同之后，打印出来签好了就直接寄过来吧。

洛行忙不迭地把两个文件都接了，又问了截稿日期，再一抬头，钟声正好响起，六点了。

他看着文件传输结束，把手机收起来，往食堂走去。

二中的课业比四中重很多，早上六点四十开始上自习，午休后有一节小课要做课时训练和练习册，下午和晚自习也有不同的卷子和模拟题要做。

虽然老师自己出的卷子是学期末才缴纳费用，但有些模拟题还是需要自己买。那些题虽然对他没什么用，但他下意识地不想让别人觉得自己和他们不一样。

他低低地吐了一口气。他希望和正常人一样，所以他要把每一件事都做到完美，不犯一点错，不给任何人添麻烦。

六点四十分，霍行舟掐点走到教室后门。原本闹哄哄的教室一下子安静下来，比班主任来了还好使。

九班的学生是调皮捣蛋，但他们都挺怕霍行舟的，很少有敢在他面前闹事的。

洛行一向对别人聊八卦没什么好奇心，加之这些小吵小闹在他耳里听得不是很真切，所以也没在意，一直在写卷子。

霍行舟站在后门，众人纷纷回头看他，只有一个人静静地坐在那儿写作业，连笔尖都没停顿一下。

他其实不是很喜欢走到哪儿都一群人尖叫或是围着，烦，但一次次被忽视还是觉得有点儿扎心。

"哎。"霍行舟走过来，像幼稚鬼上身般敲了敲桌子，成功地吸引了洛行的视线，"你写什么呢？"

洛行抬起手，让出一点儿空间，把作业往霍行舟的方向挪了挪："物理练习册。"

"哦。"

洛行忽然想起程老师的话，问他："你这节的题目写完了吗？"

霍行舟"哦"了一声，道："没有，我从来不写作业。"

洛行刚想说什么，就见他抽出一本课时训练，"哗哗哗"从尾翻到头，扇了一阵风出来。

上面他一个字都没写过，连名字也没写过，干净得令人心惊。

"你为什么不喜欢学习？"洛行比较委婉地问他，"你就没有什么想考的大学吗？"

霍行舟挺无所谓地说："完全没有。"说着，他忽然停了，一只手撑着脑袋看洛行，"那你呢？为什么这么喜欢学习？以后想考什么大学？"

洛行摇摇头，其实他也不知道，但学习这件事好像成了他的本能，一种镌刻进骨血里的习惯。

从小妈妈就不让他做除了学习以外的事情，他的童年没有玩具，也没有伙伴，唯一有的就是各种各样的学习资料。

后来他长大了，对伙伴和玩具的需求也没有了，相反，学习才能让他在一个又一个的小黑屋里找到一丝自由和阳光。

"你慢慢写吧。"霍行舟发现自己跟爱学习的好孩子也聊不到五分钟。

"嗯。"洛行点了点头，把试卷又拽回去，抬手的时候，霍行舟一愣，忙按住试卷。

洛行扯不动，问："怎么了？"

霍行舟蹙眉："你的手是怎么回事？"

洛行忙不迭收回手放到背后，怕他觉得难看，便道："没怎么。"

"没怎么会肿成这个德行？你拿过来我看看。"霍行舟蹙眉，要去捞他的手，又被避开。

他边躲边说："手没怎么肿，就是有一点点儿。"

霍行舟没了耐心："再不拿出来我揍你了，拿过来。"

他声音一大，教室里吵闹的人也被吓了一跳，齐刷刷地转头看过来。

只见他正冷冰冰地看着洛行,跟洛行要什么东西,而洛行闪躲着不让他碰。

众人议论起来——

"才来上课第三天就敢乱拿霍行舟的东西,不要命了吧?"

"怪不得张悬不喜欢他呢,乱拿别人东西就是小偷吧?换作是我,我也不喜欢。那以后我要把东西都收好,不能放在教室里了。"

胡佳文听着议论,往洛行那边看过去。只见他的脸有点儿泛红,低着头不敢看霍行舟,一副犯了错的表情。

难道他真的会偷东西?

霍行舟也听见了议论,抬头冷冷扫了一圈:"你们说什么?重复一遍让我听听。"

刚才议论的人缩了缩脖子,顿时不敢说话了。

"早自习不好好看书、写卷子,吵什么呢!"程利民站在前门,重重地咳了一声,"精力这么旺盛,给我出去跑十圈!尤其是你霍行舟,老实点儿!"

众人纷纷转过头,假装好好学习的样子。胡佳文最后看了一眼,也收回了视线。

洛行见不用和霍行舟僵持,也松了一口气,小声提醒他:"老师来了。"

霍行舟软硬不吃,脸色不太好看,在桌子下伸出手:"你要是不介意我在程老师面前检查你的手,你就尽管藏。"

洛行看着他比自己大不少的掌心,有些茧子,手指修长干净,无奈地咬了一下嘴唇,小心翼翼地把手从桌肚下递了过去。

霍行舟接过来一看,这还是一只手?

"我带你去医院。"霍行舟站起身,"老师。"

"又干什么?"

洛行在下面轻轻扯了一下他的袖子,压低了声音说:"我没关系,不要紧的,真的不要紧。不用跟老师说,也不用去医院。"

霍行舟垂眸:"你确定?"

"我没事的,就是昨天不小心碰到哪儿了,明天消了肿就好了。"洛行生怕老师听见,便小声跟他商量,"我不想去医院。"

他的声音细细软软的,眼里透着一股求饶的意味。

"到底什么事?"程利民看他跟一根木桩似的站着,脾气已经压到了极限。

霍行舟说:"没事,我的东西掉了。"

"掉了自己找找，别影响同学上课。"程利民没好气地瞥他一眼，眉头一皱，"洛行，你怎么搬到后面去坐了？霍行舟，是不是你干的？"

洛行怕程老师误会霍行舟，忙站起来说："老师，是我有些题不会做，想和霍同学坐在一起方便请教。"

程利民忽然记起来，自己还拜托过洛行有意无意影响霍行舟学习的事，正好省得自己调位子了，便"嗯"了一声让两个人都坐下了。

众人都想：请教个鬼！霍行舟连课都不听，请教他怎么嘲讽人吗？

程利民竟然还真跟着说了一句："那你们两个可要好好学习。"

洛行说了声"好"就坐下了，程利民继续在上面说一些校园风纪问题，诸如头发不要染色，不要过长，裙子不要过短，学生应该以学习为重，不要早恋。

程利民在上头唾沫横飞，霍行舟捏着洛行的手腕问事。两边夹击弄得洛行紧张不已，连程利民什么时候走了他都没发现。

"你能不能别盯着我？我想写作业。"

洛行的耳朵不好，听不见细微的声音，从小听力残缺带来的自卑让他本能地远离旁人，生怕霍行舟发现了会对他投来异样的眼光。

霍行舟眉毛一蹙，转身出去了。洛行看着他的背影有点儿慌：自己是不是惹他不高兴了？

明明他是来关心自己的，自己还这么不知好歹。

洛行去了一趟卫生间，等他回到教室，看到霍行舟还没回来。

他甩了甩手上的水珠，拿出手机准备回燕然的消息。这几天他的手受伤了，估计会有一段时间没法弄翻译文件，大概要延期交稿了。

洛行心想，如果延期交稿的话，不知道生活费还够不够他下个月用的，只能等手稍微好了赶工了，希望来得及吧。

燕然挺爽快的，一听说他的手受伤了，忙不迭发了个红包过来：我也没法儿去看你，你拿着去买点儿什么补补。也不多，权当我们工作室的心意了。

洛行没收红包，只道了谢：不碍事，不是什么大问题，燕姐的心意我就心领了，我会尽量及时交稿的。

燕然回了个表情包，说稍微晚几天也没关系，养好伤再说，别落下病根儿。

洛行看了看时间，差不多要上课了，便收了手机放回桌肚里。

学生陆陆续续回到教室落座，上课铃也响了起来。他偏头看了一眼旁边空荡荡的座位，霍行舟还没回来。

他是不是真的生气了？

洛行一只手艰难地从演算本里撕下一张纸，迅速写了几个字，像做贼似的夹在他的课本里，又快速地收回手。

他翻开课本，又是干净得令人发指，一样没写过一个字。

洛行有点儿担忧。程老师上回交代他稍微影响一下霍行舟学习，这都好多天过去了，他还没有半点儿进展。

如果直接提的话，说不定霍行舟以后都不跟他说话了。可他是真的好想让霍行舟学一学。

兴许他们真的能读同一所大学呢。

那个时候他要是也能和霍行舟在一个班该有多好！也许还能跟霍行舟一起打球。

他一定会认真地学打篮球，那时候一定能接住霍行舟的球！

他呆呆地看着霍行舟的座位出神，连上课铃响过了都不知道。还是张悬转过身，让他帮忙扔垃圾，才把他拉回现实中。

这节课是英语课，老师姓廖，最近请了几天假，洛行还是第一次上她的课，据说非常严苛，眼里揉不得半粒沙子。

年轻的女老师不过三十岁，戴着眼镜，头发剪得极短，凌厉又干练："上课。"

洛行摊开英语书，按照老师的话翻到第十七页，整个教室安静得掉一根针都能听得一清二楚。

廖老师两只手撑在讲台上，条理清晰地讲了起来。

这些课洛行都已经自学过，所以就没怎么认真听。廖老师大概发现了，中间几次喊了他起来回答问题。

他都答对了，廖老师也没什么话说，只是皱着眉交代了一句"专心上课，不要开小差"。

洛行坐下来，还是控制不住自己的思绪，心不在焉地看着旁边的空座位。

下课了，张悬站起身，正巧看见洛行盯着霍行舟的课桌，于是伸了个懒腰说："你别看了，他上不上课全凭心情，指不定今天一天都不过来了，你有同桌等于没同桌。"

洛行垂下眼帘，本来还以为能一起上课，结果他居然不常来？

"他一周有六天不来上课，你想找他可以去那边的球场，要不然就去文德楼，他在那边睡觉、打游戏呢。"张悬伸了伸腿，打开一局游戏继续玩。

"谁说的？"霍行舟站在后门处，手里拎了一个挺沉的包裹，冷冷地扫了张悬一眼，走到了位子边上。

霍行舟把包裹往地上一放，拉过椅子面对着洛行坐着。洛行紧张地看着他。他脸上看不出情绪，洛行一时也拿捏不准他现在的心情，紧张地低声说："你回来了。"

"你把手伸过来。"霍行舟从兜里摸出一支长条形的药膏，拧开了，看见洛行还是呆呆的，蹙眉道，"听话。"

听话。

他离得很近，声音没刻意压低，也没刻意拔高，只是放得软，像哄着不听话的小孩儿一样。

洛行真的就把手递给了他。

霍行舟把药膏挤了一点儿在自己的手背上，揉匀了才用指腹一点儿一点儿抹到他的手指上，边抹边轻轻地吹手指："疼的话你别忍着，告诉我，我轻点儿。"

洛行垂眼看着他，看他给自己抹药。

刚才他不在不是生气，是特地给自己买药去了，现在还给自己抹药。

"不疼。"洛行才一开口就发现自己的声音颤抖得不得了，忙又咬住牙，把话塞回了肚子里。

霍行舟指尖的动作轻极了，轻轻地吹着伤处："怎么不疼？肿成这样还不疼？声音都在抖了还撒谎。重说，到底疼不疼？"

"有……有一点儿。"洛行其实是真的不太疼，他小时候就吃过很多苦，疼对他来说是家常便饭，所以他比常人耐疼。

他一直都知道霍行舟只是表面看上去有些凶，其实心地很好的。

"好了。"

霍行舟给他上完药，将药膏拧上盖子放进自己的桌肚里，又交代他："医生说你这只手最好别拿什么东西，也别乱动，自己疼了还是痒了也不许瞎揉。"

洛行暗想：我哪有那么娇气？

霍行舟估计猜到他在想什么，用纸巾擦干净手指，轻敲了一下他的额头说："让我看见你不听医生的话，就把你的手捆起来，到时候你连卫生间都没法儿去。"

洛行忙摇头："我不乱动。"

霍行舟满意地说道："你要什么就叫我给你拿，这个药一天抹三回，我每天都会提醒你的。"

他说着脚尖一钩，把刚才那个沉重的包裹给钩了过来。

"有人给你寄来的，我在门口看到就给你带过来了。"霍行舟看了一下他的手指，问，"要帮你拆开吗？"

洛行低头一看快递单上的寄件人，眼睛瞬间亮了，激动地抬起头："嗯嗯，麻烦你了。"

霍行舟蹙眉，心想：你买的什么东西，这么激动？霍行舟从他的笔袋里找出美工刀，小心地把包裹拆开，看见里面全是霍砚生的书，一口气差点儿没上得来。

洛行的眼睛闪闪发光，欣喜地看着快递箱里崭新无比的书，里头可有霍砚生的签名呢！

"还拆不拆？"霍行舟问。

"不拆不拆。"洛行不舍得拆封，像对待珍宝似的摸了摸，又放回快递箱里。

霍行舟还是第一次看见他笑，眼睛像两弯月牙倒扣下来似的。

"有什么好看的？三句话有两句都是废话。你少看点儿，小心把脑子看坏了。"

洛行还沉浸在收到这么多本签名书的喜悦里，突然被当头浇了一盆冷水，嘴角的笑意半凝固了："你不喜欢他的书吗？那我收起来。"

洛行有点儿局促地按着纸箱边缘，不知所措。

霍行舟看着他的表情，将要脱口而出的话在舌尖拐了个一百八十度的弯："不是，挺好看的，我屋里也有几本叫《血里有风》还是什么的，拿来垫桌脚了。"

洛行一听，艳羡又克制地看着他。

《血里有风》这本书只出版过一次，都二十年了也没有再版，现在他想找到一本都很难了。

霍行舟猜出他的意思，故意逗他："想要？"

洛行搓着自己的衣角，克制地看着他："可……可以吗？"

霍行舟撑着桌子歪头冲他笑："叫我一声哥，我就给你书。要不要？"

洛行看着他嘴角的笑意，正艰难抉择时，上课铃突然响了。

这节课是程老师的课，洛行见霍行舟转身，以为他是要走，小声问：

"你不上课吗？"

"不上。"

洛行本来准备了话应对，没想到他这么直截了当地说不上，全无用武之地般泄了气。

霍行舟见他一脸失望的样子，忽然又坐回来看着他说："我问你，这周六我有场球赛，你来不来看？"

洛行想去，可这周他要回四中去取东西，还想去看看校长，翻译也要加紧做了。

"你来看我打球，我这节课就不出去，怎么样？"

洛行见程老师已经走到前门了，生怕霍行舟会再挨骂，再想起程老师之前的交代，他连忙点了点头："我答应你，你快点儿坐下。"

程利民站在讲台上，习惯性地往后面看了一眼，霍行舟竟然没溜出去，也没睡觉，而是低着头在看书。

霍行舟转性了？

他再一偏头：哦，多半是洛行的劝解有效果了。

看来还是学生和学生之间好谈话，程利民打心眼里觉得把洛行安排进他的寝室的这个决定非常明智。

互帮互助，友爱和谐。

瞧瞧，他们两个人学得多认真！

霍行舟大咧咧去看洛行的侧脸，看了一会儿才发现，旁人上课都是低头记笔记，时不时抬头看老师和板书一眼。

他好像全程都在盯着老师，只有老师转过身写板书的时候，才低头在笔记本上记东西，或是头也不低地"盲写"。

"哎，你的笔记借我看看。"霍行舟抬了一下手，左手伸出一根手指轻敲了一下他的手肘，"让我看看你写的什么东西。"

洛行迅速在上头把字补完，轻轻地朝他推过去。霍行舟垂眼一看，字迹工整又漂亮，完全不像没看本子写出来的。

虽然看着是行云流水，可每一个字又带着一股若有似无的坚硬感。霍行舟撑着下巴看他的字，又别过头去看他这个人。

虽然他看着软软的，身上却莫名有种冷漠、疏离的气质。

"还你。"

洛行接过笔记，往自己这面拉了一下，结果又被他按住。霍行舟压低了嗓音问："我那天打比赛，你来不来给我加油？"

洛行知道不回答他的话自己就没办法好好上课，飞快地看了一眼讲台上的程利民，翻开笔记本的最后一页，撕掉一个角，写了一句话推过去：你好好听课，我就去。

霍行舟接过字条果然没再说了，安静了整整一节课，也不知道在想什么，伸着大长腿坐在那儿乖得很。

一节课很快过去。

程利民满意地朝洛行点了点头，下了课笑眯眯地走了，临走前交代了一句："这周临时调整大休时间，后天下午的小课结束就可以回家了。回去的时候注意安全，在家认真复习，不要出去乱逛。"

下午的小课在午休打扫完卫生之后，只有一个小时，相当于下午两点半就可以放学回家了。

胡佳文原本坐在洛行的前面，他调换了位子之后两人中间多了一个空位。

他往前探着身子大声问："洛行，你回家吗？"

教室里原本就嘈杂，他说话的声音也不算大，洛行没听见。

胡佳文绕到后面来，又敲了敲洛行的桌子："这周大休，你还回不回家啊？我们学校门口不好打车，公交车又挤得要死。你住哪里啊？不如一起拼车吧？"

洛行写字的手指一顿，垂眼说："我不回家。"

胡佳文"啊"了一声："我们一个月才能有一次大休呢，平常都是只休半天的，你爸妈不在家吗？"

不知道是不是错觉，霍行舟感觉胡佳文说完这么一句无心的话之后，洛行的脸色突然白了一下，不是很自然地眨了眨眼睛，嘴唇抿成一条线，仿佛在忍着什么。

霍行舟看洛行和胡佳文说话时一问一答，比跟自己讲话时自然多了，"啧"了一声："顺什么路？你家住苍化，鸟飞过去拉屎都嫌费劲。"

胡佳文心想：我不就是想约洛行一块走吗？关你霍行舟什么事？他撇撇嘴，跟别人一起拼车去了。

大概是因为大休调整的好消息太令人兴奋了，同学们连午间练也没什么心思上了。

三三两两的人在一起聊天，讲自己"爱豆"最近又演了什么新剧，发了什么新歌。

还有不少人把手机拿出来打游戏，剩下的则肆无忌惮地聊微信、看电视剧。

九班向来是全校的反面教材，学校管不动，时间久了也就放弃了，让他们自娱自乐。

　　只有程利民还对他们抱有希望，尽情地发挥着园丁的光和热，希望能把他们这一株株小树给修理直溜了。

　　洛行拿出手机给以前的室友发了一条微信，告诉他周五下午过去拿东西，问他会不会在。

　　很快，那边的同学就回复过来：啊？你的东西让你妈妈拿走了。

　　洛行把聊天界面关了，指尖在一个名字上停顿了很久，想点下去又下不了决心似的。

　　结果他一点开，聊天框上显示对方正在说话。

　　几分钟后，手机果然振动了一声，屏幕闪了一下，显示是一条语音消息。

　　估计是见没有回声，赵久兰又发了一条。

　　这次是文字，不长，但字字诛心。

　　霍行舟靠在后门的门框边看着洛行低垂着头，不知道想起了什么，转头走了。

　　周五下午，向来在教室停留最久的洛行一下课就走了。霍行舟打完球回到教室，只看到一个空荡荡的位子。

　　江城的天气阴晴不定，上午还是艳阳高照，中午就开始乌云盖顶。洛行站在摇摇欲坠的公交车站牌下，被雨打湿了半个身子。

　　公交车上的空调开得足，他忍不住打了个哆嗦，艰难地踮起脚把空调口关了。

　　有人下车，洛行抬头看了一眼，没有老弱病残需要让座，便自己坐了下去。他靠着车窗看外面，雨势越来越大，被风吹在窗户上，砸碎了又流下去。

　　路两旁的店铺门口站满了躲雨的人，一闪而过的蛋糕店里，靠窗的位置坐着一对母子，小朋友高高地举着勺子喂母亲吃蛋糕，年轻的母亲笑着揉了揉儿子的头。

　　洛行收回视线，取出手机看了一下，天气预告说这场雨还将持续四个小时。

　　他看着膝上的蛋糕盒，用袖子擦了擦上面的水渍，鹅黄色的外包装上，两只卡通小兔子正踮起脚给大兔子喂食。

这家店的蛋糕是赵久兰爱吃的，她几乎每天都会买一小块，他吃过一次。

他刚被确诊几乎失聪那天，有个男人来病房探病。赵久兰那天很高兴，喂他吃过一口，很甜，有浅浅的栗子味。

洛行抬头看着公交车顶，脑子里乱七八糟的。他已经很努力地做个乖小孩了，邻居和老师都说他很乖，到底他还有哪里做得不好？

距离九岁的生日已经过去了七年多，那口栗子味蛋糕好像还停在他的舌尖，只是他记不起那天赵久兰有没有揉过他的头，说他乖。

他记不清了，那种细节。

他只记得那个时候他听不见了，很慌，很害怕，也想哭，却又不敢表现出来，怕妈妈担心。

车程很久，快到终点站的时候，天穹黑得似乎要压下来。

司机把车内的灯打开，发现后面还坐着一个人，看他一直靠着车窗，还以为他睡着了："小朋友，你到哪儿下？"

洛行回过神："终点站。"

③
择一路
而行

✦

　　雨越下越大，雨刮器摆动的频率也越来越快，到终点站后雨势丝毫没有减小。

　　司机将车停稳后，打开后门。

　　洛行怕手机被弄湿，就一直放在书包里，可又怕蛋糕盒子散了，只能抱在怀里，下了车后迈开步子冲进了雨幕里。

　　他们住在一个老旧的家属院，四周都拆迁了，只剩这一个老院子在风霜雨雪的洗礼下越发残破，彰显着岁月的痕迹。

　　邻居奶奶出来倒水，差点儿将一盆开水泼到他身上，吓了一跳，赶忙去拿伞："洛行，你怎么淋着雨回来了？没让你妈妈接你吗？快过来躲躲雨。"

　　洛行抱着蛋糕盒对她说："不碍事，我先回家了，周奶奶再见。"

　　"来吃一块糖糕再……唉……"周奶奶看着洛行的背影，幽幽地叹了一口气。

　　赵久兰跟她住在一个大院，从来没有跟她说过话，孤僻又古怪，反倒是她家的这个孩子乖得不行。

　　周奶奶转过身看见自己的小孙子，伸手点点他的鼻尖："乐乐，你看看你洛行哥哥，从小可乖了，见到谁都很有礼貌地喊人，也不在外头调皮，放了学就回家写作业，再看看你哦。"

　　周奶奶边数落边从一旁的蒸锅里夹出一个刚蒸好的糖糕放在小盘子里。

　　"谢谢奶奶。"乐乐捧着盘子，仰头甜甜一笑，"乐乐也很乖呀！"

　　周奶奶捏捏他的小脸："你慢点儿吃，别烫着。哎哟，真乖，这么一大口，好吃吗？"

乐乐吃了满嘴，直点头："奶奶做的甜糕最好吃了，你也尝尝。"说着夹起一块递给奶奶。

周奶奶弯腰吃了甜糕，笑着揉了一下他的脑袋："乐乐真是奶奶的小心肝，没白疼！"

乐乐晃着腿坐在椅子上，"嗷呜"两口就吃完了甜糕，递回盘子："奶奶，还要一个大的！"

周奶奶笑着去揭蒸锅盖："好好好，大的！"

洛行绕过半个院子，走到最后面的那个小院落，推了一下大门没有推开。他浑身都湿透了，冷得直打哆嗦，钥匙几乎都拿不稳。

他好不容易才将钥匙插进锁孔里，却拧不动。

应该是换了新锁。

洛行没再坚持，把钥匙塞进书包侧袋里，站在门口的屋檐下甩了甩头上的雨水，又拧了一下衬衫的下摆。

怀里的蛋糕盒有点儿湿了，雨水顺着下巴滴下去。他抬手抹了抹，揭开盒子看了看，里头的蛋糕没散也没湿。

他松了一口气。

还好。

他看着雨幕出神，不知道过了多久，雨势好像有点儿小了，东南方隐约出现一道彩虹，浅浅的。

洛行抬手，刚想触摸那道彩虹，就听见身后传来锁芯转动的声音，他立刻放下手转过身去。

"回来了？"赵久兰嫌恶地看他一眼，瞥见他浑身湿透，头发上滴着水的样子，眉头一皱，"怎么不敲门？"

"我刚到家，想敲的。"

洛行没说自己敲了门她没听见。

他艰难地扯出一抹笑，把揣在怀里小心翼翼护了一路的蛋糕递给她："妈妈，你喜欢吃的蛋糕，我在回来的路上看到就买了一块。"

赵久兰站在干燥的门廊下，居高临下地看着门外湿漉漉的洛行，冷漠地伸手接过来。

洛行松了一口气："我今……"

她狠狠地一扬手。

蛋糕在地上摔得四分五裂。

纸盒子坍塌在地上，鹅黄色的奶油顺着边缝淌出来被雨水浇透，被水流裹挟成长长一股流进了下水道。

洛行呆呆地看着奶油被雨水拖拽出的痕迹，天空中又劈下一道雷，雨更猛烈地泼下来，淋得他睁不开眼睛。

"你是不是去医院看过华振生？"赵久兰问。

华振生是校长的名字，洛行点了点头："校长住院了，我想代您去看看他。"

"代我去看？他自作自受，轮得到你去看他？你的成绩完全是一中的水平，他把你送去二中就是收了好处，顶替你的名额！"赵久兰表情冷漠地指着他骂道，"还是你认为是我做错了，需要你去认错道歉？"

雨兜头浇下来，洛行呼吸困难，吞了一口雨水才能说话："不是，我只是去看看他。"

赵久兰："他在害你！七年前他就害过你一次，要不是我及时带你转学，你就毁在他手里了。我这么多年的教育，你全忘到脑后了！"

"我没有忘。"

他没忘。

那天，她用一本教辅书夺走了他七成的听力。

洛行敛眉，从骨头往外发冷，十月的天冻得他瑟瑟发抖。

"你进来吧，别用那张乖巧的脸装可怜博取别人的同情心，让人知道还以为我不让你进家门。"

赵久兰拿起靠在门边的伞，撑开了走在前头，洛行看了一眼已经成为垃圾的蛋糕，眨了眨眼睛，抬手抹了抹眼睛里的雨水。

洛行轻轻打了个喷嚏，没跟着她进屋，只是站在雨里轻声说："我先去换件衣服。"

这个小院子不算小，两侧种了很多稀奇古怪的花，长势很好。

小院子里有三间房子，一间带小阁楼的是赵久兰住的，角门一侧是洛行自出生以来就住的地方，常年没有太阳，阴冷潮湿。

他推开门进去，因为很久没有进过人，一股发霉腐朽的气息扑鼻而来。

洛行打开灯，灯光照亮了狭小的房间。

教辅书参差不齐地堆在木板上，几乎顶到了房顶，里头的知识艰深晦涩到很多人都看不懂，但他从小学就开始学了。

当别的孩子调皮撒娇的时候，他就在这个小房间里，把自己埋在这些艰深的知识里。

洛行收回视线，看向角落里的那张床。床已经有点儿小了，还是他上初中时睡的。

地上放着他留在四中的行李，他找出一件衣服换上，又用塑料袋把湿衣服装起来放进行李袋里，再拉上拉链。

他取出伞，深吸了一口气撑起来，看也没看对面那间单独的小房子，径直到了主屋的檐下，把伞收了搁在一旁才进门。听见她在打电话便没出声，只是静静地站着。

赵久兰养了一只猫，是她的宝贝，一只雪白的不知道什么品种的猫，两只眼睛是不同颜色的，一只金色，一只蓝色，它正窝在她的膝上睡觉。

窗边有个手工猫爬架，旁边是赵久兰做的猫睡篮，还有些进口猫粮放在橱柜上。

她动作轻柔地抚摸着猫的背，生怕弄疼了它。

洛行平静地看着它。他从有记忆起到现在从来没有得到过赵久兰一丝一毫的笑容，这样的温柔她宁肯给一只猫，也不肯施舍给他。

这么多年了，他也不知道是为什么。

小时候，他第一次考第一名，捧着荣誉奖状到她面前，她冷冷地"哦"了一声。

后来他长大了，得了各种竞赛的第一名，在接触的每一个领域做到最优，也依旧没能换来赵久兰的一丝关怀。

小时候他不懂，后来长大了才逐渐明白，赵久兰对他只有恨，深入骨血的恨。

十月二十八日，就是明天，估计这是她叫自己回来的原因。

洛行不知道这一天是什么日子，只知道这一天，哪怕他没有惹她不高兴，他也必须在那间漆黑的小房子里度过。

从心心念念做到最好，祈求母亲的一点儿温柔和夸奖到心灰意冷，洛行现在已经不会再期盼别人给自己一丝温情了。

他能依靠的只有自己。

洛行别过头看向门外。赵久兰打完电话，斜斜地朝他冷笑了一声："你现在大了，回个家都要我三催四请求你回来。"

洛行低头不语。

赵久兰狠狠地瞪着他，仿佛在看仇人。

"我没有骗过您。"洛行抬起头，认真地向她承诺道，"二中的教学质量也很好，升学率虽然不如一中，但也不差。妈妈，我的成绩不会下降的。"

赵久兰看着他这张越来越像某人的脸，恨不得将它撕碎："你的成绩不会下降？从小到大要不是我费心教育你，你现在早就不知道堕落成什么样了，现在你还有资格在我面前说这种话？"

洛行垂下眼帘。

"我听说你被调到九班去了。那是个什么班？鱼龙混杂的，你拿什么保证？跟着那群调皮捣蛋的坏学生你能学到什么？我找你们校长把你换到十一班去。"

"我不换。"洛行抬头。

"啪！"

洛行被赵久兰狠狠一耳光甩得半边脸都麻了。

"你翅膀硬了，就不听我的话了是吧？！"

赵久兰的指甲狠狠地攥进手心，眼里满溢出恨意，像是想要把他撕得粉碎。

洛行没动。脸颊火辣辣的，不用看也知道是被指甲划了一道，但他一点也不关心自己的伤。

转学去二中，这是他这辈子唯一一次没有听她的话，也是唯一一次遵循自己的内心，叛逆了一回。

"你去不去？"

"不去。"

洛行的声音很轻，却很坚定，没有因为这一个耳光退却："我们班长是年级组第一名，还有好几个同学是年级组前二十，我在九班不会被影响的。"

"好，不去。"赵久兰冷笑道，尖锐的指尖指向门口，"你给我滚！"

洛行转身拿过门口的雨伞，却发现天已经转晴了。他头一回主动走到对面的小房间。

他站在门口，看着那把锈蚀严重的锁，深吸一口气，拉开门踏了进去。

赵久兰想起他离开时的那个眼神，狠狠地攥紧了手。

那个眼神将她瞬间拉回十七年前，同样的决绝，毫不留恋的眼神，就像一个烧得通红的锥子在她的心上狠狠地扎着，烫得她皮焦肉烂，痛彻骨髓。她愤怒地摸起手边的茶杯，狠狠地砸向地面，茶杯摔得四分五裂。

不可以，她不可以让洛行也跟那个人一样离开她。

洛行关上门，抱着膝盖坐在地上，身上的衣服干了又湿，湿了又干，好不容易熬到有一丝天光照进来。

他拉开门，被晨风一吹，不由自主地打了个寒战。

他记得今天是霍行舟跟人比赛打球的日子，地点在市中心的江城体育馆，离学校很远。

赵久兰还没起来，他拿过扫帚把地上的碎瓷片清理了，又走到厨房清洗了很久没用的砂锅，在灶上煮了粥。

他从菜缸里取出一个榨菜球洗干净，切碎了泡上调料，等粥差不多了又关了火，在桌上留了一张字条，便拎着行李离开了。

这次他没有回头。

"哎呀，洛行，你怎么不在家多住一天，这就走啦？"周奶奶正要出去买菜，瞧见他一大早就走，忙问，"你的脸怎么回事？"

洛行不想告诉她自己被打了，只匆忙说了一句："学校课业很忙，我就不在家住了，周奶奶再见。"

因为做饭花了一些时间，已经快要八点了。

洛行快步走到站台等着，又是昨天那个司机，见到他眼熟，笑了一下："哟，小朋友赶这么早的车啊。"

洛行点点头。

上午车里人少，也不是上班的点，不堵车开得很快。

他把东西送回宿舍，看时间还早，就洗了个澡，换了衣服。镜子里的左脸有点儿肿，还有一道两指长的血印子。

他不太想去，但这是霍行舟的比赛，而且不去的话，自己也没存霍行舟的电话，不能向他说明。

他纠结了半晌。

他用凉水浸透了毛巾敷在脸上，冰得皮肤都麻了，才感觉消了点儿肿，但血印子就没办法了。

如果霍行舟问起，就再想个借口来搪塞过去吧。

霍行舟穿着球衣，手里托着球，看似轻轻地往前一送，篮球就像认识路一般径直跳进了篮网里，带起一阵欢呼。

他时不时往门口看，皱眉想，这都过去二十分钟了，该不会是洛行忘了吧？还是骗他的？

他今天要是敢不来……

霍行舟想了想，非得把他……霍行舟想了半天也没想出怎么罚，眉头皱得更紧了。

"霍祖宗，你看什么呢？"冯佳见他手里的球都被陆清和抢走了，眼都要急红了。

"没看什……"

他才一开口，就看到一个人猫着腰从门口溜了进来，脸颊红红的，鼻尖也挂着汗。

他收回视线，转过头看向陆清和。抢我的球是吗？

"看我怎么教你做人。"

陆清和没理他，一脸冷漠地运球朝篮筐去了，明摆着是要赢。

来看比赛的人不少，本班有不少，其他班的也有不少。男生、女生分开了坐，各自尖叫，加油叫好。

洛行找了一个角落坐着，一转头，发现叶俏俏竟然也来了。

她坐在中间的椅子上，旁边有一群女生围着，她微微笑着听别人说话，看起来融洽得很。

那几个女生双手做喇叭状尖叫，仔细一听，喊的是霍行舟。

叶俏俏抿唇不语，微笑着看向场上。

"加油呀！"

叶俏俏是班长，每次都考年级第一，性格好，人温柔，长得也好看，会主动把饭卡、水卡借给他，看到他在教室里用电脑也没有说出去。

这样的女孩估计没有人会不喜欢。

他记得学校里有人说，霍行舟和她关系很好，霍行舟对别人都很凶，却从来没跟叶俏俏说过重话。

叶俏俏似乎发现了他的目光，转过头来友好地笑了笑。

"啪！"

洛行正想得入神，突然一本书砸到了自己旁边的椅子上。

他吓了一跳，下意识地看了一眼。

封面赫然写着"血里有风"四个字，洛行震惊地抬起头看向来人。

"傻了？"

霍行舟一只手撑在他的椅背上，弯腰拿过他膝盖上的手机："来看我打比赛，还是来聊天的？"

洛行呆呆地看着他，霍行舟抬脚轻轻碰了一下他的脚尖："动动，让我进去。"

洛行连忙缩回脚让他坐进来，霍行舟左右看了看他："你带水了吗？"

洛行来的时候很匆忙，没有带水。霍行舟转过头看了女生那边一眼："俏俏，扔两瓶水过来。"

"你们俩都这样！我要是不带水你们就不喝啦？"叶俏俏的话语听起来像不情愿，但很快便拿出两瓶水，让一旁的女生递一下，娇嗔道，"下次不给你们带了。"

女同学红着脸递水给霍行舟，又飞快地坐了回去："俏俏，俏俏，你们班霍行舟真的好帅啊！就是看起来不太好相处。"

霍行舟拧开一瓶水递给洛行，自己又拧开另一瓶喝了两口，忽然盯着洛行的脸问道："你的脸怎么了？有人打你？"

洛行下意识去捂脸，小声撒谎："没……没有人打我，是我早上下床的时候不小心被花枝子刮了一下。"

洛行眨眨眼，有些不自在地躲避他的眼神，怕他发现不是被树枝刮的。

"那破花，回头给它剁了。"

洛行一时分辨不出他话里的真假，忙道："你别砍它，程老师知道了要说的！"

霍行舟嗤了一声："一根破枝子，留它在屋里长半年够给面子了，还敢伤人，想成精？"

洛行被逗笑，见糊弄过去了也松了一口气，视线不自觉地又投向手边的书上，矜持地问他："那个，这是给我的吗？"

"嗯。"霍行舟仰头喝水，闻言随口应了一声。

洛行提醒他："《血里有风》，书……"

"聊完没啊？开打了。"冯佳在下面高声喊，打断了洛行的话。

霍行舟拧了拧瓶盖，站起身，越过他时拎起书丢到他怀里。

"谢谢。"洛行捧着书，小心翼翼的，生怕碰坏了似的抱在怀里。

早上霍行舟下楼的时候路过书房，忽然记起这件事就进去了，翻箱倒柜从里头扒拉出这本许多年前出版的书，往他爹面前一放："爸，签个名。"

"干什么？"霍叶山正在吃早餐，上下瞥了他一眼，动都没动。

"送同学，你就在上面签个名不得了？问那么多，你又不认识。"霍行舟"贴心"地拿走了他刚剥好的鸡蛋，换成了钢笔。

霍叶山无奈地在上面签了名。

霍行舟咬着鸡蛋，见他签完了，抽纸擦干净手，端起碗三两口喝完了粥，拎起书就走。

霍叶山在身后问他送给什么人，霍行舟往后一摆手："您这书有人喜欢就知足吧。"

啧。

洛行看霍行舟不知道在想什么，以为他舍不得给，连忙补充了一句："你有没有什么喜欢的东西？下次我送给你吧。"

霍行舟本来想说，我家里还有几十本，垫桌脚我都嫌厚，不好使，要你的礼物干什么？但话到嘴边，他突然拐了个弯儿，说："喜欢就行。"

洛行认真道："那……你喜欢什么？或者只要我能做到的，你都可以提。"

"我还没想好，往后再说吧。"霍行舟站起身，把那点儿几不可察的汗水往自己满是汗味的球衣上一抹，"你好好看我打球，手机没收了。"

洛行看着他大长腿一跨，顺道拎走自己的手机，往旁边的球袋子上一丢，刚想伸手就见他眼神一变："干什么？"

洛行立刻收手，摇头。

"你别想偷溜走，待会儿打完球我带你去一个地方。"霍行舟说完就走了。

洛行没敢去拿手机，也不敢低头去看书，只能端端正正坐在那儿盯着他看。

虽然洛行不是很懂球，却也看得出这一场打得不是很容易，对手好像也很强。

对方失了球的时候，叶俏俏嘴角一抿，不知道在想什么。

洛行顺着她的视线看去，看到对面那个和霍行舟差不多高的男生也回过头看了叶俏俏一眼。

他是谁？

在洛行持续开小差的两个小时里，比赛终于结束了。

霍行舟这边赢了，对方也挺友好地过来和他对了一下拳头，笑着说了些什么，就去收拾东西走了。

叶俏俏远远地朝霍行舟点了点头，抱着水和自己的包朝那个男生跑去，微微仰起头看他把水喝完。

"你看什么呢？"霍行舟问。

洛行怕他看见叶俏俏和那个男生很熟悉的样子，忙道："没看什么，你打完了吗？"

霍行舟有点儿无语，这人都走光了，你说打完没？

他弯腰拎起洛行怀里抱着的那瓶水，拧开瓶盖一口气喝完，然后像投篮一般精准地将瓶子扔进垃圾桶，又朝洛行歪了一下头："走了。"

霍行舟走在前头，拿东西的时候看见洛行的手机还躺在自己的球袋上，他竟然真的乖乖的没来拿。屏幕突然亮了一下，尽管他无意偷看，却还是瞄见了几个字。

霍行舟的手掌无意识地握紧手机，上面的文字扎到眼睛里，连他自己都没发觉眼中弥漫着戾气。

"霍行舟。"洛行有些疑惑，"怎么了？"

霍行舟回过神，按了一下锁屏键，装作什么也没看到，自然地把手机往他怀里一扔："饿不饿？"

洛行抱着书轻轻地摇了摇头："不是很饿。"

霍行舟看他匆匆忙忙过来，估计也没顾得上吃饭，也没管他是不是撒谎，把篮球三两下装好，在前头走着。

"我打了半天球有点儿饿，你跟我一块吃饭吧，一个人怪没意思的。"霍行舟看了一眼大门，冯佳将自行车蹬得虎虎生风，"冯佳那家伙不讲义气，一听说女神需要帮忙扭头就走了。"

霍行舟不知道洛行爱吃什么，索性就去了和冯佳他们常去的一家烤肉店。

"你爱吃什么自己点。"

洛行从来没跟人出来吃过饭，赵久兰不许他交朋友，也不许他放了学在外头逗留。

"你点吧，我都行的，不挑食。"

"行。"

洛行第一次单独和霍行舟吃饭，不知道该说点儿什么。他想了想冯佳平时和他聊天的样子。

算了，他好像做不来那样。

两个人也没有那么熟稔。

洛行抬头去看他。他微侧着的脸上带着点儿漫不经心，笔尖在菜单上敲了敲，随手勾了些菜品。

"你吃不吃甜的？"霍行舟问。

洛行还在发愣，霍行舟拿笔敲了敲他的脑门，又问了一次。

"吃的。"

霍行舟"嗯"了一声，往后翻了翻菜单，又多点了几个甜品和甜度适当的小点心。

洛行吃饭很安静，基本不怎么主动开口说话，都是他问一句才答一句。

霍行舟想，他要是在自己家，估计自己妈能把他疼到骨子里去，天天心肝宝贝地捧在手心里，关键他还是自己爸的铁杆小粉丝。

他的视线不经意扫过那本《血里有风》，其实他也看过这本书，虽然他总嫌弃，但不可否认自己亲爹在文学界的地位。

这本《血里有风》写得的确好，将残酷冰冷的世界写得入木三分。

只是，他这种小孩怎么会喜欢看这种书呢？他能从这本书里找到共鸣？

霍行舟心不在焉地翻着肉，看着洛行侧脸的伤，又想起那条辱骂的微信。

霍行舟其实有点儿想问那个人是谁，是不是有人欺负他，到底他藏着什么心事，但他不知道该以什么立场开口。

如果自己问了，会不会又在他的心里多添了一层伤害？

"霍行舟。"

"嗯？"

洛行吞下嘴里的肉，轻轻用筷子尖戳了一下碗里堆积如山的食物，小声说："你能不能别给我夹菜了？我吃不下了。"

"啊？"霍行舟蹙眉，暂且把那条微信搁到脑后，"这点儿菜就吃不下了？难怪你这么瘦，再吃点儿。"

"我真的吃不下了。"洛行的食量本来就很小，常年的饮食习惯让他早已吃不了这么多东西。

小时候他不敢多吃，怕惹母亲生气，只吃一点点儿便说饱了，立刻去写作业、练书法、绘画。只有那个时候，她的脸色才会稍微好一些。

霍行舟看着他瘦得削尖的下巴，不容置疑地说："就一口。"

"可是……"

霍行舟的手机忽然响了，他拿出来一看，是冯佳打来的。

他接起来按了免提。

冯佳说："大哥，你猜我刚在学校见着谁了？薛笺转来了，你知道吗？还转到十一班去了。今天我看见他跟十一班的班主任在一块儿呢，把我的眼珠子都给吓出来了。他转来恐怕是要找你啊。"

霍行舟随意地"嗯"了一声："我吃饭呢，有事儿说事儿，没事我挂了。"

冯佳听霍行舟心不在焉，在那头干着急："你说薛笺怎么还有脸转来！真的，人要是脸皮厚到一种地步，你都想不出什么词骂他。"

霍行舟笑道："你见着他没上去打招呼？"

"哇，我没揍他就算对得起他了好吗！转来该不是想找你求和吧？"

霍行舟敷衍地听着，余光扫了洛行一眼。

他正紧张兮兮地看着自己，生怕自己再逼他吃肉。

霍行舟把免提关了，把手机放到耳边说："薛笺爱来就来，关我什么事儿？我跟他之间没什么好说的，别说什么求不求和的事，没意思。"

冯佳听霍行舟这语气，沉默了一会儿："你就不恨他？"

霍行舟："我恨他？校门口右转配钥匙，三元一把，他配吗？"

"哦，那他不配。"

霍行舟放下筷子，说："而且他对不起的不是我，别瞎扣帽子，搞得我跟他有什么似的。"

洛行时不时偷瞄他一眼，看着他的嘴型"看出"他说了些什么。

薛笺。他默念了几遍这个名字，在心里记了下来。

大休直到周日下午五点半才到学校上晚自习，很多外地的学生没法回家，一般都在宿舍里休息。

洛行穿过校园往宿舍楼走去，抱着那本霍砚生亲笔签名的书，心情很好地打开门，坐在桌子前出了好一会儿神，又爬上床把自己的小盒子找出来，小心翼翼地打开。

里头有一张糖纸、一张试卷、一张揉烂过又被铺平的检讨书，还有很多乱七八糟的东西。

洛行珍重地把书垫在下面，动作轻轻的，像怕惊醒什么一般："行舟哥哥，你不记得我了。"

洛行像对待珍宝似的小心地翻开《血里有风》，仔细地阅读起来。

此时，霍行舟家中。

"霍行舟，过来端菜。"

伍素妍头也没抬地冲客厅喊，看见他进来，立刻斥责道："你就知道打游戏，看看人家清和，成绩又好又听话。"

霍行舟伸手从盘子里捏了一块糖醋小排咬在嘴里，含糊地说："醒醒吧，妈，陆清和也就成绩好，打游戏烂得不行了。还听话？他才不听话。"

叶俏俏在一旁乐得眯眼直笑。

“他不仅打游戏菜，他嘲讽人也没你厉害，是吧？”伍素妍拍掉他的手，阻止他再拿一块糖醋排骨，“起开！”

霍行舟一脸谦虚：“一般般吧。”

“我夸你了？”

霍行舟理所当然地露出一个“不然呢”的表情，张扬地把最后一道菜端出去，边走边说：“那可不？”

“我好久没下厨了，不知道手生没有。”伍素妍洗干净手出来，眉开眼笑地看着餐桌对面的两个人，温柔地笑着说，“清和别拘谨，多吃点儿。让你爸瞧着你瘦了，铁定不跟我续约了。”

陆清和微笑道：“谢谢阿姨。”

叶俏俏抱着饭碗和伍素妍噘嘴撒娇：“阿姨，您只喜欢清和不喜欢我了，都没有说要我多吃点儿。”

“别吃醋，别吃醋。”伍素妍忙夹了一块糖醋排骨放到她碗里，笑道，“哎哟，你这要告一下状，我看我要连加三个月的班才能赎罪了。”

“阿姨，您又取笑我。”叶俏俏红着脸埋头咬排骨。

陆清和跟叶俏俏、霍行舟几乎同岁。

这两个孩子都没妈，家长工作也忙，多少顾不上他们，伍素妍打心眼里心疼他们。

霍行舟小时候捣蛋，带着叶俏俏一块儿撒尿和泥，要不是她及时阻止，指不定还会比比谁和的泥团大。

陆清和就不一样了，沉默内敛地跟在她身后守护着她，温柔又可靠。

“你跟清和就把这儿当自己家，爸爸不在家的时候就过来吃饭。要是嫌一个人住寂寞的话，在这儿住也行，跟行舟一块儿去上学。”

伍素妍分别给两个人夹了菜，独独略过了霍行舟。

霍行舟咬着排骨嘟囔：“胳膊肘往外拐成这种德行。”

伍素妍冷哼：“我倒是想要一个俏俏这样的宝贝，又乖又听话，说起话来软软的，不会嘲讽人，也不会气我。你能满足我这个愿望吗？不能就闭嘴。”

“对不起，这个我还真满足不了。”

伍素妍：“盛汤去。”

霍行舟认命地走到厨房，揭开盖盛出汤来后见汤还剩挺多，便弯腰从橱柜里掏出一个保温桶冲洗干净了，开始往里舀汤。

“我回学校了。”

伍素妍一脸好奇："不是明天才上课吗？"

回答她的是关门声。

"浑蛋玩意儿！"

霍行舟打了辆车到学校，不知道洛行在不在寝室。

他取出手机，打算先打个电话问问洛行在哪儿，这才记起来自己好像没有存洛行的电话号码。

他收起手机准备上楼，余光一瞥，发现洛行从一辆黑色的车上下来。他刚才过来的时候那辆车就在，隐隐约约好像还听见里头有女人的骂声。

霍行舟侧身站在树后躲了一下。

车门关得很快，他只来得及看见一个面色冷傲的女人嫌恶地说了句什么话便开车走了。

洛行站在原地看着车，呆呆的，不知道在想什么。他细瘦的身子在夜色下显得无比单薄，影子被路灯拉得变了形，铺在地上。

良久，他环顾四周，见没有人才轻轻地抬起手抹了一下眼角，又飞快地收回手。

霍行舟看着他的侧脸在路灯的冷光照射下一片惨白，手臂纤细得几乎一掐就断。

他表面冷漠，背地里躲起来哭？

霍行舟的手机响了一声，他拿起来一看，是冯佳发来的一个狗血新闻的链接。

霍行舟想起洛行脸上的伤和那条极具辱骂性的微信，心里像被什么堵住了，没好气地回了一句："你还看这种乱七八糟的东西，有病。"

冯佳："啊？"

眼见着洛行走过来，霍行舟迅速收起手机往树后躲了躲，想等他先回寝室。

如果自己这会儿回去，就他那敏感的个性，估计会难堪得哭吧。

洛行疲惫地坐在椅子上。

今天是十月二十八日，每到这一天，赵久兰就会变得比平时更加尖刻。他小的时候不知道，也不敢问。后来他长大了，大概能猜得出原因。

他没有爸爸，家里也没有男人的遗像和任何男人生活过的痕迹。他没有去过赵久兰的房间，不知道里头有没有。

洛行猜测那个人应该是没有死，只是离开他们了。

赵久兰对他的恨应该是来源于那个男人，那个抛弃了她，也不要他的男人。

十几年了，他知道自己有个儿子吗？

他也许知道，也许又不知道。

那都不重要了。

洛行没让自己多想，很快便收了思绪站起身，准备洗澡。

"吧嗒"一声，门开了。

洛行没听见开门声，换完衣服一回头，见霍行舟站在门口，顿时被吓了一跳。

"你……你怎么回来了？"

霍行舟举起手里的保温壶："我妈听说我有个同学不回家，非让我送点儿汤过来让你尝尝。"

洛行受宠若惊："谢……谢谢阿姨。"

霍行舟已经盛了一碗汤出来，送到他手边："我妈又不在这儿，你就别谢了，赶紧喝吧。"

洛行接过碗，双手捧着。其实他是真没什么胃口，疲惫得只想睡觉。

可这汤是霍行舟特地送来的，又盯着他，他没办法也说不出拒绝的话。

霍行舟坐在椅子上，看他小口小口地喝着汤，紧皱着的眉头渐渐舒展开了。

他的视线随意一偏，看见了桌子上的笔记本电脑。

二中明令禁止学生带电脑，洛行又是一个遵纪守法的好学生，霍行舟不免好奇，漫不经心地指了指屏幕上翻译到一半的书，问："这是什么？"

"我接了一个把霍砚生的书翻译成法语的工作。"

霍行舟探头过去细看。

霍砚生？

洛行见他皱眉，还以为有什么问题，忙问："怎么了？"

"没事。"霍行舟靠回椅背，不经意地问他，"你都高三了还接这个，忙得过来吗？"

霍行舟看着他脸上的伤，脑子里不知怎么就联想到什么："你很缺钱？"

洛行的指尖一顿，差点儿打翻了碗，沉默了几秒才摇头："不缺。"

霍行舟看他这副油盐不进的样子，心里堵得慌，冷淡地说了一句："那你慢慢喝，我去洗澡。"

他站在浴室里，伸手扒开一点儿窗户，结果看见洛行在自己走开后就偷偷地把汤倒进了垃圾桶，然后疲惫地敛着眉眼。

洛行这么乖，谁会打他？

霍行舟洗完澡出来，靠着卫生间的门，双手环胸看着他。洛行究竟经历过什么，才能让他变得那么冷漠坚硬？

洛行察觉到他的视线，抬起头，眨了眨眼睛："怎么了？"

霍行舟坐过来："没什么，你继续翻译。"

洛行点点头，脑子里却乱糟糟的，静不下来。

这还是头一回寝室里只有他们两个人，没有冯佳来插科打诨，静得让他发慌。

他听不见细微的声音，也不知道对方是否说话，这更让他觉得如芒在背。

霍行舟一只手撑着下巴靠近他，戳了戳他的肘弯："哎，洛行，我教你玩游戏吧。"

洛行的耳朵听不到那种细微的声音，如果玩游戏的话肯定会被发现，他轻抿了一下嘴唇说："不用了，我不会玩游戏。"

霍行舟敲了一下他的头，说："没事，不用你会。你就站在我身后，什么事也不用做，我会保护你。"

"可是我真的不会。"

"那要不我教你打篮球吧，下次你在场上跟我一块儿打。"

"我不会打篮球，会拖你后腿的。"

"没事，我……"

"你能不能安静一点儿？"

霍行舟一愣，自己也是因为刚刚在门口看见他掉眼泪，想多逗逗他说说话，却没顾虑到他的心情。

现在的他应该没有心思应付别人，如果换了是自己，这个时候说不定已经开始揍人了。

洛行本来就比别人冷淡些，估计也没被人这么纠缠过，能忍这么久已经是极限了。

"那行，你忙吧。"

洛行一听他的语气就知道自己说错话了，可今天他的心里真的很乱。

他知道霍行舟是想带自己玩，是出于好意，忙道歉："你总跟我说话我就没法儿专心，等我翻译完这点儿内容再和你说话，好不好？"

霍行舟居高临下地看着他，正好对上他那双浅色的眸子。他的眸子像蒙着一层水汽似的。

"嗯。"霍行舟笑了，"你忙吧。"

"我很快的，就一会儿。"

他一说完，霍行舟就笑了："那你一边翻译一边念给我听，我看看合不合格。"

"嗯！"洛行点点头，一边敲键盘，一边低声用法语读出一个个句子。本来就软的法语发音从他的嘴里说出来，就像在糖糕外头又裹了一层细细的糖霜，咬一口就有甜腻的夹心淌出来。

霍行舟打开了一局游戏，寝室里安静无比，只有洛行的声音如清泉流泻。霍行舟靠着墙，转过头看着端坐在桌边的少年，他的指尖快速敲击却不影响念读。

霍行舟是看过《血里有风》的，用词非常晦涩、文艺，按道理说应该很难翻译出来，不过在洛行这里却好像没有什么阻碍。

他怎么会这么艰深的法语？

霍行舟想着惨烈的原文，又看着他沉静的侧脸，心情忽然差了起来："好了，别念了，一个字都不许再念。"

④
草莓味的
夏天

✦

洛行不知道他为什么突然不高兴了，只能轻轻点了点头，不再说话。

霍行舟很快打完一局游戏，屏幕上高频率出现击杀喊话，队友被吓了一跳："娱乐局，娱乐局，别这样。"

"什么娱乐局？不打了，一群菜鸟。"

队友忙道："直播呢。"

霍行舟关界面的手一停，补了一句："直播就不是菜鸟了？"

他的声音，其实送到他耳里的时候几乎听不见了，但洛行能听出霍行舟现在的心情很不好。

是自己打扰到他了吗？早知道应该去教室的。键盘声他自己听不见，但其实还是很吵的。

洛行回头看了他一眼，见他翻身背对着自己准备睡觉了，才松了一口气，放轻了敲击键盘的动作。

霍砚生的书洛行尤其熟，加上他做事很少三心二意，一旦认真起来就不会分心，所以翻译起来非常快。一直到他觉得有点儿累了，再抬起头来的时候一看时间，都十点多了。

霍行舟已经在床上睡着了，手握着手机搭在床边，漆黑的睫毛根根分明。

洛行出神地想，他要是能记起自己是谁就好了。

洛行小时候不爱吃糖，后来爱吃甜食是因为他有一次又被赵久兰关进那间小黑屋反省，一个孩子趴在墙头上，艰难地递给了他一颗糖。

是草莓味的。

他小心翼翼地把糖纸收起来，一直留到现在。他想记住对方给自己的那颗糖的味道。

洛行觉得，只要他吃到了甜的东西，自己就不再是孤单一人。

周一正好是洛行来二中后的一个月整，因为月考时间和期中考试时间相差不多，学校便把两次考试放在一起了。

考完试，很多同学围过来和洛行对答案。

因为每节课洛行的表现都很好，几乎没有他答不出来的问题，就算一开始大家带着偏见，以为他是被"强塞"过来的，现在也逐渐消除芥蒂，真的拿他当同学看待了。

九班虽然被人喊奇葩班，成绩优异的同学其实还是不少的。叶俏俏和张辰澜都是年级组的前十名。

洛行看着蜂拥而来的同学，一一礼貌地回应。有几个同学一时没能理解，他就拿起笔，耐心地在纸上写了步骤，温声解释。

张辰澜站在后边听了半天，也问了一个问题，听他的答案和自己的不一致，便扬声问道："俏俏，你数学选择题第二个选了什么啊？"

叶俏俏回忆了一下："好像是 D。"

洛行抬头看了一眼正在发作业的叶俏俏，轻敛了一下眉眼。

从他这段时间的观察来看，这种题型是叶俏俏的短板，错题率比其他题要高。

如果叶俏俏没有超常发挥或发挥失常的话，这门课他应该会和她相差三到五分。

"还有，还有，洛行，你英语填空的第一题写的什么？"

"还有，语文……"胡佳文靠得最前，不知道被谁从后面推了一下，径直朝前扑过来，差点儿一头撞上洛行。

霍行舟看洛行已经被挤得快喘不过气了，还侧着身子艰难地给人讲题，脸都憋红了，便抬脚踹了一下桌子，冷冰冰地扫了一眼众人："挤棉花呢？"

洛行看着他难看的脸色和散开的同学们，忍不住笑了。

霍行舟看着这群家伙就来气，没看见都要贴到洛行的脸上了吗？

洛行眉眼微弯，嘴角含笑，和人说话的声音不疾不徐，礼貌又温柔，睫毛上翘，双眼皮叠出浅浅一层折痕。

他有个小习惯，不知道怎么回答的时候，就稍微抿一下嘴，轻轻地、无意识地低低"嗯"一声，才再开口。

霍行舟皱眉。

他发现一个问题。

这个小白眼狼跟别人说话的时候从来不结巴，也不会生气，更不会无视，你来我往，怎么看怎么顺畅。

他就连跟程利民说话都是流畅又清晰，怎么一到他这儿就是无视，要么就结结巴巴的，再不然就让他闭嘴离远点儿？

霍行舟的眉头皱得难看。自己可救过他，还特地给他送汤来呢！凭什么要遭受这种不公平的待遇？

"小白眼狼。"霍行舟冷哼一声后出了教室。

洛行的笑容僵在脸上，被这个锅扣得莫名其妙，紧张地看着他的背影，有点儿不知所措地攥了攥手中的笔。

是不是他说话太多，影响到霍行舟了？

那下次他少说一点儿话好了。

二中的上课铃是《梁祝》的小提琴版本，悠长又凄美。

霍行舟拎着一瓶可乐和一罐牛奶踏着上课铃声从后门走进来，伸脚钩过椅子坐下。

"你回来啦，我还以为你不回来上课了。"

他抬手把牛奶拍在他的桌上，朝他钩钩手指。

洛行靠过来。

"你几岁了？"

洛行呆呆地"啊"了一声："马上十七了。"

霍行舟上下打量他，抬手按着他的肩膀来回拨弄了两下，上下左右仔仔细细看了他一遍，弄得他一脸茫然："怎……怎么了？"

"现在入学都是掐年龄的，少一天都不行，你怎么小这么多？"

"我跳过两级。"洛行谨慎地解释。

霍行舟沉默了几秒，选择跳过这个话题，开始义正词严地教育他："你现在才十七岁，知道要以什么为重吗？"

洛行想了想，无比谨慎地说："学习？"

霍行舟一脸孺子可教的满意表情，继续教育他："很好，现在这个年纪就应该以学习为重，那些乱七八糟的东西你碰都别碰。"

"我不会的。"洛行看着他的眼睛，承诺似的答道。

霍行舟得到保证，将腿搭在课桌的横梁上："嗯，这节课我也好好听课。"

洛行看着他的侧脸，一脸茫然。

他想在霍行舟面前把自己最好的一面展现出来，却总是不得要领。他想和霍行舟成为好朋友，又怕把握不好度。

整整一节课他都在发呆，直到胡佳文来叫他吃饭，他才回过神。

教室里的人都走光了，霍行舟也不知道什么时候离开了。

"你在想什么呢？刚才霍行舟站后门叫你半天你也没搭理他。"胡佳文疑惑地盯着洛行，见他情绪不太对，"你们俩吵架了？"

洛行一愣：霍行舟什么时候叫过他？

是耳朵的问题更严重了吗？

"他说什么了？"洛行问。

胡佳文想了想，说："他也没说什么，就是喊了你几句你没搭理他，然后脸色不太好地走了。"顿了顿，他又说，"他的脾气就那样，你要是不乐意就别搭理他，他觉得没意思肯定就不烦你了。"

"没事，吃饭去吧。"

霍行舟一行人照例去了校外的菜馆吃饭。

冯佳有些惆怅地说："今天好像出月考成绩啊。"

霍行舟不咸不淡地应了声，李乐凡接着说："你怎么突然关心起成绩了？打算好好学习考大学？"

"你看我像那块料吗？我是想到洛行，不知道他这次能考第几，搞不好能抢了班长的年级第一，一会儿去公告栏那边看看。"

钟楼前面有个专门用来贴年级组成绩排名的公告栏。

二中的传统，每次月考成绩都要贴出来。

洛行差不多能估测出自己考了多少分，而且他对成绩一向不在意，反倒是胡佳文看着挺激动的，拉着他过去看。

榜单前面围了一圈人，有洛行认识的，也有他不认识的。

胡佳文自己是学渣，但他坚信，自己的朋友考得好就等于九班考得好，九班考得好就等于自己脸上也有光。

"你就不好奇吗？"胡佳文拽着洛行的手臂往里挤，手指从下往上点，都二十名了怎么还没有他？

再往上。

"洛行，你和班长一模一样的分数！"胡佳文目瞪口呆地指着那张用毛笔书写成绩的红纸，激动地扯了一下他的手臂，"我还是头一回见有人能跟班长考一样的分！也太牛了吧！"

他的嗓门大，引得别人纷纷回头议论起来："这就是之前四中选拔上来的那个人？塞到九班去的？"

"也太厉害了吧！从来没有人能跟叶俏俏考一样多的分数。她已经是我们二中的学神了，竟然有人跟她考一样多，也太牛了吧。"

人群里，不知道谁冷笑了一声："指不定是作弊抄来的。"

有人惊讶地问："不会吧？"

"怎么不会？我听说他除了第一次考试比叶俏俏多了十几分外，其余的不管是周测还是小测，每次考试都几乎和叶俏俏同分。他们俩一前一后，谁知道是不是对过答案。"

洛行站得远，没听见后面的议论。胡佳文胆子小，也不敢闹事，听了几句没敢反驳就钻了出来。

任何事情都怕传。

那天在公告栏前，不知道谁无心的一句话，一传十，十传百，洛行和叶俏俏考试时互相传递答案的谣言就在二中传开了，最后甚至传到了程利民的耳朵里。

他找了两个人过去谈过几次话，没发现什么问题便让他们回去了，又勒令班上的学生不要听风就是雨。

叶俏俏和洛行两个人都是年级组拔尖儿的成绩，尤其是洛行，中考还是状元。

他在校内、校外也拿了很多奖，如果这样的成绩是因为作弊得来的，那影响也太过恶劣了。

这件事本来只是在学生中流传，最后不知道怎么传到了校长的耳朵里。他把程利民叫到办公室，劈头盖脸骂了一顿。

"你自己班上的学生，你是怎么管教的？

"两个年级组第一的好苗子送到你手上，你给弄出这样的事儿？过段时间局里领导过来视导，我们学校的门面作弊？

"给我叫家长来！"

程利民静静地听训，等校长说累了才开口："这件事都是学生们乱传，是捕风捉影的事情，一旦请了家长，那就等于坐实了谣言，对两个孩子的伤害得多大啊。"

"对孩子的伤害影响大，还是对整个二中的评级影响大？"校长一拍桌子，怒道，"你心里没点儿数？何况叫家长怎么了？没有就还他们清白。"

程利民说："这样行吗？您给我三天时间，我来查这件事，一定在局领导来视导前把这件事给解决了。"

校长冷哼："最好能。"

下午的小课过后有一节体育课，副班长丁超借口自己不舒服，趁机回教室偷了叶俏俏和洛行的卷子，又拿着自己的笔记本找到了校长。

校长刚接完一个电话，门口就响起了敲门声。

校长正了正神色，沉声对着敲门的人说："进来。"

丁超攥着试卷和自己在榜单上抄的总分进来了。他没去找程利民，一是他根本不相信程利民会公平处分洛行和叶俏俏。这几天学校里都传成这样了，他还在往下压，明显就是包庇！

二是他来检举，要把自己摘开，他还要在程利民手里待一年，不能跟他对着干，思来想去只能来找校长。

校长把手机放在一旁，看了进来的瘦高个儿学生一眼，由于他现在心情好，便挺和蔼地笑着问："这位同学，有什么事吗？"

"校长，我要告两个同学互相作弊。"

校长皱眉看他："有证据吗？"

丁超把叶俏俏的卷子和洛行的卷子铺在桌上，又把自己的那本笔记本摊开，指着每一次分数说："这里是洛行来了以后每次周测、小测、月考和期中考的总分成绩，这里是叶俏俏的成绩，除了第一次差得有点儿多外，其他时候只有五分以内的差别。"

他的本子上记录了几次周测和一次月考的成绩，再加上这次的期中考，条理清晰，甚至还做了个表格。

校长树皮似的眉头越皱越紧："还有呢？你这个能证明什么？"

丁超生怕他不相信自己，急忙道："第一次他们差距大是因为洛行刚转学过来，考试的时候坐在最后，第二次考试按照成绩排位，他就坐在叶俏俏后面，在这之后的每一次考试他们几乎都考得一模一样，您不觉得奇怪吗？"

校长陷入了沉思，接过两个人的各科试卷稍微对比，确实是在几科之间有些微偏差，但最后都考了相差无几的分数。

从小测到期中考，零零碎碎考过十几次，考一样的分数高达五六次，确实有些怪了。

丁超说："以往我考班级第三，或者陆清和考年级组第二的时候，也会和叶俏俏差五到十五分，为什么洛行每次都能考得正好并列？"

校长好一会儿没说话，这倒是被丁超提醒了。

他听程利民说过，洛行这个孩子很奇怪，问他的知识他几乎没有不会的，就算是他的课上问了一些超纲知识，他也能流畅地回答出来。

他不该在这些题上失分。

"这两个人一定有古怪。"丁超见校长有些动摇，继续添油加醋。

自从这个洛行来了之后，自己这个副班长就跟一个笑话一样，每次只能考个万年老三，年级组成绩也在往下掉。

"还有，不管是周测还是月考，我连午间练的试卷也跟洛行借来了。"他取出来放在校长面前。

午间练不算是考试，所以洛行没有刻意压过分，校长粗略一看竟然全对，活像看了标准答案照抄的。

"既然午间练对题率很高，甚至做得全对，为什么一到考试就正好和叶俏俏考一样的分数呢？肯定是抄了答案的！"丁超说。

校长翻着午间练的卷子："我知道了，你先出去吧。这件事先不要告诉别人，我来处理。"

丁超喜滋滋地出了办公室，站在门口听见校长压着怒气打电话："程老师，你过来一下，把你们班的叶俏俏和洛行都叫过来！"

高三的体育课一个月才有一节，男生们跟从大牢里放出来似的玩疯了，女生们也坐在一旁或聊天或给打球的男生们加油助威。

洛行坐在一旁，看着在球场上挥汗如雨的霍行舟，不由得眯了眼睛。

"喂。"突然，一道阴影投下来，挡住了洛行的视线。

他抬起头。

丁超趾高气扬地站到他面前，冷哼了一声："作弊的人没有好下场。"

洛行没有搭理丁超。丁超看他这副高傲的样子更生气了，绞尽脑汁把所有能用来讽刺人的话都说了出来："别以为你不说话就算了。"

"洛行，程老师叫你去校长办公室呢。"胡佳文小跑过来。

"叫我？什么事啊？"

胡佳文不太喜欢丁超，想了想，压低声音凑到洛行耳边说："我刚刚去上卫生间，程老师看见我让我传个话。他没说什么事，不过感觉脸色不太好，还让你叫上班长一起，可能是说那件事。"

霍行舟正打球，余光瞥见洛行离开的背影，一愣神手里的球便被抢走了。

冯佳一跃而起，将球送进篮筐里，嘚瑟地欢呼了一声。结果霍行舟毫无反应，他凑过来顺着霍行舟的视线一看，问道："洛行往办公室去干吗？"

洛行过去找叶俏俏说了几句话，接着叶俏俏也起身跟了过去。冯佳"哎"了一声："他们俩一起往办公楼去，不会是为了那件事吧？"

"什么事？"

冯佳颠了两下球，想了想说："最近学校里都在传班长和洛行两个人对答案，互相作弊，我估计是老程知道这件事了，喊他们去谈话吧。"

"胡扯。"霍行舟收回视线，拿过球往篮筐一扔，也没管进没进，转身就走了。

"哎，你去哪儿啊？"冯佳在后头喊。

霍行舟一直往前走，头也没回，只有前面的人才能看见他的脸色很差，一副要揍人的表情。

"报告。"洛行和叶俏俏齐声说。

校长脸色难看地说了声"进来"。

程利民咳了一声，没等校长开口就先说道："作弊对于学生来说是最严重的指控，你们两个人考太多次相同的分数了，我和校长也觉得有些奇怪。当然，老师不是不相信你们，就想确认一下。"

叶俏俏摇头。

洛行也摇头。

他摊开几份试卷，又把丁超的笔记本摊开了推过来："你们看看这些分数，真要说全是巧合，也太匪夷所思了。"

叶俏俏说："老师，不管这件事是不是匪夷所思，我和洛行没有做过就是没有做过，就算有人来向您告状，我们也不能认！"

程利民看她有些激动，忙说："老师不是让你们认，我也是想查个明白，还你们一个清白。要知道对于学生来说，作弊可算是最大的污点了，现在学校里都在传，我也要对你们负责。"

叶俏俏忍着哭腔，小声问："老师，我能知道是什么人告的状吗？"

程利民的视线在两名学生脸上来回扫了几圈，一向好脾气的叶俏俏都有些气愤，两只手攥得发白，眼睛都红了。

"考一样的成绩就是作弊，那我考满分就是抄答案吗？"叶俏俏到底只是十八岁的小姑娘，被人冤枉作弊就委屈得想哭。

校长知道叶俏俏的爸爸是什么人，也没敢逼得太狠，连忙安抚道："我不是说你们抄答案，只是这件事总得有个解释。要说巧合，这也太巧了。"

叶俏俏一双眼睛通红，死死地咬着嘴唇，委屈地抹了把眼泪。

程利民看着洛行，眉头越皱越紧。

他一直没说话，不为自己辩解，也不生气，和叶俏俏的委屈模样一对比，这孩子怎么好像完全不在乎一样？

难道真像别人说的那样，他抄了叶俏俏的答案，所以无话可说？

"洛行，你没有什么要说的吗？"程利民问。

洛行摇了摇头。

"对于有人指控你们互相作弊，你不为自己解释一下？"程利民皱眉看着他，总觉得这孩子有哪里不太对劲。

好像……没什么情绪波动？

"程老师，你和各科老师重新出一份试卷，和期中考试差不多难度的，让他们来我办公室，我看着他们考。"校长说。

程利民虽然觉得这个办法不好，却也没有别的更好的办法，便叹了口气，去问两个人的意思："这个安排你们能接受吗？"

两个人点头。

程利民"嗯"了一声，说："那你们先回去吧，不要想太多了，好好学习，其他的就交给老师来处理。"

两个人出了办公室。

叶俏俏走得快，虽然她一向活泼，好脾气，但还是觉得很委屈，什么话也没说就径直往教室走了。

洛行走在后面，看着叶俏俏的背影，不由得有些歉疚。

他应该多压点儿分的，他也没想到有几次能正好和她同分，造成这么大的误会。她是无辜的，受了他的连累。

他站在原地出神，忽然被一只手一拽，后背抵在了墙上。

"霍行舟？"

霍行舟刚才站在办公室外面听了一会儿墙脚，此时看见洛行的双眸里没有半点儿多余的情绪，好像这场指控和自己没有丝毫关系。

叶俏俏是和他一块儿长大的，什么脾气他一清二楚，连她都有点儿发怒了，洛行却还是冷冷淡淡的，跟没有感情似的，怎么也不生气。

　　他身上那股子克制感怎么看怎么刺眼。

　　霍行舟张扬惯了，人家越是克制，他就越是想让人家慌乱，最好是无措地抓着自己手求饶，再叫声哥哥，那他就大发慈悲地放他一马。

　　霍行舟低头问他："为什么你和俏俏考一样的分数？"

　　"我不知道你在说什么。"洛行本来是想向叶俏俏道歉的，被他这么一问，霎时有点儿慌乱，躲着他的眼神。

　　"你真不知道我在说什么？"

　　"不知道。"洛行局促地闪躲着他审视的目光，往旁边缩了缩。

　　"你知道。"霍行舟说出自己的猜测，"你是故意的。我看见你在笔记本上写过俏俏的失分项和容易错题的题型，你是专门研究过的。"

　　洛行咬着下嘴唇告饶："你别再问了，我真的没有作弊，也没有抄班长的答案。"

　　霍行舟看着洛行委屈的样子，不由得放轻了声音："你告诉我原因，为什么跟俏俏考一样的分数？"

　　洛行怕他生气，本来也是他对不住叶俏俏，不能一直瞒着，便咬了咬牙，说出来了："我刚来的那天……冯佳说，你不准我和班长抢第一，不然就要揍我。"

　　"噗。"霍行舟哭笑不得。他从小到大不知道打过多少次架，头一回知道自己还有不让人考第一的本事。

　　叶俏俏的年级第一跟自己有什么关系？

　　"你怕我揍你？"霍行舟笑着问。

　　"不是。"洛行摇摇头。

　　"那是为什么？"霍行舟压低声音问，"既然你不怕，又为什么千方百计、费尽心思要跟她考一样的分数？"

　　洛行垂眼看着自己的脚尖，声如蚊蚋："我不想让你不高兴。"

　　"就因为这个？"

　　就因为这个破理由，他就绞尽脑汁去研究叶俏俏的长短板，尽量不超过她？

　　"因为转学那天你来接我，帮我拎了书，还请我喝了奶茶。"洛行抬头看他，数着一条条理由，"你送我霍砚生的签名书，请我吃烤肉，专门为我送甜汤，你对我很好，我不想让你不开心。"

"你总是把别人对你的好意记得这么清楚吗？"霍行舟的声音也不自觉地软了下来。

这一星半点儿的好处值得这么铭记？

请吃饭算什么？他三天两头就请冯佳他们吃饭，签名书家里要多少有多少，拎书是举手之劳，接人是程利民安排的，奶茶是道歉，烤肉是顺便。

真说特意做的，也就那碗甜汤了。

这么点儿不经意的好意，他记得这么深，还要千方百计报答回来？

霍行舟看着他沁着水汽却坚定的双眸，压着一股气，拽着他就往前走。

洛行被霍行舟突如其来的怒气吓着了，他的步子太大，洛行只能小跑着跟上："我们去哪儿？你慢点儿，我跟不上。"

"找人算账！"霍行舟头也不回地冷笑了一声，"傻瓜，什么人都想欺负，给他脸了。"

两个人回到操场，学生们还在打球。

霍行舟站到丁超面前，冷冷地"哎"了一声，丁超抬头看他："干吗？"

霍行舟松开洛行的手腕，握住丁超的手腕反手向后一折："没干吗！"

丁超疼得直冒冷汗，拼命挣扎："你有病吧？放开我！"

霍行舟冷笑一声，居高临下地看着他："仅凭成绩一样就判定别人作弊，地上这点儿泥都比你的脑子干净。"

丁超这才明白他这是为了叶俏俏来出头了，也冷笑着回应："你有什么证据证明他们没有互相作弊？叶俏俏跟你告状了？"

"我没有证据。"霍行舟压着他的胳膊略微用力，他压低了声音说，"但我这个人脾气不好，下次你再用这种借口诬蔑他试试。"

丁超头上全是冷汗："你又没有调查过，你怎么知道这是诬蔑？而且你怎么知道这是我干的？你有什么证据？"

"你会告状，我就不能听个墙脚？"

丁超拼命喘气："洛行呢？他也没有否认自己没做这件事！你想护叶俏俏，不如你问问洛行有没有作弊！"

"不不不，我这个人护短，还不讲道理，我说他没做过就是没做过。"霍行舟压低了声音说，"他否不否认那是他的事，跟你是不是能肆意诬蔑他是两码事，跟我找不找你算账又是两码事。"

丁超害怕得挣扎起来，又被按着啃了一嘴泥："你敢……你敢威胁我！我告诉校长，你会被开除的！"

洛行一听也反应了过来，忙扯了一下霍行舟的校服，小声说："算了吧。"

"算了？"霍行舟侧眸看洛行。

洛行点点头。他好不容易才转学过来，还能和他在一个班，不想让他因为自己被开除了。

"好，听你的。"

丁超站起身，有恃无恐地擦嘴、拽校服，吃定了他不敢冒着被开除的风险欺负自己。

霍行舟走过来，替丁超理了理被弄皱的校服领口，声音温柔地说："我嘛，最多被记大过。但是你诬蔑同学作弊，去老师面前煽风点火，身为学生，因为妒忌就诬陷同学，试图让他们被开除，你猜谁的罪更重？"

丁超咬着牙，色厉内荏地说："你凭什么这么护着她？对你有什么好处？"

"好处啊……"霍行舟顿了顿，笑了，"我乐意。"

"你！"

"记住，你再造他的谣，有你好看的。"霍行舟压低了声音，靠在他的耳边说道，然后松开他的领口，将他向后一推，"滚。"

丁超梗着脖子走了。

"等等。"霍行舟又说。

丁超回过头，恶狠狠地瞪着霍行舟。霍行舟假装没看见，抬手指了指在旁边站着的洛行："跟他道歉。"

丁超看着霍行舟，不情愿地说了声："对不起。"

洛行不知该怎么回应，呆呆地看着丁超不情愿地道歉，梗着脖子离开，满脑子都是霍行舟刚才说那句威胁的话时，眼里含着的一丝冷笑。

他刚才掐着丁超手臂的样子好……好飒。

从小到大，他也不是没有因为考得太好而被人诬蔑过作弊，但从来没有人为他出头，为他去跟别人正面交锋找回公道。

霍行舟问都没问一句就相信他没有作弊。

自从霍行舟威胁过丁超，洛行和叶俏俏重新做了一次试卷之后，学校里的传言就消失了，洛行走在学校里也没人指指点点了。

然而下一次公布成绩的时候，众人又惊呆了——这两个人还是人吗？考试成绩又往上拔了一大截儿！

除了十一班的陆清和能够和他们一较高下之外，第四名和他们差了足足四十几分！

各班的班主任都蒙了，临时开会想弄清楚到底什么情况。程利民也一脸蒙，不……不知道啊。

"不知道你去问啊！你的学生你怎么什么都不知道？"

再次被喷得莫名其妙的程利民："啊？"

霍行舟站在走廊上，左手在栏杆上轻敲。

前几天大休，洛行消失了一个晚上，回来之后又受伤了。虽然没有上次明显，却也能看得出他右脸微微发肿。而那条微信，就像一根刺一样扎在他的心尖上。

冯佳问："什么事儿啊？不能在教室说？"

霍行舟往教室里看了一眼，洛行在写作业，还是一副冷冷淡淡的样子。他猜想会不会跟这个有关系，沉思半晌才说："你表弟是不是在四中？"

冯佳点头："对啊，咋了？"

霍行舟眼皮一掀，冯佳立刻一脸防备地往后退了一步："我出卖灵魂但我弟不卖啊，你可别想祸害他。"

霍行舟无语道："你让他给我问问，以前洛行在学校是不是被人欺负过。"

霍行舟收回视线，看向冯佳："这事儿别让别人知道，私下悄悄问。"

"你该不会是想调查洛行吧？说，你有什么目的？"

"我能有什么目的？我就是看他在我旁边那个可怜兮兮的样子烦，想弄清楚罢了。"

冯佳"啧啧"两声，又说："就这么简单？你最近连课都不逃了。"

霍行舟甩开冯佳的手："学习呢，你这个学渣懂什么。"

冯佳"嘿嘿"笑了两声，走过来扒他的肩膀："咱们可说过啊，你要是被洛行爬在头顶上兴风作浪就得请我撸一个月串儿。你都没忘吧？"

霍行舟抬头看向洛行，片刻后说道："做梦去吧，不可能。"

洛行正在埋头批卷子，一见霍行舟回来，立刻把手底下那张已经批阅完毕的卷子抽出来，用笔尖指了指试卷，开心地说："你这次又进步了五分呢。"

霍行舟坐过来，探头看了一眼自己的试卷，上头有几道错题用红笔圈起来了，分数栏那儿写着一个秀气的数字——72。

洛行仰着头，笑盈盈地看着他。

霍行舟想着这小孩儿认认真真不知道批阅了他多少张试卷，每一个错题都圈了出来，还在旁边写下正确步骤，自己都不忍心让他的心思白费了。

学习吗？学就学。

霍行舟看见桌上摆着的一堆讲义，说："你把昨天的题再给我讲讲吧。"

洛行一听他现在居然这么喜欢学习，也很开心地把试卷拿过来，拾起笔一点儿一点儿地给他讲解题步骤。

洛行讲起题来声音软软的，和老师那种抑扬顿挫的嘶吼不一样，他讲一会儿就会抬起头问他听懂没有。

霍行舟哪里没有明白，他就再讲一次。

霍行舟根本没听，随意"嗯嗯"了两声，根本没注意他讲到哪里了，又指着另一道题说："这个也不明白。"

"不可以三心二意，先弄懂一道再说。你别看那里呀，看这题。"

……

上午的课结束之后，胡佳文来找洛行去吃饭。他还没来得及开口，就听霍行舟头也没抬地说："洛行不跟你一块儿吃饭了。"

"啊？"

"不止今天，以后他都不跟你一块儿吃饭了。"

霍行舟一直觉得洛行瘦，让他跟自己一块儿出去吃饭他也不肯，宁愿跟胡佳文一起吃食堂也不跟自己一块儿。

食堂的饭是人吃的吗？

他想了想，决定以后他也不出去吃饭了，叫个外卖算了，把他放在眼皮子底下盯着，也能知道他每天到底吃了多少。

最起码的营养还是要保证。

"为什么？"胡佳文去看洛行。他们俩也没吵架啊！

洛行也不知道霍行舟怎么就这样下了定论，两个人都一脸蒙地去看霍行舟。就在这时，霍行舟的手机响了。

洛行离得近，看见上头的来电显示标记的是外卖送餐。

霍行舟接起电话，"嗯"了两声，然后挂断电话说："你在教室等我，我下去把饭拿上来。"

"好……好的。"洛行茫然地点头。

霍行舟又去看胡佳文："你也留下一块儿吃。"

胡佳文跟霍行舟玩不到一起去，一听这话连忙摆手："不了不了，我还是去食堂吃吧。"

教室里空荡荡的，洛行在位子上蒙了几秒，手机忽然响了，是一条微博提示：@不远行 成了你的新粉丝。

洛行看了一眼，随手滑掉消息通知，起身将杯子接满开水，又回到位子上看昨天晚上的试卷。

霍行舟有几道题总错，而且都是错在同一个步骤。

他用笔在旁边做了批注，又画了一个星号，打算重点给他讲讲。他正埋头看卷子的时候，前门忽然被人敲响。

他抬起头。

门口站着一个男生，很面生。洛行一向不怎么关注别人，对他来说面生才是正常的。

这个人皮肤很白，眼镜后的那双眼睛漆黑，放在门上的那只手细长白皙。

他长得很好看。

"你是洛行吗？"男生走过来，略微低下头礼貌地问，"我听过你的名字，四中转过来的，对吗？"

他的声音不高不低，听起来不带一丝感情，脸上带着一丝公式化的笑容，一时看不出是善意还是恶意。

虽然洛行一向对别人的情绪比较敏感，但还是猜不出他的来意，也不知道他这突然的寒暄是什么意思。

"我不认识你。"

男生站在霍行舟的位子旁边，左手微微按住椅背，侧着身转过头去："我叫薛笺，从一中转来的。"

洛行一愣。

薛笺这个名字他有印象，不仅仅是因为那天吃烤肉的时候冯佳在电话里提起过。

他第一次知道这个名字，是在全市中考优秀学生名单上看到的。

那时候他考第一名，第二名是叶悄悄，第三名是陆清和，第四名就是薛笺。

他们几个都上了市一中的分数，洛行因为赵久兰，私自去了四中，不大清楚叶悄悄和陆清和为什么来了二中。

不过这个薛笺既然在一中，为什么又转来二中呢？

"我听说你和霍行舟的关系很好，上次有人诬陷你和叶悄悄作弊，他还……"

"你来干什么？"他话还没讲完就被打断了。

霍行舟拎着外卖站在后门处，神色冰冷地看着薛笺，眼神能把人活活冻僵，浑身上下都透着压抑的戾气。

洛行还是第一次见到这样的霍行舟。

薛笺侧过身，不像和他有过节，反倒像故友重逢般微笑着伸出手："好久不见了，行舟。"

洛行不知道他们之间的恩怨纠葛，只觉得自己在这儿是不是不太方便，于是站起身说："要不我上个卫生间？"

霍行舟的视线微偏，点点头说："去吧，你洗洗手回来吃饭。"

洛行出去时还贴心地把门关上了。

薛笺温柔一笑，眼睛都弯了："你好像不是很喜欢看到我回来。"

霍行舟把餐盒放在桌上，拿脚钩过椅子坐下，两条大长腿随意交叠着，眼皮一掀，说道："你配吗？"

薛笺的笑容有一瞬间僵硬了，但很快又恢复了正常，他说："我知道你们都怪我，但是……"

霍行舟抬脚一踹，课桌在地上发出一声刺耳的摩擦声。

他站起身，几乎是一字一字地说道："但是？你想说当年你不是故意带她去那种地方的？"

薛笺沉默了半晌，忽然像被点着了的炮仗，噼里啪啦炸起来："我难道能预知会发生那种事吗？"

霍行舟冷笑道："你跟我解释什么？真有诚意你就应该忏悔一辈子。你是不是觉得良心过不去，想听别人说不是你的错，给你安慰，告诉你，你是无辜的？"

"这辈子都别想。"霍行舟看着他的眼睛说，"还有，以后你别出现在洛行面前。"

当洛行回来的时候，薛笺已经走了。

霍行舟跷着腿抵在课桌的横梁上，正在玩手机，心情还算不错，不像和人吵过架的样子。

课桌上摆着三菜一汤，还有一个装在冰盒里的小甜品，零零碎碎摆了一课桌。

洛行有点儿咋舌："你怎么买了这么多？吃不完太浪费了。"

霍行舟无所谓地说："嫌浪费你就多吃点儿。"

洛行看着他，忽然想起上次吃烤肉的事，心有余悸道："我尽量，但是吃不下的话你可不许再逼我了。"

吃饭的时候霍行舟也不知道在想什么，好在没逼洛行多吃，也让洛行松了口气。

饭毕，洛行要收拾残局，被霍行舟按住了。他拆开放在一旁的冰盒，把里头一个冒冷气的甜点递过去，自己则收拾餐盒，将它们扔进外头的垃圾桶。他洗了手回来就坐在位子上看洛行吃甜点，偏头想，这玩意儿甜甜的，有什么好吃的？

"俏俏说这家甜品挺好吃的。"霍行舟撑着下巴道。他不吃甜的，还是点餐的时候临时间的。

洛行轻轻地"嗯"了声。

霍行舟又道："你尝尝看，好吃下次再买。"

洛行舀甜品的动作一停。

"怎么了？不好吃吗？"霍行舟略一蹙眉，伸手来拿甜品，"不好吃那就丢了吧。"

"没有，很好吃。"

洛行垂着眼睛看着渐渐融化的甜品，忽然想起自己很小的时候的事。那会儿他每天都必须学习各种知识，忙得焦头烂额，可他还是有那么一丁点儿"课余时间"。

赵久兰从来不给他零花钱，他偷偷地捡同学们喝完的饮料瓶藏在学校的角落里，一共卖了两元钱，买了一个很小很小的本子。

算上封皮，一共有三十五页，他写了三十五页小心事，悄悄藏在自己书包的夹层里，和那张糖纸放在一起。

每次他觉得熬不下去的时候，就会拿出本子看看。

有一个不是很遥远的地方，兴许有个人还记得他呢。

他给过自己糖，还告诉自己他的名字。

洛行后来打听到霍行舟的学校，捡到他不小心弄丢了的东西，和那个小本子一块儿珍藏起来。

周三下午有个小测验，程利民收完卷子，站在讲台上往后头看了一眼，很欣慰地发现霍行舟没有旷课出去打球。

刚刚交上来的卷子他也认真做了，洛行的功劳真是不小。

他一向公私分明，夸了霍行舟几句后，又拐弯抹角夸了洛行几句。

霍行舟伸着两条大长腿，笑道："老师，您夸人怎么还带拐弯儿的？"

程利民冷哼一声："拐弯儿还能让你撞树？"

霍行舟"嗯"了一声，一本正经地说："不能，但您这么夸人也太隐晦了，还得做个阅读理解才能发现被您夸了，这也太累了。"

程利民也乐了，一只手撑在讲台上问他："那你觉得怎么夸才算对得起你？"

霍行舟认真地想了想，大言不惭地说："您就说同学们要以霍行舟和洛行为榜样，好好学习。"

程利民恨不得把黑板擦甩到他脸上："以你为榜样嘲讽人？你给我老实点儿，敢把洛行给我带坏了，看我怎么治你。"

霍行舟："……"

程利民说完就出了教室，霍行舟没皮没脸惯了，把后面那些话通通四舍五入，变成了程利民刚刚当着全班同学的面夸他了。

霍行舟翻了半天发现没有演算纸了，抬手敲敲洛行的手肘："我没有演算纸了，给……"

话未说完，一个身影迅捷地扑了过来，一个本子直接砸到了桌面上。

霍行舟上下看了冯佳两眼："你演人猿泰山呢？"

冯佳"呸"了两声，刚想说话就看见胡佳文从后门进来，于是"哎"了一声："胡佳文，你们家是在苍化那边开客栈的，对吗？"

"是啊，怎么了？"

冯佳抬手搂住他的肩膀，一口一个哥们儿地叫："我听说你们那边搞什么原生态产业挺牛的。我下周生日，在酒店没什么意思，去你们家开一桌？"

"行……行啊。"胡佳文在班里也没什么朋友，论成绩和人缘都只是中下，突然被冯佳这么搂着肩膀喊哥们儿，一时间有点儿受宠若惊，忙点头答应。

冯佳絮絮叨叨地讲着计划，胡佳文问他："那你生日是哪天啊？还有，需要哪些菜色？我让我爸妈先准备着。"

"不急，晚几天也没事，就下周大休过去吧，周五。"

"那行。"

冯佳两只手交叠杵在霍行舟的课桌上："你来不来？"

霍行舟："起开，压着我的试卷了。"

"你说你做什么玩意儿？霍哥，那些好学生都是一群'魔鬼'，咱不去啊，不去。"冯佳看看霍行舟，扯起试卷就要团成团。

"你扔。"霍行舟微笑道，"你往哪儿扔，待会儿你的脑袋就会在哪儿出现。"

"我参观，参观一下。"冯佳战战兢兢地把试卷放下，又问，"说正事儿呢，下回大休我就成年了，咱们出去吃个饭，好好玩玩呗，好久没出去玩了。"

"嗯。"霍行舟点了点头，就算是答应了。

冯佳的余光往旁边一扫，在心里盘算了几圈，不知道想到了什么，又拍了一下洛行的桌子："你写什么呢？这破玩意儿有什么好写的？下周大休，你跟霍行舟一块儿去参加我的生日宴。"

洛行不太习惯参与这种活动，万一赵久兰知道了也会不高兴，于是说道："我不一定有时间，礼物我会准备的，祝你生日快乐。"

冯佳觉得没劲。他们仨住一间寝室，虽然也就一个月的感情，但往后还得住一年呢，洛行竟然这么不捧场。

"兄弟，这就没劲了。"冯佳又要去扯试卷。

霍行舟抬头，冷冰冰地说道："有事你没听见啊？缺他一个你就嘚瑟不起来了？"

霍行舟抬起脚，冯佳以迅雷不及掩耳之势往后一跳，却没想到是一个虚招，根本没踹下来。

"你又吓我。"

李乐凡哈哈笑了两声，也凑过来。

冯佳和李乐凡勾肩搭背，转头去喊叶俏俏："哎，班长，下次大休你也一块来吧。"

叶俏俏笑着应道："好呀。"

这边，霍行舟抬手捏住洛行的下巴左右偏了偏，看见他的脸上伤痕已经消失，没什么异样。这两个月来，他每次大休就会消失一晚上。

虽然他没再受伤，可万一不是在脸上呢？

虽然洛行极力隐藏，不让他也不让任何人发现，但他不能不在意。

洛行不想说，他不会明摆着问。不过，洛行既然是他的朋友，就不能在他的眼皮子底下被人这么欺负。

"冯佳生日一起去玩？"

洛行本来想说不去的，因为他和那些人都不熟，而且他从来没有去参加别人生日宴的经验，下意识有点儿抗拒。

可一想到他在生日宴上可能会被别人闹，洛行心中挣扎了一会儿，轻轻点了点头。

上课铃响了，霍行舟安安稳稳地坐回去上课，其实他根本没听，脑子里不知道在想什么。

⑤
喧嚣中
将秘密深藏

✦·

　　高三的学生每天都沉浸在考试里，对于学霸和学渣来说，日子都还算好过，对一瓶子不满半瓶子晃荡的人来说就难熬了。

　　每天教室里都能听见各种凄厉的哀号，看着堆积如山的卷子要哀号，看着测试题也要哀号。

　　洛行轻轻敲了一下正玩游戏的霍行舟，递了一张字条过来。他垂眼一看，上头写着：冯佳生日，我送什么东西好？

　　霍行舟想了想，本想开口的，忽然又闭上，抽过他手上的笔，在那行字下面回了几个字，又推了回去。

　　洛行看着他龙飞凤舞的字，忍不住用手摸了摸，在心里想了想他的这个建议，小声问："真的好吗？"

　　"相信我。"

　　洛行按着字条："嗯！"

　　周五的小课结束之后，几个人一块往校门口走。

　　叶俏俏说："你们先去吧，我晚上到。"

　　霍行舟"嗯"了一声便往前走了。

　　洛行站在原地，看着她步履匆匆地走向那天一起打球的男生，在他面前倒退着踩在地上的方砖上。

　　她是逆光走着的，光线将她勾出一个轮廓，虽然看不见脸，却能感觉到她的快乐。

"洛行。"

霍行舟回过头叫他，他倏地回过神来："怎么了？"

"没事，走吧。"

晚上七点，叶悄悄准时出现，换掉了校服，穿了一条碎花棉麻连衣裙，捧着礼物笑眯眯地和冯佳说生日快乐。

"谢谢班长。"冯佳"嘿嘿"笑了两声后接过礼物，朝霍行舟扬手，"你看见没？还是班长好，也没见你送我礼物。"

"我送没送？"霍行舟扫了他一眼，冷笑一声，"我的手机呢？给我拿来，现在申请退款。"

冯佳秒怂："别别别，我开个玩笑，错了错了。"

霍行舟像大爷似的伸直腿，一只手拍了一下椅背："来，你真有诚意就给我唱个曲儿。"

众人哄笑。

"滚滚滚。"冯佳从桌上拿起一个小橘子朝霍行舟扔过来，被他抬手接住，三两下剥了皮给了洛行。

洛行坐在他身边，紧张兮兮的，腰背挺得笔直。他从来没有参与过这种场合，一切陌生得让他发慌。

大家其乐融融地说着话，独独他这一隅仿佛罩着一股低气压，显得格格不入。

原来大家一起玩是这样的，和在学校里完全不一样。

霍行舟坐下来，抬手拿起开水壶给他倒了点儿水："你怎么了？是不是不舒服？"

洛行点点头，由于很吵闹，他没法清楚地剥离出霍行舟的声音，只能盯着他的嘴巴看，连说话也不自觉地放慢了语速："还好，就是有点儿不太习惯。"

"嗯，以后你多出来玩玩就习惯了。冯佳脾气好，大大咧咧的，你跟他开玩笑没事的，不用这么拘谨。就算有什么事还有我兜着，别怕。"

"行舟，你也来了呀？"

一道清脆的嗓音插进来，打断了霍行舟的话。

刘梦雅走过来，微微撩了一下长发，设计感强烈的连衣裙堪堪露出不盈一握的纤腰和雪白的肌肤。她打扮得就像一个漂亮公主。

霍行舟脾气本就差，说话被人打断立即冷了脸，理都没理她。

刘梦雅的眼睛有意无意地往洛行那边瞟，脚在地上踩了踩，不经意般碰到他的脚。

霍行舟皱眉，长腿一叠挡在了洛行的面前。

"走开，挡光了。"

刘梦雅的笑容有点儿僵硬："我只是想和你们打个招呼，总听冯佳说起洛行成绩好，人也很好，他来我们学校两个月了，我都……"

"不用了，你们俩没交集，没寒暄的必要。"

霍行舟半点儿眼神也没分给她，刘梦雅的脸色很难看，红了眼睛，委屈地抿了一下嘴，看着自己的脚尖，半晌后转身走了。

洛行呆呆地问他："你好像很不喜欢她？"

霍行舟侧眸："你喜欢？"

洛行一愣，摇摇头说："我不……不喜欢啊，我又不认识她。"

霍行舟低声在他耳边说："这个女生叫刘梦雅，整天吊着冯佳给他当牛做马，不拒绝，也不答应。等冯佳想放弃了，她又给一点儿希望吊着他，这还不明白吗？"

洛行目瞪口呆，不自觉地又去看刘梦雅。只见她静静地坐在桌边，神色落寞，不知道在想些什么。

不……不会吧？

"你们俩躲这儿说什么悄悄话呢？"冯佳端着杯子，不由分说地往洛行手里塞，"咱们一个班，又是一个寝室，为了缘分，来。"

洛行还没反应过来，手里就被塞了一个杯子。洛行紧张地看着屋里十几个笑闹的同学，他从来没有参与过这样的场合，也没有这么多朋友，他不想失去。

他深吸一口气，正准备喝，下一瞬间却被人拿走了杯子。

霍行舟从女生那边拎了一瓶牛奶过来，倒了半杯给他："你喝这个。"

冯佳"哎哎哎"了几声："不行不行！哪有人给别人庆祝生日的时候喝牛奶的！而且这只是果酒，又不醉人。"

今天的寿星尾巴都翘上天了，霍行舟也不好在今天驳他的面子，半嘲讽地笑了一声："我替他喝。"

冯佳看着他，也没阻止，等他喝完才得理不饶人地抓着洛行不放："你喝了算你的，跟洛行有什么关系？你能代表洛行吗？"

李乐凡也凑过来，抓着冯佳的胳膊起哄："就是就是，你是洛行的谁啊？你就想代表他？让他自己喝。"

"自己喝！必须自己喝！"

霍行舟眼神一扫，两个人迅速噤声。他低头问洛行："我能代表你吗？"

冯佳和李乐凡齐刷刷地看他。屋里吵闹得他听不清霍行舟说了什么，只好略微慌乱地点了点头。

霍行舟的手指按在他的肩膀上，朝冯佳白了一眼："你听见没？"

冯佳又闹了霍行舟半天才算完，跑去折腾别人了。

霍行舟坐下来，洛行有点儿担心，把自己的牛奶递给他："喝点牛奶吧。"

霍行舟接过牛奶，见他一口也没喝还以为他是不喜欢，伸手越过他端了盘草莓过来。

霍行舟放下草莓，问道："你还习惯吗？"

"还……还好。"

霍行舟拿起一颗草莓摘了果蒂后递给他："他们平常生日是这样过的，你不习惯的话我带你先走。"

洛行咽下嘴里的草莓，忙道："我没关系的，也没……没有不习惯，感觉你们这样的感情很让人羡慕，我也很……很开心。"

他说这话的时候，眼底有着压抑的艳羡，好像从来没拥有过这样的感情，从没来过这样的场合。

对于一般高中生来说，稀松平常的聚会他都没有参加过？

他们两个坐的位置靠墙角，其他人都在闹，也没人注意他们。

霍行舟看着桌边的果酒，灵光一闪问他："你想不想尝尝？"

洛行犹豫不决，他想试试，却又怕自己不会喝。

"果酒没有什么度数的，和饮料一样，喝一丁点儿是不会醉的。"

洛行听他这么说，又抬头看着正在嬉闹的同学们，接过来跃跃欲试地说："那我喝一点儿试试？"

"嗯。"

洛行小心翼翼地端着杯子尝了一口，惊奇地问道："是甜的？"

霍行舟莞尔一笑："是不是和果汁一样？我没骗你吧？"其他人在那儿闹的闹，吃的吃，偶尔起哄一句，非常和谐。

洛行想，过去的十七年里他没有任何朋友，从来不知道有人一起笑闹的感觉是这样的。

虽然有点儿吵，耳朵里嗡嗡的，听不真切他们在说些什么，可那种感觉无法形容。

真的，他好羡慕。

要是他可以一直和他们在一起，冯佳、霍行舟，所有人都不要分开就好了。

"哎哎哎，咱们来玩点儿不一样的。"李乐凡踩在椅子上，胡乱地指桌子。

一个开水壶被直接踢了下来，霍行舟眼明手快地将洛行往后一拽："烫到没有？"

洛行心有余悸道："没……没事。"

李乐凡视线一转，抬手挡在嘴边，压低了声音神秘兮兮地说："哥们儿，给冯佳创造一个机会。"

"小心翻车。"霍行舟长腿一伸，笑了一声，"你们要玩自己玩，别拖我下水。"

李乐凡抑扬顿挫地"哎"了一声："残忍。"

刘梦雅也听见了，微微一笑："你们在说什么呢？什么不玩呀？"

李乐凡朝霍行舟眨了眨眼，然后扭头和刘梦雅说："我们在说玩游戏呢，玩不玩？"

"什么游戏啊？"刘梦雅回答，视线不自觉地往霍行舟身上瞟了瞟。

"狼人杀。"

洛行轻声问："狼人杀是什么？"

霍行舟睁开眼，往后坐了一点儿："一个推理与反推理的游戏，通过每个人传达出来的信息和逻辑找到凶手，也就是狼人。"

洛行大致听懂了意思，但还是不太明白。

霍行舟侧身说："你会撒谎吗？"

洛行一愣，以为他发现了自己撒谎的事，紧接着又听他说："你在这个游戏里需要通过你的话和表情骗人，才能获得胜利，不然就要被冤死。"

洛行点点头。

李乐凡扬声问："霍行舟敢不敢玩？"

霍行舟"啧"了一声："我怕你输得一塌糊涂。"

李乐凡见他答应了，又侧头去问洛行："你要一起玩吗？"

洛行其实有点儿想玩，却又怕自己玩不好，便转过头去看霍行舟。

霍行舟以为他是不知道怎么拒绝，便道："你别勉强，有我在这儿，他不敢硬拉你。"

洛行小声解释："没……没有勉强。"

他只是想和霍行舟一起玩游戏。

叶俏俏拿了一副牌过来："那我们选一个法官出来，大家投票决定。"

冯佳说："那就班长你吧。"

叶俏俏也不推辞，大大方方地坐下来开始讲玩法，然后将手中的牌分发下来。

洛行紧紧地盯着她的嘴唇，生怕错过任何一个字。等他听到需要闭眼的时候，一下子慌了，闭上眼他就不知道他们说什么了！

他肯定会要暴露自己耳朵不好的秘密！

"我……我不太想玩了。"洛行捏着牌，小声说，"可以吗？"

霍行舟以为他是没玩过所以紧张得不敢玩，转头安抚他说："没事，随便玩就可以，错了也不要紧。"

洛行不想让他知道自己的残缺，却又想不到更好的借口。叶俏俏说："没关系的呀，我们会带你一起的。就算是失误了也没关系，开心就好啦。"

洛行环视众人，所有人都在盯着他，有探究的，有安慰的。

他不想让别人失望，于是咬咬牙说："那好吧。"

叶俏俏分发下来的牌，洛行拿到了狼人。

"天黑请闭眼。"叶俏俏说。洛行忐忑地闭上眼，恨不得把耳朵扒开去听那一丁点儿的微弱声音。

"预言家请睁眼。"

霍行舟睁开眼睛，四下环视了一圈，眼神落在了左侧的洛行身上，伸手指了指他。叶俏俏将牌给他看，霍行舟挑眉轻笑，小狼人。

"预言家请闭眼。"叶俏俏等霍行舟闭上眼，顿了顿又说，"狼人请睁眼。"

洛行紧张得手心里全是汗，不知道什么时候该自己睁眼，怕错过又怕自己睁早了，隐约听见耳边有人说了句什么人，下意识地睁开眼睛。

他紧张地与冯佳四目相对，他们两个人抽到了狼人。

"狼人开始杀人。"叶俏俏说，冯佳给洛行递眼色，示意要把霍行舟杀了，洛行轻轻摇头。冯佳又看向李乐凡，一脸兴奋。

洛行点头，和他一起指向了倒霉的李乐凡。

"狼人请闭眼，女巫请睁眼。"

刘梦雅睁开眼睛。叶俏俏用手指向李乐凡，示意她被杀掉的人是谁。刘梦雅迟疑了一会儿，伸手做了个拇指向下的动作，指向了冯佳。

叶俏俏一愣，随即说："女巫请闭眼，天亮了，所有人睁眼。"

所有人都睁开眼睛。因为是一起说话，所以洛行这次没有听见。霍行舟见他还乖乖闭着眼睛，伸手拍了他一下："睡着了？"

洛行睁开眼，有些慌乱地垂眼说："我想得入神了。"

叶俏俏说出昨晚被杀的人，然后示意从霍行舟开始顺时针发言，根据证据找出凶手。

霍行舟说："我是预言家，昨晚我验了洛行是狼人，各位跟我一起把他投出去。如果晚上我被狼杀，女巫请救我。"

洛行一直盯着他在说话，听他提到自己的名字，说自己是狼人，立刻惊得眼睛都瞪大了，脱口而出："不是我。"

为什么霍行舟一上来就要把他投掉，是他做错了什么吗？

他紧张得完全想不起霍行舟之前教过他什么，也记不起叶俏俏说过的规则，只知道按照霍行舟说的撒谎就对了。

"我不是狼人，虽然我刚玩这个游戏还不太会，但我真的不是狼人。"

旁人看洛行都要急哭了，纷纷瞪霍行舟，这个人为了赢，连洛行都欺负，真不是人！

其他人陆续说出自己的推测，然后叶俏俏说："请投票。"

几个人纷纷指向心里的目标。

胡佳文指了霍行舟，霍行舟指了洛行，洛行指了刘梦雅，刘梦雅指向胡佳文，谭青青指向胡佳文，张彻指向刘梦雅，徐淼指向胡佳文。

"胡佳文出局，游戏继续。"叶俏俏说胡佳文被冤死，"天黑请闭眼。"

洛行大概明白了这个游戏的玩法，慢慢地也渐入佳境，每一局都能凭借"精湛"的演技杀掉一个人。

除了紧张听不见这件事，其他时候他都得心应手。直到最后叶俏俏宣布："狼人杀死所有村民，狼人获胜！"

众人惊呼道："厉害啊，洛行，没想到你把我们都给骗了，还真以为你是无辜的呢！"

叶俏俏手里拿着牌偏头笑道："洛行，你好厉害呀！我都惊呆了。"

洛行被他们夸得不好意思，耳根有点儿红，小声说："我就随便……随便玩玩，是你们让着我。"

霍行舟深藏功与名，双手垫在脑后看着一群人围着洛行笑闹。

他扬扬得意地想：你们知道什么啊！你们在第一层，爷在第五层好吧。我先冤枉了洛行就没人觉得他是狼人了，跟我玩？你们还嫩了点儿。

"我知道了！是有人作弊！"李乐凡回头看到霍行舟笑得一脸阴险，立刻大吼，"是霍行舟！兄弟们，把他给我按住了。"

"他又没有说话，不算作弊吧？"刘梦雅轻轻地咳了一声，往前走了几步，对霍行舟笑了一下。

冯佳平时被欺压惯了，铁定要闹霍行舟，忙"喂"了两声说："不行，该是谁就谁喝。"

叶俏俏一言不发地站在一旁，她知道霍行舟的脾气，所以一直没开口。

刘梦雅放轻了声音，弯下腰靠近霍行舟。

一字肩的上衣衬得她的肩膀细白莹润，她身上还飘着若有似无的茉莉香气。

她长得漂亮，成绩好，还有气质，这么善解人意为别人考虑，大家都觉得她真的很好。

"你这么帮霍行舟，要不然你们俩一人喝一半儿得了。"

有些人不知道冯佳想跟她搞好关系，瞎起哄："对啊对啊，一人一半儿我看可以。"

刘梦雅脸一红，抿着嘴害羞地嗔怒："你们乱……乱说什么！"

洛行看着刘梦雅，仔仔细细打量了她几秒，又收回视线看着自己的手指。

同学们还在起哄："作弊就得认罚，不许耍赖！"掺了苦瓜汁的"黑暗饮料"已经塞到了霍行舟的手上，看来是逃不了了。

"那我替霍行舟喝吧，反正我……"

"我来替他喝。"

整个包间霎时安静下来，所有人，包括霍行舟，都齐齐地看向了说话的人。

刘梦雅看看洛行，又去看霍行舟，呆呆地说："你……你也喝不了这个味道吧？没关系，我……"

洛行端过杯子，一口气全部喝下去，生怕被霍行舟给抢回去。

刘梦雅的脸色不太好看，说道："哦，早知道洛行这么有担当，我就不替霍行舟说话了，让你表现就好啦。"

叶俏俏转过头去看着她。

刘梦雅这话说得绵里藏针，表面是客套奉承，背地里却在讥讽。叶俏俏挑了挑眉。她招惹谁不好，非要去招霍行舟。

洛行抬头道："现在也不晚。"

洛行一句话堵得刘梦雅哑口无言，叶俏俏"扑哧"一声笑出来。

霍行舟也笑了。是这个熟悉的操作，洛行转学当天反驳张悬的模样还一直印在他脑海里呢。

不能因为他长得乖巧就以为他是一个软柿子，其实人家浑身带刺呢。

刘梦雅有点儿难堪，去看霍行舟，发现他根本没抬头，又去看冯佳，委屈得眼睛都红了，终于绷不住哭着说道："对不起，我不是故意的，我不知道你的朋友们可能不……不太喜欢我。"

冯佳最见不得她这样，连忙说道："没有没有，霍行舟就那脾气，你又不是不知道。洛行跟你不熟，你不知道他平时在宿舍里任由霍行舟捏圆搓扁，气得面红耳赤也不搭理他。没恶意，没恶意的，你别往心里去。"

李乐凡也来打圆场："是啊是啊，你别想太多了。要不咱们不玩游戏了，来吃蛋糕吧！"

叶俏俏也过来打圆场，把蛋糕摆在桌子中间："是呀，该寿星许愿切蛋糕了。"

冯佳接过叶俏俏递来的打火机，指着霍行舟，非要他给自己点蜡烛。

李乐凡乐得不行："你飘了，飘了，都敢让霍行舟给你点蜡烛了。"

冯佳仗着自己今天是寿星，飞扬跋扈地指着霍行舟说："你快点儿过来给哥点蜡烛，饶你不死！"

霍行舟看冯佳那副嚣张的样子，低低地"啐"了一声，眼看就要开始嘲讽了，洛行忙说："你去给他点蜡烛吧，过生日嘛。"

霍行舟把到嘴边的嘲讽咽回去："那好吧。"

霍行舟起身将蜡烛点燃，插秧似的插在蛋糕上，毫无美感。

"满意了？"

"满意！"冯佳装模作样地许愿，没过几秒就睁开眼，一口气过去全吹灭，"哥今天成年了！"

众人一齐对他喊"生日快乐"，冯佳抹了一下眼角开始假哭："以后没有《未成年人保护法》了，霍行舟要是打我，你们可得护着我。"

众人哄笑。

霍行舟"啧"了一声："没出息。"

冯佳哼了一声，拿起蛋糕刀切了几下，意思意思就放下了，让女孩们自己分着吃。

男生都不吃甜的，对蛋糕自然也没什么兴趣。

霍行舟端了一小块蛋糕递给乖乖坐在角落里的洛行："你尝尝。"

洛行接过蛋糕吃了一口，手指忽然一僵，栗子味的。

"好吃吗？"霍行舟问。

洛行眨了两下眼睛，说："好吃。"

"好吃就行。"

聚餐结束，其他人都走了。

冯佳看着才喝了一杯果酒就不行了的霍行舟无比嫌弃，找出手机给洛行看地址："霍行舟就交给你了。他们家的门是指纹的，你捞起他大拇指往上面一按就成。我给你们叫车。"

洛行说："我自己来吧，你回去的时候小心一点儿。"

冯佳摆手："放心。"

洛行扶着霍行舟站在客栈门口等车。

两旁的纸灯笼随着晚风荡了荡，因为是生态农庄，有很多虫鸣鸟叫声。但洛行听不见，他的世界里只有安静。

"霍行舟。"洛行一只手扶住他，另一只手拿出手机叫车，"你自己站稳一点儿啊，我叫好车再扶你，你别摔了。"

"霍行舟。"

"嗯？"

"你先醒一醒，回家再睡，好不好？"

霍行舟起床时一般脾气比较大，无论是在什么时候醒来。

他皱起眉，不悦地咕哝，到底还是睁开了微微发红的眼睛："干什么？好吵。"

"你先别睡。"洛行见他眉头紧皱，一副很不舒服的样子，放软了声音，"就一会儿，好不好？我们回家了你再睡，我撑不住你。"

"就睡一会儿。"霍行舟意识混沌，也不知道听没听懂。

话音未落，洛行感觉肩膀一沉，他又再次低下了头。

洛行没他高，生怕他站不稳会摔倒，只能略微踮起脚吃力地扶着他。

"你先醒一醒好不好？车马上就来了，到车上再睡也可以啊。"客栈门口人来人往的，有几个人还转过头来打量他们。

"嗯？"霍行舟意识迷糊，懒懒地"嗯"了一声，但就是不肯睁开眼。

洛行的姿势僵硬，颈部的神经都快绷断了。

司机把车停在路边，洛行在司机的帮助下艰难地将霍行舟扶进车里。

"学生吗？"

洛行听不见声音，坐在后排也看不见司机的嘴，便没回答，司机也就没再说话。

下车的时候，司机笑着打趣说兄弟俩感情真好，不像自己家那两个小浑蛋，只会掐架，他们这兄友弟恭的样子真让人羡慕。

"需要帮忙吗？"司机问。

"不用了，我自己带哥哥回家就行了。谢谢师傅。"

洛行拿钱给了司机，长长地呼了一口气，扶着霍行舟就往大门走去。

洛行艰难地帮助霍行舟按开指纹锁，再扶着他上楼，偏偏他还不合作，等到他房间的时候，洛行已经快要筋疲力尽了。

洛行有点儿无奈，没想到霍行舟不清醒的时候这么不讲道理——虽然清醒的时候也没讲道理到哪里去。

霍行舟仰躺在床上，洛行手叉着腰喘气，嘴角不自觉地勾起一点儿弧度。

今晚这样的生日聚会他是第一次参加，但感觉很好，几乎每个人都带着善意。

洛行歇了一会儿，又从地上爬起来，到卫生间拧了毛巾出来给他擦脸擦手，再给他脱了鞋，盖上被子，忙来忙去，等收拾完已经是半夜了。

他不知道自己能住哪儿，也不好意思擅自睡别人的床，索性直接趴在床边，万一他需要什么也能及时知道。

霍行舟半夜渴醒了，掀开被子要起身，结果手沉沉的，抬头一看，洛行趴在床边睡着了。

他半边身子歪在床上，膝盖弯曲着靠在床边，应该是昨晚照顾他，结果就这么睡着了。

霍行舟看着他，忽然记起他刚转学来的那天，不卑不亢地对张悬的样子。

高三了，二中比其他学校的假期更少，他除了跟冯佳他们几个人出去吃个饭，也很少出去瞎玩。

这还是他上高三以后头一回玩得这么晚，头疼得难受。

霍行舟的喉咙干得厉害，打算下去倒杯水喝，又怕洛行睡在地上着凉，便把洛行挪到了床上。

这时枕头底下的手机振动了一下，霍行舟拿起来一看。

你回家了？

霍行舟一个激灵，立刻回复：回了啊，妈，你不是出差了吗？你也回来了？

伍素妍拨了一个视频电话过来，霍行舟手忙脚乱给挂了。

他这儿还有人呢。

霍行舟怕吵醒洛行，就准备下楼去打电话。

只是伍素妍的语音更快一步："你挂我电话干什么？"

"我睡觉呢，不方便。"

伍素妍知道自己儿子是个什么德行，前几天学校发生的事她也知道了，还在开会就气得头顶冒烟。

"你还不方便？你替人出头的时候方便吗？"

霍行舟沉默几秒，给她打了一个电话过去："他还敢告状？看来还是惩罚轻了。"

伍素妍快被他气死，恨不得一根手指戳烂他的脑门："我正跟俏俏爸爸谈合约，我看你是一天不打就敢上房揭瓦！"

霍行舟无所谓地耸了耸肩膀，拧开纯净水瓶子灌下大半瓶水，一抹嘴道："有什么好谈的？长安叔叔铁定跟您续约。"

伍素妍："明天我去你学校一趟。"

霍行舟一脸奇怪："你去学校干吗？"

"人家家长找程老师，说孩子被你恐吓了，现在有点脑震荡，极度害怕去学校，精神上造成了极大的伤害。你跟我去医院给他们道歉。"

最后一句伍素妍说得咬牙切齿，霍行舟无语极了："我连手都没动他就脑震荡了？他的脑子里装过山车了？"

霍行舟下半夜在沙发上躺着睡了，早上洛行下来的时候他已经起来了，靠在开放式厨房门口看着洛行从楼上下来。

"你睡得还行吗？"他问。

洛行知道自己占了他的床，不好意思地眨了眨眼睛说："嗯，床很舒服。"

"肯定舒服啊，那是我的床。我在楼下睡了半夜的沙发，腰都要断了。"霍行舟嘟嘟嚷嚷说着，等他走到自己面前的时候伸手往身后指了指，"你会做饭吗？"

洛行也觉得歉疚，忙道："会的。早上的话，吃面条行吗？"

霍行舟一向挑食得很，很少吃面条这种不顶饿还难吃的东西。但洛行问他什么，他都想说好。

也真是奇了怪了。

洛行在锅里装好水，等水差不多开了，粗略估计了一下霍行舟的食量，放面进去，用筷子搅了搅。他在里头打了两个鸡蛋，又切了半棵小青菜和一个番茄。

洛行就在厨房里像小蜜蜂似的忙来忙去。

"霍行舟,你吃葱花和香菜吗?"洛行转过头问。

"你吃就放,我不挑。"

"那你帮我弄一根葱吧,我去洗洗香菜,一会儿给你调点儿酱汁。"
洛行说着便去洗菜了。

霍行舟"嗯"了一声,从旁边拿起一根葱,死死地皱着鼻子。这是
什么味?也太呛了!怎么会有人爱吃这个?

他艰难地弄完了葱,立刻冲到水池边去洗手,搓了十几遍手才消停,
还凑到鼻尖闻一闻。

洛行切了葱花和姜,又把香菜切成一段一段备用。然后他拿出两个
碗,舀了一大堆乱七八糟的调料,用筷子搅了搅,再把葱花、姜和香菜
放进去,从锅里舀了面条汤冲开。

洛行端起碗凑到他的面前,眯了眼睛笑着问:"你闻闻香不香。"

霍行舟深吸一口气,凑过去:"香。"

洛行眨了眨眼睛,身后的阳光给他笼上了一层虚虚的光影。霍行舟
咳了一声,转过头:"什么时候可以吃?我饿了。"

"再等一会儿就好了。"

霍行舟靠在洗菜池旁边,伸手从他切的番茄里捏了一片送进嘴里,
看他刀工精细地切菜,不时地给他打下手。

做饭怎么这么好玩?

霍行舟是他妈嘴里的小流氓,他爸对他也嫌弃得不行。可他明白得
很,那也就是他们两个人嘴上嘲讽罢了,该给他的爱一分不少。

他小时候没受过旁人的气,就是叶俏俏受了委屈,伍素妍都忍不了,
更何况是他。

洛行这么乖,是在哪儿受的委屈呢?

他爸妈知道吗?

霍行舟揭开锅盖,看了一眼在滚水里翻腾的面条,状似不经意地问:
"你转学来的时候是自己一个人来的,你的爸爸妈妈呢?"

洛行的刀尖一歪,径直切在了食指上,下意识一松手,刀掉在了地上。

霍行舟吓了一跳,把锅盖一扔,赶紧给他止血。

霍行舟的脸色阴沉,让他坐着别动,自己翻箱倒柜地找药箱,扒拉
半天才找出一瓶碘附。他在洛行手底下放了一个垃圾桶,揭开盖子皱眉
看着伤口,问他:"你怕不怕疼?"

洛行吸着冷气："不……不碍事的，你别紧张。"

霍行舟想到他刚刚血流不止的手，又看了一眼洛行疼得泛白的嘴唇，板着脸数落他："以后不许你做饭了！不会还瞎揽活儿。"

"我会的。"洛行小声反驳，"刚刚是不小心，没事的，不疼。"洛行似乎是怕他不信，又补充了一句，"真的不疼。"

"血都流成这样了还不疼？"霍行舟看着他这个傻乎乎的样子无奈极了，"干什么？你觉得睡了我的床不好意思，放点儿血赔我呢？"

洛行被他逗笑了。

霍行舟仔细地给洛行的伤口消毒、包扎，洛行心里感觉到一股暖意。

洛行突然想到小时候自己为了获取妈妈的关注和宠爱，他故意让自己摔了一跤，膝盖和手臂都擦破了，带着伤回去被妈妈看见，她只是冷冷地问他为什么会受伤。

洛行不会撒谎，说了实话，结果换来一顿更加无情的责打和辱骂，然后被关在那个小房子里独自舔舐伤痕。

从那以后，他再也不会尝试去博取别人的同情，自己保护自己，不靠近别人，也不让人靠近，自然也不知道在受伤的时候被人关心是这样的感觉。

"我真的不痛。"

霍行舟看他如此排斥，以为他在怪自己让他做饭，笑了一下松开手。

"小时候我爸妈整天忙得焦头烂额，顾不上我，我基本就跟着保姆在家。那会儿我们家请的那个保姆忙着跟人搞关系，经常不回来。"

洛行看着他的眼睛，不由自主被他的话吸引了："那你……"

霍行舟无所谓一般把碘附瓶盖拧紧了，稍微收拾了一下药箱说："有一回我还发着烧，大概是烧糊涂了，也饿，就自己去做饭，结果头一回就把手给切了。我妈那天正好回来，看见满地血都吓蒙了。"

洛行也被吓坏了，皱眉道："那个保姆怎么能这么不负责！她既然拿了钱就应该好好照顾你啊，怎么能随便离开！"

"其实我也不怎么害怕，就是我妈急哭了，当场就把那个保姆给炒了。她抱着我去医院。那天还下着大雪呢，封路，她抱累了就背，足足走了两个小时。"

"阿姨对你真的很好。"洛行垂下眼帘，小时候他也发过烧，赵久兰没有抱他去过医院，只是给他一些药，让他发汗了再说。

那个时候他还不知道发烧是不能焐的，这么多年却也过去了。

霍行舟"嗯"了一声："那是我头一回，也是这辈子唯一一回见我妈哭。"

洛行呆呆地看着他。霍行舟抬了一下手给他看，手腕上有个浅浅的疤痕："就是那个时候弄伤的。"

洛行一向心软，看着他那个伤疤又想到了自己的手，对比了一下，那应该很疼。

霍行舟笑道："其实也不疼，就和你刚刚差不多吧。"

洛行看着他的疤痕，感觉自己的心都在颤抖。这个疤痕从手腕处一直划到手背，长得触目惊心，当时一定好疼。

霍行舟感觉引导得差不多了，话锋一转："我昨晚看见你后脖颈上有伤，是怎么来的？"

洛行垂眼，撒谎道："小时候调皮刮伤的。"

也不知道霍行舟是信了还是没信，他看着洛行笑："你小时候也调皮吗？"

洛行躲避着他的审视："谁……谁小时候不会调皮。"

霍行舟又带他回到厨房，让他站在一旁指导，自己则把糊成一团的面条倒进垃圾桶，又重新煮了一份。

"撒尿和泥？"

洛行一愣："什么？"

霍行舟笑着说："我小时候爬人家墙头去摇树梢上的桑葚，吃得衣服上全是桑葚汁，洗都洗不掉。光是踢球就不知打烂了多少玻璃，我妈整天跟在我后头给人道歉。这些你小时候都干过吗？"

洛行抿了一下嘴唇，霍行舟见他沉默，便懂了意思。论小时候调皮捣蛋闯祸，他论第一就没人敢认第二。

洛行这样的，在他面前装三秒都算他有本事。

洛行咬着嘴唇不说话。他不想把自己那个畸形的家庭说给旁人尤其是霍行舟听。

他不是讨厌赵久兰，对于他来说，那个人是他的妈妈，生了他，也养过他，仅此而已。

他不想去怨恨，也不想去责怪，不为别的，只是单纯不想让霍行舟知道。

他希望自己留给霍行舟的印象好一些。

那些本质上属于洛行的过去，不要出现在霍行舟的生命里。

下午，冯佳估计是睡醒了，哑着嗓子打电话过来。

"你醒了？不让我给你点蜡烛了？"

冯佳完全不记得这回事，一听还来劲了，搓着手问："我昨天这么牛的吗？有人拍照没？我要吹一辈子。"

"你得了吧。"霍行舟没耐心跟他瞎扯，"打电话什么事？"

冯佳"哦"了一声说："你让我表弟的事问出来了，他朋友说……"

"等等。"霍行舟对洛行说，"你自己玩一会儿。"然后才站起身走到阳台，关上门说，"你说。"

冯佳不懂他神神秘秘的干什么，"哦"了一声又说："他朋友和洛行同班，好像是说他在学校没什么朋友，除了前后桌加过微信外，称得上有点儿孤僻。"

霍行舟蹙眉：孤僻？

"还有呢？"他问。

冯佳绞尽脑汁地回忆："哦，对了！你知道他是多少分考进四中的吗？中考状元啊，比班长还多了三十几分呢！"

比叶俏俏还多三十几分？

霍行舟转过头去看乖乖巧巧坐在那儿，不知道在想什么的小孩儿，又想到他刚来那天就写了一夜的作业，眉头皱得更紧了。

"比俏俏还多三十几分，你表弟没记错吧？"霍行舟以前的成绩也很好，自然知道叶俏俏这个成绩代表了什么水平。比她还多出三十几分，那就强到有些离谱了吧？

"他没记错。不是说了吗？他朋友是洛行他们班的。哦，对了，还有更可怕的，高一到高二的好多考试，他的听力题从来不做。"冯佳说，"据说连中考的听力题也是空白。就这样他还能高出班长三十几分，我怀疑他要是做了听力题，约等于满分。"

霍行舟心里一惊，一个不太好的想法在心里慢慢冒出头，让他没来由地有点儿慌，本能地不想听下去了。

也许只过了一秒，又也许过了很久，冯佳的声音远得几乎听不清："如果我猜得没错，他应该是听不见的。"

霍行舟站在阳台上愣神，不知道过了多长时间，他重新转过身，敲敲玻璃引起洛行的注意，用唇语无声地问他："你饿不饿？"

洛行摇摇头，从沙发上站起来，说："还好。"

霍行舟深吸一口气，又缓缓地吐出来，只觉得胸口像压了一块巨石，沉得让他喘不过气来。

"再无视我就揍你了啊。"

"你怎么总无视我？耳朵不要就送给我吧。"

他总以为洛行是故意不搭理自己，可原来，洛行根本就听不见。

难怪他会一直盯着别人的嘴唇看，那是因为他需要靠这个来判断别人说了什么。

这个世界对他来说，几乎等同于一片寂静。

所以他才会对别人的每一分善意都记得那么清楚，小心翼翼地想要回报？

霍行舟不知道他这种听不见是先天的还是后天的，没来由地想起他脸上的伤和上次那个女人，还有他提起父母时的反应。

洛行一直很善良，上次被诬陷作弊，他也没有责怪丁超，反而让自己不要打架，还觉得对不起叶俏俏。

同时他又总是拒绝别人的好意，看上去软软的，还总是退让，仿佛不会生气，又仿佛没有喜怒哀乐。

他就像一个完美的机器人。

"他听不见这回事是先天的还是后天造成的？"霍行舟哑着嗓子，艰难地问。

冯佳"嗯"了一声："我也不是很肯定，都是些小道消息。据说他从小就没有爸爸，他妈一个人把他养大的，对他的管教非常严格，不允许他做除了学习以外的任何事，就差连呼吸都要控制频率。那个耳朵好像是被他妈打坏的，不是先天的，好像能听见一点点儿声音，没彻底聋。"

被打坏的！

"他妈是傻瓜吗！"霍行舟咬着牙，压低了声音道，"她是把儿子当成学习机器了？"

冯佳沉默了一会儿，小声问："你怎么这么生气啊？这件事跟你有什么关系？你可别乱来啊。"

"没什么，这件事你别往外传。"霍行舟低低地舒出一口气，沉着嗓音交代，"一个字也不准往外传。"

冯佳"嗯"了一声："我知道。"

霍行舟攥着手机站在阳台上出了一会儿神。

他终于知道洛行为什么这么喜欢《血里有风》这本书了。

书里那些惨烈的境况也许能让他在里头找到一丝平静，他那小小的身子承担了多少常人无法理解的痛苦。

刚刚失去声音的时候，他一定很无助，很害怕。

这个世上他唯一能依靠的那个人竟然是施暴者。

良久，霍行舟松开攥紧的拳头，重新拨打了一个号码，规规矩矩地喊："商叔叔。"

商清明那边忙得脚不沾地，急匆匆地"哎"了一声："什么事？你拣要紧的说，我这边待会儿还要开会呢。"

霍行舟回过头，看了紧张兮兮地看着自己的洛行一眼，怕他看见自己在说什么，忙收回视线转过身去问："如果是父母对孩子家暴，算不算犯罪？"

商清明笑了一声，忙里偷闲地幸灾乐祸道："你爸终于忍不了你这个臭脾气，要揍你了？"

"不是。"霍行舟说，"我有一个同学，身上总带伤，我怀疑是被他家里人打的，就问问。"

商清明蹙眉，抬手让其他人先进去，自己站在门口说："如果是父母家暴孩子的话，只要动手就是犯法。不过一般要让被害人去报案，同时采集证据，交由当地社区那边调解。"

霍行舟冷笑出声："调解什么，都打成那样了还去调解？等人被打残了才重视？"

"你好好说话。"商清明蹙眉。他也是看着霍行舟长大的，这孩子虽然性子不那么温和，也爱嘲讽人，但发这么大脾气还是头一回。

"《刑法》是这么规定的，你着急也没用。再说，你打给我，我只能给你一个解释，我也管不了。"商清明稍微委婉地说，"哪怕是打残了，也进不了市局。"

霍行舟沉默几秒，又道："这个时候您就别开玩笑了吧。"

商清明咳了一声，说："你劝劝你的同学，真要是父母家暴他，别姑息，也别忍着，直接去报案。"

霍行舟想起洛行那副逆来顺受又千方百计瞒着的样子，料想他铁定不会去报案。

"我不想对他造成二次伤害。如果确实严重且有证人的话，能不能强制对方不许再见他？"

商清明说："可以，不过事情真的有这么严重吗？家暴的案子大多数是跟进调解和强制改正，让孩子脱离父母可不是儿戏。"

"我知道。"

"你再和你同学商量商量，别私自替人做决定。你也就是个孩子，你能承担什么责任？"商清明又说了几句，听见会议室有人在叫他，急匆匆地挂断电话进去了。

霍行舟看着洛行，心里做了某个决定。

霍行舟把手机收起来，深吸一口气，调整了一下自己的心情和表情，尽量自然地走回来。

"干吗呢？"霍行舟看着他食指上包着的纱布，有点儿无奈地说，"你怎么总受伤？"

洛行动了动手指，躲避着他的视线："我也没……没有经常受伤，你别放在心上。"

霍行舟笑了笑没再多说，在他旁边坐下来，问："你饿不饿？"

洛行昨天晚上其实没怎么吃东西，早上草草吃了一顿早餐，到现在早饿了。不过他不好意思说，还是摇了摇头："还行。"

霍行舟知道他是不好意思说，拿起手机往他旁边靠了靠，打开外卖订餐页面，让他看有没有什么想吃的。

洛行伸出手指在屏幕上滑了滑，随便指了一家。

霍行舟眉毛一挑，笑道："你还挺识货，这家酒店的厨子是从国外回来的，光一盘蛋炒饭都得小几百，跟放了金子炒的一样。"

"这也太……太贵了。"洛行似乎被他吓到了，忙说，"那我们换一家吧。"

霍行舟在结算界面点下去："不换，你想吃什么咱们就吃什么。几百算什么？就是一千块一盘也吃。"

洛行："那我把钱给你。"

霍行舟笑道："就当是我给你交的补习费了，回头你多给我讲点儿卷子就行。"

"我教你题又不是想要你的钱。"

"那你想要什么？带我一起考大学？"霍行舟轻嗤了一声，"你别撒谎，这会儿不是玩狼人杀，你跟程老师那点儿小秘密别以为我不知道。"

洛行惊呆了："你什么时候知道的？"

霍行舟想说是个人都看出来了，程老师有意无意地暗示，还有偶尔对他的夸奖，都明显极了好吗！

"洛行，将来我跟你考同一所大学，你说好不好？"

洛行一愣。

"你以后想考什么大学？说一说，好让我有个努力的目标。"

洛行不确定地问他："你的意思是，想和我……和我考同一所大学吗？"

"嗯。"

"可是我也不知道。"洛行抿了一下嘴，他没想过考什么大学，按照成绩随便报一个大概都能上。

霍行舟说："那现在你想一想。"

他想起了洛行的妈妈，又说："其实我将来不想留在江城，在我爸妈的庇护下做事。找一个远一点儿的，那种风景好的地方，放假了还能一起出去玩玩。"

"真的吗？我……我也想去的。"

洛行欣喜地说道："那你要好好学习，不可以再旷课出去玩了。"

霍行舟无奈地笑道："我最近有没有旷课你不知道吗？人还没踏出教室你就左一句去哪儿，右一句不准，连错几道题都要念叨两节课。"

洛行被他取笑，不好意思地说："哪……哪有？"

霍行舟叹了口气，道："不过说是这么说，我的成绩没你好，也许你教几天就嫌烦了。"

洛行忙摇头："我不……不嫌的。"

霍行舟笑道："你真的不嫌我？"

"真的。"

聊天的时间过得很快，不一会儿两个人刚才点的天价蛋炒饭到了。

霍行舟接了电话说"马上来"，又拍拍洛行的肩："你去洗洗手，马上吃饭了。"

洛行说："吃完饭咱们回学校吧？你还有好多卷子没写呢。"

霍行舟想了想，说："行，反正在家里也没什么意思，我顺便给你买点儿药。"

在家吃完外卖后，霍行舟和洛行就返了校。

宿舍里，霍行舟百无聊赖，看着桌上的习题本出了一会儿神。

他脑海里蹦出冯佳的无心之言，拿起手机在搜索框里输入"洛行"两个字。

搜索界面跳出了一整页新闻，文章和视频都有，标题、内容也都差不多，都是关于各种竞赛的。

他随便点进一个视频，调低了声音看。

视频里有三个小孩一起接受采访，应该是他七八岁的时候。

主持人提问的时候，洛行看着镜头条理清晰地讲述着，说到重要部分的时候，他的眼睛里甚至有星星在扑闪，骄矜又招人疼爱。

主持人的采访一结束，他却不肯再说话了，不像旁边其他小孩一样一脸倨傲地抢话或者争相炫耀，而是谦逊又安静地待在一旁。

这太极端了。

霍行舟关了这个视频，又打开另一个视频。这个时候的洛行大了一些，应该有九到十岁，已然脱去一些孩童的稚气。

这时他说话就不怎么盯着镜头了，而是定定地看着主持人，秀气的眉头微皱，两只手紧紧掐着掌心。

霍行舟看得出，这个时候他已经听不见了，唇语学得也不是很熟练，所以有些提问不可避免地疏漏了。

视频底下有评论——

"啧，这个洛行怎么对主持人爱理不理的？连镜头也不看，神气什么啊？"

"不就是拿个奖吗？跟多了不起似的。"

"啧，一看就是书呆子，只会学习，将来出了社会也没什么用。"

霍行舟恨不得冲进去把这个小孩拉出来，好好安慰，不让人评头论足。

他坐直身子，摩拳擦掌准备去评论，却发现还要注册账号。如果是别的事，他肯定嫌麻烦，也就算了，但这次他极其耐心地捣鼓了半天，终于注册成功了。

他取了个无比嚣张的名字：我是你大哥。

我是你大哥回复："拿奖就是了不起！九九乘法表背熟了吗？就在这儿酸。"

我是你大哥回复："这位兄弟跟我去工地上班吧，我看你挺会抬杠的。"

我是你大哥回复："你要没事干就去找个厂上班，少瞎说。"

霍行舟回得高兴，手速越来越快。

洛行洗完澡从卫生间出来，喊了他一声没见他抬头，走近了才瞧见他正对着手机冷笑，被吓了一跳，忙问："你怎么了？"

"没什么，一个网友挑衅我。"霍行舟关了手机，抬起头瞬间换上温和的表情，"洗好啦？"

洛行犹疑地看着他，欲言又止道："你是不是又嘲讽人了？不是每个人打游戏都和你一样好，你不要老骂人。"

"没有。"霍行舟把手机锁了倒扣在桌上，冲他笑着说，"我正常玩呢，他自己过来找事。我也没骂他，在讲道理呢。"

洛行不喜欢说教别人，但霍行舟总吵架、打架也不好，听他这么一说，立即眯眼笑道："嗯，你别总是嘲讽别人，闹矛盾不好，能讲道理就讲道理。"

霍行舟勾起一点儿笑说："我知道了，小话痨。"

洛行又说："那个……你待会儿写点儿卷子吧，我自己给你出了一张。"

霍行舟眉毛一抬："哟，你还会自己出题？"

洛行有点儿不好意思地说："不知道怎么样。我是按照你常错题型出的，自己先做了一遍，应该没有错误。你做吗？"

霍行舟沉默几秒。

洛行以为他反悔了，小声说："你答应了的。"

霍行舟垂眸，看见他无奈地说道："你都提了，我能说不做吗？"

洛行眯眼一笑，"嗯嗯"两声就开始翻书包。他拿出一个崭新的演算本递给霍行舟，里头工工整整地写着三页纸的数学题。

"你现在写吧，有不会的我随时教你，可以吗？"洛行问。

霍行舟点点头，看洛行像小蜜蜂似的迅速收拾好桌面，把演算本和笔递给他，然后掏出自己的电脑放在了另一侧。

"我轻一点儿打字，可以吗？"

霍行舟说："没事，你随便打，我不会被影响，你也不用刻意放轻声音。"

洛行认真地敲着键盘，尽量把声音放低。

这种题型洛行都仔仔细细地同霍行舟讲过，只不过数学和别的科目不一样，讲究活学活用，也不知道他理解了多少。

洛行见他一直很认真地解题，便放了心，继续翻译。

这本书他已经落下了不少进度，得加快时间才能及时交稿。每次拿到出版社给的样书，他都开心极了，尤其这还是霍砚生的书！

天逐渐暗下来，洛行起身开了灯，顺手拿起水壶倒了两杯水端回来。

霍行舟已经做了一大半题目，旁边的演算纸已经翻了一页，上面全是龙飞凤舞的字。

洛行总觉得他的字带侵略性，像他的人一样。

"你喝点儿水休息一下吧，也不用那么急的。"

霍行舟正好也累了，把笔一扔，接过水杯仰头，喉结上下滚动着将半杯水喝了下去。

洛行伸手拿起桌上的卷子查阅。

霍行舟捏着杯子嘟囔："累死我了，你就不能出点儿简单的题？"

他在喝水，声音不大，加上有些含糊，洛行没听见。

霍行舟拿开杯子，面对着洛行又说了一遍："你是不是报仇呢？"

洛行连忙解释："难一些你才能更好地理解，错了也没……没关系的，我再给你讲。"

良久，洛行批阅完最后一道题，笔尖一顿，呆了几秒才惊讶地抬起头。

他竟然全对！

他才讲过一次啊！这些题目还是他往难里出的，他竟然能做到全对！

霍行舟看着他震惊不已的表情，眯着眼笑道："怎么样，小老师？我做对了吗？"

"全对！"洛行难以置信，程老师嘴里这个两年来上课全在打游戏和睡觉的人，居然把这些题目全部做对了！

怎么可能！

如果这不是自己出的卷子，他都要怀疑霍行舟看过答案了。

程老师那个时候说霍行舟智商高，只是不肯学，洛行只以为他是比一般人稍微聪明一些，没想到霍行舟竟然是这种只讲一两遍就能全部融会贯通的人！

"你好厉害！"洛行开心得将卷子翻来翻去，挨个指给他看，"这道题其实有点儿超纲了，我还想你会不会做错，没想到你竟然做对了。还有这里，你看这道题……"

洛行的眼睛亮亮的，像两颗星星，滔滔不绝地说着。

霍行舟站起身伸了个懒腰，刚想说话又怕他听不见，只好伸手按住他的脑袋。

周一早自习的时候，程利民来教室说了一件事：期中考试刚过，教研组准备过来审查，做期中视导。

二中今年也要评级，所以非常重视这次的审查。程利民耳提面命地让那些捣蛋鬼注意点儿影响，别在这个节骨眼上惹祸。

"霍行舟，上课看黑板！看我！"

被当着全班同学的面点名，霍行舟没有任何羞耻之心，一掀眼皮，去看讲台上脸色难看的程利民。

众人则回过头来看他。

尤其是冯佳，疑惑地盯着霍行舟的脸，不知道在想什么。

霍行舟长腿一伸踩在课桌的横梁上，笑嘻嘻地说："老师，我最近可老实着呢，大门不出，二门不迈的，您想开刀可找不到我头上。"

"你老实？我还没找你算账呢！"程利民扫了一眼霍行舟。

丁超告状是他不对，程利民已经想好处分了，结果还没等他跟校长商量，霍行舟就直接去找了丁超！

丁超脸上全是泥，狼狈地去找校长哭诉霍行舟恐吓他。

这话万一传到教研组的耳朵里，对评级来说十分不利，校长只好暂且压下来，让霍行舟和他的家长同校长一起过去，看能不能道个歉私下解决了。

"我待会儿再跟你算账。"程利民没好气地又瞪了他两眼，清了清嗓子继续说，"这周不一定周几，局里领导过来视导，你们都给我注意点儿！上课玩手机的、睡觉的、出去打游戏的都给我忍住了，老实几天不会少块肉。"

洛行一听就知道程利民说的是丁超的事，就有点儿担忧。

他打算举手跟程利民解释，刚一抬起就被按住了，遂侧头不明所以地看向霍行舟。

"你不许揽事儿。"

洛行蹙眉："可是……"

"你听我的，没有可是。"

"还有一件事，市里有个数学小组竞赛，去其他城市比赛，每个学校要挑五个学生过去参赛。"程利民环视一圈，最后将目光落在洛行的脸上。

"洛行，你和叶俏俏过去。"程利民的声音不大，洛行没听见。

学生们集体回过头来看洛行，好奇他怎么不搭腔。连程老师都不看在眼里？比霍行舟还牛？

霍行舟敲了敲洛行的手臂，低声提醒道："老师说让你和叶俏俏去参加数学竞赛。"

洛行心一惊，他又没听见！

程利民看他白着脸看自己，以为他是没信心，和蔼地说道："除了你们两个人，还有十一班的薛笺和陆清和，以及八班的姜叙，你不要怕。"

"市里会安排车接送你们，食宿全包。待会儿早自习结束了，你们两个人就回宿舍收拾一下东西，十点钟在校门口集合。"

"这次比赛是给学校争光，我希望你们两个人全力以赴！"程利民破锣似的嗓子说出一丝热血沸腾的感觉。

洛行看着程利民的嘴唇一开一合，这些话他从小学起就听过无数遍——参加比赛，为学校争光。

他也不负众望地夺得了许多荣誉，为学校、老师、妈妈争了光。

但没人问他想不想要那些荣誉和夸奖，他又是不是愿意参加那些比赛。

他只想给霍行舟讲题，听他问些乱七八糟的题，手忙脚乱地应付他层出不穷的疑问。

"你在想什么呢？"

程利民出去已经有一会儿了，霍行舟看洛行一直在发呆，觉得不太对劲，便敲了敲他的手腕。

洛行抬起头，抿抿嘴角，又垂下眼帘："没……没想什么。"

"张嘴。"

"啊？"洛行下意识地抬头，一颗糖塞进嘴里，他愣怔地张着嘴，都忘了闭上。

霍行舟把糖纸揉成一个小小的纸团扔进垃圾桶，倦懒道："你说实话，想什么呢？"

洛行含着糖小声说："我去比赛，那你在学校要好好学习，别出去玩。"

霍行舟笑道："出去三天，要不要开个直播让你实时监视呢？"

这时候，门口突然传来一阵高跟鞋走路的声音，一个穿着精致干练的女人抬手敲了一下门："霍行舟，滚出来！"

⑥
人海
见一面

✦

程利民刚走不久，教室里还很安静。

学生们纷纷抬头看向门口，又回过头去看霍行舟。只见他乖乖地站起身，洛行小声问："她是谁呀？"

霍行舟压低声音道："我妈。"

洛行悄悄打量了伍素妍一眼。她脸上的表情说不上好也说不上坏，洛行心里惴惴不安的。

霍行舟跟着伍素妍出了学校大门。

她的车停在校门口，霍行舟拉开门坐进去，还没坐稳屁股就听伍素妍勾起嘴角笑道："因为什么惹的事，说吧。"

霍行舟长腿交叠，扯了扯校服领口，叹气："他诬陷我同桌跟俏俏互相作弊，你说他是不是欠揍？"

伍素妍冷笑道："欠不欠揍是你说了算的？我看你现在就欠揍，你让我揍一顿？"

"我知道错了。"霍行舟迅速承认错误。

"下次还敢不敢了？"

霍行舟想了想，给自己留了一条后路："看情况吧。"

伍素妍点点头，一脚油门猛踩到底。

霍行舟差点儿从车窗飞出去，手忙脚乱地系上安全带求饶："妈妈，冷静冷静，我还小呢，我不能受惊吓。"

"你不能受惊吓，你妈能？"

霍行舟不说话了。

两个人很快到了医院,校长、程老师跟他们前后脚踏进了丁超住的病房。

丁母守在病床前,一口一口地给他喂粥,略微稀疏的头发扎成细细的一把,脸上的皱纹沟壑深深,皮肤是常年经历暴晒的黑红。

看得出她是吃苦的人。

丁母听见声音,一下站起来:"你们来干什么?"

伍素妍一改面对霍行舟的疾言厉色,温和有礼道:"大姐,你好,我是霍行舟的妈妈,这次是来……"

话音未落,丁母已经扑过来,眼里充满恨意,扬起手就要打她:"你们还敢来!"

霍行舟侧身挡在伍素妍面前,伸手握住她的手腕,却没想到她这是一个虚招,反手一耳光狠狠地扇在了霍行舟的右脸上。

"啪!"

响亮的一声把校长和程老师都给弄蒙了,路过的护士看了一眼,心道又是哪个家庭闹矛盾,便收回视线走了。

霍行舟僵了一秒。

丁超也有点儿傻眼了,可看了伍素妍一眼后便垂下了眼帘。

霍行舟这种养尊处优的富二代除了惹祸就是挥霍,一事无成却能过那么好的生活。

他每天都学习到凌晨一点多,清晨五点半就爬起来。他这样努力,却还是拿不到每年的奖学金。

叶俏俏的家庭条件那么好,陆清和家里的条件更是优渥。他上次听见校长和陆清和的爸爸打电话,他爸爸甚至能随便给学校捐楼。

他们怎么会需要奖学金?就算拿到了也是买双鞋,出去吃个饭就没了,为什么一定要跟他抢呢?

这些有钱人,根本不知道生活有多苦!

程利民反应快,知道站在伍素妍的立场不好说什么,便一把将霍行舟拽到身后:"丁超家长,我知道您很愤怒,今天我们来,也是希望能给您一个满意的处理结果。"

"满意?我怎么可能满意!我儿子被恐吓了,现在住了两天院,我和他爸为了照顾他都不能干活!不赚钱我们吃什么?超超也不知道会不会有什么后遗症。"丁母恶狠狠地盯着伍素妍,仿佛她站在那里什么也不做就已经是对自己的羞辱一样。

程利民连忙说道："我知道，我知道，所以霍行舟的家长今天特地过来道歉，也提议让医生给丁超做个全面的检查。"

丁母冷笑道："全面的检查？你是怀疑我坑他们了？别的不说，就说我儿子现在高三了，这几天对他的学习有多大的影响你知道吗？我和他爸省吃俭用供他上学，希望他能考上好大学，以后就不用吃苦，不用跟我们一样面朝黄土背朝天。他要是考不上大学，你能负责吗？"

程利民一时卡了壳。

校长接过话说："这个您不用担心，丁超落下的功课我让各科老师给他补上，这样您看行吗？"

丁母回头看了坐在病床上的儿子一眼，又看了霍行舟一眼。

就算她再不识货，也能看得出来霍行舟脚上那双球鞋和伍素妍手里那个漂亮的手包有多昂贵。

"超超现在不敢去学校，也很厌学，你说补课就补课啊？"丁母两眼通红，声音嘶哑地呜咽起来，"你们必须给我们精神赔偿。"

厌学？

霍行舟抬头看了一眼病床上的丁超，面色红润有光泽，腿上放着几张卷子，勤奋刻苦得让程利民看了都无话可说。

卧病在床还坚持学习，将来名校的大门不向他敞开简直对不起他的努力。

就这样还叫厌学？

"您看需要多少赔偿，我们一定尽力满足！"校长一听有转机，眼睛都亮了，赔偿总比闹大了传到教研组耳朵里影响学校评级要好。

丁母扬起干瘦的下巴，微微耷拉的双眼皮掀了掀，恨恨地在伍素妍和霍行舟脸上来回扫了两眼。

"十万。"

霍行舟冷哼了一声，正要开口，伍素妍抬手在他的手臂上拍了一下，侧头道："你把那天的事情一字不漏、老老实实地说一遍，少一个字我把你的头给拧下来。"

"哦。"霍行舟乖乖地开口，"我们班九月底转来一个学生，叫洛行。"

"不用从盘古开天地的时候讲起，直接切入主题。"伍素妍眼皮一掀，给了他一个"你再浪一下，我现在就把你的头拧下来"的眼神。

程老师和校长目瞪口呆地看着伍素妍，他们好像知道霍行舟的性子是随谁了。

霍行舟三言两语将事情说了，不自觉地舔舔嘴角。那双带着茧子的粗糙的手打他的时候顺带刮破了他的皮，火辣辣地疼。

口袋里的手机"嗡"地振动起来，他拿出来一看，是洛行发来的微信："你们在医院了吗？"

霍行舟旁若无人地拿着手机回微信。

"我知道你肯定会很委屈，可是……"洛行捧着手机，翻来覆去打了又删，删了又打，看得旁边的叶俏俏都受不了了。

霍行舟看着提示栏那里一直显示对方正在输入，等了足足三分钟也没有新消息发来，心里正想着他能说出什么长篇大论，结果就两个字。

洛行："哦，好。"

霍行舟心里清楚得很，洛行是担心他会再捅娄子，却又开不了口让他服软受委屈，思来想去只能表示自己知道了。

道歉是吧？

霍行舟收起手机，规规矩矩地给丁母鞠了一个躬："丁阿姨，对不起，我不该和丁超起冲突，不过我只把他按在地上吃了两口泥，没打他。"

丁母听见儿子被别人的儿子按在地上啃泥，常年遭受冷眼造成的极度自卑和自尊撞在一起，一下子就爆发了，哭喊着要去打伍素妍："你养的好儿子！你们有钱人就是这样踩着我们的尊严，践踏我们、欺负我们的是吗？"

霍行舟比她高出很多，垂着眼睛看她："丁超偷了我们班长和我同桌洛行的试卷，去向校长诬告他们两个人在月考和期中考试中对答案作弊。"

丁超心虚得不敢抬头。

校长也不知道该说什么。

这件事本来是丁超不占理，可霍行舟把人给收拾了一顿，他又变成了受害者，校长只希望两边能和平解决。

十万块的赔偿不是一个小数目，即使霍行舟的家庭条件不错，这么提也太狮子大开口了。

"丁超家长，您看这……"

丁母坐在地上拍着地板，哭道："超超是我的心肝肉，我就这么一个儿子。你欺负他，你让我们老两口怎么办？"

校长也算是听明白了，这明摆着就是坐地讹人呢。他一脸犯愁地去看程利民，见程利民也愁得眉头紧皱，不由得叹了一口气。

伍素妍蹲下身，将丁母扶起来："丁超家长，霍行舟欺负你的儿子我非常抱歉，也立即赶回来，希望能负起责任。我已经预约了本市最好

111

的医生，保证连头发丝都给他检查一遍。如果有任何地方受到损伤，我照三倍医药费赔给你。"

丁母掐了伍素妍柔嫩的手腕一把，那白瓷一般的肌肤仿佛灼痛了她："这还像句人话，不要以为……"

伍素妍看着丁母的眼睛，嘴角轻轻勾起："但如果您的儿子并未受伤，那么请校长严办诬陷同学作弊互通答案的事，可以吗？"

丁母看着伍素妍，她的脸上明明挂着笑，却让人从心底发怵。

她用力甩开伍素妍的手，色厉内荏地撒泼："你们有钱人买通几个医生还不是轻而易举的事？有伤也能说成没伤！我不管，如果你们不给我们赔偿款，我就把这件事捅到教育局去！你们别想好过！"

校长忙不迭地说："丁超家长别激动，我们商量商量再说，冲动解决不了问题。"

"没什么好商量的！"

霍行舟忽然笑了，远远地朝丁超喊了一声："我是不介意被退学，但你介不介意啊？"

丁超一下子慌了，如果被二中退学，一中肯定是不会要他的，其他学校太烂，还不如不上。

"妈妈，算了吧，我不怪霍行舟了。"丁超红着眼睛看向另一侧，"委屈"地说道，"他也给我道歉了，我原谅他了。"

霍行舟"哎哟"一声："谢谢副班长您大人有大量。"

丁母的脸色一阵红一阵白，牙齿咬得咯咯作响，看现在这种情况也明白了。

"是你说的，是你说他欺负你，你不舒服想吐。我跟你爸干点活容易吗？辛辛苦苦都是为了你……你原谅他，谁原谅我们啊？"

霍行舟不想再看这出闹剧，嗤笑了一声后转身出门，懒散地靠在墙上给洛行发消息。

这次比赛二中带队的是十一班的班主任乔老师，二中一共五名学生，一中去的人比较多，有七个，加上其他学校的学生和老师，满满当当坐了整整一车。

女生不少，叽叽喳喳凑在一起聊天。

洛行坐在最外侧，陆清和将叶俏俏护在了靠窗的位置。

他们三个都不算话多的人，只有叶俏俏偶尔偏头问一句，陆清和答一句。

洛行捏着手机，心里有些焦急。距离霍行舟说等会儿再找他已经过去好几个小时，可微信一次没响过，电话也没响过。

他的世界从很久以前就是静悄悄的，然而他现在才真正感受到什么是"安静"。

"洛行。"

叶俏俏喊了一声，他没听见。陆清和抬手在洛行的手机屏幕上轻敲了一下，他抬起头："班长。"

"你别叫我班长了，叫我的名字就好啦。"叶俏俏眯眼笑着，灰蓝色的眼珠衬得皮肤更白，活像一部外国电影里狡黠的精灵。

"这个给你吃。"叶俏俏越过陆清和，递过来几个各式各样的小包装点心和糖果，假装嗔怒地问他，"刚刚我都叫你好几遍啦，你都没有搭理我，还以为你很讨厌我呢。"

洛行忙解释说："不是，我没听见。"

叶俏俏眼珠子一转，压低了声音笑道："哎呀，我逗你玩的。你一个人坐着不无聊吗？不如跟我们聊天呀。"

"没关系的。"洛行攥紧糖果，心里忽然流进一股暖流。叶俏俏是他来到这所学校之后，除了霍行舟外，第一个对他释放善意的人。

"叮咚。"

洛行立即低头，霍行舟终于发了消息过来。

叶俏俏瞄了屏幕上的名字一眼："那你先回消息吧。"洛行点点头，取出耳机插上，把音量调到最大去听。

"没事了，事情都解决完了。"

"你不在我一点儿也不想上课，老师讲的我听不懂，又不想问他，怎么这些题都这么难啊？"霍行舟的声音有点儿懒散，尾音上扬，带着笑。

"他们教得没你细心，脾气也没你好。"

洛行一条一条听着语音，打字回复：你要好好学啊，我三天后就回去了，你不能松懈！

"霍行舟，想玩手机滚出去！"

霍行舟手一抖，把这句也一起录了进去。洛行这才知道他是在上课的时候跟自己说这些，恨不得把自己埋到座位底下去。

"你好好上课，别玩手机了。"

霍行舟看了半天屏幕，站起身说："老师。"

"干什么？"

"我不舒服，要去医务室。"

"你要去赶紧去，别影响同学们上课。"

比赛日定在第二天。

叶俏俏过来敲门，叫洛行一起吃饭。

其实乔老师已经组织了吃饭，但这帮高三的学生像被关在笼子里的鸟，在学校里已经很拘束了，所以一有空就想自己出去转转。

乔老师想了想，这群孩子都是严于律己的，应该不会闯祸，也就同意了，只交代他们早点儿回来就自己下去吃饭了。

"你收拾好了吗？"叶俏俏问。

洛行借口说自己不是很舒服，就不去了。

叶俏俏一脸担忧地问："你没事吧？要不要我们陪你去医院？"

洛行说："没事，你们去吃饭吧，我休息一会儿就行了。"

"那好吧。"叶俏俏说，"你要是实在不舒服就给我们或者给乔老师打电话。明天比赛我可不想一个人，到时候输给陆清和就太丢人啦！"

洛行点点头："好。"

陆清和眼中含着笑，温和地说道："输给我这么丢人的吗？"

"当然啦，我才不要输给你呢！陆叔叔说，如果我考第一，他下次就带我去跳伞。嗯，到时候我可以勉强带你一下啦。"

"那就麻烦叶小姐跟我爸爸美言几句，带上我啊。"

两个人离开了，洛行松了一口气，关上门，走回房间开始看书。他把霍行舟送的那本《血里有风》带来了。

这里的天黑得很早，才五点半天就黑了，而且比江城要冷很多，那边还能抓住秋天的尾巴，这里已经入冬了。

洛行正在发呆，手机突然振动起来，把他吓了一跳。他手忙脚乱地跑去找耳机接电话，结果对方就挂断了。

是霍行舟打来的。

洛行想了想，回拨过去，捏着耳机线等待那边接通。几乎只有一秒，那边就了接起来。洛行小声问："有事吗？"

霍行舟笑了笑："你告诉我你住哪间房，我上来找你。"

洛行眨巴了两下眼睛："你刚才说什么？"

"行了，俏俏回我了，我马上就上来。"霍行舟在酒店门口下了车，本来他想给洛行一个惊喜的，可叶俏俏不知道在干什么，只告诉了他酒店名字，半天也没说房间号。

结果他都问完了，惊喜没了，她倒是回消息了。

霍行舟来了！

洛行立即下去接了霍行舟上来。

开门的时候，洛行突然看到霍行舟的嘴角有个伤口，皱眉问道："你嘴这里是怎么了？"

霍行舟毫不在意地说："上午我给丁超道歉的时候被他妈打的。"

洛行着急上火道："她怎么能打你！对不起，都是因为我。如果我不和班长考差不多的分数就不会害你挨打了。"

"你又瞎揽事！我上午怎么跟你说的？我就是要让他知道，是个男人就别玩那些阴的。"

"可是……"

霍行舟嗤了一声："可是什么可是？他和他妈都有问题，还想勒索我妈，他配吗？"

洛行瞪大眼睛："勒索阿姨？"

霍行舟看他都快急哭了，忙说："没有没有，都解决了。我妈这个人你现在还不了解，以后你见了就知道，厉害着呢。不然我怎么会让她教训得翻不了天去？"

洛行由衷地说："阿姨好厉害。"

霍行舟骄傲地一抬下巴："那当然了，也不看看是谁的妈妈。"

洛行被他夸张的动作逗笑，阴郁的情绪一扫而空。

"对了！"洛行突然想起来，现在这个时间他应该是在上课啊，怎么突然跑这儿来了！

"怎么？"和他的正襟危坐一比，霍行舟懒散得简直不堪入目。

洛行急忙问道："你怎么来了？你不是说会在学校好好上课的吗？你是不是又偷偷跑出来了？"

"没偷跑，我跟程老师请了假的。"霍行舟上午被伍素妍那么一"漂移"，再加上赶着下午的车过来，一天没吃饭，气色并不好，神色也有点儿倦懒。

"你没骗我吧？"

高三学生若没有什么大事，老师一般都不愿意让他们请假。

上次他去医院，程老师都不怎么想放人。

"我真请假了，不信你打电话问他。我被骂得狗血淋头，办公室里好几个老师都听见了，都快笑傻了。"霍行舟"嗤"了一声。

他站在办公室低眉顺眼地让程老师骂了那么久，还要保证以后不旷课，不跟同学动手，上课不睡觉，才换来这么三天假。

"行了，你吃饭没有？"

洛行："还没有。"

"那我们是出去吃饭，还是点外卖送来房间吃？"

洛行道："听你的，我都行。"

霍行舟按亮手机看了一下时间，六点二十分，还算早。

"那咱们出去吃吧，顺便逛逛。"霍行舟将床上的厚外套递给洛行，抬手拔掉房卡放进口袋里。

外面还是有点儿冷，洛行下意识地打了个寒战。

"冷吗？"霍行舟回头问道。

"还……还好，就是我刚从空调房出来有点儿不适应。"洛行看着他穿得也不是很厚，有点儿担心，"你什么时候回去啊？你缺这么多天课不好，有很多功课会落下的。"

"你真要怕我功课跟不上，那你负责把课给我补回去就行了。"

说话间，有一辆出租车停下来，霍行舟拉开车门让洛行先坐了进去。

司机问去哪儿。

霍行舟来之前查过这边吃喝玩乐的地方，说了一个地址。

那个地方离这儿也不远，不到十分钟就到目的地了，是一家异域风情的餐厅。

霍行舟熟门熟路地往里走。服务员迎上来："您好，请问几位？"

"就两个人。"

服务员把两个人带到二楼一个靠窗的位置，然后放下菜单等他们点菜。

霍行舟这段时间和洛行一块儿吃饭，也摸清了他爱吃什么，不爱吃什么，很快就点好了菜，将菜单递给服务员。

"再加杯奶茶，现在不要上，我们结账的时候带走。"霍行舟补充道。

"好的。"

洛行一脸疑惑："一杯？"

霍行舟"嗯"了一声："我不喝，我不爱吃甜的。"

一顿饭吃下来，洛行都不知道在想些什么，小仓鼠似的往嘴里塞食物，咀嚼一会儿，咽下去，又再塞一口。

出了餐厅，霍行舟伸手在洛行眼前晃了晃："回神了。"

洛行呆呆地眨巴了两下眼睛。

霍行舟把刚才打包给他热手的奶茶放到他手里说："刚吃饱饭就回去睡觉容易积食，咱们走走吧。来的时候我看那边有个带湖的小公园。"

两个人逛着回了酒店。

霍行舟坐在桌边听冯佳发的语音。

"舟哥，你不是说去医务室了吗？怎么一直没回来？没事吧？"

霍行舟按住语音键："没事，我来北市了。"

冯佳那边沉默了几秒，然后就是一句："你看个病看去北市了？等等，班长他们比赛是去的北市吧？"

霍行舟轻哂一声："关你什么事？"

冯佳理所当然地叫唤："怎么不关我的事！你快说快说，你课都不上了跑去北市，是不是去找班长玩的？"

"我本来就不爱上课。我出来散步不行吗？"

霍行舟一抬头，洛行已经出来了，估计看他在打电话便没往前走，就那么站在门边踟蹰。

"行了，我不跟你扯了。"霍行舟关了微信。

回到住宿的地方，霍行舟道："你早点儿休息吧，明天还要去考试呢，快点儿睡！"

洛行捞起卷子说："反正时间还早，我想再看看卷子，你能不能和我一起？"

霍行舟一看他这小表情就知道，他哪是要看卷子啊，是想借着这个机会给自己上课呢，拐弯抹角。

洛行见他不说话，又轻声细语地问他："行吗？"

"不行。"霍行舟其实也精神得很，一点儿也不困，但在学校就是看卷子、做卷子，出来了还看？

洛行以为他要生气了，忙眨了一下眼睛，声音更小地打商量："那五十分钟？"

霍行舟叹气，撑着下巴考虑了半天："那行。"

"嗯！"洛行开心地笑起来，跑下床从书包里翻了好几张卷子铺在桌上，又翻了一支笔和一个演算本出来。

"那我讲啦？"

得到肯定的答案，洛行握着笔认认真真给霍行舟讲题，打算把他今天落下的功课补回去。

这些题对洛行来说信手拈来，但他担心霍行舟跟不上自己，所以每次都把语速放得很慢，每一个步骤都仔仔细细讲了。

洛行讲完一题，抬起头来看霍行舟，发现他一言不发，顿时有点儿慌张："是不是我哪里讲错了……还是你没……没听懂，那我重新讲一下……这里如果……"

"我听懂了。"霍行舟拿过笔，龙飞凤舞地在纸上写下解题步骤。快到最后的时候，洛行伸手指了一下："这里错了。"

"哪儿错了？"霍行舟上下看了一眼，从记忆里扒拉他刚刚讲的过程。

洛行从他手里拿过笔，在霍行舟的解题步骤旁详详细细地从头写了一遍，秀气的字体被他那龙飞凤舞的字衬得更加柔软，和他的人一样。

"我再给你讲慢一点儿，这道题……"

霍行舟很聪明，有的题他还没讲完，他就能接上剩下的一半，最后竟然一个小时不到就做完了一张卷子。

洛行检查完没有错，这才小心地叠好卷子，收进书包里。他为霍行舟的进步开心不已。

这样的话，他们离考同一所大学又近了一步。

霍行舟一看时间快十一点了，忙起身说："你早点儿休息，我走了。我就住在隔壁房，明早一起吃早餐。"说完就走了。

洛行的生物钟很准时，赵久兰不喜欢他睡懒觉，所以这几乎是刻在他基因里的习惯，六点钟一定会醒来。

他起来洗漱，打算看一会儿书再去叫霍行舟起床，结果刚从卫生间出来门就被敲响了。

他打开门一看："霍行舟？你怎么起得这么早？"

霍行舟亮出手里的早餐："过来吃东西。"

洛行往旁边走开点儿让他进去，然后又关上门。

霍行舟把早餐盒一个一个打开，又把牛奶插上吸管放在一旁，说："你吃完跟叶俏俏他们一块儿走，我就不送你了。我跟程老师请假没说来北市，回头乔老师看见了跟他告状，我就得提前回去了。"

洛行点点头："好。"

比赛地点在北市一中的实验楼，乔老师领着二中的学生们进去。

门口设了签到处，洛行走在叶俏俏后面，等她签完接过笔去签自己的名字，签到处的工作人员看见他的时候愣了一下："你……"

洛行没听见声音，签完了字就跟着人群往前走了。

工作人员看着签到表上秀气的签名和电话，等人都走光以后，拿出手机拍了一张照。

教室很大，来得早的学生们已经按照座位号找到了位子，严阵以待地看着老师。

很快，众人全落座以后，广播里讲了一些关于考试的细节和规定。洛行听不见，索性就坐着等老师发卷子了。

竞赛卷比一般的考试要难很多，有些学生的头上已经开始冒汗了，抓耳挠腮地审题，有的则无意识地啃笔。

带队的老师更是紧张，这里头坐着的可都是他们学校的希望，拿到了荣誉，那就是他们学校的荣誉。

洛行没有那些小习惯，安静做题的样子和其他人有些格格不入。

仿佛这只是再普通不过的一次测验，并不是为学校争光的竞赛。事实上，两者对于他来说，区别也不大。

考试结束，洛行默默地在位子上收拾笔袋。

"洛行。"

薛笺走过来笑着跟他打招呼，见他不搭理，伸手敲了一下他的桌子："我刚才看你做题好快啊，我还在审题的时候你就已经在写了，你以前做过这样的题吗？"

洛行不认识他，也不想多和他交流，只回答道："没有。"

"那你也太聪明了，我看陆清和都还没一点儿谱，你就开始做题了。"薛笺不太在意，又笑了一下，"中考的时候我还有点儿不服，现在是心服口服了。"

洛行不明白他来和自己客套的目的，自己根本不认识他，就算上次说了两句话，那也是在教室里，他要找霍行舟时说的。

"你有事吗？"他问。

薛笺一见他态度这样冷淡，顿时面子上有点儿挂不住，干笑了一声说："下午还有一场，俏俏跟清和一起走。咱们一块去吃饭吧，再叫上姜叙。"

洛行摇头："不了，你们一起去吃吧。"

薛笺笑道："你不跟我们一起，是要和霍行舟一块儿吃饭吗？"

洛行收拾东西的手一顿，略微皱了一下眉没接话。薛笺又说："刚才我听俏俏说，霍行舟过来找你了？"

洛行抿唇不语。

薛笺又笑着说："我们曾经也是最好的朋友，一块打球、吃饭、打游戏。那会儿老师都说，除了睡觉和上厕所，不然总能看见我们两个人一块儿出现。"

"同学。"洛行看着他一开一合的嘴唇，皱眉道，"你到底想说什么？"

薛笺不答反笑："我知道，你肯定对我有偏见，霍行舟那么恨我……"

洛行看着他的眼睛，语气平静地说："霍行舟没说过你的坏话，你也不用来我面前说他的坏话。"

薛笺一愣。

"别用你的心思去揣测别人。"洛行把文具全部收好，抬头看向他，"你说这些之前，我还不确定你是这样的人。"

叶俏俏和陆清和回过头来，洛行的声音不大不小，正好能传进两个人耳里。

"你跟霍行舟过去有什么恩怨我没有兴趣知道，我和他只是同学，我不知道你有什么目的，但是我帮不了你。"

洛行嘴角一勾，语气头一次带了点儿讥讽："霍行舟会认识你，真倒霉。"

叶俏俏愣住了，没想到平时礼貌客气的洛行竟然能说出这样的话。但再一想，这语气已经算是很轻了。

薛笺算什么东西？当年犯了错，现在他还有脸跑到洛行面前来卖惨，说霍行舟的坏话？

霍行舟从来不在背后说别人的闲话，能动手的从来不动嘴。

当年闵谣出事后，霍行舟连她和薛笺的名字都没再提过，又怎么可能会把这种事说给洛行听，污了洛行的耳朵？

薛笺脸上的温柔表情瞬间崩碎了，偏头看了一眼不远处的叶俏俏，又收回视线，转身走了。

洛行的手机响了起来，是一个陌生电话，显示归属地就在本市。

他没戴耳机，怕听不太清楚，直接将电话挂断，用短信回复过去：您好，我现在不太方便接电话，请问您是哪位？

约莫一分钟后，对方回了一条短信过来：请问你妈妈是赵久兰吗？

洛行走出校门的时候有点儿恍惚，那条短信的内容还在他的脑海里翻来覆去地作乱，这个人认识他的妈妈？

他再回复过去问那个人是谁的时候，他却没再回复过来了。他想了想打过去，结果对方已经关机。

这个人是谁？

他正想得出神，手机突然又振动起来。他低头一看，是霍行舟。他又一抬头，发现霍行舟正站在对面的公交车站台上。

今天的风很大，把他大衣的下摆吹起来。他两只手插在口袋里，像一株修剪好的青松，看不出是不是在笑。

他挂断电话，左右看了看没有车来，快步跑到对面："你来了多久了？"

"我刚到，你考得怎么样？"

"还……还可以。"洛行平常很自信，但霍行舟一问，他突然就有点不太自信了，想了想又说，"不知道好不好，那些题有一点难。"

"别担心，你肯定比别人考得都好。"

洛行被他的盲目夸奖弄得不好意思："我哪有那么厉害，班长跟陆清和应该考得也很好，说不定他们会拿第一。"

"我不听，在我心里你已经拿第一了。走了，去吃饭。"

洛行不能吃辣，这附近正好有家苏帮菜，霍行舟先过去预订了位子，点好菜看时间差不多了才出来接他。

洛行喝了一口热水驱散凉气，和霍行舟聊了一会儿考试，没一会儿菜便端了上来。

霍行舟拿过他手里的杯子放在一旁："你少喝点儿水，喝饱了哪有肚子吃饭？"

"好香。"洛行闻到蟹黄豆腐的香味忍不住咽了咽口水，"我早上吃得少了，考试的时候就有点儿饿。"

霍行舟撑着下巴看他："你是怨我早餐买少了？"

"没有没有。"洛行夹了一块豆腐送进嘴里。他吃饭好看，紧闭着嘴一动一动的，像只兔子，嚼够了才咽下去，满眼都是笑意。

霍行舟吃饭也不粗鲁，但没他这么斯文。洛行就像一本书，充满了伏笔和悬念，非得一页一页地掀开，才能看到最真实的面貌。

"今天考完试，薛笺来找我说话了。"

霍行舟神色淡淡地问："他找你干什么？对答案？"

洛行说："他说你们俩以前是彼此最好的朋友，后来就不好了，因为你很恨他。"

霍行舟把筷子往桌上一扔，冷嗤道："他还敢来你面前装可怜。"

洛行听不见筷子落在桌上的声音，但看他的动作和表情就知道他不高兴了，不自觉地掐着掌心轻声问："那件事和班长也有关系吗？"

听薛笺的语气，好像他和叶俏俏也非常熟悉。

据他所知，霍行舟和叶俏俏是青梅竹马，他们这么熟，应该也是一块儿长大的。

"嗯。"霍行舟垂眼，整个人透着戾气。

洛行从来没见过这样的霍行舟，不由得屏住呼吸。

"我初三认识一个女生，叫闵谣。"

闵谣是行知中学附近那所职校的学生，比霍行舟他们大一岁，人很爽朗。

有一次她过来找人的时候看见了薛笺，第一眼就对这个男生印象很好。

那个时候霍行舟在学校已经收敛了很多，薛笺更是学校拔尖的好学生，人也很温柔，闵谣就很想与他处好关系。

她为了薛笺，改变了很多，每天就在学校大门外不远的地方等他。

闵谣怕他觉得困扰，也不靠近。那段时间正好有人勒索学生，所以她每天就默默地送他回去，然后扭头就走。

闵谣长得漂亮，人又率直，很快就和叶俏俏成了好朋友，渐渐融入了他们这个小圈子，和薛笺见面的机会也多了起来。

薛笺这个人心思很深，几乎从不对别人吐露内心。

霍行舟觉得，也许只有陆清和这种怪胎才能稍稍看透薛笺心里在想些什么。

但陆清和对于别的人和别的事，根本不关心，也不会多看一眼。

对于闵谣的示好，薛笺表现得不冷不热。

每当她快要放弃的时候，他就给她一丝希望，让她觉得他们可以成为朋友。

洛行皱眉，这样的行为也太恶劣了："他为什么要这么做呢？"

霍行舟语气低沉得可怕，继续回忆："薛笺和他的朋友在KTV玩，打赌说只要他让闵谣出现，就算她现在翻墙也会出来。"

他发了一条短信，说他在KTV和别人起了冲突，让她来救他。没过多久闵谣果然来了。

闵谣一看，薛笺和他的朋友们正开心地聊天，根本没事，松了一口气的同时心里也升起一股火。

薛笺看见闵谣紧张地跑进来，脸上露出厌恶的表情，和其他人炫耀似的说："看见没？我让她来，就算是半夜她都会出来。"

几个人一起看着闵谣笑，她走过来时，薛笺甚至都没起身，只转过头看着她笑了笑。

闵谣攥紧拳头，咬牙问他："你干吗骗我？让我担心你很好玩吗？我晚上有课，请假出来的。"

薛笺不以为然："我没让你一定来。"

"你！"

饶是闵谣神经再粗，再大大咧咧，也能感受到薛笺这是故意在羞辱她。

闵谣点了点头，含着眼泪笑了笑，转身就走。

薛笺一把拉住她的手腕，狠狠向后一扯，"只要你陪我这几个朋友唱唱歌，我就考虑和你做朋友。"

其他人哄笑："来，一起玩啊。"

闵谣大概是一时昏了头。当时现场被别有用心之人拍了照片，并配上了具有诱导性的描述文字，发布到了网上。学校里甚至还有流言，说看到有男人深夜带她上了宾馆。

网络造谣的成本太低，但对当事人却造成了巨大的创伤。

闵谣虽然大大咧咧，可她到底是一个女孩子，面对这种铺天盖地的侮辱，还有网上那些人的指责，情绪几近崩溃。

她把自己锁在家里，一遍遍翻陌生人的评论，在霍行舟和叶俏俏他们找来的时候，她的精神已经变得不太正常。

这些年，闵谣一直在医院接受治疗。事实是她已经没办法如正常人一般生活。

后来，薛笺去了一中，霍行舟和叶俏俏不愿与他在同一所学校，便去了二中。

没想到他转了一圈又来了二中，还旧事重提。

洛行咬着嘴唇不知道该说些什么。想了想，他稍微从椅子上直起身。

"怎么了？"霍行舟见他动了两下，有点儿疑惑，"你要什么东西？我帮你拿。"

"你过来一点儿。"洛行说。

霍行舟不明所以，侧过身子。洛行不知道怎么给他力量，便伸出手轻轻拍了一下他的肩膀："别……别难过了。"

霍行舟周身积压的戾气一下子散开了。

洛行说："你心里一直惦记着闵谣，她会很高兴的。"

"嗯。"

　　其实这件事在霍行舟等几人的心里成了一个永远不会结痂的疤，已经无法用难过还是别的什么词来形容。

⑦
洛行是世界上
最亮的光

✦

　　两个人吃完饭时间还早，霍行舟让洛行回去睡一会儿，不然下午没精神考试。

　　洛行刚听了闵谣的事，完全睡不着，看见霍行舟的手机屏幕上有一个游戏邀请，是冯佳发来的。

　　霍行舟别过头问他："你也想玩？"

　　洛行完全不会玩游戏，他听不见细微的声音，也不喜欢和陌生人交流，想了想，还是摇摇头。

　　霍行舟说："我找一个只有咱们俩能玩的游戏怎么样？"

　　洛行有点儿迟疑："我没玩过游戏，怕拖你的后腿。"

　　"没事，你尽管拖后腿。我脾气好，打游戏从来不骂人。"霍行舟下载了一个单机游戏。

　　"这个游戏可以联机，也可以就咱们俩玩，互相配合闯关，很简单的。"

　　何止简单？这就是个弱智游戏，他玩过一次，差点儿自闭。

　　游戏的初始界面，两个白色的小人软绵绵地站在地上。洛行不知道怎么操作，方向也找不准，逐渐烦躁起来。

　　霍行舟看他眉头皱紧，心想：不是我一个人被逼疯。

　　他给洛行讲解："你用手在这里拨是往左，这儿是往右，两只手都抬起来是抓住东西。视角往上是往上爬。你自己操作试试。"

　　洛行接过手机试了一下，软绵绵的小人从地上挪了几步，像一块年糕般软塌塌的，站不稳。

霍行舟也操作人物动了一下，紧接着洛行就看到他的角色向上一跳，跃过了一道空隙到达对面的石板上，晃晃悠悠地站稳后回过头。

"好厉害！"洛行惊呆了。

"你也试试看。"

洛行学着他的动作，双手操作角色起跳，人物从石板的边缘滑了下去，双手抓住石板，向上调整视角试图爬上来，却怎么也上不去。

他一着急，额头上就冒汗："霍行舟，怎么上不去啊？"

霍行舟见他手指掐紧手机，急得一脸通红，一直温和的性子破天荒地出现了一丝烦躁不安，便故意逗他："你跳不过来吗？我告诉你，这个游戏是声控的，你得喊。"

"可是你没喊啊。"洛行不太相信，声控灯他知道，难道游戏也有声控的？

霍行舟睁眼说瞎话："我喊了，你没听见。你不相信？"

洛行是信的。他的耳朵不好，很有可能是霍行舟真的喊了，他没听见，便问他："那应该喊什么？"

"起飞吧，神奇宝贝！"

洛行觉得他在逗自己，但是没有证据，看他一脸认真地喊出这句话，尴尬得头皮发麻。

霍行舟催促他："喊啊，你不想一起玩了？"

洛行眨了眨眼，深吸一口气后大喊："起飞吧，神奇宝贝！"同时操作年糕一般的角色起跳。

"年糕"再次顺着边缘掉了下去。

霍行舟忍笑忍得肩膀直抖。他也太好骗了吧？说什么信什么。

"不玩了。"洛行把手机一丢，恼得一脸通红。

霍行舟知道他不好意思，也不再逗他："行，你睡一会儿，待会儿我喊你起来考试。"

洛行闷闷地说："那你做题，我醒了要检查的。"

霍行舟搬起石头砸了自己的脚，磨了一会儿牙说："行，我做。小孩儿什么不学，睚眦必报学得倒是挺快。"

洛行抿嘴笑。刚玩游戏消耗了不少精力，不一会儿他就进入了梦乡。

两天的考试很快过去，乔老师因为家里有事，提前走了，空出一个位子。

霍行舟就跟着车一块走，没另外订票。

大家来的时候都是本班和本校的一起坐，但是这几天学生们都混熟了，各校都是混着坐的，到最后只剩两个单个的位子。

司机催促道："大家赶紧找位子坐，马上开车了。"

霍行舟环视一圈，走到姜叙旁边了敲他的肩膀："哎，你到陆清和那儿坐一下呗。"

姜叙冷哼一声："不去。"

霍行舟知道他还在记那次打球的仇，无奈地说："下回我打球让你。你的心眼怎么这么小呢？好了好了，最多下次我不说在篮板上放菜叶了。"

姜叙瞬间想起上次他夹着篮球，一脸嘲讽地说出的话："篮板上放点儿菜叶，猪打得都比你强。"他更生气了："不让。"

霍行舟说："你怎么欺负人呢？"

"你说什么？我欺负你？"姜叙被他的恶人先告状气得肺疼。

霍行舟说："可不是吗？上回你跟程老师告状，还害得我写了三千字的检讨呢。就冲这检讨也该搭起友谊的桥梁啊。"

姜叙这个人不坏，就是傲气惯了，一时被霍行舟锉了锐气，气不过。

"我都没跟你们老师告状，就是想跟你做朋友，这你总不能否认吧？"

姜叙想了想，觉得也是，于是站起身冷哼了一声："这次我就让你，下次打球我一定会赢！"

"好好好，我等着你赢。"霍行舟忽悠成功，回头朝洛行招手，"过来。"

所有人都坐好，司机问了一句"还有没有学生落下的"，各学校老师拿着学生名单又确认了一遍。

洛行坐在靠窗的位置，侧头心不在焉地看了一会儿风景。

手机振动了一下，他低头一看，是燕然发来的微信。

燕然：你这次的稿费我给你打过来了。

燕然：我告诉你一个好消息，霍砚生最近有空，他就是江城人。

燕然：你什么时候放假？我试试帮你约他一下。

连续三条消息，看得洛行激动不已。霍行舟皱眉问他："你闹什么呢？"

洛行激动得把手机给他看："霍砚生，我有机会见到霍砚生了！"

霍行舟嗤了一声："你这么激动干什么？"

"你不懂。"洛行捧着手机眉飞色舞地和他讲，"我小时候就看过他的书，每一本我都好喜欢。我一直……一直想见他，可是他从来都不开签售会。"

洛行亮晶晶的眼睛里头像是要飞出小星星，霍行舟冷哼道："他的书有什么好看的？"

"好看的！"洛行滔滔不绝地讲着，霍行舟还是头一回见他这么激动，激动得胸口起伏，语速都比平时快了不少，简直是口若悬河。

他觉得十分刺眼，抬手遮住洛行的眼睛。

"所以燕……"洛行磕巴了一下，"怎……怎么了？"

洛行大概是话说多了，嗓子有点儿干，吞咽了一下，又舔了一下嘴唇，紧张地问："你不喜欢霍砚生吗？那我不说了。"

"你说吧。"霍行舟忍不住想，要是哪天他发现自己就是霍砚生的儿子，会是什么反应？

嗯，洛行会哭着抱住他的大腿说自己有眼无珠？

回学校后的第三天，成绩就出来了。不出意外，洛行又是第一名。

这次陆清和比叶俏俏多考了七分，拿了第二，叶俏俏则拿了第三。

前三名都是二中的，校长眉开眼笑，在升旗仪式上夸奖了这三位同学，又让人来给三个举着奖杯的学生拍照。

期中视导一过，差不多就开始评级了。老师和校长都严阵以待，耳提面命学生不要捣乱，也不要闯祸。

临近圣诞节，大家上课都有点心不在焉。

洛行对这种节日没什么兴趣，依旧监督霍行舟写卷子，把他每一次的错题都详详细细记录下来，等下次再给他讲一遍。

霍行舟天天埋头做试卷早就受不了了，偏偏洛行每次都有办法让他乖乖地坐在教室里。

冯佳都看傻了，追着他问："舟哥，你最近怎么回事啊？天天不是写卷子就是在准备写卷子，你是要考大学啊？"

霍行舟侧眼看去："怎么？"

"不是，大学的大门朝哪边开咱们都不知道，你可别堕落啊。"冯佳去揽他的肩膀，被他冷冰冰的眼神吓退，搓了搓手，"嘿嘿"笑，"是不是你爸教训你了？"

霍行舟撇开他的手："不知道大学的大门往哪边开的是你，瞎套近乎。"

"不是，你真要考大学啊？"冯佳想不通，高中前两年都在打球、打游戏和睡觉中度过的人突然说要考大学，骗人的吧？

"嗯。"走到钟楼的时候，霍行舟脚步忽然一停。

冯佳差点儿撞到他背上，吓了一跳，也停下脚步："你干吗突然停下来？"

"晚上我请你吃烧烤。"

"啊？晚上有自习呢，逃了？你不是说要考大学的吗？逃课考？"冯佳一头雾水，没明白他为什么突然说要吃烧烤。

入冬了，晚上教室里有点儿冷。

本来霍行舟说要请冯佳吃烧烤，结果程利民晚自习前说晚上过来有事情说，他也不能明目张胆地逃课。

冯佳见机将请吃烤腰子的时间增加到了一个半月。

洛行正在批阅霍行舟昨天晚上写的卷子，发现他的错题又多了起来，顿时有点儿犯愁。

"霍行舟，你别玩游戏了，昨晚的卷子你错了好多。"

霍行舟手速飞快地打死一个人，直接退了游戏，把手机往桌上一放。

洛行抬起左手放在卷子上，"你看这道题……"洛行看他的手机亮了一下，是群里在聊圣诞节收到了什么礼物。

霍行舟故意把手机往洛行面前推了推，见他毫无反应，假装不经意地说："好像要过圣诞节了。"

"嗯？是，怎么了？"

霍行舟指了指手机，失落地说道："别人圣诞节都能收到礼物，就我没有。"

洛行没明白他突然跟自己说这个是什么意思。

霍行舟见他不说话，拿走他手里的笔，直视他的眼睛说："我问你，上回我送你《血里有风》的时候，你说要送我一个礼物来着，还记得吗？"

"你说还没想好，以后再说。"洛行看着他的眼睛，谨慎地问，"你想好了吗？"

"随便你送吧，什么都行。"

洛行："那我想想，送……"

话音未落，教室里的灯光瞬间全灭了。与此同时，外头的路灯和教学楼也全部黑了下去。

整个校园里一片漆黑。

学生们吓了一跳，女生们尖叫了一声，紧接着便是一阵闹哄哄的欢呼声——停电就代表不用上晚自习了。

洛行努力睁大眼睛，无措地在黑暗中攥紧了双拳，整个后背瞬间被冷汗浸湿，克制不住地颤抖起来。

霍行舟听见他不自然的呼吸声，以为他被吓到了，拍了拍他的背，发现他一直在发抖，心里一惊："洛行，洛行？"

洛行不答话，细瘦的手指抖得不成样子。

霍行舟突然记起来他听不见，在黑暗中他既听不见又看不见，肯定很慌。他一边按开手机的手电筒，一边小声安抚："你别害怕，我在这儿。"

洛行的嘴唇颤抖着，双手死死地扣在一起，黑暗中痛苦的回忆如潮水般涌上来。他艰难地克制着，不让自己表现出异常，不能……不能被霍行舟发现。

"我没……没事。"洛行艰难地开口，手却无意识地攥紧了。

他能感觉到耳边有风，霍行舟在说话，可除此之外什么都没有！

他还是听不见！

洛行发觉自己的耳朵问题更严重了，现在连贴在耳边说的话都听不见了，只能感觉到他的气息喷洒在耳边。

他迟早会聋的。

洛行急得眼圈通红。

洛行往墙边缩，在黑暗中仓皇地躲着，不想让他知道自己听不见，不想让他知道自己有残疾。

教室里全是闹哄哄的交谈声和喊叫声，然而听在洛行的耳朵里，只是一些轻微的嗡嗡声。

他觉得害怕，想抓住却又无法抓住，甚至感觉自己的耳朵都竖了起来，却还是听不见！什么都听不见！

霍行舟看他一直在发抖，还往墙边躲，担忧地叫道："洛行？"

洛行一直不接话。

"洛行。"

他一直不接话，霍行舟心里发慌，难道他现在连这个声音也听不见了？明明之前自己靠在他耳边说话的时候他还能听见的！

手机突然亮了一下，霍行舟别过头一看，是班级群发的。

程利民：由于临时发生电路故障，今晚的自习取消，同学们回去的时候注意安全，不要拥挤，小心发生踩踏事件。

学生们欢呼一声，集体往外冲，冯佳扬声喊："舟哥，吃烧烤去啊。"

霍行舟看着黑暗里的洛行，紧皱着眉头："不去。"

"没意思。那我喊李乐凡他们去了啊？"冯佳说完，就跟李乐凡勾肩搭背地走出去了。

霍行舟听着外头的嘈杂声，静静地坐在位子上，眉头越皱越紧。等教学楼差不多安静下来之后，他站起身拉了洛行一把，把他吓了一跳："怎……怎么了？"

霍行舟把手机往他手里一放，抓住他的手腕。他吓了一跳，脱口问霍行舟："去哪儿？"

霍行舟也不管他听没听见，粗声粗气道："回宿舍。"

洛行的声音颤抖得不成样子："别走，别走。"

霍行舟感觉到他的挣扎，他不肯出教室，一步步往后缩。

"好，不走不走。"霍行舟安抚他，"我们在教室里待一会儿，好不好？别怕。"

教室里的人都走得差不多了，叶俏俏正打算锁门，忽然听见后面好像还有说话声，于是往里走了几步。

陆清和站在她身后："怎么了？"

"没事呀，我们走吧。"

霍行舟也不管洛行能不能听见，一遍遍重复："别怕，别怕。"

教室里极度安静，衬得洛行的呼吸声大得惊人，又急促又紊乱，像一条缺氧的鱼艰难地呼吸。

霍行舟贴近他的耳边，尝试着问："洛行，你是不是怕黑？"

"你抓着我的手，黑暗没有什么可怕的。洛行是世界上最亮的光，不怕黑。"霍行舟抓起他的手，摊开他的掌心，手指在他手心里写下"别怕"两个字。

洛行的呼吸乱成一团。

霍行舟心里的戾气越积越多，他就算是听不见，也不该有这么大的反应，光是停电就怕成这样了！

他忽然想起洛行每天晚上睡觉之前，手机放在枕边时都会有一点点儿亮光。他有几次醒来看见手机还亮着，以为是洛行半夜还在玩手机，叫洛行却没有回应。

原来他只是怕黑。

他小时候到底遭受过母亲什么样的虐待？

霍行舟只要一想到洛行被硬生生打坏了耳朵，为了能和人交流而笨拙地去学唇语，小心隐藏自己听不见的事，就觉得心疼极了。

无论是他还是叶俏俏、陆清和，都是被捧在手心里长大的，他很难想象洛行小时候经历过怎样惨痛的事。

"霍行舟。"洛行的声音很小，试探性地叫了一声。

霍行舟立刻回应："我在。"

也许是受到突然停电的惊吓，耳朵的情况才会变得更糟。洛行在霍行舟一遍遍的安抚下竟然真的平静了下来，耳朵也能听见一点点儿细微的声音。

"我刚才……"

洛行才一开口，便被霍行舟打断："这群傻瓜一听不上晚自习就开始闹，在那儿瞎叫唤，搞得我都听不见你说了什么。你刚才跟我说话了吗？"

他不想说，霍行舟就装不知道。

洛行是健康的，比任何人都健康！

"没，我什么都没说。"洛行咬了一下嘴唇，努力调整着自己紊乱的呼吸。

同时他松了一口气，还好，霍行舟没发现自己的异常。

霍行舟佯怒道："你是不是趁我听不见的时候偷偷说我坏话了？可不许撒谎。"

"没……没有。"

"真的没有？"

"真的没有。"幸好是在黑暗里，不然霍行舟可能就要看见他脸色发白，全身冷汗的样子了。

霍行舟短促地舒了一口气："整个学校都停电了，宿舍估计也没电，要不我带你出去逛逛？你想吃什么吗？"

这附近有不少餐厅，霍行舟打算带他出去吃点儿东西，玩一会儿，等他玩累了再回宿舍。

"都行。"洛行现在没胃口，只是顺从地点头。

"那我们到门口看看再说。"

校园里人很多，停了电回宿舍也是漆黑一片，大家便三两结伴逛校园。

洛行平静下来之后觉得没那么慌了，也许是霍行舟在身边给了他安全感，这还是他头一次在黑暗中跟人一起走路。

口袋里的手机在振动，他拿出来一看，是赵久兰发的消息。

洛行怕霍行舟看到，下意识地把手机藏了起来。

"怎么了？"霍行舟发现他的不对劲，别过头问，"谁发的信息？"

"只是一个广告推送。"

"嗯，外面怪冷的，我们先进去再说。"霍行舟也没拆穿他，笑着将他领进了餐厅，让他先去坐着，自己过去点吃的。

洛行等霍行舟走到了前台，才低下头拿出手机看消息——元旦还回来吗？

洛行不知道该怎么面对赵久兰。他不想去怨恨任何人。她给了自己生命，也没让自己冻死街头，这是恩情。

她用一本书让他失去了大部分听力，还有其他加在他身上的痛苦，他也无法轻易说出原谅。

他只希望少见她。

所以当霍行舟提出以后考去外地的时候，他想也没想就答应了。他也想去看看离开赵久兰后的天空是什么样子的。

他不想让自己变得和她一样，成为被仇恨驱使，无法挣脱的人。

洛行搓了搓冻僵的手指，打算给她回消息，霍行舟刚好回来："吃饭了，不许玩手机。"

"嗯。"洛行立刻把手机收起来，打算回了宿舍再回复，虽然赵久兰也不一定会看。

霍行舟瞧他脸色发白，一副营养不良的样子，忽然想起那次在体育馆看到的微信，不会是他妈又犯什么病了吧？

霍行舟倒开水洗筷子，打量着洛行的表情，假装不经意地开口："这次元旦放假三天，你有事吗？不如你去我家给我补习功课吧。"

"元旦？"洛行似乎没想到，微微抬起头，呆愣愣地看着他，鼻尖被杯子里散发的热气熏得发红，看起来傻乎乎的。

霍行舟把筷子递给他："元旦我爸妈都不在家，我一个人在家不想学习。冯佳还找我打球呢，我肯定更懒得学。你去了我还能做点儿题。"

洛行很纠结。赵久兰刚刚才问他元旦回不回去，如果他回去还不知道她会怎么闹。

上次他给冯佳庆祝生日没回去，她就威胁要来找程利民，还要找二中校长，问他们怎么教育的学生，竟然夜不归宿。

赵久兰疯起来会没法收场，他不想被闹得全校皆知。

洛行咬住嘴唇，有些犯难。

霍行舟大致知道他在顾虑什么，想了想，略带试探地说："你是不是怕家里不答应？要不我跟你回家，和你爸爸妈妈说一声吧？就住两天，第三天咱们就回学校了。"

"不用！"洛行脱口拒绝。

他说完发现自己的反应太大了，又压低声音说："我妈妈不喜欢同学去我们家，你还是不要去了。"

"这样啊。"霍行舟发现他对这件事的抗拒程度已经不能用家长不欢迎来解释了，似乎是害怕什么。

他的眼睛里透着恐惧和排斥。

霍行舟沉吟了一下，抬头看着他的眼睛问道："那你元旦要回家吗？"

洛行轻轻点头："我妈妈让我回家。"

霍行舟往窗外看了一眼，仿佛没听出他的拒绝，自顾自地说道："我听说元旦那几天有雪，咱们在家里写写卷子，我有不懂的地方你就教教我。上回你煮的那面条不成功，咱就不吃了，我妈教我煮了一个甜汤，就是你上回喝过的那种。我试了好几回，过来尝尝？"

他描绘的画面太过美好，洛行几乎要动摇了。

"你来不来？"

洛行沉默了很久。他怕赵久兰知道了以后会找霍行舟的麻烦。

上回丁超他妈打了霍行舟，洛行已经很内疚了，只是那件事他没有办法阻止。

可赵久兰……至少他能避免让她伤害霍行舟。

"你在家做题，有不会的你可以发信息问我，我……"洛行攥紧筷子，垂下头说，"我不方便。"

霍行舟可以确定，他千方百计想隐瞒的事情就是他的妈妈。

他一直在想一个办法，能在不伤害洛行的情况下让洛行对自己敞开内心。可只要提到这件事，对洛行来说就是一种伤害。

霍行舟想把洛行从那个牢笼里解救出来。可前提如果是要先伤害他，那他宁愿再等等。

一眨眼，平安夜便到了。

先前霍行舟讨要过礼物，洛行足足想了好几天才想到买什么。

他趁着小休那天下午出去，结果因为制作过程出了问题，他连晚自习都没来得及回来上。

他回来的时候，冯佳跟人出去吃夜宵了。他打开门，看见霍行舟伸着大长腿坐在寝室的桌子前，连游戏都没打。

"你去哪儿了？翅膀硬了，现在连课都敢逃了？"

下课霍行舟就去个卫生间，回来就发现洛行人不见了，电话不接，微信也不回。

吓得霍行舟以为那个疯女人把他怎么样了，找人一打听，赵久兰一直在学校。

霍行舟一直等到上晚自习，心想洛行这么爱学习，怎么也该回来了，结果晚自习结束二十分钟了他才回来！

洛行小心翼翼地说，"我……我想给你一个惊喜。"洛行的手指还没回温，僵硬地从书包里掏出一个盒子。

霍行舟心里一松："下次你要去哪儿，就算是回家也要先告诉我，知不知道？"

"嗯，"洛行没深究他话里的意思，立刻点头把礼物递给他，"圣诞快乐。"

霍行舟接过礼物："那你元旦去不去我家帮我补习？"

洛行："就是我……我不太方便。"洛行不知道怎么跟他解释，又不能把妈妈的事情告诉他，只能着急地摇头，"我以后……以后再告诉你，行吗？"

霍行舟一听他松口了，顿时就想追问，但还是硬生生忍住，故作平静地点点头。

"一会儿要熄灯了，你赶紧去洗澡。我看看你给我送的什么圣诞礼物，不好的话就揍你。"

见霍行舟不再追问，洛行飞快地找了衣服进了卫生间。

霍行舟坐在桌边，拿起那个巴掌大的盒子掂了掂，也不是很重，不知道里头装了些什么东西。

他三下五除二扒开一看，是一艘做工细致的小船，桅杆、船帆一应俱全。

他抬头看了一眼卫生间，听着"哗啦啦"的水声陷入了沉思。

这是啥意思？一帆风顺？

他的指尖不经意拨弄到什么东西，一道柔和的嗓音响起，轻声细语，像在念什么东西，听着好像是法语发音。

这念的什么东西？他连半句都没听懂。

圣诞节过完没几天就是元旦，学生们期待放假的心都收不住了。

程利民的课正好是最后一节，他就把放假通知一并说了。

"原本高三是不应该放这么多天假的，但我们学校刚把评级审核递上去，所以这次就多放两天。

"今天下午开始放假，周二晚上回来上自习。大家好好在家复习，不要出去玩。这个学期就剩一个月了，不要因为放假了就松懈。"

"还有一项新规。"程利民拍了拍桌面，破锣似的嗓子大吼一声，"听你们说还是听我说？"

教室里瞬间安静下来。

"还有一项就是，往年的高考体检都在三四月份，今年稍微提前了，在二月底。寒假开始之前由学校组织过去体检，费用到班长那里缴纳。"

学生们又开始窃窃私语，程利民皱了一下眉忍住了发火的冲动："体检只是对你身体的检查和判定你是否可以报考相关的大学专业，不要太过紧张。提前停止药物和医药类保健品，免得影响体检结果。"

"如果有因为紧张心慌造成的不合格情况，可以向学校提出复检。

"不允许弄虚作假，也不允许找人替检，都听明白了没有？"

程利民得到了肯定的答案，皮笑肉不笑地冲着这群小家伙扔出一句："假期愉快。"

假期愉快。

等待洛行的只有逼仄狭小的房间，还有一个仇视他的妈妈。

他根本不喜欢放假，也不喜欢这个"家"，他想每天都上课，只有那样他才能稍稍喘息，得到一点儿自由。

他就像霍砚生的《血里有风》中的人物一样，渴望自由，哪怕以鲜血换自由。

手机屏幕一亮，是叶俏俏在群里发了消息，关于体检的具体时间和注意事项，以及所需费用。

洛行盯着手机，恨不得将它看出个洞来。

为什么这个时候修改规定？如果自己去医院体检的话，他还能避开大家，现在学校统一组织，他就要和大家一起过去了。

如果大家知道自己有残疾，会不会看不起自己？

洛行越想越慌，用力地抠着手指，把白皙的指尖抠得红肿却无知无觉。

他这么多年都没有朋友，和妈妈的感情甚至不如她养的猫，但他从来没觉得自己辛苦，因为他心里有一叶扁舟，十分开心。

这是他的小秘密。

他一点儿也不孤单，有个人一直陪着他。他没有失去过什么，可只要一想到他会失去二中这群朋友，心里就非常难受。

"叮咚！"

手机上弹出一条消息，是霍行舟的一条语音消息，他找出耳机点开听了。

"小兔子乖乖，把门儿开开，快点儿开开……"霍行舟的声音。

霍行舟来了？

⑧
草莓蛋糕

✦

一月的天气冷得刺骨。

霍行舟站在路边，一只手插在口袋里，另一只手拿着手机靠近嘴边，手机屏幕发出的微弱的冷光照着他的嘴唇。

家属院前有一棵巨大的阔叶树，寒风抖掉仅剩的几片枯叶，簌簌地落在他的头上。

霍行舟掸掉头顶的落叶，回过头看见几米开外的洛行，笑道："哎哟，小兔子来了。"

洛行动了动嘴唇："你……你怎么来了？"

霍行舟垂眼看见他穿着单薄："你怎么穿成这样就跑出来了？冷不冷？"

"不冷。"

霍行舟低声问："小兔子，门都开开了，你让不让我进去？"

洛行眼里的星光弱了下去："太……太晚了，你还是回家吧。"

虽然赵久兰现在还没回来，但她回不回家一向不会告诉他，万一突然回来发现霍行舟在这里就麻烦了。

"你大晚上的出来，找我有事吗？"

"没事，我就是突然想过来看看你。"

洛行眨了眨眼睛："就这样吗？"

"怎么，你不相信我？"霍行舟笑道。

洛行总觉得他话里有话。

"晚上你吃什么了？"霍行舟问。

洛行摇头，赵久兰晚上没回来，主屋的门锁了，他没法做饭。

霍行舟一脸"我就知道"的表情，弯腰拎起一个蛋糕盒，包装盒上的图案是小兔子喂大兔子吃蛋糕。

"我早知道你不会听话地吃饭，你的脑袋里除了学习，我看就没别的了。"霍行舟把蛋糕塞到他手里。

他搓了搓手，把手塞回口袋里："行了，你回去吧，我也走了。"

洛行看着手里托着的蛋糕，心里又暖又酸，站在原地看着霍行舟离开，影子被路灯拉得老长。

忽然，他脸上像落了什么东西，冰冰凉凉的。

他抬起头，下雪了。

"霍行舟！"洛行轻声开口。

霍行舟顿住脚步，侧着身子看他："嗯？"

洛行捧着蛋糕小跑到他面前，一连深呼吸几次，努力让自己的声音听起来平静一些："这么晚了，又下雪，回家不方便吧？"

霍行舟绷住笑，心想：我就不信这个苦肉计没用。他咳了一声继续卖惨："没事，我走一会儿就到家了，不远。"

他家住在半山别墅区，就算打车也要一个小时的车程。现在是半夜，又下雪了，不好打车。

这么远，他走到明天早上也走不到家，何况还下着雪，这个小孩要有良心就应该留下他。

洛行怕他坚持要走，拐弯抹角地想了个借口："蛋糕……我吃不完。"

"可是你妈妈怎么办？她不是不太喜欢你带同学去家里吗？"霍行舟想了想，尽量让自己的声音听起来不那么刻意。

洛行埋着头，小声说："我妈妈今晚不在家。"

霍行舟"扑哧"一笑："哦，阿姨不在家啊。"

洛行推开门，让霍行舟先进去，然后自己才走进来，捡起地上的手机放在床上，轻轻打了个喷嚏。

霍行舟环视了一下房间，眉头越皱越紧。

"你就住这儿？"

逼仄狭小的空间里入眼全是书，除此之外，只有一张伸不开腿的床、一张书桌和一个摇摇欲坠、时不时还发出电流声的电灯泡。

江城全市供暖，可他这个小房间冷得就像一个冰窖，床上的被子也算不上厚实，勉强能盖而已。

这是人住的地方？

这个赵久兰是不是傻瓜？洛行是她的儿子，就是养只宠物，养了十几年也该有感情了吧？

她就这么对他？

洛行不知道他突如其来的怒气是怎么回事，攥着捆蛋糕盒的绳子局促地缩了一下肩膀："环境不是很好，你……你要不等雪停了，看看能不能打到车，我……"

霍行舟看着他。

洛行难为情地垂下眼帘，连看他的唇型都顾不上了，一个劲地道歉："对不起，条件太差了，我帮你打车回家吧。"

"你睡这儿冷不冷？"霍行舟问。

洛行猛地抬头。

他似乎没听清霍行舟问了什么，又像是惊呆了，愣怔地反问："什么？"

霍行舟坐在床沿，床板发出咯吱的声音。他牙齿咬紧，几乎要忍不住脾气。

霍行舟深呼吸两次，放轻了声音问："你住这儿冷不冷？"

"还……还好。"洛行迟疑了几秒，又说，"不是很冷。"

霍行舟在心里冷笑：不是很冷？这比冰窖也没强到哪儿去的地方会不冷？

这小孩到底多能吃苦！

回家？这是哪门子的家？

洛行感觉他身上有股压抑的怒气，忐忑不安地小声问他："你是不是很不习惯？其实不脏的，我都……都洗得很干净。"

霍行舟无声地笑了笑，接着拆开蛋糕盒，自己捧着，把勺子递到他手里："吃吧。"

细软的奶油上有一颗鲜艳欲滴的草莓，洛行将叉子按上草莓，将它压得陷进奶油里，再叉起来递给霍行舟："草莓给你。"

这是蛋糕上唯一的草莓，霍行舟笑着问："你真给我吃草莓？"

洛行点点头，把草莓又往前递了递。

"一人一半吧。"霍行舟用叉子把草莓分成两半，避开了尖尖上最甜的地方，然后把剩下一半给了洛行。

洛行把剩下的半颗草莓吃了，眼睛略略一眯："好凉。"

霍行舟托着蛋糕盒的底部，看他一勺一勺地小口吃蛋糕。

估计也是真饿了，一个蛋糕他吃了大半，霍行舟怕他腻着了："你喝点儿水，腻着了会反胃。"

　　洛行依依不舍地看着蛋糕，舔了舔唇："好吧。"

　　"有热水吗？"

　　洛行忙说："有的，你等一下，我去接。"

　　洛行拉开门，出去接了一点儿热水放在地上，又从一旁的纸箱子里找出一条崭新的毛巾。

　　两人洗了热水脚，霍行舟擦干脚，打量了一下他这个逼仄的小房间，伸手拍了拍那一堆书，心想，应该勉强可以铺成"一张床"。

　　洛行说："你睡床吧，我睡地上。"

　　霍行舟摆了一下手："哪能让你睡地上啊？我身体好，不怕冷。"

　　洛行拗不过他，只好拿了一条被子，给他铺在由书摞成的床上。他脱掉外套钻进去，被冻得打了个激灵："怎么这么冷？"

　　洛行看他伸不开腿的样子，歉疚地说道："委屈你了。"

　　"没事。"霍行舟伸手垫在脑后，看着屋顶晃晃悠悠的电灯泡。他除了在电视剧里，还没见过这样的环境。

　　他家里有钟点工负责清洁，到处都一尘不染。

　　洛行却生活在这种他无法想象的地方，在全市供暖的江城，仿佛一条漏网之鱼，被寒冷折磨。

　　洛行脱了衣服，钻进冰凉的被窝里。

　　霍行舟怎么也睡不着，这儿的环境太差了，他越想越烦躁，完全睡不着，就这么睁着眼睛直到天亮才稍微眯了几分钟。

　　七点多，大门响了一声，霍行舟倏地睁开眼。

　　嗬，等着你呢。

　　霍行舟轻手轻脚地穿完衣服，两只手插在口袋里，好整以暇地靠在门边等着门外的人进来。

　　赵久兰打开门，揉了揉额角，放下手中的伞，忽然看见雪地上印着一排脚印，猛地抬头，就看见主屋的门前站着一个手脚修长的男生。

　　"你是谁？"赵久兰顺着脚印一看，是从洛行的房间过来的！

　　霍行舟抬脚走到她面前："赵女士，我叫霍行舟，是你儿子的同学。"

　　他故意加重了"儿子"两个字，发现她的脸上有一闪即逝的怨恨和厌恶神情，但很快就消失了，然后恢复冷漠的表情，扬起下巴看他："洛行不喜欢和别人一起玩，你还是早点儿回家吧，省得家里人担心。"

霍行舟低低笑出声，眉眼微微敛着，看不出什么情绪，赵久兰却没来由地觉得这个人不怀好意，蹙眉冷声问道："你笑什么？"

"咱们谈一谈。"霍行舟抬起头，下巴略微往客厅一偏，示意她进去。

"我跟你没什么好谈的，麻烦你以后不要来找洛行。他现在上高三了，没有时间陪你玩。"赵久兰越过他，从包里掏出钥匙打开门，径直踏了进去。

关门的一瞬间，霍行舟一只手按了上去。

"如果我说，我知道洛行听不见，你还觉得我们没有什么好谈的吗？"

"你怎么知道？"赵久兰脸上浮现一丝难以置信的神情。

从她的脸来看，她很年轻，甚至比养尊处优的伍素妍还要年轻一些。

霍行舟看着她的脸，故意刺激她："把自己儿子打到失聪，赵女士，您真是一个为人师表的好妈妈。"

赵久兰死死地掐着手心，牙齿咬得咯咯作响，双目赤红，几乎要撕咬上来："洛行告诉你的？"

霍行舟说："这还需要别人告诉？他听不见，所以每次跟人说话都是小心地盯着别人的嘴唇，生怕错过了哪个字。"

赵久兰佯装冷静，侧身道："我说过不欢迎你，洛行现在的学业很紧张，请你离开。"

霍行舟："他紧张，我不紧张啊。我就是喜欢跟洛行玩。"

"你！"

"我想想啊，翘课、打游戏、打球……"霍行舟眉眼微弯，抬手指了指隔壁，"哎，赵女士，你是洛行的妈妈，你说他会喜欢哪个？"

赵久兰从来没见过这种人，一时之间有气没处撒，气得脸色发青，咬牙指着门口："你滚。"

霍行舟冷笑着一步步逼近："你用了十七年的时间夺走洛行的喜怒哀乐，把他变成一个只会学习的工具，你心里有一丝作为母亲的温柔吗？你给过他爱吗？"

十七年前，洛志远抛弃了她，闹得邻里皆知。

她从北市躲来江城，结果发现自己怀孕了。

她教育了洛行这么多年，不允许他和任何人一起玩，让他好好学习，不要变成像他爸爸那样没有责任感的人！

"我会让他转学去一中！"赵久兰红着眼，说着就要冲到洛行的房间里去，却被霍行舟一把扯回来。他抬脚踏进门里，并顺手关上了门。

屋里采光很好，绿植蓬勃生长，猫爬架、猫睡篮、进口猫粮一应俱全，就连叶俏俏的房间也没这么精致。

"你想干什么？我报警了！"赵久兰警惕地盯着他，后退几步，一脚踩到了猫尾巴，猫尖叫一声后跑了。

赵久兰心疼得伸手去抱它，却没碰着猫尾巴。

霍行舟冷嗤一声。她对一只猫都照顾得这么周到，踩了一下尾巴就心疼成这样，却让自己的儿子睡在那样的地方。

他抬脚钩了一张椅子坐下，流氓气十足地道："我一开始就说了，想跟你谈谈。"

赵久兰在教育洛行的时候，病态到不允许他有任何偏差，见到霍行舟这样一副桀骜不驯的流氓样，胸口一堵："你到底有没有教养？私自闯进别人家里，你想干什么？"

霍行舟不怒反笑，眯着眼睛："所以我这不是来找有教养的洛行跟我玩了吗？感化我一下吧，赵女士。"

他这副似笑非笑的样子太欠揍了，尘封的屈辱和愤恨一起涌上来，她阴森地冷笑了一声，抬起手臂，一巴掌扇了过来。

霍行舟没躲，由着她打了一巴掌，声音响得赵久兰都蒙了。

他为什么不躲？

霍行舟舔了一下嘴角，慢条斯理地拿出手机自拍了一张照片，又收回去："江城一中教师赵久兰辱骂、殴打学生，啧。"

赵久兰一愣，然后有恃无恐地冷笑道："你别以为我不懂法律，我只打了你一下而已，最多去你家向你道歉，法律管不了我。"

"不不不。"霍行舟垂眼轻笑，"我被打了怎么能只报警呢？当然还要发新闻了，到时候找些记者来采访我。我爸妈疼我，我这张脸也还算上镜。"

"嗯，对了。"霍行舟想了想，又说，"这些记者可厉害得很，万一再刨出点儿什么不该刨出来的，比如赵久兰老师常年虐待自己的儿子，殴打其至失聪。还有，他脑后的伤、刚开学时脸上的掌印，全是你干的吧？"

"这些事情吧，到时候会发展到什么样子就不在我的掌控范围内了。即使我想帮您说话，怕是也帮不上了。

"巧得很，我有个亲戚在市刑警队，虽然做这种事是大材小用了，但也得麻烦他派人好好调查一下，可不能冤枉了您，对不对？

"打我一耳光，不犯法。

"但家暴犯法。"

"你设计我！"

"是啊。"

赵久兰狠狠地掐住掌心，长长的指甲陷进肉里却不自知，咬牙切齿地盯着他。

霍行舟的指尖抵着手机一角在膝上转了转，转过头去笑着说："我今天来了，就一定要带走洛行。你答应最好，如果不愿意，那咱们就法庭见。"

"不可能！洛行是我的儿子，我不允许他离开，他就哪儿也不准去。"赵久兰攥着手指，恶狠狠地盯着霍行舟，"我要跟你爸妈谈谈，问问他们是怎么养出了你这样不知廉耻的小孩！"

"巧得很，我也想问问你。"霍行舟站起身，走近了居高临下地看着赵久兰，脸色难看得像要吃人。赵久兰下意识地退了一步。

她不明白自己为什么会怕一个刚满十八岁的男生。

"你这样冷血无情的人，是怎么养出洛行这样乖顺的小孩儿的？"霍行舟站得近，赵久兰要抬头才能看到他的表情。

霍行舟静静地俯视赵久兰，声音轻得几乎听不到："我问你，你是用哪只手打坏他的耳朵的？"

赵久兰从来没见过谁的表情能狠戾、阴沉到这种地步，几乎只看一眼就腿软了。她动了动嘴，还没来得及说话，又听霍行舟说道："你打他的时候，手疼吗？"

赵久兰的瞳孔一缩，别开头躲避霍行舟的眼神："我管教自己的儿子与你无关，轮不到你插手。"

"以前的事与我无关，但是以后……"霍行舟顿了顿，一字一字地说，"他轮不到你来管教了。"

不知道是哪个词瞬间将她拉回了十七年前，不甘、痛苦、屈辱瞬间涌了上来。

"你滚，立刻滚。"赵久兰指着门，"我不想再看见你！"

"我没跟你商量，只是通知你一声而已。"霍行舟垂眼俯视赵久兰，给了她一个冷漠笑容，"从今天开始，你再敢打洛行一下，后果就不是你能想象的了。"

洛行醒来的时候，霍行舟已经不在房间里，仿佛从来就没出现过。

他蒙了几秒，以为昨晚霍行舟的出现是自己做的梦。

他拿起手机看了一下时间，早上八点。他怎么睡得这么沉？从来没有睡过头的人，今天竟然睡到了八点钟。

洛行坐起身，愣住了——床上的围巾是他的。

他又转过头，看见桌上还剩下半个没吃完的蛋糕，心里顿时一慌，难道……

"霍行舟。"

洛行的心跳加快，难道是妈妈回来了，看见了霍行舟？

他快速穿上衣服冲出门，雪地上有一排脚印从门口延伸至主屋的门前，还有一行脚印是从大门口进来的——赵久兰早上回来了！

洛行的心瞬间沉了下去：完了！

昨晚因为下雪，霍行舟还买了蛋糕，他一时心软，留他在家里住，以为今天自己会早点醒，让他赶紧离开。

没想到他睡过头了。

洛行恨自己为什么会睡过头了，如果因为自己让他被赵久兰伤害……洛行不敢往下想了，抬脚就往主屋跑。

平时他很排斥去主屋，可这一次他顾不上了。

他的手刚碰到门，就有人就从里头拉开了门。霍行舟看见他笑了："哎哟，你睡醒了？"

洛行咽了一口唾沫，看了他几秒，发现他脸上有一道伤痕，瞬间就红了眼睛："你快走。"

霍行舟语气轻快地说："这么急？"

洛行用力摇头，眼眶越来越红，水汽蒙住了眼睛。

"你以后别……"

"赵阿姨，那我跟洛行就先走了。"霍行舟被他扯着，抽空转过头朝屋里笑了一声，"以后有机会再来看您。"

洛行一僵："你说……什么？"

霍行舟笑着说："你说你，总胡闹。赵阿姨说你小时候就没什么朋友，让我好好照顾你，不要一天到晚总想着学习。"

洛行一脸蒙地看着他，难以相信他说的赵久兰和自己记忆里的那个人是同一个人。

霍行舟放软声音说："我们走吧。"

洛行走了几步，回过头看向屋里。

赵久兰坐在椅子上，神情呆呆的，不知道在想些什么。

对于霍行舟的话，她没有反驳，也没有接话茬。

他看不到的是，她的指甲已经掐破了掌心，鲜红的血从里头沁出来。她嘴唇哆嗦着喃喃自语："我不会让他也离开我的，绝不！"

洛行呆呆地被霍行舟拉着往前走，脑子里乱极了。他不怕自己委屈，也不怕辛苦，可他不想把一切狼狈都展现在霍行舟面前。

他希望自己在霍行舟眼里是很好很好的。

他忽然想起不知道在哪里看过的一句话——试图用自己的悲惨拉近和另一个人的距离，最后得到的只能是一闪而逝的怜悯和长久的嘲笑。

他知道霍行舟不会嘲笑他，可比起被霍行舟嘲笑，他更不希望霍行舟怜悯自己。

洛行希望经年以后，霍行舟想到自己时会觉得那是他高中时期一段很美好的记忆，而不是想起一个身世凄惨又有残疾的可怜人。

洛行咽了一口唾沫，虽然他不想撕开这个伤口，但还是只能面对。

进了房间，霍行舟关上门给他收拾东西。他拍了拍霍行舟的肩，问："我妈妈什么时候回来的？"

"六点多吧，反正挺早的。"霍行舟语气轻快地笑着揶揄，"你睡得正香呢，我看就是把你扔出去都不一定会醒。"

六点多？他醒来的时候已经八点多了，这近两个小时里他们都谈了些什么？

"我……我妈妈她……"洛行头皮发麻，不敢往下想了。

霍行舟三两下收拾了东西，把书包往肩上一甩，从床上拿起围巾给洛行系好了，又把剩下的半个蛋糕拿出去扔到垃圾桶里。

他一直不说话，洛行更慌了，连忙追问："我妈妈有没有说什么？"

"你真想知道？"霍行舟转过头朝他一笑，"可这个是秘密，你贿赂我一下，我就告诉你。"

洛行没他那么淡定，皱眉焦躁地催他："你别闹，告诉我啊。"

他真的太担心了。

万一赵久兰都跟他说了，怎么办？

洛行紧张得手都在颤抖，几乎要落荒而逃。

霍行舟心想，他威胁赵久兰的那些事还是别让洛行知道，省得增加洛行的心理压力。

商清明给他的消息并不算多，他只知道赵久兰曾经被人抛弃过，至于什么原因就不得而知了。但她一定很恨那个人，心理扭曲了，才会这么虐待洛行。

洛行脸上的伤他看见过，但后脑那个伤其实是他诈赵久兰的，没想到她会直接承认。

他看得出她对洛行没有一点儿爱，洛行的存在对于赵久兰来说就是一个永远不会结痂，还时不时会溃烂的伤口。

他没兴趣知道赵久兰到底有什么惨痛的回忆，也没心情可怜她。因为这一切都不能成为她虐待洛行的理由。

大人之间的恩怨，却将伤害转移孩子身上，生孩子就是为了报复的吗？

她不配做一个母亲！

霍行舟眼里闪过一丝戾色，要不是顾忌着会再次影响和伤害到洛行，他不会这么轻易饶过赵久兰！

"洛行。"

"嗯？"洛行紧张兮兮地看着他，等着他说赵久兰到底告诉了他什么。

"你恨你妈妈吗？她疏忽你，没有给你应得的关心和照顾，你会恨她吗？"

洛行的身子一僵，指尖瞬间变得冰凉。

他在害怕，在痛苦。

良久，洛行摇了摇头："不恨。"

霍行舟一愣，轻轻笑了一下，没有再多问什么。

看，即使是这样，洛行也从来就没有怨恨过她。

在他看来，洛行的心太平静了，仿佛没有爱恨似的。无论是丁超的诬蔑，还是母亲的虐待，他都没有任何抱怨。

如果不是平时那样害羞，将自己那点"薄恩"小心翼翼地记在心里，时刻准备涌泉相报的话，他甚至觉得这是一个冷冰冰的机器人。

霍行舟知道，他只是不愿意去记恨别人。

洛行，真的很乖很乖，他是这个世界上最乖的小孩。

霍行舟无法判断洛行的内心深处对赵久兰是什么样的感情，但与其再加诸一次伤害，不如给他一点儿温暖。

他小时候一定企盼过赵久兰能疼爱他一些吧，承受过经年的虐待后，那种幻想也许早就消磨殆尽了。

霍行舟轻声说："你妈妈说她很对不起你，不求你的原谅，以后如果你不想回来，她也不会去打扰你。"

洛行迷茫地看着他，张了张嘴，却没说出话来。

怎么可能？这个人真的是他认识的那个赵久兰吗？

"你妈妈还说你从小又听话又乖，一向没有什么朋友，除了学习也不知道怎么和别人相处，让我好好照顾你。"

"那……你的脸是怎么回事？是不是我妈妈……你骗我的吧？你说实话，她是不是打了你？"洛行抬手碰到他的伤口，又倏地收回手来。

这个伤口他熟悉极了，几个月前自己去体育馆看霍行舟打球的那天，他脸上就有个一模一样的。

一定是赵久兰打的！

洛行光是想着霍行舟为了保护他，独自面对赵久兰的责难就已经歉疚得无法呼吸了，更何况他还被打了。

他怎么这么没用！

丁超的事，他连累了霍行舟，这次也一样。他果然和赵久兰说的一样，只会连累别人，给别人带来痛苦和伤害。

洛行掐着掌心，眼泪忽然就掉了下来，落在霍行舟手上时吓了他一跳。他忙问："你怎么了？是冷吗？"霍行舟说着要去脱自己的棉衣，被洛行一把按住手指。洛行的鼻音很重："不冷，我是……以后你别来我家了，我……"

"洛行。"霍行舟放低了声音问，"你不相信我？"

洛行忙不迭地摇头："我相信！我相信的……可你脸上的伤……"

"早上我下床的时候，风太大了，门弹过来刮伤的。"霍行舟垂眼笑道。洛行推了他一下，转过头去。他脑子里太乱了，霍行舟说的这些话他完全没有办法理解。

十七年了，除了他失聪住院的那天她对自己笑过一次外，他从来没有感受过一丝一毫的母爱。

怎么可能？她怎么会和……和一个陌生人说这样的话呢？

洛行无意识地抠着手指。是不是因为他不够好，赵久兰才不喜欢他？而霍行舟一直都是很好的。

赵久兰喜欢这样的孩子吗？

"洛行，车来了，上了车再继续生气好吗？"

这个地方不好打车，两个人只能等公交车，幸好十五分钟一趟的公交车不难等。

车里开了空调，很暖和。

霍行舟笑道："这还是我第一次跟你一起坐公交车呢。你还记不记得你刚转学来的那天？我去接你，你就跟一个小皮球似的，从车里滚出来。"

洛行想起那天，不好意思地道："那天人太多，我脚站麻了，下车的时候没知觉，差点儿摔倒。你都看到了？"

"我看到了。那天我刚被程老师训过一顿，正憋着气，结果你一来就把我逗笑了。"霍行舟弯起眼睛笑他，"你说你是不是一个小开心果？"

霍行舟感觉他的心情好多了，便放下心来。

"叮！"

手机忽然振动了一下，洛行低头看去，是燕然发来的一条微信，告诉他今天霍砚生在家，可以接待他。

洛行的眼睛瞬间亮了起来。之前约好了时间，霍砚生临时有事，便和燕然说调整时间，稍后再说。

他还以为是霍砚生推托不便，不想见他，没想到竟然真的另约了，还是在家里接待他！

他激动得手指都在颤抖，忙不迭地回复："好……好的！我马上就过去！"

燕然发了一条语音过来，洛行的眉毛几不可察地蹙起。他不好在霍行舟面前戴耳机，便点了语音转换文字：霍砚生说跟你道个歉，前段时间确实有点儿忙，没顾上。

洛行回复：没事的，不见……不见也没关系的。

燕然：不见可不行，我跟他说了有一个铁杆粉丝，还有你的翻译稿，我给他了，他看了之后觉得翻译得非常好，有些句子甚至比原本的还要有意境，他说很喜欢。

洛行经常被老师夸奖成绩好，却鲜少有人在这方面称赞他。又因为对方是他喜欢了很多年的偶像，一时害羞得脸都红了。

霍行舟垂眼瞥了一眼屏幕上的名字，从鼻腔哼了一声。

洛行没听见，仍在兴奋地发消息。

燕然不知怎么的，话题突然一拐：你是在江城二中吧？我听说霍砚生的儿子也在二中上学，不过是个浑不憷，从小就是惹祸、捅娄子的一把好手，你应该不认识。

洛行眯眼笑，指尖在屏幕上轻轻跳动。

燕然：我把地址发给你，你自己过去吧，他今天一天都有空。

霍行舟看着他一直在聊天，抬起手遮住他的手机屏幕，靠近他，重重地在他耳边咳了一声："你和谁聊天这么认真？"

洛行抬起头，见他脸色不悦，连忙告诉他："霍行舟，你知道吗？燕然姐说，霍砚生先生的儿子也在我们学校上学。"

"然后呢？"霍行舟眉毛一挑，冷哼了一声。

洛行眨着眼睛，他听得不太清，一脸艳羡地说："不知道是谁呢。真的好幸运啊，可以当霍砚生的孩子。他每天都可以看霍砚生的书，会有好多签名书，还有……"

霍行舟越想越气，你还没完了？

这辆公交车不能直达霍行舟的家，两个人下了车后拦了一辆出租车上去，洛行忽然开始紧张起来。

"你爸爸妈妈在家吗？你说我买点儿什么东西过去？去人家家里做客，应该要买点儿东西吧。"

霍行舟："不用，你光去一个人就行了，我们家没那么多讲究的。"

洛行摇头："那不行的。"

燕然刚巧发来地址，正好和霍行舟家住在同一个别墅区。

洛行又说："还有，我去拜见霍砚生先生要不要买些什么？空手的话是不是太失礼了？"

他还有些存款，上次翻译的稿费还剩下不少，应该可以买一样比较像样的东西。

霍行舟："不买。"

洛行看他闭眼装睡，有点急了，又怕司机听见，小声说："霍行舟，你别睡觉呀，你帮我想想好不好？"

霍行舟没动。

"我要是不买东西，万一你爸爸妈妈觉得我太失礼了怎么办？还有……"

霍行舟眼皮一掀，对司机说："师傅，在前面那个礼品店停一下。"

两个人挑挑拣拣半天,洛行总觉得不太好,反反复复地问霍行舟："这个真的可以吗？"

"相信我，一定行。"

霍行舟随便指了一个，虽然很漂亮，可价格太便宜了，洛行内心很不安。

"我说行就行。"

"那你为什么只让我买一份礼物啊？我还想给霍砚生先生买一份。"

洛行总觉得有哪儿不对劲，可他只顾着紧张了，完全想不出到底哪里有问题。

"待会儿你就知道了。"霍行舟两只手插在口袋里，走在前面。

他喜欢的霍砚生会给他一份他不曾拥有过的父爱。

他从来没有尝到过的和失去过的，都会一样一样地补回来。

霍行舟抬手往指纹锁上一按，门"嘀"了一声后开了。洛行扯着他的袖子，有些迟疑："要不我还是……"

"谁？"

霍叶山写完稿下来喝水，正巧听见门开了，偏头先看见了站在门口的霍行舟："你不进来还站在那儿干什么？"

洛行从来没有和长辈相处的经验，就连赵久兰都不喜欢他，别人的爸妈会喜欢他吗？

"别怕，我爸除了嫌弃我，其实很随和。"霍行舟拍了一下他的肩膀，安抚地冲他点头说，"相信我。"

洛行不自觉地看向门，从反光的玻璃上看到自己的仪容还算干净整洁。

霍叶山见霍行舟一直站在门口不动，皱着眉头走过来，结果就看见了一脸紧张的洛行。他原本紧绷着的一张冷脸瞬间温和起来，微笑了一下。

"爸。"霍行舟笑着抬手，把洛行从旁边揽过来，眨眼道，"你的书迷。"

霍叶山愣了一秒，随后反应过来，"哦"了一声，笑道："小朋友是洛行吧？我听燕然说了，你帮我翻译的书我很喜欢。"

洛行直接傻了，呆呆地看着霍叶山的口型。每一个字他都看明白了，可凑在一起，他忽然就看不懂了。

他的意思是……

洛行呆愣地转过头去看霍行舟，只见他笑着说道："小孩儿，我姓霍啊。还有，你就没怀疑过我为什么会有霍砚生的签名书吗？"

霍行舟只起了个头，好整以暇地看着他，等着他自己理解。

洛行看着他侧头微笑的表情，脑子飞速运转，把这句话掐碎了又重组起来。他为什么会有霍砚生的书？

霍……

霍砚生的儿子也在二中读书，只不过是个浑不懔，闯祸、捅娄子的本事一流。

是！

霍行舟笑眯眯地看着他。他的眼睛慢慢睁大，然后难以置信地张了张嘴："你是霍……燕然姐说的霍砚生的儿子？"

话音落下，洛行觉得有点儿失礼，抿了一下嘴唇，忙不迭地收回视线，语无伦次地说："霍……霍老师，我……我很仰慕您，很喜欢您的书，我……我是您的粉丝！"

"噗。"霍行舟看他紧张得手脚都不知道该往哪儿放，大笑出声。

霍叶山："快进来吧，外面冷。"

洛行呆呆地跟着进来，看着霍叶山只穿着针织衫的背影，默默咽了口唾沫。

霍行舟给他拿了拖鞋换，用口型说："你别紧张，我爸会喜欢你的。待会儿你趁机跟他要点儿签名书，回头放在我房间里垫桌子脚。"

洛行并未因为他的这句打趣而放松，反而更紧张了。

他明明知道自己紧张，还一直瞒着自己，看自己絮絮叨叨地问买什么礼物，紧张兮兮地问东问西。

他根本就是故意的！

霍叶山坐在沙发上，和蔼地伸手示意："请坐。"

洛行背脊挺直坐在沙发上，两只手规规矩矩地放在膝上，每一根神经都绷得紧紧的，像随时等候训导一般。

霍行舟倒了三杯茶过来，一杯推到霍叶山面前："爸，喝茶。"

他将另一杯茶放到洛行手里给他暖手，说："这是我的同桌，洛行。我们学校的第一名，这几天来我们家帮我补习功课，要住几天。"

霍叶山瞥他一眼，心道：你能学个什么花出来？课本看两分钟不睡着都算失眠。

"你能照顾好人家吗？"霍叶山看了一眼洛行，温和地笑道："霍行舟从小就是个浑不懔，我跟他妈妈没管教好他，没给你添麻烦吧？"

洛行一直没敢开口，眼睛仔细地盯着霍叶山的嘴，生怕错过了什么话。

他闻言，忙不迭地摇头："霍行舟很好。"想了想他又补充，"他现在学习很认真，上次月考进步了好多。"

霍叶山挑眉去看霍行舟，猝不及防看见他一脸"我可真牛"的表情，又收回了视线。

"喀。"霍叶山把话题一转，说，"燕然把你的翻译稿给我看过，我也略通一点儿法语，翻译得很不错。"

洛行静静地听着，等霍叶山说完了，稍等两秒左右才开始温声回答。

大概因为霍叶山是读书人，身上的气质能带给洛行一种安定的感觉，他慢慢地不那么紧张了，霍叶山问起和书有关的问题时，他也都能对答如流。

霍行舟别过头想，他这是沉浸在霍砚生的书粉"人设"里出不来了吗？

好在今天是他爸在家，如果今天在家的是伍素妍，那洛行指不定得害羞成什么样呢。

霍行舟插不上话，起身去厨房打开冰箱，看到里头还剩了点儿菜，便端出来热了热。

等他们聊完了，差不多就能吃饭了。

霍行舟把所有的菜和汤热完，回头一看，两个人都不在客厅里了。

他关了火走出来，看见洛行抱着一摞书笑意盈盈地从楼上下来。要不是有台阶，他怀疑这小孩能一蹦一跳地下来。

他这么容易满足？

洛行这样痛苦的过去要是放在别人身上，指不定得长歪成什么样子，他竟然能如此单纯、善良。

因为一本书，因为一个人，他就开心成这样。

霍行舟靠在开放式厨房门口，一只脚抵着墙，眼角含笑问他："你真去要书了？"

洛行低头看着书，又抬起头笑："霍叔叔给的。"

"哎哟，你都叫叔叔了，你们俩关系进展挺快啊。"霍行舟眨了眨眼，"现在还紧张吗？"

洛行咽了一口唾沫，点点头。

他还是好紧张啊，刚才跟霍叶山讨论那么长时间对《血里有风》的见解，都像是本能说出来的。他现在甚至回忆不起自己是怎么接的话，直到霍叶山笑着让他跟着上楼他还是蒙的。

霍叶山带他进了书房，从书架上取了十几本书出来，挨个儿翻开扉页在里头签了名字，又抬头问他名字是哪两个字。

洛行忙不迭回答："'洛水河畔，逆水行舟'的洛行。"

霍叶山含笑垂下眼睛，流畅地写下"赠洛行"几个字，然后把书往他面前一推："小知己，赠你。"

吃完饭，霍行舟把碗收拾了一下就扔进洗碗机，然后带着洛行上楼去了。

霍叶山有事出去了，家里就剩他们两个人。

霍行舟看洛行捧着书忍不住抚摸却又舍不得的样子，眼角抽了抽，拿走一本随意翻开看了一眼："这书有什么好看的？"

洛行抿着嘴笑："很好看呀！"

霍行舟冷哼了一声，起身拉开柜门找了套睡衣出来扔在床上。

"这会儿又下雪了，咱们也不出去。这是我妈给我新买的，我没穿过。"霍行舟从床头拿了一套自己现在穿的睡衣说，"我去楼下客房洗个澡，回来一块儿写作业。"

洛行点点头。

霍行舟先去卫生间调了水温，放了一会儿热水，感觉里头暖和了才出来说："你进去洗澡吧，水温会调吗？"

洛行迟疑了一下，摇摇头。

"那你进来我教你。"霍行舟带着他一个个认旋钮，最后打开了花洒。水流冲下来吓了洛行一跳，他下意识地躲到霍行舟身后。

"噗。"霍行舟看他像受惊小鹿似的躲在自己身后，忍不住笑道："你洗吧，我出去了，要什么东西就叫我。"

"嗯，好。"

霍行舟拿着自己的睡衣下了楼，他洗澡快，洗完上楼的时候洛行还没出来。

"洛行。"

没有人回应。

霍行舟不知道他是没听见，还是缺氧在里面晕倒了，走过去拍了一下门："洛行？"

水声一停，洛行不太肯定地出声："是霍行舟吗？"

霍行舟松了一口气，扬声说："你洗好了吗？别洗太久，容易缺氧犯晕。"

"知……知道了。"

片刻后，洛行拉开门走出来。头发湿漉漉地往下滴水，有一滴落到睫毛上，被他一眨眼抖掉了。

睡衣是霍行舟的尺码，穿在洛行身上太大了，袖口和裤脚都折了厚厚两层，领口露出一片清瘦的锁骨。

"洛行，我玩一会儿游戏行不行？"

"不行。"洛行把卷子推到他那边，不容置疑地递过笔道，"霍叔叔让我好好监督你，不让你玩游戏。"

霍行舟一挑眉："你怎么这么听他的话？"

洛行："什么？"

"没什么。"霍行舟认命地接过笔，叹气道，"行吧，写作业就写作业。"

洛行垂眼偷笑，放在一旁的手机突然振动了一下。他低头一看，是一条微博消息。

不远行：行行，我能见见你吗？

他稍微回忆了一下。

他第一次和霍行舟在教室吃饭那天，微博有一条提示：@不远行 成了您的新粉丝。

微博粉丝增加和减少是很正常的事情，他经常记录一些日常生活碎片，这几年攒了不少粉丝。

他的微博名叫上探碧洛，那些粉丝一般都叫他洛洛，这个人叫他行行，显然是知道他名字的，应该不是普通粉丝。

他点开微博，进了不远行的主页。

一片修竹当头像，信息没有填，只显示是一年前才注册的。

他好像不怎么用微博，没有一条原创，只有为数不多的几条转发，都是关于孤儿和留守儿童，以及山区贫困孩子的。

对方估计见他没有回复，以为洛行不愿意，很快又发了一条消息过来。

不远行：如果不方便的话就算了，我只是随口一说……别告诉你妈妈，她不喜欢我联系你。

不远行：我其实不想打扰你，只是太想你了。

骤然看见屏幕上的"妈妈"和"太想你"几个字，洛行的心隐隐作痛，总觉得这个人和他有着莫大的关系。

洛行鲜少有朋友，更没有任何长辈。

逢年过节，别人家都会相互串门，他从来没有走过亲戚，从未见过外公外婆、叔叔阿姨，他们连一个亲戚都没有。

所有节日，他和赵久兰都是在各自房间里过的，并不庆祝。

他在人情世故方面的经验几乎为零，能和人正常相处已经算是天赋异禀了。

这样陌生的寒暄，洛行总觉得不大对劲，却又想不出哪儿不对劲。脑海里忽然回想起他失聪住院那天，曾有一个男人来看过他。

不对，那天赵久兰很高兴，还喂了他一口蛋糕。如果是那个人，她怎么会不喜欢他联系自己呢？

他蹙眉努力想，把记忆翻了一遍，可还是想不出他的生命里出现过什么另外的人。

难道是女人……

霍行舟一边心不在焉地写作业，一边用余光瞥洛行，见他按着手机一会儿皱眉一会儿闭眼的，被逗笑了。

"嗨嗨嗨。"霍行舟抬手在他面前挥了两下，"你干什么呢？"

洛行茫然地抬头看他，蒙了两秒忽然反应过来，飞快地把手机藏起来："我没……没干什么，你写作业吧。"

"你让我写作业，自己却在这儿玩手机，是不是有些过分了？"霍行舟用笔尖敲了敲桌面，左手撑着头看他，"你玩什么呢？给我看看。"

洛行摇头。

那个微博上记录了好多来了二中之后的日常生活碎片，还有霍行舟的出镜，万一他看见了笑话自己可怎么办？

"砰砰。"

敲门声只响了两下，霍叶山的声音从外头传来："行舟，我有个会议要去北市一趟，你妈妈在国外暂时也不能回来。你自己招待洛行，不许失礼啊。"

霍行舟起身过去开门，站在门口和霍叶山说话，洛行也忙不迭起身要过去，他抬手虚虚地拍了两下，示意洛行不用过来。

洛行紧张兮兮地坐下，眼睛一直盯着门口。

霍叶山嘴上虽然嫌弃自家儿子，但对他的为人处世还算放心，只交代了几句便走了。

霍行舟目送他下楼后，转过身，刚抬脚忽然就想到什么似的对洛行说："我去下面拿点儿东西，你等一会儿。"

洛行点点头。

霍叶山已经到了楼下，他穿着黑色的长羊绒大衣，身形颀长挺拔，从容地踏过一地雪，上了车。

他的相貌与霍行舟有七八分相似，只是气质经过数十年的沉淀更加沉稳内敛，身上的书卷气让人觉得非常舒服。

洛行忍不住想，如果自己也有爸爸的话会是什么样子呢？他也和霍叶山一样温柔儒雅、谈吐斯文吗？

他把霍行舟教得这样好。洛行忍不住想，如果是这样，他也许就有那么一点点儿配得上做霍行舟的朋友了。

洛行低头看着微博上自己发的那些日常。经常有人会好奇霍行舟到底是什么样的人，他从来都没有回答过。

霍行舟啊，他就像历经了长长的黑暗后升起的太阳，偶尔透过时间的罅隙铺洒下来，照耀他的一束光。

自己这样需要拼尽全力才能稍稍克制内心黑暗的人，偷偷地窥探着他的世界，已经是莫大的罪过了。

洛行有时候想，自己就像咕噜姆，突然有幸获得了一只"魔戒"，虽然拼命克制诱惑，却还是无法抵挡内心的贪欲和黑暗，最终变得贪婪又丑陋。

呼……

洛行低低地吐出一口气，收回所有思绪。

他趁着霍行舟还没回来，迅速给不远行回复了私信：你是谁？

不远行：我是你妈妈的一个故人。

洛行：你为什么想见我？

不远行：我快死了，在生命终结之前想要再见一见你。我这一生活得糊涂，一步错步步错。虽然我数次想要弥补你们母子俩，却还是只能眼睁睁看着事态的发展超出我力所能及的范围。

洛行的眉毛皱起，这个人说话遣词造句有些艰涩，字里行间都透露着愧疚和绝望。

洛行没有经历过死亡，不知道一个人在将死的时候说出这样的话代表什么。

如果是霍行舟的话，他一定知道该怎么办。

但是他又不能告诉霍行舟。如果这个人真的是自己的"爸爸"，那就等于把一切都摊开给霍行舟看，他千方百计隐瞒的不堪身世也就全暴露了。

洛行想了想，回复：我想先想一想，可以吗？

不远行：好，我住在北市第一人民医院，第三住院部七楼721病房。

⑨
哥哥给的糖，
哥哥给的阳光

✦

"西成？"

洛志远做完检查，被护士推着回来，打开门便看见林西成在用他的手机不知道和谁发信息，脸上挂着一丝如愿以偿的笑容。

林西成吓了一跳，手机差点儿脱手掉在地上。

"志远。"

洛志远看到他脸上这个惊慌的表情就知道发生了什么事情，先微笑着对护士说了一声："谢谢你。"

护士照顾了洛志远很久，习惯了洛志远的温柔礼貌，笑着交代了一些事情后便出去了。护士才一关门，就听见了一声压抑的怒吼："我说过不许你找洛行，你到底记没记住！你只是我的助理，难道你不觉得自己做得有些过了吗？"

林西成别开视线，死死地咬着牙。

上次他在北市那边的学校帮忙，看见洛行过来比赛，因为那张脸像极了洛志远，所以私下问了他妈妈是不是赵久兰。

确定了答案后，他激动地告诉洛志远，他的病有救了。

结果洛志远不仅不高兴，反而将他的手机狠狠地摔烂了，并警告他不准再找洛行。

林西成蒙了，这是唯一能救他的机会，他为什么不要呢？

洛志远指着门让他滚。他摔门出去了。

虽然洛志远不愿意，但他还是要找洛行。

洛志远对他有知遇之恩，就算被洛志远厌恶、唾骂，他都必须救洛志远。

这些年，洛志远一直没有组建家庭，现在又被病魔缠身，林西成总想为他做点儿什么。

"只不过是骨髓捐献，又不会死。"林西成蹲下身，看了一眼洛志远因为血癌肿得变形的小腿，低声道，"我问过医生，他不会很痛苦的，一点点儿而已。"

"死和痛相比，能活着比什么都好。"林西成抬起头看着洛志远的眼睛，柔声说，"志远，就算你不顾念自己，也该想想洛行。他到现在可能还不知道你的存在，你就不想用以后的人生弥补他，给他父爱吗？"

当霍行舟端着东西回来的时候，洛行正在看他刚写的卷子，眉头皱了一下，然后嘴角微微上挑着笑了。

他扯试卷的动作大了，把笔弄到靠枕的旁边去了，只好微微起身趴在矮桌上，跪着向前伸手去捡笔。

"你去哪儿啦？"

"我去下面给你找东西吃了。"霍行舟笑着说，"你一会儿想想怎么谢谢我的款待。"

矮桌不大，霍行舟看托盘底下干净无水就直接放在试卷上了。

托盘上有三个玻璃果盘，一盘洗得干干净净，连梗都去掉了的草莓，一盘坚果，底下垫了一个空盘子，还有一听可乐。

霍行舟腿长，又不爱像洛行那样规规矩矩坐着，所以就侧着身坐，左臂搭在矮桌上："你尝尝甜不甜？这东西还不能使大力，我一个个跟上供似的洗的。"

洛行看着果盘里一颗颗硕大鲜红的草莓，心里有一阵暖流涌过。霍行舟虽然看着凶，其实是一个很温柔的人。

洛行低头看了一眼果盘，挑了一颗最大的出来。霍行舟失笑，他怎么跟小孩儿似的还挑大的？结果下一秒就见他微微倾身，将水果递到自己嘴边，说："这颗大的给你。"

霍行舟一愣。

嗯？

"哟，还知道先孝敬我了，不错。"霍行舟笑了笑，张嘴咬了一半，留了一半。

洛行自己捏了一颗小一点儿的塞进嘴里。

"好吃吗？"霍行舟问。

洛行点点头："好吃。"

"行，那你慢慢吃吧。"霍行舟坐起身子，端过坚果盘，把底下那个空盘子拿出来放壳，边剥边说，"今天咱们就不出去挨冻了，明天早上咱们起来了再出去逛一逛。我听叶俏俏说最近一部不错的电影上映，去看看？"

洛行小口小口地咬着草莓，也没管他说了什么，就下意识地点头，逗得霍行舟会心一笑，把剥出来的第一颗开心果递到他手边。

"你别剥坚果了，快做题。"洛行怕他还要说，把坚果盘子端到一旁催促他做题目。

"行，做题。"

雪一直下到晚上都没停，还有越下越大的趋势，外卖也停了。

霍行舟不想让洛行再做饭了，自己从浏览器里搜罗了一堆菜谱，选了一个最简单的。

他找了一张椅子让洛行坐在一旁，自己挽起袖子洗菜、切菜，看上去很能唬人。

只是他一炒菜就原形毕露了。

"不能现在就放油，锅还没热。"洛行跳下椅子，走到旁边来当监工，看着锅差不多了，才说，"倒油吧。"

霍行舟拧开油瓶盖，抬手就倒。

"哎哎哎，少一点儿！"洛行看着急死了，恨不得自己来炒。

"你起开，起开，油会烫着你，离远点儿。"霍行舟头也没抬，盯着油锅。

洛行被他往后推了推，又绕到旁边指导。

"你放一点点儿醋。"

"哎呀，你这个是酱油。"

"盐多了，你倒回去一半。"

"快点儿，煳了，煳了！"

……

一盘菜炒完，霍行舟感觉自己筋疲力尽，平常打一整天球他都没觉得这么累过。

在洛行一步步的指导下，菜卖相丑陋但味道还算可以。霍行舟把汤端出来，解了围裙往旁边的椅子上一扔："你尝尝哥的手艺。"

洛行眯眼笑了一下，拿起筷子尝了一口。见霍行舟紧张得喉结无意识地滚动，他故意停顿了几秒。

"不好吃吗？"霍行舟说，"我们家的阿姨最近有了孙子，回家享天伦之乐去了。我妈说我们都不怎么回家，也就没再找新的阿姨，早知道就找个人了。"

"很好吃。"洛行把夹杂了鸡蛋壳的炒鸡蛋嚼碎了咽下去，然后夹了一点儿好的放进霍行舟面前的碗里，低头偷笑，"我吓你的，你自己尝尝，扣掉卖相的话，能给七十分。"

"你还敢吓我！"霍行舟冷哼了一声，"看在你是我小老师的分上，原谅你了。"

两个人吃完饭，洛行主动提出收拾桌子。霍行舟抢了先，将碗一股脑塞进洗碗机："不用你洗，快去洗澡。"

正巧陆清和打电话过来，问他去不去家里吃烧烤。

霍行舟有意让洛行多和别人接触，可回头一看他紧张的样子，又改口说："我刚吃完饭，就不过去了，你跟陆叔叔他们说一声。"

陆清和不像别人一样喜欢刨根问底，得到答复就把电话挂了。

霍行舟在客房的卫生间洗漱完才上楼，天差不多黑了，不过时间还早，这会儿就睡觉也睡不着。

他想起赵久兰，找了个话头试探："你除了学习，小时候还有什么朋友吗？"

洛行不想回答，却又不知道怎么绕过去，想了想，说："我小时候遇见过一个哥哥，那时候我只有七岁，犯了错……"

洛行顿了一下，把不愉快的经历略了过去。

"那个哥哥爬在墙上看见了我，他问我在做什么，还给了我一颗糖。"洛行眨着眼睛，心里其实很慌，既希望他记得自己，又怕他根本不记得自己。

也许在霍行舟的生命里，那只是一个不足为人道的小插曲，他也许早已忘了曾经对人释放过这样一点微小的善意。

但在他的眼里，那是阳光第一次照耀到他的生命里。

是不一样的。

"然后呢？"霍行舟问。

"后来我没有再见过他。他也许只是来亲戚朋友家里玩吧，阴差阳错看见了我。"洛行敛了眉眼，心中尽是沮丧。

霍行舟果然不记得他了。

"那你后来去找过那个人吗？"霍行舟尽量放软了声音问他。洛行愿意对他敞开心扉是好事。

"嗯，我后来比赛的时候偶然在他的学校见了他一面，远远地看见他被很多人簇拥着，意气风发，自信倨傲。不过他已经不记得我了。"

霍行舟想起他住的那个地方，他小心翼翼地隐藏他的过去，不想让自己知道，大概是因为长久以来受到赵久兰的精神虐待，内心敏感自卑。

植物在生长过程中受到外界的压迫会长成畸形，何况一个孩子，洛行在赵久兰长达十数年的压迫教育下，没长歪都是奇迹。

"洛行，你记住。"霍行舟握住他的肩膀，几乎一字一字地说，"你是最好的，这个世上独一无二的，值得被所有人捧在心尖上宠爱。"

洛行的身子颤抖，嘴唇动了动："你说什么？"

霍行舟格外认真地说："我以前看过一本书，里头有一句话说，那些让你痛苦的话语，本质上与你是无关的。"

洛行呆呆地看着他，眼神里透出一丝迷茫，不懂他为什么突然这么说。真的是与自己无关吗？

不是因为他做得不好，赵久兰才讨厌他的吗？那他不差劲吗？

洛行的睫毛微颤，不太自信地看着霍行舟，生怕自己看错了他说的话，小心翼翼地问了一遍："与我无关吗？"

他怯怯地发问，满眼的不确定。霍行舟看着他的眼睛肯定地告诉他："当然与你无关了。"

洛行的嘴唇发抖，眼眶瞬间就湿润了，又烫又难受，拼命眨眼。第一次有人告诉他，那些与他无关，而不是"你不犯错怎么会被惩罚"。

"谢谢。"洛行轻轻地吸了吸鼻子，微微哽咽着说。

"谢什么谢？不说了。"霍行舟听出他的鼻音，怕说多了他又难受，"好了，不早了，你赶紧去睡觉，你偶像帮你收拾的房间。"

洛行一听是霍叶山收拾的，抬腿就跑了，活像晚一步房间就会长腿跑掉一样。

霍行舟："……"

两个人睡得很早，第二天还是睡到了十点多才醒。

洛行先醒来，下楼转了一圈没发现霍行舟，又上楼去敲他的房门。

霍行舟已经起来了，正在换衣服。

"我去楼下做饭了，你一会儿洗漱好了下来。"

"行，我看外面的雪也停了，早上好像有人来清理过积雪了。咱们今天出去逛逛，顺便看看电影什么的。"

下楼的时候，霍行舟正靠在半开放式厨房门前，手里端着一杯牛奶："你把这个喝了，不然空着肚子出去冷。"

洛行接过牛奶，余光瞥向窗外："这么厚的雪，外面会不会很冷啊？"

"多穿点儿就不冷了。"

霍行舟不爱逛街，平常买衣服都是伍素妍看着办。她的眼光好，买来的也都合他的心意，所以他从来没在这方面费过心。

霍行舟趁洛行洗脸的时候，发微信问了叶俏俏平常跟陆清和都在哪儿买衣服，很快对方就发了一堆地址过来。

霍行舟拉开门，一股冷风迎面吹来。

洛行猛地打了个喷嚏，跟着霍行舟一起深一脚浅一脚地踩着雪，到达铲过雪的路面，连忙跺了跺脚上的雪。

出门前霍行舟就叫了车，没等几分钟司机便来了。司机很快将他们送到了叶俏俏给的地址。两个人下了车，先找了地方吃饭。

"你冷不冷？"霍行舟问。

"还好。"洛行出门前喝了热牛奶，他穿得多，其实根本不冷，就是脸禁不起风吹，被冻得通红。

天冷，两个人一时也想不到吃什么，正巧看见一家火锅店，于是就进去了。

霍行舟把菜单递给洛行："你想吃什么自己点，我去一趟卫生间。"

洛行拿过菜单，想也没想就点了一些霍行舟爱吃的东西，又估量了一下他的饭量，感觉差不多了才将菜单递给服务员："谢谢。"

服务员微笑着问："请问锅底要什么的呢？我们这里有菌汤、鸳鸯、麻辣还有清汤等。"

洛行记得霍行舟不太吃辣："清汤吧。"

服务员点头微笑："好的，清汤锅底，请您稍等。"说完，服务员便拿起对讲机一边吩咐着后厨一边走了。

洛行看着对面空荡荡的椅子，又看了看空荡荡的餐桌，心里觉得满满的，直到现在他还是觉得不真实。

他别过头，看着热气腾腾的餐厅和轻声谈笑的人们，心底的艳羡在不知不觉间变少了。

他好像也拥有了这些。

霍行舟还没回来，洛行拿出手机，悄悄打开微博，那个不远行没有再发消息过来，好像那件事只是他的幻想。

店里空调开得足，霍行舟返回来，抬手给他倒了果汁递过来。正好锅底开了，他下了点儿菜进去。

"哎哟，舟哥！"冯佳兴冲冲地凑过来，坐到洛行旁边揽着他的肩膀，"你们俩在这儿吃火锅呢，带我一个啊。我跟李乐凡说好一块儿出来吃饭的，结果我等了二十分钟，他说太冷了，不来了。"

"手。"霍行舟眉眼一抬，视线在冯佳的手上停留了一秒。

冯佳疑惑地顺着他的视线一看，"嘿嘿"两声后收回手："不好意思啊，洛神。"

他姓洛，本来冯佳是叫他洛学神的，后来叫着叫着不知道怎么就变成洛神了，还说要为他背完《洛神赋》。

最后，冯佳发现《洛神赋》实在太难背了，但洛神这个称呼却留下来了。

霍行舟白了冯佳一眼："你喝汤吧，让服务员给你上一锅麻辣锅底，我出钱。"

"救命啊，洛神。"冯佳说着就要去抱洛行的大腿，可怜兮兮地哀号，怎么听怎么惨。

洛行哭笑不得，忙打圆场："反正我们也吃不完，天这么冷，还是让冯佳一起吃吧，行吗？"

霍行舟"嗯"了一声，瞥了一眼洛行碗里满满的豆芽菜，心想，瘦成这样了还吃豆芽。

冯佳一听有特赦，忙朝服务员挥手："服务员，这桌加菜。"

服务员拿着菜单过来，冯佳低头看了一眼汤底，清汤寡水的，这也能吃？忙遮着嘴压低声音问："哎，舟哥，你不是无辣不欢吗？怎么最近换口味了？"

"偶尔吃点儿清淡的，对肠胃好。"

冯佳不解地看着这锅奶白色的清汤寡水："不是，火锅没辣椒也叫火锅？这叫清水煮白菜吧？来来来，给我换，我要超辣锅。"

霍行舟把豆芽吃完，眼皮一掀，瞥他一眼，又看了洛行一眼，没说话。

冯佳蒙了几秒，忽然反应过来："你不是吧？"

"挺好吃啊。"霍行舟一脸淡定。

"哎，舟哥，你就没觉得有哪儿不对吗？"冯佳咽了一口唾沫，艰难地忍住不去看旁边的洛行，把声音压得低低的，尽量不让他听见。

霍行舟抬头，想了一下："没有啊。"

冯佳彻底傻了眼。不是，现在这种情况已经不是爬到头顶了吧？这是爬到头顶还兴风作浪吧？就这么惯着？

不行，不能让洛行精影响了舟哥的人设。

"我觉得吧，虽然……"冯佳刚起了个头，看见霍行舟似笑非笑的样子忽然住了嘴，咳了两声开始默默点菜。

吃完饭，冯佳捧着肚子打了个饱嗝儿，出了门一脸满足地朝着冷风敞开怀抱："我吃饱了，舒服！"

"没出息。"霍行舟嗤笑着瞥他一眼，回头看着同样一脸满足的洛行，"刚吃饱，咱们走走？"

"嗯。"洛行点点头，想了想又问，"冯佳也和我们一起吗？"

霍行舟笑着说："你觉得呢？"

"我都行。"洛行不太会和别人相处，生怕自己做得不好，被别人讨厌。如果别人不介意，他一般也不会有异议。

他很羡慕霍行舟能和别人相处得那么好，就连跟他打球吵架，还去老师那里告状的姜叙，他都能相处得那么坦然。

洛行也想和他一样，还想认识他的朋友们，一起玩游戏。

只是那个游戏看起来好难，他又听不见里头那道细微的、一闪而逝的枪声，如果拖后腿就不好了。

"这下又完了。"冯佳幸灾乐祸，笑着指向大屏幕，"要去学校，活腻了。"

霍行舟顺着他的视线一看，前面大厦那个巨大的 LED 屏上出现一个游戏录屏剪辑，全是击杀回放。

画面播放完毕，突然定格成一张照片。

照片上有七个身穿统一队服的年轻男人，小的看起来刚刚成年的样子，最大的那个也不超过二十四岁。

中间的那个人没有像其他人一样规规矩矩地穿着队服，而是将衣服松松地搭在肩上，左手握着右手腕，眉眼微抬，对着镜头摆出一个略微嘲弄的表情，不可一世又倨傲的样子。

"怎么，你认识？"霍行舟看了一眼屏幕，这是 FRG 今年夺冠的击杀视频，全网都为之沸腾了。

冯佳吹了一会儿冷风，缩了缩脖子，跟着两个人一起往前走，说："中间那个叫荆修竹，是我的小舅舅。他们家从他往上数三代都是知识分子，结果到了他这儿就跑偏了，跑去打游戏了，弄得现在无家可归。"

"他现在不是已经很成功了吗？为什么还无家可归？"洛行之前在新闻上看到过，现在电子竞技已经是国家承认的竞技项目了，家里人为什么还不让他回家？

冯佳说："就是太成功了。"

霍行舟也听不懂了。

冯佳搓了搓手，想起自己姨婆那张嫌弃的脸就想笑："我姨婆说，你打游戏就安安静静打，躲在哪个角落打，藏好名字，别露脸。现在好了，全世界都知道你打游戏去了。"

"啊，那也太可怜了。"洛行叹了一口气。

霍行舟知道他想起了同样不被家里认同的自己，忙打岔问道："你冷吗？"

洛行摇摇头，显然心思还在那个有家不能回的人身上，又问冯佳："那他现在呢？他家里人还是不接受他吗？"

冯佳说："他才不可怜呢！拿第一个世界冠军的时候他就回家了，一脸得意的模样，也不理会我姨婆嫌弃的眼神。他还要我姨婆把那个奖杯供起来，一天上三炷香，说老荆家居然出了这么一个光宗耀祖的天才。"

洛行看向大屏幕上的青年，心想，如果是他面对赵久兰的话，应该能处理得很好吧？

霍行舟很优秀，冯佳这个小舅舅也很优秀，不像他，总不知道赵久兰到底喜欢什么样的孩子，他要怎样做才会更好。

三天假期快过完去，因为要上晚自习，所以第三天下午两个人便回了学校。

学校愿意放三天假已经是大发慈悲了，晚自习绝不可能再取消。所以程利民在群里严令学生不许请假和无故旷课，还在后面特地点名了霍行舟。

霍行舟看着屏幕上的这个特指，指了指自己，又指了指手机，万分不解地问洛行："不是，我现在有资格请假和无故旷课吗？"

洛行抿嘴偷笑，把卷子给他递过来："你快写卷子吧，别看手机了。"

"不行，这也太伤我的心了。"霍行舟两只脚往课桌横梁上一伸，"这不是打击我的学习热情吗？"

洛行想了想，抬手在自己的演算本上画了一颗草莓，细致得连种子都一起画了上去，笔触又快又细腻，然后在旁边写了一句话。

霍行舟接过来一看——别生气，草莓给你吃。

"噗。"霍行舟失笑，配合地点了两下草莓，张嘴"嗷呜"一口，然后咂吧了两下，一本正经地问道，"怎么这么甜？"

洛行被逗笑，抿了一下嘴唇，催他写作业，自己也去写卷子了。

二中的晚自习分为三节，一节一个小时。中间下课的时候，霍行舟出去了。

洛行正给他批阅卷子，手机忽然振动了一下，低头一看，是不远行问他什么时候方便见一面。

霍行舟从卫生间出来，在拐角听见有人讨论——

"你听说没啊？这学期转学来的洛行过几天又要转学走了。"

"没啊，你听谁说的？"

"我姑姑是教务主任，我听她说的。好像是今天上午他妈妈来找校长，说他在学校里很不开心，拿了资料来要转学到一中去。"

"啊？不是吧，他成绩这么好，校长能放他走吗？"

"我姑姑说没放他走，倒不是因为升学率，是校长说他在学校里没有什么不开心的地方，这个指控是对学校的抹黑，所以没答应。"女生说着，压低声音，靠近另一个女生耳边说："我姑姑还说，他妈妈在学校里发了一场疯，说校长要是毁了他一辈子，就会让校长付出代价。"

"啊？有这么严重吗？"

霍行舟没继续听下去，他给赵久兰留了余地，她竟然还敢不依不饶。

校长毁了洛行的一辈子？她直截了当说洛行再留在这儿会毁在他霍行舟的手里不就得了？

霍行舟冷冷地笑了一声，他倒要看赵久兰有什么本事能把洛行带走。

洛行刚回完消息，被前桌同学推了一下，他抬起头看，对方指了指后门。

胡佳文知道他虽不太爱说话，但也不会那么没礼貌，疑惑地问："洛行，有人叫你，你怎么不搭理呢？"

洛行一僵，不太自然地说："我想事情想得太入神了，没听到。"

说着便朝后门那个男生走去。

"校长，"男生上气不接下气，按着膝盖喘气，好半天才喘匀气，指了一下校长室的位置，"校长……校长叫你去他的办公室一下。"

洛行有种不安的感觉："是不是有什么事？"

男生摇头："不……不知道，他就让我跟你说去校长室找他，他有事情跟你说。"

洛行点点头，说道："谢谢，麻烦你了。"

男生摆摆手说没事，又转身跑了。

胡佳文也跟了过来，听那个男生一说就有点儿担心。上次校长叫他去校长室，还是因为被丁超诬蔑作弊，这次该不会又有什么事吧？

洛行忐忑不安地敲了一下门，他听不见声音，无法判断里头的人是答应了还是没答应，所以敲了门后停顿了几秒，稍稍拧开门又敲了一遍。

"进来。"

洛行走进来，规规矩矩地站在办公桌前，低声问："校长，请问您找我有事吗？"

校长正在翻一份文件，见他来了忙合上，笑着说："你别拘谨，先坐。"

洛行略微蹙眉，校长笑眯眯地往椅子后靠了靠，半晌后又坐回来，两只手搭在办公桌上，郑重地问他："洛行同学，校长问你一件事，你要如实回答，不能隐瞒，好吗？"

洛行不明白校长为什么突然变得这么严肃，迟疑地点了点头。

"你在学校里是不是被人欺负了？"校长停顿了一下，说，"九班是乱一些，如果你有被欺负的情况，可以告诉校长和老师，我们来帮你解决。"

洛行："没有人欺负我，校长为什么这么问？"

校长和蔼地笑了笑，让洛行别怕："我问过程老师，他说你现在的同桌叫霍行舟，确实有点儿浑不懔，还爱嘲讽人，是不是他欺负你？"

洛行吓了一跳，生怕校长误会，忙道："不是的，校长，真的没有人欺负我。您叫我来到底是因为什么？是有人跟您说了什么吗？"

校长叹了口气，难以启齿地说："你妈妈昨天来学校找我，说你在学校里过得很不开心，这样下去对你的学业有影响，提出要让你转学去一中。"

洛行瞬间呆住。

"我也不能不考虑这个，毕竟高三了，这是决定一辈子的一年。但我看你的成绩没有下降，所以想找你问问是不是有人欺负你。"

"我问过各科老师，他们对你都很满意。我思来想去，也应该没有别的不开心的原因了。"校长叹了口气，看着面前这个乖巧的学生，实在不舍他就这么转学走了。

"你的意思呢？你想转学吗？"

洛行出了校长办公室，脑子里还在不断回响这句话。他仰头看了看灰蒙蒙的天，忽然感觉有什么落到了脸上，凉凉的。

他抬手摸了摸，又好像什么也没有。

他僵着腿，机械地一步步往教学楼的台阶上走。他真的很想不通，为什么赵久兰这么执着地让他去一中。

她是要掌控他吗？

洛行停下脚步，站在窗口，两只手死死地按住窗框。冷风一阵阵灌进他的脖子，仿佛带着刀锋似的，在胸前撕了一道口子。

江城的空气不好，一到冬天雾霾就更严重，到处都是灰蒙蒙的，空气中飘着令人窒息的微尘。

洛行看着远处的雾霾，不断地回想校长说的话。

冷风将他的眼睛吹得通红，他整张脸几乎都木了。他眨了眨又酸又疼的眼睛，死死地忍住几乎冲破喉咙的诘问。

到底他要怎么做，才能让赵久兰放过他呢？

他已经不再奢望能从赵久兰那里得到关心和爱了，他已经避而远之了，为什么她还是要来掌控自己的人生？就因为自己是她的儿子吗？

可如果是因为这个理由，她又为什么从来都不肯施舍他一丝温暖和善意呢？

对她来说，自己到底是什么？

洛行死死地咬着牙，拿出手机，把回复校长的话也发了一句一模一样的给赵久兰——我不转学，绝不。

赵久兰似乎就在等着他的这条消息，几乎是秒回过来，是文字。

赵久兰：霍行舟的爸爸是知名作家，他的将来也是众星捧月的，你跟二中那些同学根本不是一个世界的。

赵久兰：你不需要朋友，他们会害了你，不要自己跳进危险里。

赵久兰：你听妈妈的话，转学到一中来，妈妈会好好教你的，听话。

洛行握着手机，就算是死死地咬着牙，也还是克制不住内心的波涛汹涌。

一滴眼泪落到屏幕上，碎成好几瓣。

风钻进他的耳朵里，很快又消失无踪。

洛行艰难地蹲下，双臂无助地抱住自己，将哽咽一声声咽回肚子里，只有肩膀微微颤抖。

良久，洛行深吸一口气，没让自己太过沉溺在悲伤里，抹了把脸站起来，一抬头，猝不及防看见台阶最上面的薛笺。

他愣住了。

薛笺手里抱着试卷，略微朝洛行颔首微笑，然后走下来："你怎么了？"

洛行摇摇头，艰难地朝薛笺回了一个微笑便匆匆上了楼。薛笺看着洛行的背影，垂眼看见地上那星星点点的湿痕，略微皱了皱眉。

霍行舟回来的时候没看见洛行，在教室里玩了一会儿游戏，觉得无聊，就把桌肚里的坚果盒拿出来，挨个剥出果仁放在另一个盒子里。

结果一节课过去了，洛行还没回来。

他发了条信息给洛行，结果也石沉大海。于是他打开班级群问了一声：亲爱的同学们，有没有知情人能告诉我，洛行去哪儿了？

学生们纷纷转过头来看他。

老师咳了一声："霍行舟的脸上有字吗？都去看他干什么？看黑板！"

学生们又转过头。冯佳发了条微信来揶揄他：干吗？又有什么事？

霍行舟没理他。

老师对霍行舟一向是睁一只眼闭一只眼，所以他敢在课堂上往班级群里发微信。但胡佳文胆子本来就小，他想了想，还是加了霍行舟的好友。

霍行舟没抬头，同意了好友申请。

胡佳文大着胆子说：洛行让校长叫过去了，说是有事情说。

霍行舟：谢谢。

"老师，我要去卫生间。"霍行舟站起来，扬声朝讲台上的程利民说。

程利民头也没抬："滚出去。"

霍行舟忙不迭地依言滚了，结果一开后门差点儿迎头撞上洛行，赶紧眼明手快地扶住他。

"你走路不看路干什么呢？"

洛行呆呆地抬起头，看着霍行舟的脸，才稍微恢复正常的眼圈忽然又红了，鼻子也发酸，难受地低下头。

"哎哎哎，我没骂你，"霍行舟被他吓了一跳，沉声问他，"发生什么事了？校长找你什么事？"

洛行不语。

"我去问校长。"霍行舟刚一转身，手臂就被洛行拉住。他深吸一口气，艰难地笑了一下："没事，校长没跟我说什么，就是我刚才在窗户边跟老师说话冻着了。"

"真的？"

"真的，你别去找校长。"

"行，你进去上课吧。"

"你呢？"

霍行舟看了一眼后门："你走前门，我从后头溜进去。刚才担心你，想出来找你，就说要去卫生间，不能跟你一块儿进去。"

"那你快点儿进来。"

霍行舟点了点头，看着他的背影，眼神瞬间变得深沉。校长叫他去校长室，无非就是因为昨晚那个传言。

霍行舟两只手插在口袋里，慢条斯理地穿过教学楼，来到校长室，抬手规规矩矩地敲了一下门，里头应了声："进来。"

霍行舟推门进去。校长抬头一看是霍行舟，眉头立刻皱成树皮："你不好好上课，来我这儿干什么？"

霍行舟笔直地站在办公桌前，一本正经地说："校长，您是不是跟洛行说了转学的事情？"

"是啊，怎么了？这么点儿小事也要跟霍少爷报备一下？"校长面带讥讽，他被这个熊孩子气得头顶都要冒烟了。要不是看霍叶山的面子，再加上他性子赤诚，也不算坏，早把他扔出去了。

"他不能转学。"

校长一愣，霍行舟知道洛行转学，怎么会不知道洛行的回答？

校长想了想，洛行一定有隐瞒，或许能从霍行舟身上问出点儿什么，于是试探道："为什么不能？他有什么不能转学的理由吗？"

霍行舟没把赵久兰脑子有病的事情讲出来，拐弯抹角说："我们班老师和同学都很喜欢他，而且他成绩又好，上回还代表学校参加比赛获了奖，放走了他，您舍得吗？"

"这不是我放不放的问题。"校长叹了口气，他喜欢有什么用？对方可是人家的亲妈，胳膊还能拧得过大腿去？

"学生在我这里上课，他妈妈说他在这里学习、生活很不开心。我也得对学生负责。"

霍行舟想也知道赵久兰是怕自己，所以转头来给校长施压："他今年已经从四中转过来了，还剩最后一个学期，再从二中转走，这么频繁地转学，还要适应老师的教学，对他的学习也有很大的影响。"

"我怎么会不知道？所以才找洛行来问问情况，看看是不是真的有人欺负他。"校长瞥了霍行舟一眼，脑内灵光一闪，"你这么激动干什么？是不是你欺负他？"

霍行舟呛了一下。

"你怎么不说话？是不是你？"

"他天天教我做题，我对他好都来不及呢，怎么可能欺负他？不信你问我们程老师。"

校长显然不信，霍行舟转移话题又问："那洛行怎么说？"

"他自己倒是说没人欺负他，也不想转学。但是……"校长顿了顿，良久才说，"不过我们必须要考虑监护人的意思，如果她坚持说孩子在我们这里的学习、生活很痛苦，我们也必须答应她让孩子转学的要求。"

"必须？"

什么监护人！她对洛行只有监视没有保护，算什么监护人！

校长咳了一声，又说："当然，也不一定。"

"什么意思？"

校长看着霍行舟，一语双关地说："因为是他妈妈要求转学的，我只能答应从我们学校转走，其他的就不在我的权力范围内了。换句话说，如果一中那边的校长非要他，那我也不能硬将他扣在我们学校，对不对？"

霍行舟瞬间明白过来，笑了："如果一中的校长不答应，那洛行就不用转学了，是这个意思吧？姜还是老的辣啊。"

校长瞪了他一眼，严肃地说道："我可什么都没说！小孩子好好回去上课，别乱插手大人的事。"

"谢谢校长。"霍行舟毕恭毕敬地朝校长鞠了一躬，转身出去了。

校长看着他的背影，默默地喝了口热茶，笑意盈盈地回忆着，霍行舟的姑父好像就是一中的校长。

洛行能不能留在二中，就看霍行舟的了。

一节课结束，霍行舟才从外面回来。

洛行没心思上课，下课铃响了都不知道。霍行舟回来的时候，拎了一罐热奶茶。

霍行舟抠开拉环，递奶茶给他："你在想什么？"

洛行垂着眼，咬了一下嘴唇说："如果……"他似乎说不下去了，哽咽半天才重新开口，看着霍行舟艰难地说，"如果我不……不和你一个学校了，你能不能……能不能也好好学习？"

"你脑袋冻傻了？"霍行舟笑了，"大白天的就开始说胡话，你不在这儿想上哪儿去？"

洛行拼命眨了几下眼睛，才又说："我是说如果，你能不能也……"

"不能。"霍行舟身上带着一身压抑不住的怒意和戾气："校长找你是不是说转学的事情？"

洛行小心地点点头。

"你妈妈让你转学的？"霍行舟耐着性子问，想到刚才他那几乎崩溃的表情，生怕再次刺激到他。

一听到"妈妈"两个字，洛行的眸子猛地颤抖了一下，摇头道："不是，是我自己……我不想在二中了，我想去一中。"

霍行舟皱眉看着他抗拒的样子，心里一股怒气升了起来。

"洛行。你看着我。"

洛行怯怯地仰头。霍行舟的表情从盛怒慢慢变为柔和，他轻缓地开口："告诉我，你妈妈和你说了些什么？"

"她没说，什么都没说。"洛行摇头，压抑着心里的酸楚。

霍行舟盯着他的脸，他痛苦地躲闪，眼睛通红，身子也克制不住地颤抖。

他脸上有自卑和厌弃。霍行舟知道，这种厌弃不是针对别人，是洛行针对他自己的。

赵久兰估计又给他发那些贬低他的话了。

霍行舟整天小心地引导洛行，刚刚让他明白他本身是无辜的，那些伤害他的话与他无关；刚刚让他的认知稍稍走回正轨，她又来伤害他，摧毁他的精神。

霍行舟抬起他的头，眸光落在他的眼睛里，认真地说道，"你还记不记得我说过，你是这个世上独一无二的？"

洛行迟疑半晌，咬着嘴唇摇头："我不是……"

"你是世界上独一无二，很优秀的洛行。"霍行舟停顿了一下，威胁一般问他，"你记住了吗？"

洛行紧张地屏住呼吸，胆战心惊地看着他，怯生生地点头。

霍行舟低下头，柔声说道："二中的同学、老师，我爸爸……大家都很喜欢你，你值得所有人的喜欢。

"你可以去我家找你喜欢的霍砚生，跟他一起讨论作品，也可以跟我一起学习，我们永远不会把你拒之门外。

"你说好好学，我就往死里学，跟你考同一所大学。

"你以后会有一个很好的家，阳光照进落地窗，你可以坐在窗前用法语念书，可以学会打游戏、打篮球，一年又一年。"

洛行的眼睛里蒙上一层水汽，模糊得只能看清霍行舟的轮廓。他的耳朵里静谧一片，再听不见，也看不见。

霍行舟说的这些太美好了，只要他一闭上眼就能看到那么美好的画面，惊喜和恐惧在内心疯狂交战，脑海里像有两个声音在吵架。

他听不清，却被吵得头疼，身子忍不住颤抖，嘴唇张了张，却什么也说不出来。

洛行深深地吸了一口气，眼睛却更模糊了，连他的轮廓都要看不清了。洛行想揉眼，想抹去眼泪，却觉得手也重若千斤，抬不起来。

"所以，"霍行舟顿了顿，轻轻吐出一口气，"别被那些话影响选择转学，也别否认自己。"

这样温柔又耐心的劝慰，逐字逐句落在洛行的心上。

洛行的情绪几乎要绷不住，他死死地咬着牙，极力克制着不让眼泪掉下来。

那些话就像一只大手，揉得他的心又疼又酸，又像在温柔地抱着他，让他免于风吹，免于雨打，免于颠沛流离和无枝可依。

洛行从记事开始就在那个漆黑的小房子里度过了数不清的日夜。

有一天，阳光照了进来，一个比他高一些的孩子趴在墙上，问他："哎，你在这里干什么呢？"

"你怎么不说话？是哑巴吗？"

"喂，糖给你吃。"

他递了一颗糖进来，蜷成一个小团子的洛行看着那颗静静躺在他手心里的糖，怯怯地接过来，然后就看见他笑了。

"我叫霍行舟，我爸爸说是'逆水行舟'的'行舟'，你记好，不许忘了。"

小洛行点点头。

他没忘，十年过去，他一刻都没有忘记霍行舟的名字，没忘记那天他递糖过来时身后的夕阳。

他曾经最害怕的黑暗在这一瞬间被夕阳驱散，染成了最绚烂的彩霞，看见夕阳光束下，空气里飘舞的微尘。

洛行无意识地咬着嘴唇，强迫自己收回思绪。

两个人当同桌几个月，他每天都坐在旁边闹自己，就连学习都要讨价还价，好像帮自己学的一样。

有时候他一直玩游戏，洛行看不下去，会轻声提醒他写卷子。但他总是讨价还价，要好处。

霍行舟也给了自己好多照顾。他会给自己带牛奶，带糖，还给他剥了一大盒坚果。

他还冒着风雪给自己送蛋糕，陪自己在那个小房子里挨了一夜的冻，还挨了赵久兰的一记耳光。

想到这里，洛行笔尖一顿，把演算本戳了一个洞。

那天霍行舟说的话一直在他的耳边萦绕，霍行舟说他很好，所有人都很喜欢他，可他真的很好吗？

为什么赵久兰这么多年都不肯对他好一丁点儿呢？

洛行看着身侧空荡荡的座位出神。霍行舟今天请假了，也没告诉他原因，只说尽快回来，让他好好上课。

此时的市一中。

陈校长推开自己办公室的门，看见一个少年跷着二郎腿坐在自己的办公桌前，百无聊赖地转着笔。

"行舟？"

霍行舟把笔插回笔筒，站起身规规矩矩地打招呼："姑父。"

"坐吧。"陈校长笑呵呵地看着自己的这个侄子，笑道，"今天不是上课吗？你怎么来了？又逃课？"

霍行舟两只手交叉放在桌上："你们学校有个老师叫赵久兰，对吧？"

陈校长随手翻阅文件，眼皮都没掀，接了一句："赵老师是我们学校的，怎么了？你们认识？"

"不算吧。"霍行舟不想把洛行的过去翻出来说，绕了个圈子说，"她儿子是我同桌，挺内向的一个小孩儿。最近赵老师说想把他转到一中来，他自己不好意思说，就托我来跟您说。"

"他想转到我们学校来？没问题啊。"陈校长"呵呵"一笑，敷衍道。转学可不是件小事，姑父的后门也不行。

"不是。他是不想来，他觉得就最后一年了，转来转去对学业也有影响，却又不好忤逆他妈。他托我来问，能不能别答应这个转学的要求？"

陈校长这下听愣了："什么意思？"

霍行舟坐直身子，一本正经地说："我们二中的教学质量也不错，他是扶植计划转到我们学校的，省里有记录的。这要从我们学校转走了，我们校长的脸往哪儿搁？您到时候跟他见了面也不好说话啊，对吧？"

陈校长沉默半晌，话虽在理，但总觉得哪儿不太对劲。

"话都让你说完了，我还能说什么？"

事情虽然这么说，但转学的事情也不能仅凭他一句话就决定。陈校长想了想说："你先回去，我找赵老师谈谈，晚上给你信。"

"行。"霍行舟站起身，走了几步忽然又回头问，"赵老师在哪个办公室？"

"出这个楼右转，毓秀楼五楼，高三办公室。"陈校长看了一下表说，"现在差不多是下课时间了，你找她有事？"

霍行舟侧过身子，吊儿郎当地冲身后摆了摆手："没什么事，我找她聊聊天。"

霍行舟下了楼往毓秀楼去，正巧下课，学生们在楼道两旁盯着他瞧，有几个女生还脸红地退后几步。

他一贯是被人围观的，早习惯了，面无表情地往五楼走。

走到高三办公室，霍行舟抬手敲了一下门，一个挺年轻的声音应了声："进来。"

他一只手推开门，站在门口并没进去，先扫了一眼。

年轻的女老师看了他一眼，觉得面生，便问道："同学，你找谁？"

霍行舟看见赵久兰正在浇花，还时不时地和同事说笑，心情很好的样子。

啧，这是觉得自己志在必得了？

霍行舟嘴角一勾，开口道："赵老师。"

赵久兰的脊背一僵，手一松，水壶"砰"的一声掉在地上，溅了一地水渍，把她的裤脚都弄湿了。

赵久兰冰冷的目光中夹杂着一丝慌张："你来干什么？"

霍行舟斜斜地靠在门框上，完全无视她的紧张害怕，吊儿郎当地笑道："我找您请教点事儿，您看是在这儿说呢，还是另外找个地方？"

赵久兰佯装淡定地捡起水壶，可放水壶时的手抖却骗不了人。她转过头冷声道："没什么好请教的，我过一会儿要上课了，你走吧。"

"既然您不选，那咱们就在办公室谈。"霍行舟迈步走进来，长腿一跨坐在她的办公桌上，随便捡起一支笔在桌上敲了两下，一派纨绔子弟的模样。

"反正我是不在乎，就是不知道您在不在乎。"霍行舟的视线一偏，笑着看了一眼旁边那个年轻的女老师，然后垂下眼睛，对着赵久兰微笑，"您是知道的，我不知廉……"

"住口！"赵久兰突然尖叫道，尖锐的嗓音刺得人耳膜疼。

"那个……"女老师看着这种情况也有点儿尴尬，随便找了个理由说，"赵老师，你们谈，我先出去跟马老师讨论一下下次月考的卷子。"

赵久兰没应声，却是松了一口气。

她是知道的，这个霍行舟什么话都说得出，什么事也都干得出，跟他硬碰硬最后只有吃亏的份儿。

"你想说什么？"赵久兰僵着声音问。

霍行舟敲了敲桌面，笑道："我请教你，发那些话给洛行的目的和心理。"

赵久兰的瞳孔猛地缩了缩，咬着牙道："他告诉你了？"

霍行舟扫她一眼。

赵久兰掐着掌心，疼痛让她几乎失去了理智："怎么，我说的那些哪里不对了？他是我的儿子，我有责任教导他！他会好好学习，成为优秀的孩子！"

霍行舟眉毛一皱，洛行哪里不好？

"不止吧？你还让他别跟我们二中的同学一起玩，忘了？"霍行舟嗤笑一声，"真是谢谢您的良苦用心了。"

赵久兰梗着脖子，摆出一副高傲的样子。

霍行舟的心渐渐沉下去。

"你觉得洛行是你的耻辱？"霍行舟嗤笑一声，冷声道，"有你这样的母亲才是洛行的耻辱。"

"你千方百计把他绑在你身边，是不想让他脱离你的控制和虐待，巧得很，我也会千方百计让她摆脱你的控制。"

赵久兰倏地抬头，看向他的眼睛，心中有种不妙的预感。

"我是因为不想让别人知道他有这么一个虐待他的母亲。"霍行舟俯下身，用低低的气声笑着说，"我嫌恶心。"说完他就离开了。

赵久兰看着霍行舟的背影，愤恨地把办公桌上的试卷全扫了下去，又拿起杯子便砸，刚浇了水的那个花盆被砸中，碎了一地，刚从外面回来的老师直接惊呆了："赵老师，怎……怎么了？"

　　"没什么。"赵久兰脱力地跌坐在椅子上，重重地把空气吸进去再泄愤似的吐出来，如此反复。

　　女老师看她这种状态，有点儿担心，给她倒了杯温水放在桌上。

　　"是不是那个学生威胁你？"她抬头看了一眼门口，刚才那个学生看起来确实不像个善茬儿，虽然面上一直带笑，表情却有点儿吓人。

　　"咱们是老师，还怕一个学生不成？"女老师看赵久兰一直不说话，一副被威胁了的样子，拿出手机说，"我帮你报警，我就不信治不了他。"

　　"不用了，我没事。"

　　女老师以为她在回自己的话，结果她只是喃喃重复，自言自语："我没事，没事，不会有事的。"

　　"你……"女老师以为她病了，伸手碰上她的额头，却被她用力一甩手，甩开了，连忙扶住桌子。下一秒，她一脸崩溃地冲了出去。

　　她跑到卫生间，拧开水龙头，把冷水狠狠地往脸上泼。她到底做错了什么？

　　为什么每个人都要这样对待她？为什么这个世上的所有人都要这么对她？洛志远是这样，洛行是这样，他们全是这样！

　　没有人是真的爱她，所有人都要离开她，就连爸妈也觉得她未婚先孕太丢人，将她赶了出来。

　　她挺着大肚子无依无靠，艰难地活下来的时候有谁知道她的苦楚？她孤苦无助的时候有谁保护过她？

　　从来没有人真正体会过她的苦。所有人都要离开她。她这样费心教育洛行，可他还是逆着自己的意愿生长，离她越来越远，如同那些人一样抛弃她。

　　赵久兰再也控制不住，趴在水池边号啕大哭。

　　好几天霍行舟都没来上课，没人知道他去了哪儿。

　　冯佳来问过几次，叶俏俏也来问过几次，洛行都只是摇摇头。

　　他不知道。

　　那天之后，他不敢再和霍行舟联系，怕霍行舟觉得烦，更加不来上课了。

校长找他去谈过话，说频繁地转学对他的学业有影响，所以不赞成。一中的陈校长和他妈妈谈过话，也不赞同他转学。

他就在二中安心学习，等着毕业考一所好大学，给二中争光。

洛行担心霍行舟，但又不敢发微信给他，生怕发过去会显示"您已不是对方好友"。

"不是吧，洛行？"冯佳趿拉着拖鞋从卫生间出来，敲了敲他的床沿问，"霍行舟不是跟你关系好吗？怎么霍行舟去哪儿不跟你说的啊？"

洛行摇摇头："我不知道。"

"他不会出去打架了吧？哎，我得问问，国不可一日无君啊。"冯佳笑了两声，口无遮拦地打趣道，"他也不通知一下，回头没人给他叫后援可咋办？"

说者无心，洛行却吓坏了，哆嗦着嘴唇说："你能……能找找他吗？"

"你自己怎么不找？"冯佳低头玩游戏，想起洛行耳朵好像不太好，又抬起头看着洛行说，"你给他发条信息问问呗。"

洛行垂眼，他真的不知道该怎么办。咬了咬牙，还是发了一条微信给霍行舟：你这几天怎么没来上课？

消息发过去，没有非好友的提示，却也没有回应。

冯佳跟他的小舅舅组排打游戏去了，享受被职业选手带着飞的感觉。

洛行看着对面空荡荡的床铺，心渐渐沉了下去。

洛行把自己裹进被子里，呆呆地看着毫无回应的微信界面。

他想，自己真的是很差劲，只会给别人带来痛苦。

他给赵久兰带来痛苦，也给霍行舟带来痛苦。

他不该再这样下去了。

洛行窝在被子里，冯佳过来跟他说关灯了，他轻轻点了点头，然后看着珙桐花直到天亮。

他红着眼睛爬起来，洗漱好，换完衣服，才记起今天是高考体检的日子，于是浑浑噩噩到了医院。

叶俏俏正好拿了体检单过来，发到他的时候看霍行舟又没来，于是问了一句："霍行舟今天来吗？"

"我不知道。"洛行垂下眼帘，神情有点儿落寞。

叶俏俏看着他有些苍白的脸，他好像比半个月前又瘦了不少。

"那我把他的单子一块儿给你吧，你等他来了再给他。"

洛行接过单子，跟自己的放在一起，沉默着跟随人群进行所需项目的体检。

到达听力检测诊室的时候，洛行的脚步忽然一顿。胡佳文正跟他说话，一头撞到他的背上："怎么了？"

洛行抬头看了一眼，喉咙发干地说："你先……先去检查吧，我去一趟卫生间。"说完也没等胡佳文说话就走了。

他快步离开听力检测诊室，坐在医院大厅的椅子上，呆呆地看着体检单上听力检查那一项。

这份报告一旦交上去，大家就都知道他听不见了。他隐瞒了那么长时间，这不想被别人知道的秘密最终还是要被血淋淋地撕开。

洛行想象着别人用异样的眼光审视他，羞辱他。

他又要再次被别人叫"小聋子""残废"。年幼时他还没学会唇语，不知道别人围着他说什么，后来才知道是在说他听不见，是个聋子。

洛行咬着牙将眼泪逼回去。他不是已经习惯了吗？

他想起霍行舟鼓励他的话。他伸手抹去眼泪，他不怕。

他是听不见，却没有伤害别人，他不怕别人的流言蜚语！

良久，洛行站起身往诊室走去。医生看起来很和蔼，接过他的单子笑眯眯地说："来，你不要紧张，就是测一测听力。"

洛行深呼吸一口气，在他面前坐下来。

和蔼的老医生测着测着，表情从一开始的笑眯眯慢慢变得僵硬起来，直到最后有点儿惊讶地问："小朋友，你这个听力……不对，你刚才能和我交流，是会唇语？"

洛行轻轻点头。

医生顿了顿，用比较委婉的措辞问："你这是后天造成的吧？家里人带你看过医生吗？"

洛行摇了摇头。

医生一脸了然于心的表情，不然也不能恶化到这种地步。他说："你的耳朵要是早点儿手术还有可能治好，就算不能全部恢复，正常的交流还是能保证的。可现在……"

洛行的身子一僵，声音干涩地问他："您的意思是，我以后都不会恢复了，是吗？"

医生惋惜地点点头，很快又说："很难，不过你现在还没有听力全失，配一个助听器还是可以听见的，不要害怕。"

洛行沉默了一会儿，说了一句："谢谢医生。"

医生叹了一口气，余光看见窗口有个人一直站在那儿，便道："同学，是体检吗？进来吧。"结果他一喊，那个人却迅速走了。

洛行从医生手里接过单子，又听他交代了一些关于耳朵和助听器的事情，耽搁了一会儿才出来。

他出来的时候拿手机看时间，正好有一条消息进来。

他以为是霍行舟来了，找不到地方，连忙解锁屏幕，却发现并不是微信，而是微博。

不远行：行行，过段时间就是寒假了。如果你不方便过来，那我能去看看你吗？

洛行看着不远行发来的这条消息，莫名觉得烦躁。

他为什么一定要见自己呢？这么多年都没有见过，现在见了又有什么意义？人死了就死了，最后见谁一面又有什么意义？

难道对方能给他第二次生命吗？

洛行心里烦，可到底不忍心对一个将死之人太冷漠，还是回了一条消息：等放寒假了，我过去见您。请您积极接受治疗，好好活下去。

不远行：好，只要你答应见我就好。

不远行：这件事你告诉过你妈妈吗？你一定不要告诉她，好吗？

洛行抿了一下嘴唇，脑子里乱得像是一锅煮得冒泡的糨糊。这个人的措辞看起来很卑微，像在祈求他。

他动了动手指，回了一个"嗯"字。

不远行：我知道你是好孩子，也知道这么多年没有找过你是我失职，可是我也是没有办法。你妈妈不让我见你，我一直都在偷偷关注你，你的每一场比赛我都看过。

不远行：还好，还好，你妈妈把你教得很好。虽然她恨我，可她对你还是疼爱的，这样我死了也能放心了。

不远行：如果可以的话，我想亲口跟你说一声对不起。所以你会来见我的，对吗？

话到这里，洛行已经没有任何怀疑了。

原本他还在想，什么人这么怕赵久兰知道自己联系过他，却又坚持想要见他？

赵久兰没有朋友，也没有亲戚，唯一能和她有瓜葛，又害怕让她知道，死前想见一见他的，估计也只剩他的亲生父亲了吧？

这个人说他很想见自己，偷偷地关注着自己。

说自己的每一场比赛他都看过。

还说还好赵久兰很疼爱他，就算是死了也能放心了。

这个人在撒谎。

他也许曾经看过一场自己的比赛，但绝对不曾关注过他。只要稍微查一查就会知道，赵久兰根本没有"疼爱"过他。

连四中的校长都知道，赵久兰对他只有恨，将他当成一台冷冰冰的学习机器来培养，没有一天对他有过温柔和慈爱。

不对。

洛行忽然想起来，其实有过一次温柔的，就在他被赵久兰打得失聪住院那天，有一个男人来过。

他在昏昏沉沉中看见赵久兰和一个男人说话，她笑得骄傲又冷漠，还很温柔地喂了他一口蛋糕。

那天……

洛行一直以为，那天赵久兰是真的对他有了一点儿关心，他死死地憋着眼泪，心想不要让她担心，不要让妈妈担心。

就算他的耳朵真的好痛，他都忍住了不哭，不让妈妈担心。

那口蛋糕他记了好多年，也因为那口蛋糕，他一直觉得赵久兰曾经是爱过他的。可其实他错了，他一直都看错了。

她只是做给那个男人看的，假装自己很疼爱这个儿子，故意刺激他而已。

洛行坐在医院大厅的椅子上，呆呆地看着手机上跳出不远行发来的一条条的真情流露的消息，只觉得可笑。

没有任何人欢迎他的降生，又为什么私自把他生下来？他不介意自己承受痛苦，可他真的不明白。

爸爸、妈妈，真充满爱意又充满讽刺的两个称呼。

如果他们不想要他，又为什么要把他生下来呢？

洛行把头埋进臂弯，却在低下头去的瞬间被人拍了拍肩膀，迫使他抬起头。

一个人静静地站在他的面前，然后蹲下身，担忧地看着他。

是霍行舟。

⑩
偷偷隐藏的
刻意

✦

洛行连眼睛都不敢眨，生怕一眨眼震碎了幻象，然后发现面前这个人其实是他幻想出来的。

霍行舟蹲下身子，眉眼温柔地问："你哭什么？"

洛行赶紧咬了一下嘴唇，抬手抹着眼泪，嘴硬地说："我是眼睛疼，才没哭。"

"我还当你几天没见着我，喜极而泣了呢。"霍行舟拿过他手里的体检单扫了两眼，"我看看你长高没有。哎呀，比之前又高了一些。"

洛行带着一点儿哭腔问他："你这几天去哪儿了？为什么都没来学校？"

"我家里有点儿事，忘记跟你说了。"霍行舟没告诉他去了哪儿，一句话含糊过去。

他那天从一中出来以后，正好商清明给他打了电话，说打听到赵久兰是北市人，后来才来的江城。

赵久兰是怀着孕来的。

他也没回学校，直接就去查赵久兰的过去了。

当年赵久兰很喜欢洛志远，他温柔儒雅又有学识，在学生中很受欢迎。

那个时候他刚从国外回来，思想开放，在那个时候的女生眼里，就是标准的成长教育男主角，成熟又有魅力。

赵久兰乖巧懂事，是老师和家长眼里的乖孩子，也一直是学生们眼里的女神。但她无可救药地爱上了洛志远，从此一发不可收拾。

后来，她趁着洛志远喝醉酒和他在一起了。这件事如果捅到学校，两个人都会被开除。

虽然赵久兰不在乎，可洛志远在乎。

他向赵久兰摊牌，他不爱她，给不了她幸福。愿意对她进行补偿，对她造成的伤害也愿意弥补，甚至可以辞职，放弃事业，离开北市。

赵久兰不能接受这样的结果，她相信自己总有一天可以走进洛志远的心里，依旧对他百般照顾，爱得卑微到了尘埃里。

洛志远不希望看到她那样，却也不希望毁了她的一生。他尝试过接受她，可就是没办法。

后来，赵久兰怀孕了，她坚持要把孩子生下来，甚至还和家里断绝了关系。

霍行舟在查到这段过去的时候就惊呆了。他不知道赵久兰是以一种什么样的心态做出这种决定的，也许是想用孩子来捆绑洛志远同她结婚，又也许是对家里的反抗。

更或许她报复不了洛志远，就将所有的恨报复在洛行身上，借由伤害他来发泄心中的不平和怨恨。

归根究底，有一点可以肯定，她生这个孩子不是因为爱。

她这辈子怕是都没有认认真真地看过洛行这个儿子一眼。

哪怕赵久兰有一秒认真地看过洛行，霍行舟可以肯定，她一定会喜欢这个孩子。

霍行舟想了想，还是没把赵久兰这段不堪的过去讲给他听。

反正赵久兰现在也不敢再来他面前折腾了，事情解决了就好。

"没事，我出去办了点儿事。"霍行舟仰了仰头，其实他心里也有些发愁。

这么多年来，赵久兰对他的扭曲教育根深蒂固，应该不是一两天就能扭转过来的。

"你忙了一上午体检，累不累？"

洛行摇摇头说："不累。"

霍行舟笑了笑，和他一起往医院外面走。

"班长说等你来了我陪你一起体检，你不体检了吗？"洛行忙说。

"我们先去吃饭，体检不着急，我回头自己过来一趟。"霍行舟随意道。

洛行艰难地张了张嘴，说："霍行舟，我想跟你说一件事。"

"嗯？什么事啊？"

"我……"洛行仰头看着霍行舟,闭了闭眼,仿佛豁出去一般说,"我听不见……我接近失聪。"

霍行舟的身子一僵,想起体检单的事,这才明白过来,洛行估计是知道这件事瞒不住了,才对他坦白。

他不甚在意地笑了笑,说:"听不见也不是什么大不了的事情,这个世界上哪有十全十美的人?"

洛行张了张嘴,问:"你不介意吗?"

"不介意啊。"霍行舟扭过头笑了一下,将他拉到人行道的另一侧,才又看着他的眼睛说,"这又不影响咱们俩做朋友。怎么,你介意?"

洛行立刻摇头。

他原本以为霍行舟会惊讶,会嫌弃,至少会有一瞬间的迟疑。他还想过要怎么跟霍行舟解释自己听不见的事情。

没想到他只有一句反问——你介意?

吃饭的时候,霍行舟忽然说:"对了,我明天不去学校。你跟冯佳、李乐凡一起去吃饭,别自己去食堂吃那些东西,难吃,还没营养。"

"为……为什么?还有事没办完吗?"

霍行舟笑了:"怎么,你想跟我去?"

洛行似乎真在考虑。

霍行舟无奈地道:"你想去也不行啊,我不能带上你。家里有个亲戚去世了,我陪我妈过去一趟,晚上就赶回来。"

洛行有点儿不好意思地眨了眨眼睛,小声说:"那你让阿姨别太难过了。"

"好,那我走了。"霍行舟给冯佳打了个电话,让他陪洛行回学校,自己拦了辆车就离开了。

伍素妍等了半天才见他姗姗来迟。

霍行舟严肃地绷起脸,但声音依旧吊儿郎当,含着点儿笑似的,"妈,我跟你说件事,你可能不太爱听。"

伍素妍一抬手,没什么感情地冷嘲道:"我不爱听的你就别说了,想先走的事免谈,老老实实待到晚上一块儿回江城。"

"不是。"霍行舟在心里组织了一下语言,说,"你想不想认个干儿子?"

伍素妍的手指在包包上一攥,掐出一个个月牙痕,端庄地坐在椅子上,看着灵堂里的白花和黑绸。

她面无表情,霍行舟也有点儿慌了。

她端坐着："哦，他叫什么？"

"洛行。"

伍素妍不紧不慢地起身，示意霍行舟出去详细说。

伍素妍走出灵堂张嘴便问："几岁了？有照片吗？我看看。"

霍行舟拿出手机，把冯佳庆祝生日时拍的合照找出来，指给伍素妍看。

伍素妍接过手机一看，瞬间眉开眼笑，心都要化了。

"哎哟，我的乖乖，这也太可爱了。这小脸又白又嫩的，一看就乖……他是你同学？"伍素妍把手机拍回他的胸口，他手忙脚乱地接住。

霍行舟淡定地道："他是我爸的小粉丝，正好跟我是同桌。我爸就挺喜欢他的，我心想你肯定也喜欢。你看我爸也做不了你的主，就帮我爸提了。"

伍素妍皮笑肉不笑地看着他，说："你少给我玩这些花样，这干儿子认不认，等我见着了再说。"

洛行和冯佳、李乐凡一起吃完饭回了学校。

洛行没有直接进教室，而是一个人去了体育馆。

他坐在椅子上，想着就快放寒假了，每个人都在数着日子过，他也一起样。

只是他和别人又不一样——他们是期待放假，而他最怕的就是放假。

当他正烦恼的时候，后面有人在议论——

"哎，你听说没有？九班的洛行，就是前面那个，有人说他是聋子哎。"

"真的假的？"

"真的啊？我听说他从初中开始，就从来不做英语的听力题。我们学校的期中考试，那次我室友跟他同一个考场，说他的听力题确实没做。"

"不会吧？我看他能正常地跟人说话啊。"

"不信我叫给你听。"这个人清了清嗓子，略微大声地叫了一句："喂，小聋子，洛行。"

他声音一大，众人的目光瞬间被吸引过来。并非是嫌恶，只是单纯好奇罢了。这么一个成绩优异，一来就和叶俏俏一样考了年级组第一的人，竟然是个聋子。

虽然他们不歧视他，但异样的眼光不可避免。

一传十，十传百，几乎全校的人都知道了这件事，洛行却不知情。

下午有一节体育课，洛行不会打球，便安静地坐在一旁看书。霍叔叔又给了他几本书，他还没时间看。

几个女生闲着无聊，看见不远处的洛行，低下头小声议论——

"不会吧？他长得那么好看，没想到他竟然听不见，好可惜啊。"

"据说残疾是会遗传的，你还是醒醒吧。"

嘈杂的体育馆里，她们肆无忌惮地笑着。也有女生觉得不好，轻声阻止："这么议论别人不好吧！听不见又不是什么丢人的事情，他也不想的啊。"

叶俏俏坐得近，也听见了这些议论，下意识地歪头看了一眼洛行。

他听不见？怪不得每次跟人说话的时候，他总是盯着别人的嘴唇看。

起初她以为他是出于对别人的尊重，没想到是这个原因。

她扬眉看了一眼球场上的霍行舟，不知道他知不知道洛行听不见的事情。

洛行应该不会主动告诉他。这种事情他怎么说得出口呢？

耳边的嘲笑声越来越过分，有些人就是喜欢把别人的残缺拿来当谈资。

今天是三个班一块儿上体育课，外头冷，大家全聚在这里看他们打球了。

认识的和不认识的学生们都在指指点点，讨论年级组第一竟然是个聋子，有残缺。

叶俏俏的眉头皱起，起身越过一起坐的女生，径直走到几个男生面前，用力踢了一下笑得最猖狂的那个人的小腿一下。

"干吗？"男生吃痛，一下站起身，恶狠狠地转过头。

叶俏俏冷冷地抬头，声音却放得很软："你们刚刚在讨论什么？我也想听听。"

她长得漂亮，一双眼睛是灰蓝色的，像一个小精灵。

男生一看到她就消了气，"嘿嘿"笑了两声，说："你叫我一声好哥哥，我就告诉你。"

这话一出口，旁边的男生立刻笑了起来："你行啊，一句话就换一个好妹妹。叶俏俏，你别听他的。我告诉你，不要你叫我好哥哥，叫哥哥就行。"

叶俏俏站着没动，周围的女生忍不住往旁边缩了缩。她们可不敢惹这些人。

平时一起玩的女生走过来抓住叶俏俏的手腕，小声说："咱们走吧，他们又没说你，别惹他们了。"

叶俏俏从她的手里抽出手腕，扬起手，狠狠地甩了面前的男生一个耳光。

整个体育馆瞬间陷入了安静，连球场上打球的人也被惊动了，一齐往这边看过来。

"傻瓜。"叶俏俏冷冷地看着他的眼睛，尖锐地说道，"听不见怎么了？

轮得到你们在背后说他的是非？你成绩不好，有人说你脑子不好吗？"

"你敢骂我！"男生一扬手，就要扇过来，却在离叶俏俏的脸颊只剩几厘米的时候，被一只手死死地握住。他转头一看，是霍行舟。

"哥们儿，跟妹子动手，不对吧？"霍行舟一只手拿着篮球，眼角眉梢都是笑，"来，你跟我说说，都是些什么矛盾，我来给你们解决一下。"

叶俏俏不想在洛行的伤口上撒盐，但她实在是忍不住了，便侧过身子，低声告诉霍行舟："他刚刚在嘲笑洛行听不见。"

霍行舟眉眼一冷："哇哦，你胆子不小。"

陆清和离得远，比霍行舟慢了一步，这时也走到了台阶上，将她拽到身边检查："他伤着你没有？"

叶俏俏摇头："我没事，就是手打疼了。"

陆清和眼神冰冷地看着那个男生，还没等他动手，就见霍行舟转过头来和叶俏俏再次确认："我不冤枉人，你再说一遍，他刚刚说什么了？"

叶俏俏按了一下陆清和的手腕，抬起头说："嗯，他刚刚说残疾会遗传，还故意在背后叫了洛行，看他没有回头就大声叫他小聋子。"

霍行舟笑着点点头，手却已经攥住了那个男生的领子，另一只手漫不经心地掂着篮球，逼近那个男生的脸："你说洛行是小聋子来着？"

男生看着他的表情，心中没来由地生出一阵惊恐。他忍不住咽了一口唾沫，好半晌才哆嗦着嘴唇问："你……你想干什么？"

"我不想干什么。"霍行舟依旧是那副表情，微笑着看他，又问，"我问你呢，说他听不见的事了没？"

"我说……说了又怎么样？那么多人都说了。而且这不是事实吗？又不是我诬蔑他，凭什么不让说？"男生色厉内荏地喊道。

霍行舟点点头，松开他的领子，替他掸了掸。

"你看着他。"

霍行舟没回头，也没指代，但陆清和点了点头，将要走的男生拦住。

霍行舟几步跨到洛行面前，拿过自己刚才脱的校服，顺手敲了他的额头一下："嘿，回神了。"

洛行从书中抬起头，一下子看到了陆清和他抓住的那个人，轻轻扯了一下霍行舟的袖子，问："怎么回事？他们欺负班长吗？"

"你担心她？"霍行舟一边穿衣服一边问。

洛行点了点头。叶俏俏人很好，他来二中之后接收到的第一份善意就是叶俏俏释放的。

"估计是吓坏了。"霍行舟看着他的眼睛，压低了声音扯谎，"那我给你一个任务，你带俏俏回班里，能做到吗？"

"好。"

霍行舟咧嘴一笑，转过身朝叶俏俏喊了一声："班长，洛行陪你先回班上去，我拿个东西再走。"

叶俏俏明白了他的意思，从台阶上走下来，装出一副委屈害怕的样子，轻声道："洛行，麻烦你了。"

"没……没事。"洛行刚才看见了那个男生要打她，担忧地抿了一下嘴唇，走了几步又回头看。

霍行舟笑着朝他摆摆手："去吧。"

洛行点点头，带着叶俏俏一起回了教室。

男生被陆清和揽着走不了，霍行舟把洛行支开，他就有种不好的预感，色厉内荏道："他们也叫了，你凭什么只针对我？"

霍行舟拿着篮球，轻笑了一声："我不是针对你，我是……"话音一顿，他的手轻轻按住他的肩膀，冷冷一笑，篮球狠狠地砸在了地板上。

薛笺原本不是和他们一起上体育课，但看见洛行和叶俏俏一起回教室，下意识觉得有哪里不对。他来到体育馆，正好听见霍行舟的那句话："我呢，是洛行的哥哥。"

"你可能不知道我这个人是什么脾气，也不用你去打听，我告诉你，我护短。"

霍行舟的手指按着篮球，轻笑一声："以后如果再让我听见你提洛行，说那三个字，我就给你好看。"

男生吓坏了，忙不迭地点头："知道了，知道了。"

"他听不见这件事是谁传出来的？"霍行舟看着他，拍了两下他的脸，冷笑着说，"你说出来。"

"我……我不知道！"男生拼命挣扎，却躲不开他的手，害怕得冷汗都流下来了，嗫嚅道，"我也是听说的，学校里都这么传。你不相信，你问他们去。"

"哦，问他们去。"霍行舟掐着他的脖子站起身，问他，"刚才你叫了几句小聋子？"

他不说话。霍行舟转过头，看着旁边围观的人，冷冷地扫了一圈，忽然又温柔地笑起来："各位同学，下次谁在我背后说洛行耳朵的事，就想一想这位同学。"

"大家记住没有？"

众人不敢说话，整个体育馆安静得连掉根针都能听见。霍行舟把球一扔，球在地上弹了几下，室内传来一阵阵回音。

陆清和看了一眼霍行舟的背影，低声笑了笑。

他抬脚往下走，正巧看见门口的薛笺，在他微笑着跟自己示意的时候淡淡地收回视线。

"清和。"

两个人擦肩而过的时候，薛笺忽然开口，嗓音又干又涩，还带着一丝哽咽："行舟恨我，俏俏恨我，连你也不想看见我吗？"

陆清和一向是不理人的，破天荒看了他一眼："俏俏的名字也是你叫的？"

薛笺一愣，难堪地白了脸。

霍行舟教训完人，然后去学校小卖部买了点儿糖，就哼着歌回教室了。

洛行一直担心霍行舟会跟人打架，那个人欺负叶俏俏，还想打她，以霍行舟的脾气，知道了一定会很生气的。

他不想叶俏俏受委屈，又不想让霍行舟打架，思来想去，急得忍不住抠手指，时不时往后门看。

当霍行舟出现在教室后门的时候，洛行下意识地就站了起来，紧张地盯着他的眼睛，问："你没事吧？"

"没事啊。"霍行舟噙着笑，心想，那个傻瓜估计都不敢跟老师告状，就算告状他也不怕。

再说了，他敢说洛行，砸那一球算轻的了。给他个教训，下次再犯可就不是这么大点儿事了。

霍行舟从口袋里摸出糖，扔在他的桌上。正巧上课铃响了，最后一节是自习课，用来做卷子的。

程利民走得晚，踩着铃声过来说了点儿班风班纪的事，耳提面命说，就快放假了，坚持最后几天，最后还点名表扬了霍行舟："这段时间你没惹祸，成绩也提升了不少，继续努力。"

霍行舟没像往常一样贫嘴接话，反倒是谦逊一笑，用口型跟洛行说："你看，程老师又夸我了。"

"现在离放寒假没几天了，我知道你们个个都盼着假期呢，但是只要在学校一天，就得给我乖乖上课。

"现在就是多做题，把以前错的题目、自己不熟的题目多刷几遍，有不懂的可以问各科老师或是向成绩好的同学请教。"

"好了，都自己做题吧。"程利民看了洛行一眼，然后说，"洛行，你跟我出来一下。"

洛行没听见，霍行舟敲了敲他的手提醒，他才站起身跟着程利民一起出去了。

程利民站在窗口，转过身来看着他的眼睛，欲言又止了半天，最后问："我看了你的体检报告，你的耳朵……"

洛行垂下眼帘，看着自己的鞋尖，声音极低地说："是，我不太听得见。"

程利民看着他一脸落寞的样子，心疼地拍了拍他的肩膀说："我听到学校里有些不太好的传言，我已经在能力范围内警告过他们不要散播语言暴力了，但这种事难免的。"

洛行的眉毛一蹙，学校里的人都知道他听不见的事情了？

那天检查听力的时候，医生好像看见窗口有个人影，才一开口，人影就不见了，难道是那个人？

"老师能问问你是怎么一回事吗？"程利民小心翼翼地问，生怕是因为什么不好的事情刺痛了他，又担心这是他心里的结，想给他解开。

洛行抿了一下唇，看着面前这位年长的老师。

他转学来的第一天就知道，这位老师人很好，是真正符合"传道授业解惑"这个标准的好老师。

"是我小时候不小心碰伤的。"洛行不太自然地攥了攥手指，到底没把真实原因说出来。

程利民叹了一口气，又说："老师知道你是个很好的孩子，要学会调整自己，不要被那些话影响心情，安心学习，知道吗？"

洛行点点头。

霍行舟说过，那些让你痛苦的、伤害你的话，其实与你无关。

他记得很牢，不会在意的。

程利民笑着点点头，他就知道自己没看错这个孩子："还有，以后你报考学校的时候要注意哪些专业和学校对听力这方面有要求，千万不要因为这个原因而丧失了报考资格。"

洛行看着面前一脸担忧的程老师，心里泛起一股感动，真心实意地向他道谢："我知道，谢谢老师。"

"嗯，你去上课吧。"

洛行回到教室，一如往常，细细的聊天声完全传不到他的耳朵里。

同学们看他回来，集体朝他看，小声议论："老师找他什么事啊？不会是问他听不见的事情吧？"

"哎，你小点儿声。这种事他应该很难过吧，我们还是别讨论了。"

"就是啊，洛行人那么好。我有时候问题目他都很耐心地给我讲，我听不懂他还会换好几种方法给我讲，咱们就别去戳他的伤疤了吧。"

"也是，听不见又不影响他人好。"

有个女生笑眯眯地拦住洛行，伸手从抽屉里摸出一个小包装袋的点心递到他的面前："洛行，我请你吃这个，作为你上次给我讲题的谢礼啊。"

洛行一愣，看着她眉眼弯弯的样子，心里一暖，略微腼腆地接过来："谢谢。"

洛行回转身，霍行舟就问他："刚刚程老师叫你出去干什么？我看你回来的时候好像有点儿不太高兴。他骂你了？"

洛行想了想，反正霍行舟现在也知道自己听不见的事情了，没有必要再隐瞒，便直说了："程老师知道了我听不见的事情，来告诉我以后报考学校的时候要注意的事。"

霍行舟蹙眉："他是怎么知道的？"

"体检报告。"洛行皱了皱眉，又舒展开，小心翼翼地掩饰住苦涩，笑了笑，"好像是学校里有人传我听不见的事情，被他听见了。"

霍行舟攥着他手腕的手指一紧，眸光一沉，环视教室一圈，难道是班上的人？

"应该不是吧。"洛行小声说，"我刚才回来的时候，看见几个女生议论说听不见不是大事，不影响什么的，她们不会的。"

其实一直以来，洛行都很在意自己听不见的事，也一直希望能攒钱做手术。但由于各种各样的原因，现在已经错过了最佳的治疗时间，他几乎不抱希望了。

但听见霍行舟说"听不见怎么了？又不影响咱们俩做朋友"之后，他已经完全释怀了。

一节课下来霍行舟居然没去闹洛行，而是认认真真地写卷子，这让洛行都有点儿吃惊。

大概是坐久了，下课铃一响，霍行舟扔下笔就去了卫生间，让他和冯佳他们先去吃饭。

洛行拿起他的卷子看，胡佳文凑过来，神神秘秘地朝他勾了勾手指："洛行，你知不知道霍行舟那天在体育馆发火了？"

洛行一愣，这段时间学校里的人是有点儿躲着他，不管是视线还是身体，都如此。

他对这种变化很敏感，一开始以为是大家嫌弃他的残缺，没想到却是因为霍行舟。

"不是说那天霍行舟是为了班长才发火的吗？怎么突然变成为你了？"胡佳文皱着眉头，总觉得哪里不太对劲。

"你说到底是谁把这件事情传出来的啊？"胡佳文想不通，絮絮叨叨地说，"体检表的话应该只有老师和校长那边才能看见，学生没可能看见啊……对了！"

他突然叫了一声，连洛行耳里都能听见一丝丝声响，可见声音有多大。

"怎么了？"

胡佳文压低声音，确保洛行看着自己才说："那天咱们俩不是一块儿去体检吗？你说先去卫生间，我就先去体检了。等我回来的时候正好在窗口看见一个人，不知道怎么突然间就跑了，然后你就出来了。不会是他吧？"

洛行记得自己也看到了一个人影。

他倒是不在乎别人知不知道，只是他想知道，到底是谁要把这种事情捅出去？

难道伤害别人能让他得到快乐吗？

"可惜我不认识那个人。"胡佳文摇了摇头，又说，"但是如果再见到他的话，我应该能认得出来。那个人长得很好看，白白净净的，个子很高……"

白白净净的，个子很高，这个形容让洛行瞬间联想到薛笺。可他也明白，不能光凭这点就判定那人是薛笺。

不然自己和薛笺又有什么区别？何况谣言这种东西没办法找到第一个传出来的人是谁，也没办法控制最后一个人是谁。

就算胡佳文认出了薛笺，他也可以矢口否认，说自己只是正好出现在诊室门口，又恰巧有事离开了。

洛行忍不住想，薛笺是不是疯了？

他走不出当年闵谣事件的阴影，又挣不脱霍行舟的"桎梏"，他现在就像一只压抑到极致的困兽，拼命想要挣脱出来，却又被理智克制着。

他想要掌控一切，却又像一个提线木偶一样，被想要得到霍行舟的原谅的欲望操控，无法挣脱。

他在理智和疯魔之间疯狂地挣扎，不知道会做出什么样的事情来。

洛行只觉得他可怕极了，忙对胡佳文说："这件事也不是什么秘密，如果你以后知道了，也不要当面去揭穿他，告诉我就好，行吗？"

胡佳文有些不明所以，"嗯"了一声："那好吧。"

高三学生比其他年级的学生要多补几天课，一直到年前一周才放假。

胡佳文一直没遇到那个人，洛行也就慢慢把这件事放下了。反正马上就快放假了，以后不再遇见他就行了。

薛笺这个人，指不定会做出什么事来。

上次被霍行舟折了的珙桐花枝又伸了一点儿进来，肆无忌惮地往床上长。

他要再折的时候被洛行拦住了。

洛行抬起手，拨了拨那根珙桐花枝，趴下来小声问它："你说，为什么霍行舟人这么好？"

"噗。"霍行舟从卫生间出来，第一眼看见的就是他趴在床上跟那根树枝说话的样子。

"你跟它聊什么呢？我能听一听吗？"霍行舟边擦头发边走过来，因为寝室里的暖气很足，他只穿了一件棉麻睡衣。

洛行倒是真有件事要跟他说，却又不知该怎么开口，欲言又止半天，最后还是咽了下去。

"你有事跟我说？"霍行舟问。

"你怎么知道？"洛行一脸惊讶。他还在迟疑呢，霍行舟怎么就看出来了？

"你有什么能瞒住我的？我说我很了解你，你还不相信。一定是在心里说我的坏话吧？我都听见了。"

"你要点儿脸。"冯佳从门外进来，嗤了一声。

洛行小声说："我妈妈以前都会提前好几天问我什么时候回家，这次她一直没找我。我跟她说了放假日期，她也没有回应，她会不会出了什么事？"

霍行舟垂眸一笑，心想：她还学乖了。

"她不管你了，这不是挺好的吗？"顿了顿，他怕洛行发觉不对劲，又说，"既然她不在意，那你就跟我回家过年怎么样？"

"跟你回家过年？"洛行愣了一下，好像没理解这句话似的，呆呆地看着他的眼睛，好半天才张嘴，"不好吧？过年应该是一家人团聚的日子，我还是不去打扰叔叔阿姨了。"

"怎么就是打扰了？我妈……"霍行舟突然顿住，在洛行疑惑的目光注视下将话锋一转，"我爸最近要写什么新书，一直没什么灵感，所以想找你聊聊，就是一直不好意思打扰你。"

洛行眼睛一亮："真的吗？叔叔真的……真的这么说？"

霍行舟心道，当然不是。他无奈笑道："对啊，就是不知道你肯不肯。你知道他们这种人好面子，要是被拒绝了脸上过不去。他怕你不答应，所以也不敢提。"

"我……"洛行有些心动，可想到赵久兰可能要闹，又不敢答应了。

"那我们给你妈妈打个电话，如果她答应了，你就不能拒绝，好不好？"

霍行舟拿起手机等着他解锁拨号，然后不由分说地抽走手机，"我帮你打，你少用点儿耳朵。"

洛行点点头。他其实也不知道要怎么和赵久兰说，但如果是霍行舟的话，他一定能处理好。

电话接通后，赵久兰的声音略有些疲惫，却还是和往常一样尖锐，她冷嘲热讽地哼了一声："怎么，你以前不是很怕跟我说话吗？"

"哎，你叫谁呢？"霍行舟冷笑了一声，传入听筒的声音让赵久兰忍不住颤抖了一下。

她拿开手机，看了一眼来电显示，一口气差点儿没上得来。

"我已经听你的，不主动去找他了，你还想干什么？"

"我不想干什么，洛行想问问你，今年能不能去我家过年。"霍行舟没打算跟她废话，轻笑着说，"您考虑考虑，我是很尊重您的，希望您也给我这个机会，别让我不讲道理。"

"考虑？"赵久兰冷笑着讥讽道，"你会给我考虑的机会吗？我说不答应，你会放手让他回来吗？"

霍行舟"哎哟"一声笑了："您开什么玩笑呢？当然不会啊。"

洛行不知道他们在说什么，看霍行舟的表情，好像谈话不算尖锐，也就放了心，静静地看他继续说。

"那你打这个电话还有必要吗？"赵久兰掐紧了手机，要不是被霍行舟拿住了把柄，她早就……

霍行舟状似不经意地背过身子，给了洛行一个背影，笑着和赵久兰说："当然有了，待会儿麻烦您用微信和洛行说一声。"

赵久兰气得直接把电话挂断了。

过了一会儿，洛行的手机上便收到了一条来自赵久兰的微信：我没意见。

洛行将手机屏幕上的消息连续看了好几遍，才稍稍松了一口气，赵久兰这就算是答应了。

　　他该高兴的。赵久兰第一次这么容易答应他去别人家。他不用回去面对冷冰冰的家，可心里泛起的难受又是怎么回事？

　　过年应该是全家团聚的日子。

　　赵久兰就这么冷冰冰回了句"我没意见"。她可能根本不在乎阖家团圆的时候自己在不在她身边吧。

　　毕竟，往常过年的时候他们也不是一起度过的，都是在自己的房间里，如平常的日子一般。

　　洛行低低地吐出一口气，刚想收起手机，结果又跳出一条消息来，这次是微博。

　　他几乎不用看都知道是谁发来的。

　　是了，临近寒假了。

　　"陈医生，您跟我说实话，他现在到底是个什么情况？"林西成靠在医院的墙上，惨白的灯光照下来。

　　洛志远刚被护士推回病房，因为病痛，他现在已经不能走路了，剧烈的骨痛让他半夜经常疼醒，咬着牙挨过一阵又一阵痛楚。

　　他的身体承受不住那么多的止痛药，即便撑得住，也作用甚微。

　　夜晚，医院里安静了不少，在惨淡灯光的映衬下，散发出一股令人绝望的阴森气息。

　　"洛先生的病已经很严重了，我们医院也正在努力找骨髓配型。当然，如果他有直系亲属，比如儿子或女儿……配型成功的概率会更大一些。"陈医生说。

　　林西成低声道："难道就……就没有办法了吗？他还这么年轻，怎么能现在就……"

　　陈医生叹了一口气，道："您别太难过了，我们医院也在努力寻找配型骨髓，还有希望。"

　　林西成攥着手机，见对面没有回消息，心里一阵焦虑。

　　作为助理，他知道自己不应该插手太多，但洛志远于他有恩，这些年来也没有亏待过他，他不忍心就这样看着机会溜走。

　　他调查过，洛行这个孩子很乖，即便赵久兰对他不好，也依然那么优秀。如果他看到自己的亲生父亲正遭受这样的痛苦……父子连心，他又那么善良，一定会心软的。

目前最重要的是让他来见洛志远一面，看看洛志远被病痛折磨的样子。

林西成知道自己不能逼得太紧，毕竟这么多年洛志远从没有出现在他的生命里过，作为一个垂死的父亲，想见孩子一面情有可原，可如果一直坚持，就显得刻意而别有目的了。

林西成曾经有很长一段时间都在研究心理学，伪装出的"洛志远"语气真诚而苦涩，连正常人都会心软，遑论洛行了。

即便他不心软，也会好奇自己从未见过的父亲是什么样子。加上受到赵久兰这么多年的虐待，他心里一定也很不平，会想弄明白，为什么这个父亲从来没有管过自己。

只要他想弄清楚，就一定会来。

手机响了一声，林西成低头一看，洛行答应三天后过来。他惊喜得一连看了好几遍消息，生怕是自己太过期盼，眼花了。

等他确认是真的，又生怕洛行反悔，急急忙忙把病房号发给了洛行。

他攥着拳笑起来，洛志远有救了，有救了！

林西成的手指握住门把，做出平静的表情，看着坐在窗前的洛志远，慢慢地走了过去。

他轻声问："今天你检查怎么样？还疼不疼？"

洛志远疲惫地点了点头，原本清隽的脸苍白得没有一丝血色，颀长挺拔的身子也消瘦得不像话。

大概是人之将死，他最近总是在想，自己这辈子到底做错了什么。对于赵久兰，他不想这样，却造成了这样的结果。

对于洛行，他虽然很无奈，却也只能亏欠。他没办法去跟赵久兰抢孩子，他已经伤害了她，怎么能再把她唯一拥有的东西给抢走？

这辈子他的人生中都充满着失败，临死之前他也想见一见洛行，见见自己这个无缘的儿子。不知道他会不会叫自己一声爸爸？

也许不会。

他都不认识自己。

其实有时候想想，人这一辈子都在坚持什么呢？追逐不到的明天一直在求而不得的痛苦中挣扎，不如得过且过便算了。

他想要两全其美，弄到最后却造成了所有人的痛苦。

林西成面容舒缓道："行行说后天想过来看看你，问我可不可以，我擅自替你答应了。"

洛志远一愣，怒不可遏地攥紧轮椅，咬着牙问："你又找他了？我说过，我的病听天由命，活就活，死就死，我不要他的骨髓。"

林西成顿了顿，道："如果他是自愿的呢？"

洛志远皱了皱眉头："自愿？"

"我答应你，我不会强迫洛行为你捐献骨髓，但是如果他自愿要救你，你也不能拒绝，对吧？"林西成低声说，"你也不想他见你的第一面就是最后一面吧？"

"难道你就不想以后看着他长大、结婚生子，抱一抱他的孩子，听他们叫你一声爷爷吗？"林西成一步步引导着他的意识，见他的态度有些软化，又继续说，"你想让自己在洛行眼中只是一个叫'父亲'的名词吗？"

洛志远不想。

可他又有什么资格去要求洛行自愿为他捐献骨髓呢？仅凭他曾经给了洛行生命，是洛行生物学上的父亲吗？

洛志远自嘲地笑了一声，洛行不恨他就好了，他哪还敢要求这么多？

自从洛行给不远行回了消息后，就一直在想着怎样才能找个机会去一趟北市。

联想到丁超的事和霍行舟在体育馆发火的事，再加上赵久兰的态度突然软化，这几天洛行一直在猜，霍行舟大概私下去找过赵久兰。他不告诉自己，应该是不想让自己担心或是难过。

霍行舟在保护他，可他不想什么事都让霍行舟帮自己安排处理好，然后高枕无忧地享受着霍行舟的照拂。

有些事情只能他自己来面对，而且他也想变得强大。

距离放寒假还有一周，如果他跟霍行舟回家就没有机会自己出去了，所以必须赶在这之前。

恰好最近有一场篮球比赛，霍行舟本来不想去的，但程利民冷哼一声："以前我不让你打，你旷课都要去打，现在让你去给学校争光，你倒不去了。不去不行，你必须去！"

霍行舟看着程利民的背影，张了张嘴，又闭上了。

洛行听见比赛时间，顿时松了一口气。如果他那天去的话，自己正好能请假去一趟北市，就不用撒谎、找借口了。

"怎么，你听说我要去比赛这么高兴？"霍行舟冷哼一声，看着他微微勾起的嘴角，冷淡地拍了拍桌子，"嗨嗨嗨，我问你话呢。"

洛行抬起头，眯了眯眼睛，笑道："我没有高兴，是想着程老师居然也能让你无言以对，真是风水轮流转了。"

霍行舟沉默了一下，侧着身子说："我那天比赛，你要不请假过来看吧？反正你这脑袋也不需要怎么学了。"

"不行。"洛行忙不迭道，"课还是要听的。"

霍行舟冷哼一声，伸手去扯他的演算本，看着上面他工工整整给自己出的题就头疼："你别写了，过几天都放假了。"

"放假也不能松懈啊。你的基础本来就不是很稳，就是脑子好使，万一有没讲过的题，那你就不会了。"洛行手忙脚乱地抢本子，生怕被他撕坏了。

"哎，我跟你说件事。"霍行舟咳了一声说，"上回丁超那件事，我妈不是来过学校一趟吗？你还记不记得？"

洛行点点头，不明白他突然说这个干什么。

"我妈说自从你转学过来后，对我的帮助挺多的。这几天她要出趟国，有个项目要谈，估计得好长时间才能回来，所以就想在走之前请你吃个饭，谢谢你。"

洛行一听，瞬间局促起来，手指不自觉地攥住袖子，紧张地张了张嘴："阿姨要请我吃饭？"

"你不乐意？"霍行舟顿了顿，说，"那我先给回了，反正也要放假了，你总得跟我回去过年的，就别这么着急了。"

"不，不是！"洛行只是怕自己表现不好，被他妈妈讨厌。

虽然他知道自己耳朵有残疾，也不够优秀，但还是希望霍行舟的妈妈能喜欢他。

"你别紧张，我妈挺随和的，比我爸好相处。"霍行舟知道他在顾虑什么，便想趁现在让他见一见伍素妍，到时候真去他家的时候不至于那么紧张。

"我没……没紧张。"洛行咽了一口唾沫，欲言又止地看了他一会儿，到底没好意思问出口。

霍行舟笑了笑："你是不是想让我教你怎么应对？"

洛行忙不迭地点头，逗得霍行舟乐得不行："我妈这个人爱逗人，看到你这种乖巧的小孩就心疼得恨不得揣到怀里，你不知道怎么办的时候……"

他说了一半，到重点的时候忽然停了。

"什么？"洛行急忙问，"你快说呀。"

霍行舟见他开始收拾桌子写卷子，连忙说，"你就眨眨眼睛不说话，她就会当成你是在害羞，就不会再说什么了。反正你别怕，有我呢。"

洛行垂下眼帘，轻轻地点了点头："嗯。"

"那你没意见的话，我就跟我妈确定时间了？"霍行舟说着，便开始给伍素妍发消息。

放假前第五天，霍行舟跟校篮球队一块儿出去比赛。

他走得早一些，不放心地交代他，如果遇着薛笺那个神经病就赶紧离远点儿。

霍行舟让洛行尽量跟冯佳一起行动，尽管支使他。

送走霍行舟以后，洛行就去办公室找程利民请假。车票他已经买好了，赶着时间还能在他比赛结束之前回来。

"请假？这还有几天就放寒假了，有什么事不能等寒假之后再说吗？"程利民看着洛行，皱了皱眉，不想给他批假。

"我去看望一位长辈。"洛行不晓得该怎么称呼洛志远，最后只想到了"长辈"这个词，"那位长辈几近弥留，我想最后去见他一面，晚上就回来。"

程利民看着他，想起他刚转学来的时候跟自己请假也是为了去医院看病人，从来没有因为什么乱七八糟的理由请过假。

"那好吧。"程利民批了一张假条，想了想又问，"你自己一个人去吗？还是跟家人一起？"

"我自己过去。"

程利民写假条的手一顿，抬起头来："一个人？那要不要我安排一个同学陪你过去？你一个人去北市有点儿远，我不大放心。"

"真的不用。"洛行不想让别人知道他去见谁，他耳朵的事被人知道了无所谓，他不介意，但他不想这种私人的事也被别人拿来大肆宣扬。

"这样吧，我让叶俏俏跟你一起过去。这孩子嘴严实，也牢靠，不然你一个人去我实在不放心。"程利民没直接说他耳朵的事情。

洛行知道程利民是一番好意，况且再跟他耗一会儿，恐怕要赶不上车了。再加上叶俏俏不会像别人一样乱嚼舌根，所以他想了想就答应了。

程利民把假条递给他："你们俩早去早回，有任何事都记得给老师打电话。你也要照顾好叶俏俏。"

洛行点了点头："好。"

两个人坐在前往北市的车上。

洛行话少，叶俏俏也不是喜欢主动探听别人隐私的人，所以两个人一直没怎么聊天，都是在各做各的事情。

他发起了呆，叶俏俏在看最近新出的一个漫画。

上了高速，疾驰的车将绿化带飞快地向后扯。洛行的心抽得越来越厉害，他不知道即将面对的会是什么样的情况。

那个人是高还是矮？是胖还是瘦？是和霍行舟的爸爸一样儒雅内敛，还是和程老师一样粗糙却和蔼，抑或严肃沉默？

他见到自己的第一面会说些什么？

会说，对不起，这么多年我没有找过你，我很抱歉？还是会说，在我不知道的时候，原来你已经长得这么大了？

洛行攥着手指，双目几乎失焦地看着窗外，陷入了纷乱的想象里。他想着自己素未谋面的父亲是什么样，想着他是否觉得对自己有一丝一毫的亏欠。

洛行一直觉得自己不应该去怨恨他，可有时候又忍不住想，如果那个时候他带自己走，是不是自己的耳朵就不会聋了？

他不觉得自己可怜，也没觉得委屈，就是想不通，对方从前不要他，现在又来找他干什么呢？

死前见一面弥补遗憾？这么多年都没有遗憾，快死了才堪堪有这么点儿可笑的遗憾。

洛行看着自己的指尖，忍不住嗤笑了一声，好像他有多重要一样。

北市第一人民医院很好找，距离汽车站不过五分钟车程。

他们上次来过北市，轻车熟路地打了车过去。

叶俏俏一看是医院，又想到一路上他的反常，问道："要不我在外头等你，你自己进去？"

"没事。"洛行摇了摇头。他虽然不想让别人知道他是来看洛志远的，却也不放心叶俏俏一个人在外面待着。

霍行舟不在，陆清和不在，他有责任保护叶俏俏，不能把她一个人丢下。

"那行，待会儿我就在病房外等你。"

"嗯。"

两个人找到住院部，按照不远行发来的病房号，很快便找到了地方。

洛行站在门口，只觉得脚像灌了铅似的，又想进去又想落荒而逃。他不知道该用什么样的表情和心情去面对病房里这个最"亲近"的陌生人。

他是该恨还是该爱？该哭还是该笑？

叶俏俏发现了他的迟疑，抬手轻轻扯了一下他的袖子，小声地问："你还没准备好的话，那我们待会儿再过来？"

等一会儿？等多久都是一样的。洛行深吸一口气，抬手去拧门把手。

因为窗户留了一条小缝通风，开门的动作带起了风，扯起了窗帘一角。

温暖的阳光照在雪白的被子上，病床上的那个男人正和床边的人说话。虽然已经瘦得有些脱相，却仍然能看出他曾经的清隽风姿。

洛行垂眼，所以这个人就是他的爸爸吗？

男人听见声音转过头来，笑容瞬间僵在脸上，手里捧着的杯子脱了手，泼了一被子温开水。

他张了张嘴，艰难地问："你是行行吗？"

洛行站在门口，听见这个熟悉的称呼，没来由地有些反感。

他没往里走，只是站在门口，指尖微微搭在门把手上，看着病床上的男人抬起头来，同他无声地对视。

洛志远看起来有点儿局促，手无意识地在被子上狠狠地搓了两下，声音干涩道："你进来吧，别在门口站着了，冷。"

洛行不由自主地打量了一下房间里的另一个人，叶俏俏也看见了，是他们在北市一中比赛时签到处的那位工作人员。

他站起身，带着些温和的笑意，善解人意地说："我是洛志远的助理，你们父子俩聊，我先……先出去。"

洛志远的眼睛仍旧盯着洛行，闻言轻轻点了点头："去吧，我跟行行说说话。

洛行的眉毛微皱。

叶俏俏抿了一下嘴唇说："洛行，我在门口等你吧。"

洛行点了点头："冷的话你就进来，不碍事的。"

叶俏俏点点头："好。"

说完，她也一起离开了。洛行回过头，看着床上紧张到微微坐起身的男人，轻轻吸了一口气才往里走。

或许是因为激动，又或许是因为愧疚，洛行看见他的眼睛里含着泪意，眼圈通红地看着自己，嘴唇抖了抖。

洛行走进来，站在床尾不动，也没开口。

他一向不是个主动的人，在这种场合更是不知道该说些什么。

"谢谢你愿意来看我。"洛志远不好意思地笑了笑，指了指椅子，"快坐，你喝……喝不喝点儿什么？太冷了，对，要不然我……算了算了，你有没有什么想吃的？我让林老师去买一点儿……或者……"

"不用，谢谢。"洛行平静地看着他，稍稍打量了他一会儿。

他不似霍爸爸那种儒雅内敛，谈吐上佳，但看上去很温和。

洛志远尴尬地笑了笑，又说："没……没关系，那你坐，我就……就跟你聊一会儿。"

洛行没坐，就这么站在床尾。病房里开着电视，一个个广告播完，安静了一会儿，又开始播放温馨感人的宣传片。

洛志远看了一会儿电视，才鼓起勇气看洛行。他看着洛行单薄的身子，又将视线挪到他巴掌大的脸上，半晌才问："你……妈妈这些年，对你好吗？"

洛行见他一直将手放在被子里，以一个很不舒服的姿势半坐着，问出这句话的时候好像比自己还紧张。

"还好。"

洛志远似乎放了心，点了点头说："我一直以为她恨我，就不会对你好，还好……还好她没有因为我迁怒你。"

洛行看得出，洛志远想把今天的见面当成一次忏悔。

"其实我害了她一辈子，她恨我是应该的。"洛志远强忍住身上的痛苦，嘴唇都开始发白，一道道冷汗从鬓角流下来。

"如果我一开始没有行差踏错，事情也不至于变成今天这种无法收拾的地步，对不起。"

洛行低头看了一下自己的指尖，把心里酝酿了很久的话说出来："请问，你从一开始就知道我的存在，是吗？"

洛志远含泪点了点头："是的，我知道。当时我知道你妈妈有了你，我希望补偿她，不能因为我，毁了她的一辈子。可她不愿意，还因此和家里闹翻，一个人离开了。等我找到她的时候，你已经出生了。"

洛行轻轻"嗯"了一声，说："是这样啊。"

是这样啊。

他一直替对方想借口，原来真相是……这样啊。

洛志远没有听出他的心寒，自顾自地说："我已经伤害了你妈妈，不能连她唯一拥有的你也抢走。其实……其实我一直想见你，只是我不知道该以什么身份去见你。"

洛志远痛苦地落下泪来，低声似呢喃："我就像一个懦夫，不敢去认你，也害怕去见你，生怕在你脸上看到和你妈妈一样的恨意。"

洛行抬头看他，隔了几秒，又像克制什么似的垂下了眼睑。

洛志远看着洛行，总觉得自己感觉不到他的情绪。无论自己讲什么，他都好像在听别人的故事。

自始至终他都是同一种表情，没有任何情绪起伏。

洛行垂着眼在心里冷笑，他以为赵久兰没有因为他而恨自己，仍旧把自己照顾得很好，事实上自己的出生就是赵久兰对他的报复。

赵久兰把对他所有的恨全转移到了自己身上，怪不得从自己稍大一些起，她看自己的眼神就越发怨毒，因为自己长开了以后越来越像这个人。

面对极其相似的一张脸，洛行觉得好讽刺。

洛志远说得对，他确实是个懦夫，一直活在他自己的臆想里，臆想洛行活得很好。

所以他心安理得。

来之前，洛行还曾想过要问他，是不是不知道自己的存在，又或是有什么原因才没带自己走。现在看来，他只是不要自己罢了。

其他的话，都不必问了。

"你恨我吗？"洛志远的声音有些发颤。但洛行听不见，只能看见他痛楚的表情。

洛行感觉心头像压着一块巨大的石头，沉得让他喘不过气，心里却空落落的。

他眨了眨眼睛，攥了攥手指又轻轻松开，好半天才在洛志远充满期盼的眼神中开口："不知道。"

洛志远听见这话，忽然笑了。虽然洛行听不见，但还是能感觉到他的悔恨和痛苦。

"我不奢求你能够原谅我，叫我一声爸爸，只是希望能在死之前见你一面，把这一切告诉你。"洛志远艰难地从床上撑坐起来，却又因为剧烈的疼痛摔回去。他艰难地喘息了一会儿，才又强撑着身子坐起来。

只是这么个简单的动作，几乎耗尽了他所有的力气。

"你是什么病？"洛行看着他痛苦挣扎的模样，皱着眉问出了口。

"麻烦你回去了替我向你妈妈道个歉，这辈子我欠了她的，只有下辈子再还了。"洛志远话音一顿，隔了好一会儿，才道，"血癌。"

叶俏俏在外头站了一会儿，觉得有点儿冷，又觉得进去不太好。

虽然洛行说不介意，但她总觉得今天的这次见面不大寻常。于是看见林西成回来的时候，她悄悄走进对面的开水房，等他过去了才出来。

林西成拎着东西，却没有回病房，而是去了医生办公室。

她悄悄跟过去，靠在门边听了一下。

"医生，骨髓配型如果是亲生儿子的话，配……"

叶俏俏愣了几秒，难以置信地听着里头的男人正在和医生说话，眉头越皱越紧。

亲生儿子？难道洛行是病房里那个人的儿子？

叶俏俏略微蹙眉，想起洛行在车上的时候一直看着窗外。虽然他平时话就不多，但很会照顾别人的情绪，不会让别人尴尬。

她一直挺喜欢洛行的，不仅仅是因为他和霍行舟走得近，更是因为她觉得洛行人很好。

他一路上那么沉默，心里一定有事。

以她的判断，洛行在这之前应该是没有见过他的。满心欢喜的第一次见面就是被骗来捐献骨髓的？

他们的命是命，洛行的命就不是命了？

叶俏俏侧着身子，听见林西成甚至在和医生预约做配型的日期了。她皱着眉，强压住骂人的冲动。

他就这么肯定洛行一定会捐骨髓？

还是他已经想好了肯定能让洛行捐献骨髓的办法？

至于病房里的那个人，如果不是生病了，他是不是根本没想过要找自己的儿子？

不行。

叶俏俏觉得洛行那么善良，答应他们来是一回事，捐不捐又是另一回事。

可万一里头这个男人用道德绑架或是其他手段逼迫洛行怎么办？她踱着步子思考对策，正巧陆清和发微信来说第一轮比赛结束了，现在是中场休息。

那个所谓的父亲都没有养过洛行，也没有给过他一丝一毫的爱和温暖，自然没有立场要求洛行为他受苦。

她当机立断给霍行舟打了电话。

205

那边很快就接起了电话，霍行舟笑着说："哎哟，你不给清和打电话，打给我干什么？"

"你现在立刻赶来北市。"叶俏俏严肃地说，"救洛行。"

⑪
刀山火海
亦生花

✦

洛行低头看了一眼表，十二点半了。

他要走了。

"我只跟老师请了半天假，如果没有什么事的话，我和同学就回江城去了，您注意身体。"洛行看着洛志远满头冷汗却强自咬牙忍耐的样子，垂下眼帘道。

洛志远看起来已经这么痛苦了，那些话说出来既不能让他感到快慰，也不能改变事实。

今天他来了北市，想问的问题也已经有了答案，至于其他的……

洛行想了想，其实他能想到的最好的东西他已经拥有了，而且同学和朋友对他都很好，不会因为他听不见就歧视他。

他未曾拥有过的，就不强求了吧。

没有父亲的十七年，他也活下来了。

洛行的话音一落，病房里立刻陷入令人难堪的安静之中。

洛志远似乎没有想到他能这么冷静，没有责备，也没有怨怼，像是静静地听完了一个与他无关的故事一般。

然后，他要走了。

"要……要不，你们吃个饭再走吧。可能医院的饭不是……不是很好吃。我……"洛志远手攥着被角，脸色惨白。

"我想……再跟你待一会儿，行吗？"洛志远近乎哀求地看着洛行。

他的小动作很多，抿着嘴唇，攥紧手指，死死地克制着情绪，这一点和洛行也很像。

洛行听不见洛志远的声音，只看见他的嘴唇在动，这种静谧让他觉得难受。

"其实我有好多话想告诉你，从我认识你妈妈开始，从你出生开始。"洛志远垂眼笑了笑，又抬起头来，带着期盼去看洛行。

"我还想听你讲，讲你第一天上学，拿到第一张奖状，写的第一篇作文……"洛志远看着自己的手指，呢喃，"经历你人生的每一步。"

到最后，洛行甚至觉得洛志远只是在自言自语，给自己编织一个可以重来的美梦。

洛行看着他几乎瘦到脱相的脸，虽然皮肤惨白，死气沉沉，但不难看出，他健康的时候应该是一个很好看的男人。

洛行忍不住问道："血癌可以做干细胞移植，您的家人没有帮您申请吗？"

"做过了，配型都不吻合。"洛志远自嘲地笑了笑，"可能这就是命吧。"

洛行微微皱眉看着他，那双和自己极度相似的眼睛里充满了绝望，俨然就是一个等死的人。

"您……"

洛行的话刚起头，门就被人从外面用力地推开了，是叶俏俏。

"洛行，老师说下午有考试，问我们什么时候回去。"叶俏俏看都没看床上的洛志远一眼，径自说着。

"就走了。"洛行最后看了一眼洛志远，略略鞠了一躬，"您保重。"

洛志远点了点头，在心里松了一口气，同时也觉得难受不已。

他和这孩子这辈子看来是没有半点儿缘分了，想听他叫一声爸爸，大概永远也不可能了。

洛志远看着他的背影，动了动嘴唇，半晌才道："好。"

洛行和叶俏俏两个人出了住院部。天晴了，阳光把阴霾撕开了一个小口子，直视时有点儿刺眼。

"下午是什么考试啊？"洛行边翻手机边问，"我没听程老师说……"

"没有考试，我骗你的。"叶俏俏背着手，毫不掩饰地笑起来，灰蓝色的眼珠在阳光照耀下像一颗上好的宝石，流光溢彩。

叶俏俏听完医生办公室那边的墙脚，又回到病房这边听墙脚，只觉得这一个两个都是影帝，比季长安还会演。

洛行笑了笑："我知道你在担心什么。"

叶俏俏一愣，听出他声音里的落寞和苦涩，不由得心也抽疼了一下。

她打记事起就跟在叶壬身边，没有吃过什么苦，却在这一瞬间没来由地感觉到洛行心底的痛。

叶俏俏低低地"嗯"了一声，小声问道："那你知道他们骗你来是想让你捐献骨髓？"

洛行轻轻点了点头，似叹息又似呢喃："起初我不知道，后来他微博私信发得越来越频繁，很迫切地让我来，还说实在不方便的话，他去江城也可以，目的就是一定要让我见到那个人。"

人之将死，哪有挪来挪去的道理？除非那个地方有能救他的人。

洛行只是一个学生，没钱没权，唯一能给别人或是"父亲"的，大概就剩那点骨髓了。

他低低地笑了一声，不知道是讽刺还是什么，忽然又抬起头来，看着终于破开了阴霾的阳光。

"我应该是他最后的希望了，所以他……"洛行嗤笑了一声，"用尽一切办法也要让我看见他痛苦的样子，赌我会不会心软吧……"

洛行最后那句话叶俏俏没听清，但从他的表情来看，他现在心里一定很难受。

头一回见自己的父亲，竟然是他需要自己为他上手术台的时候。

清官难断家务事，她也不好去插手别人的选择。

"那你呢？你会捐骨髓吗？"叶俏俏小心翼翼地问。

"我……"

"两位同学。"才刚开口，林西成手里拎着东西过来了，脸上的笑意还和在病房初见时一样。

"洛行，可以占用你一点儿时间吗？"林西成看也没看旁边的叶俏俏，目光定定地注视着他的脸。

洛行这才认真打量他。他和洛志远差不多高，手指修长干净。

"我想告诉你一些你爸爸没有告诉你的事情。"林西成看着洛行平静的双眸，低头想着，洛志远到底还是心软了，根本没提骨髓捐献的事。

"我也是没有办法了……我知道不应该去打扰你平静的生活，但是……"林西成深深吸了一口气，才接着说道，"你是现在唯一能够救他的人了。"

洛行脑海里一团乱麻，静静地看着面前站着的男人。

"他发病的时候说浑身的骨头都像被碾碎了一样疼。"林西成说着，手倏地握紧，"他不愿意接受化疗，只能干等着油尽灯枯，可这么久了也没有合适的配型，他耗不起啊。"

林西成一把握住洛行细瘦的手腕，满含祈求地说："看在他是你的父亲的分上，你救救他好不好？"

林西成截住他们的这个位置不好，人来人往的，路人都往他们这边看，甚至有人指指点点。

林西成的手指死死地攥着洛行的手腕，掐得他好疼。

别人都说他聪明，可他觉得自己的脑筋完全不够用。面对这样的场景，他连一句话都说不出来。

洛行觉得疲惫，想睡觉，想就这么随便窝在哪儿一直睡下去。

他脑子里好像塞了过量的信息，稍稍运转一下都困难。

洛行静静地看了一会儿，听他说："人死了就什么都没有了，不管是爱还是恨，就算是恨，也求求你给他一个弥补你的机会。"

叶俏俏冷笑一声："你就别演了吧。"

林西成一愣，看了古灵精怪的叶俏俏一眼，皱眉沉声道："你说什么！"

叶俏俏"哎呀"一声，眨了眨漂亮的眼睛，把自己听墙脚听到的说了一遍。

"我说你利用别人的善良，欺骗别人来捐献骨髓，还要在医院门口道德绑架。"叶俏俏无辜地眨了眨眼，看着林西成的脸色越来越难看。

有几个路过的人听了，看林西成的眼神中都带着轻蔑和嫌恶。

林西成没有想到跟着洛行来的这个女生这么牙尖嘴利，伸手就要打叶俏俏，被洛行一把攥住了手腕。

"谁也不能欺负我朋友。"洛行将叶俏俏护在身后。

洛行抬头盯着林西成，缓缓地问："林助理，我能问你一个问题吗？"

林西成盯着他的眼睛，忍不住吞了一口唾沫。

"你和他知道我听不见的事吗？"

霍行舟比赛的地方不好打车，用软件叫了半天车一直在排队。叶俏俏那边三言两语说了事情的大概，他便觉得不大对劲。

今早他走的时候，洛行好像松了一口气，就等着送他走似的。

霍行舟本来以为是自己走了，没人逗他玩，他才松了一口气，结果是这个原因？

他心急如焚地站在路边，忽然，一辆黑色的车停了下来，车窗降下一半，露出大半张英俊的脸，那人挑开墨镜朝他"喂"了一声："过来。"

霍行舟走到车门左侧，规规矩矩地喊："陆叔叔。"

"你站在这儿干什么呢？卖红薯？"陆垂野上下打量了一眼霍行舟，笑了，"不是说今天打什么比赛吗？清和呢？"

霍行舟没心情跟他开玩笑，直接问道："您这是去哪儿啊？"

陆垂野伸出食指，把墨镜挑回去，笑道："北市，我去给你姜叔叔探班。怎么，你也想去？"

"那正好，您捎我一程。"霍行舟不由分说地拉开车门坐上去，没等他反应过来就系上了安全带，连声催促，"快点儿，你闺女也在那儿等着救命呢。"

叶俏俏是陆垂野的干女儿，从小就被他捧在掌心里疼的。霍行舟的话音才落，他便一脚油门踩了下去。

到北市原本要一个小时，硬生生被他缩短成四十五分钟。

霍行舟从车上下来的时候都快吐了。他脸色苍白地向陆垂野道谢，一偏头就看见一个男人在医院大门口截住洛行的场面。

见他突然瞪大了眼睛，陆垂野不明所以地转过头去看。

"哎哟，我的乖乖，这是演的哪一出呢？"陆垂野话音未落，就见霍行舟已经关上车门走了。

正好姜予的助理在微信上回复，说他还要多补几个镜头，得过一会儿才能得空，让他不要着急。陆垂野索性坐在车里看了一会儿。

"你和他知道我听不见的事吗？"

洛行这话一出口，林西成顿时愣住了，抓着他的手无意识地松了一点儿。

林西成忽然觉得心虚。洛行到了医院后，无论是洛志远讲自己和赵久兰的过去，还是真诚地向他忏悔，他都像是一个局外人。

对，林西成忽然想到了这个词来形容洛行。

他就好像在听别人的故事，毫无情绪起伏。直到这一刻，他平静的眼眸中才漾起一丝波纹。

"你怎么……"林西成紧紧地皱着眉，良久，他扬声道，"你爸爸是无辜的，他应该什么都不知道。"

刚刚林西成才一伸手，叶俏俏下意识地就闭上了眼睛，下一秒她感觉到洛行护在了自己身前。

再一睁开眼睛，她就看见霍行舟站在不远处，接着又看见了远处的熟悉的车，这才放下心来。

霍行舟朝她摇了摇头，示意她不要开口。她不明白他为什么不现在就过来。

霍行舟站在不远处，静静地看着洛行的背影。他的身材单薄，却敢于和比他高出许多的男人对峙，将叶俏俏护在身后。

叶俏俏说让他来医院救洛行，生怕他被道德绑架，不顾自己的身体就去捐骨髓。

他却不着急。洛行是善良，可不是傻瓜，该怎么做他心里有杆秤，自己会衡量。如果自己现在过去，反而会影响他。

霍行舟在树下看了很久，直到洛行转过身，看见了他。

他手里的东西掉在了地上，像极了第一天转学来二中的时候，他带着一身如火的夕阳，一路迤逦到他面前。

霍行舟笑了笑，朝他招手："过来。"

此时已是深冬了，再过不久便要立春了，霍行舟和洛行两个人在医院外面的梧桐道下走着。

梧桐树叶子已经落光了，只剩光秃秃的枝干在那里张牙舞爪。有些长得太过分的枝条被锯掉，截断处长出新的枝丫。

洛行数了一棵又一棵树，霍行舟还是没开口。他停下脚步问："你不想问我一点儿什么吗？"

霍行舟不答反问："你想告诉我一点儿什么吗？"

洛行眨了眨眼睛，缓缓地说了起来，也不知道是说给自己听，还是说给他听："你知道吗，我从小就羡慕那些爸爸妈妈全都有的人。我妈妈的脾气不是很好。有时候我会想，是不是因为我没有爸爸，她太难过了才会这样，所以我一定要加倍对她好才行。

"小的时候，我妈妈总是说一些我不大听得懂的话。那个时候我隐隐知道，是他不要我们了。我总想着他也许是有什么迫不得已的理由。

"我没见过他，也不知道他的样子、他的脾气。对于我来说，父亲就像一个陌生且抽象的词，没有实体，没有温度。"

霍行舟侧过头，心疼地看着他。

洛行刚来时一副冷冰冰的样子，后来却能轻易被自己逗得面红耳赤，无论哪个样子的他，都和现在的他不同。

霍行舟几乎从来没有安慰过人，他生在一个那么温暖宽容的家里，从小到大一身的本事都拿来招猫逗狗了，哪能真的共情别人的痛苦？

"你恨他吗？"霍行舟问。

洛行摇摇头说："不知道。如果他一开始就跟我说实话，说他因为一些事情对不起我们母子俩，但现在生了病，需要我的骨髓……也好过他耍心计在微博上演了那么一出……骗我。"

"我虽然不认识他，但如果能救人一命的话，我也是很开心的。"洛行喃喃道，"因为无论怎么苦，只要还活着就是好的。我不愿看着别人死，我希望大家都健健康康的，可是……"

洛行实在不知道该怎么说，他不想让自己变得自私冷漠，可他们声泪俱下演的戏，都是为了骗他上手术台。

哪怕他们有一丝一毫的真心，他都不会犹豫。

洛行轻笑了一声，转变话题道："我以前不知道妈妈为什么那么恨我，我拼了命想对她好，让自己变得很乖。我以为等我成为所有人都满意的孩子，她就会摸摸我的头，告诉我：你已经很听话了，做得很好了，妈妈很喜欢你。"

霍行舟没说话。洛行仰起头，轻笑道："不过我从来都没听她说过这些话，无论我做得多好，都不会赢得她一丝一毫的垂爱，也许……"

洛行说不下去了，垂着眼帘站在原地。

霍行舟能听见洛行节奏不太正常的呼吸声。

良久，洛行才忽然自嘲地笑了笑，满眼酸涩地道："我小时候是不是有点儿傻？后来我长大便慢慢明白了，也就不再执着于这种小事……"

这不是小事。

霍行舟用口型说道："你已经做得很好了。"

林西成回到病房，看见洛志远正呆呆地看着窗外发呆，心情低落。

他走过来，顺着他的视线看过去，只看见一树枯枝。

他正要开口，就听见洛志远喃喃："西成，你看我多么幸运，有洛行这么好的儿子。都已经这样了，他还是没忍心责怪我，还让我保重身体。"

林西成想起洛行冷漠决绝的样子，冷哼一声："他要是真的不忍心，就该救你，只说一句保重算什么？如果是他生了病，你也会毫不犹豫地救他，不是吗？"

"西成，话不能这么说。"洛志远笑着看了看天空，闭了闭眼睛，"我亏欠他的实在是太多了，就算是他自愿……"

"是，你亏欠他的实在是太多了！"

一道陌生的声音传来，两个人皆一愣，同时转头去看。只见一个男生吊儿郎当地站在病房门口，眉眼冷极了。

说话的人应该是他。

林西成眉头一皱："你是谁？"

霍行舟没看他，直接走到洛志远面前，捞了一张椅子坐下："洛行九岁那年，被赵久兰用一本教辅书夺去了七成听力，这件事你知道吗？"

洛志远闻言，似乎被惊到了一般，迅速站起来："你说什么！"

"我说，洛行现在基本上听不见，所以你声泪俱下的表演有些可笑。"霍行舟冷冷地扫了他们两个人一眼，冷笑道，"自洛行出生起，赵久兰只要心情一不好就将他关在小黑屋里。他有幽闭恐惧症，还怕黑，这件事你知道吗？"

他不等洛志远开口，又道："江城的冬天，零下十几度，洛行的房间里连暖气也没有，这件事你又知道吗？"

洛志远几近崩溃，扶着轮椅的边缘想要站起来，最终无力地摔坐回去，两行泪顺着眼角流下来："不……我不知道……"

洛志远无声地哭了起来。

林西成忙说："你才刚检查完，先不说这些了。这位同学，你有什么事就跟我……"

"这些事，只要稍稍打听就会知道。"霍行舟根本没理林西成，垂眼看了一下洛志远瘦削的身子，尖锐地讥讽道，"不是看几场他的比赛采访，就可以臆断他生活得很好。"

一旁的林西成一句话都说不出来。

霍行舟站起身，两只手插在口袋里，仰了仰头，说："你吃的这点儿苦，还不及洛行的十分之一。你们还敢要他的骨髓，开什么玩笑呢？"

洛志远神情呆呆的，仿佛没听见似的，满脑子都是霍行舟先前说的那些话。

他不知道，他真的不知道洛行小时候过的是这样的日子。如果他知道……如果他知道的话……

洛志远把脸埋进掌心，痛苦地呜咽起来，就算他知道又能怎么办？

让他跟赵久兰抢孩子的抚养权吗？他们根本没有结过婚，即便抢过来了，他又要怎么照顾一个他根本就不希望生下的小孩呢？

他又能比赵久兰好到哪里去呢？

过了良久，霍行舟看向洛志远说："放心吧，你不会死的。"

"我会竭尽全力救你。"霍行舟倨傲地看了洛志远一眼，轻蔑地说，"你死不足惜，但我不能让洛行良心不安。这一辈子，你们给他施加的枷锁太多了，以后就放过他吧。"

霍行舟出了病房以后，立刻给伍素妍打电话，问他认不认识治血癌的医生，了不了解做配型的事情。

接到电话时伍素妍正在开会，听他这么问吓了一跳，赶忙中止了会议，抓起手机就出去了。

"我的宝贝儿子，你生病了？在哪家医院？快说，别吓妈妈！"伍素妍脸色发白，攥着手机，高跟鞋踩在地上发出一连串急促的嗒嗒声。

"等一下，您别激动，不是我。"霍行舟还是第一回听见伍素妍语气这样惊慌，忙解释说，"洛行的亲爸爸有这种病，想找洛行捐骨……"

话音未落，伍素妍松了一口气，直接"呸"了一声："哪门子的亲爸爸？不得病就记不起自己有个儿子，现在要保命就想起儿子来？捐骨髓？你问他配吗？"

霍行舟被伍素妍的态度反转速度惊到了，脑中想象着她刚才还脸色煞白站不稳，这一秒已经能手叉着腰骂大街的样子。

"不配。"霍行舟赶紧附和。伍素妍稍稍冷静下来了，过了一会儿又说："你是不想让洛行因为见死不救而内疚？也是，这个孩子本来就心思细腻，再上这么一道枷锁，非得给他压垮了不可。"

霍行舟"嗯"了一声。

伍素妍"呸"了一句，嚣张跋扈地道："我的干儿子，我自个儿还没先欺负一下呢，轮得到这群家伙？"

霍行舟："您还没认他呢，低调点儿。"

伍素妍回道："我预想一下碍着你了？"

霍行舟立刻闭嘴："您随意，不过我们得回学校了，先挂了啊。"

伍素妍"嗯"了一声，交代他注意安全，又问他要不要人接送。

霍行舟说陆清和的大伯在门口等着呢，伍素妍这才放下心，让他不要给陆叔叔添麻烦才挂断电话。

回去的时候，还是坐的陆垂野的车。

他本来心想今天过去探班，结果姜予一听说三个孩子还要回学校，就立马把他赶回来了。

苦命的陆叔叔任劳任怨地开着车，嘴上叼了一支烟，因为有小朋友在就没点燃。

半晌，他忽然透过后视镜扫了小朋友们一眼："各位小朋友，回头油钱谁报销？"

"干爹报销。"叶俏俏眨眨眼笑起来，翻出几块糖，递给洛行一颗。

他气质深沉，锋芒尽收，让人无法一下子想到他年轻的时候应该是什么样子。

洛行转头去看窗外，窗户上覆了一点儿湿痕，像是下雨了。

过了一会儿，洛行的手机振动了一下。他低头去看，是霍行舟发来的信息：你在想什么？

洛行眨了眨眼睛，手指慢吞吞地在屏幕上点了几下，踌躇半晌才点了发送：我在想，我选择不救他的时候，是不是已经成了被仇恨驱使的人？我和他相比，又有什么不同？

霍行舟的指尖一顿。就知道他一定会被这种"罪恶感"压得喘不过气来，霍行舟低低地叹了一口气，又输入一行字：洛行，你弄错了一件事。

洛行不明白，茫然地抬起头看着霍行舟：这话是什么意思？

他一直觉得有没有父亲对他来说应该是无关紧要的，哪怕那个人和赵久兰一样不爱他，也没关系，可他听见那些虚言假语时还是觉得难过。

"你不是这个世上唯一可以救他的人，只要有配型合适的干细胞移植，他就可以做手术。你只是他们最保险的选择。"

"他的生死，从来都不攥在你的手上。"

霍行舟连发了两条信息。洛行来来回回把最后一句话看了好几遍，才好像稍稍明白了霍行舟的意思。

连日来压在他心上的大石好像一瞬间落了地。

良久，洛行又打了几个字，发给霍行舟：那他会死吗？

这话问得好笑，霍行舟又不是神，怎么能掌控别人的生死，轻易做出这种保证？但这一刻，他只想听霍行舟的答案。

仿佛他说了，就一定会变成真的。

他俨然忘了自己求助的这个人，其实也只是一个高中生。

霍行舟笑了笑，回复：相信现代医学，问题不大。

洛行轻轻"嗯"了一声，不再说话了。叶俏俏侧着头往后看了一眼，不由自主地想起在医院门口时，他毫不犹豫地护着自己的样子。

他大概都没有考虑的时间吧，就那样不卑不亢地和林西成对峙："谁也不能伤害我的朋友。"

那一瞬间，叶俏俏好像看见洛行浑身的刺都要竖起来了。她怀疑林西成如果敢打她一下，他就会去跟林西成拼命。

洛行真的很好，他不软弱，也不跋扈，只会用最真诚的心去面对每一个对他释放出善意的人。

他以前真的太苦了，而他遇见了霍行舟。

这个人不会让他去上刀山，下火海，只会让他走过的路遍地生花。

霍行舟和洛行两个人在后面无声地"说话"，叶俏俏偶尔回头瞧上一眼又转回去，弄得陆垂野也好奇了起来。

"刚才医院门口那个男人……"陆垂野顿了顿，稍微别过头问叶俏俏，"你们认识？"

他们来得晚，没看见林西成要打叶俏俏的场景，不然他就不会这么问了。

叶俏俏摇头又点头，弄得陆垂野哭笑不得："你们到底是认识还是不认识？"

叶俏俏透过后视镜看了一眼坐在后排的洛行，遮住嘴小声说："那个人好像是洛行亲爸爸的助理，道德绑架洛行给他爸捐骨髓呢。"

陆垂野一愣。

叶俏俏没发现他的异常，又问："干爹，您认识他？"

"一面之缘吧。"陆垂野稍微回想了一下，"他是叫林什么成来着？"

"林西成。"叶俏俏忙补充。

"对。"陆垂野看了看前面即将下高速的路标，等拐出了车道，才慢条斯理地开口，"那会儿我有事找你爸爸帮忙，他就跟我介绍了林西成。这个人很阴沉，比起倾听者，他更像一个掌控者，我不是很喜欢，所以只坐了坐就走了。都是十几年前的事了。不过他是一个很骄傲的人，字里行间都透露着强势。"

"我看他就是吃准了洛行善良，架不住这个道德绑架，去捐骨髓。"叶俏俏冷哼一声。

陆垂野失笑，心道叶俏俏真是小孩心思，咳了一声又问："洛行现在还是学生，又没成年，捐不捐不是由他一个人决定的。他妈妈呢？"

叶俏俏摇摇头，小声说："他妈妈好像不是很疼他。我有一次吃饭的时候听爸爸提起，霍行舟好像找爸爸查他的妈妈，问虐待致残过了很多年还能不能判刑。"

陆垂野沉默半晌，才说了一句："原来如此。"

叶俏俏点了点头，不再说话。

车子很快便到了校门口，陆垂野把车停在路边，目送着三个人有说有笑地进了校门，定定地看了一会儿洛行清瘦的背影。

大概是洛行的过去让他想起了一些事，他忍不住有些心疼洛行了，低低地叹了口气说："小朋友往前走吧，后面没什么好看的。"

霍行舟第一次郑重其事地找伍素妍帮忙。

这不像他小时候闹腾让她买什么，又或是吊儿郎当打马虎眼，而是真正像一个大人一样，请求母亲帮忙。

伍素妍对于自己这个儿子嫌弃归嫌弃，但骄傲也是真骄傲。

原本约定的时间在放假前两天，但因为她约好了一位权威的治疗白血病的医生，需要提前一天飞过去，所以就把时间往前挪了一天。

放学后，两个人一起出校门准备去约好的地点，结果伍素妍说打车要在门口挨冻，就直接过来接他们了。

洛行因为洛志远的事情绪低落，虽然从叶俏俏、霍行舟那里得到了安慰，但心里总觉得不安。

霍行舟笑着说："你别紧张，我妈的脾气很好，我保证你能跟她聊得来，相信我。"

洛行想说"我相信，可还是紧张"，话还没说出口，就看见路对面的车里有人向他们招了下手。

霍行舟和他一起过马路，走向那辆车，拉开后车门，让他先坐进去，然后自己跟着坐进去，呼了一口气："冻死了。"

车里的暖气开得很足，前面开车的女人只穿了一件毛衣，大衣和包包都搁在副驾驶座上，一听见声音就转过头来。

洛行对上她的视线，局促不安地掐着手指，低低地喊了一声："阿姨。"

伍素妍生怕自己太过热情会吓坏了他，所以端着娴雅的笑容，轻轻点了点头："你就是洛行吧？我常听霍行舟提起你。"

洛行不由得紧张起来。他不知道霍行舟是怎么跟家里人形容他的，下意识地想去看霍行舟，却又怕错过伍素妍的话，一来二去更紧张了。

"你别叫我阿姨。"

洛行一愣，他听不见声音，无法判断伍素妍说这话的时候是什么语气，心里直发慌。

他下意识就道歉："对不……"

伍素妍笑眯眯地捧着脸看着他："小宝贝，别叫我阿姨，这样太见外。乖，叫霍妈妈。"顿了顿，她腾出一只手撑着椅背，压抑着急躁，诱哄似的催促，"叫一声让我听听。"

洛行不想让她失望，红着脸乖乖巧巧地喊了一声："霍妈妈。"

"哎哟，我的乖乖。"伍素妍满足地捂着胸口，感觉自己前十几年没能从霍行舟那里得来的遗憾都被填满了，"太可爱了。"

霍行舟浑身不适："他还没开始认呢，就喊妈了。"

伍素妍一看见洛行这乖巧的样子就喜欢得不得了，使唤霍行舟去拿水，然后搓着手问他："小宝贝，告诉霍妈妈，霍行舟在学校欺负你没？你别害怕，大胆说！"

洛行忙道："没……没有。"

霍行舟不忍直视，伸手挡住洛行的眼睛，催促道："妈，你快点儿开车，我饿死了。"

伍素妍冷哼一声，一脸嫌弃地冲他说道："你别说话影响气氛，再废话我把你踹下去。"

洛行看伍素妍已经开始开车了便没再开口，只是心里更加紧张了。

刚才是不是应该先做个自我介绍……但是她好像挺了解自己的，霍行舟都告诉她了，那不说话会不会显得不太礼貌？

可是如果自己说得多了，会不会引起她的反感？

洛行思来想去，时不时抬头去偷看伍素妍，紧张的小表情从后视镜里看得明明白白。

伍素妍淡定地欣赏了一会儿他局促不安的表情，眼睛都要眯成一条缝了，她越看越觉得这孩子可爱。

霍行舟从小就是霸道又不讲理的个性，哪里知道什么叫克制和不好意思，让她这个妈妈没有什么可玩的。

相反，洛行这种怯怯的，想动又不敢动的试探，简直一瞬间就软化了她的心。

如果她有这样一个儿子就好了。宠着他，看着他一点点儿长大，她只是想一想都觉得好开心啊。

大概是已过下班高峰期，路上的车不算特别多，很快便到了地点。

伍素妍过去停车，让他们俩先进去。

洛行觉得不好，执意要在门口等伍素妍一起，霍行舟索性就陪他一块儿站在门口吹风。

下雪了，星星点点的雪落下来，衬着昏黄的路灯。洛行静静地看着，面前好像一幅静默的画，又像一出哑剧。

行人的脚无声地踩在地上，雪花无声地落下来，四周一片静谧。

酒店门口的灯把两人的影子拉得很长，有一部分重叠在了一起，分不清谁是谁。

"你冷不冷？先进去等也是一样的。"霍行舟看洛行鼻子都冻红了，忍不住说道。

他却执意要在门口等："我想在门口等阿姨，先进去不好。"

"你们两个都不进去，站在这儿喝西北风呢？"伍素妍心疼地看了一眼洛行，又去瞪霍行舟，"你不认识路？"

霍行舟被骂，一脸无语道："我闭着眼睛都认识路，是你的小宝贝非说先进去不好，要等你一块儿。"

伍素妍顿时心软了，语气温柔地对洛行说道："真乖，你还知道等霍妈妈一起进去，不像霍行舟，没良心的东西。"

席间，伍素妍一直在找话题聊天，上到新闻、八卦、业界段子，下到高中课题她都信手拈来，避开父母和教育这一类的话题，生怕戳到他的伤口。

洛行感觉得出来，她在找话题让自己放松，而且她和自己想象的高贵冷漠形象一点儿也不一样，反而和善极了。

洛行挨个儿回答了伍素妍的问题，想了想，又主动给伍素妍讲了一点儿霍行舟的好话。

"其实霍行舟很好的，您别……别误会他了。"

伍素妍闻言，笑着扫了霍行舟一眼。见他也有点儿傻了，不由得笑得更开心了。

这是哪里捡来的宝贝啊！

伍素妍笑眯眯地逗趣，加上霍行舟时不时讲点儿笑话之下，一顿饭下来，洛行也慢慢放开了一点儿，吃了不少东西。

分别的时候，洛行依依不舍地朝车子摆了摆手："霍妈妈，再见。"

霍行舟记得他说过不太会跟长辈相处，又担心他怕久兰觉得是自己有问题，一直在注意他，也没怎么吃东西，这会儿再看，原来是瞎担心了。

"哟，现在叫霍妈妈叫得这么顺口了？"霍行舟想起他怕黑，找出手机打开手电筒，照着路往宿舍楼走。

洛行现在浑身都觉得暖洋洋的，听见他揶揄自己，有些不好意思地问："霍行舟，你觉得阿姨对我的印象好吗？"

霍行舟想了想反问道："你自己觉得呢？"

洛行踌躇着说："其实我不知道怎么跟长辈相处，但我看她笑得很开心，应该……"

"那不就行了。"霍行舟笑了笑。

说着，他转过身，看着洛行的眼睛，认真地说："其实人活着不可能做到让所有人都喜欢，别人喜不喜欢我，关我什么事呢？我根本不在乎。"

洛行一时没弄懂他的意思，只是呆呆地点了点头。

霍行舟也没指望他一下子就能明白，扭转他的想法不能操之过急，只能循序渐进。

"你只要知道，别人的喜欢和讨厌并不是你自己的情绪，真正能掌控你的人生的只有你自己。"他的眼睛在路灯下发着光，"你明白吗？"

洛行好像有一点儿明白了，只是还说不清楚，只好点了点头，打算慢慢想他说的到底是什么意思。

补课的最后一天，大家都没心思上课了，就连洛行都拿着手机在回微信。

霍行舟觉得稀奇，探头过来一看，备注那里赫然是"霍妈妈"三个字。

他迅速扫了一眼，两人从历史上的今天发生了什么事，到早饭吃了什么，聊得融洽极了。

好一个母慈子孝，令人嫉妒。

洛行感觉到桌子动了一下，一回头就看见他有些不悦的表情，顿时紧张起来："你怎么了？"

冯佳不知道从哪儿探出头来，笑眯眯地说："哎，舟哥，今晚你爸妈在不在家啊？"

霍行舟抬头，没好气地问："干什么？"

冯佳"嘿嘿"笑了两声："今天不是放假了吗，外面也怪冷的，我不想出去了，不如去你家烧烤怎么样？我记得你家有个……"

"你想来打游戏就直说，拐弯抹角。"霍行舟哼了一声。

"打游戏是其次，我主要还是想一块儿吃个烧烤。"冯佳拉了一下椅子，抬手去敲洛行的桌面，一脸谄媚，"对吧，洛行？"

洛行一脸茫然："什么？"他的视线转向霍行舟，用目光询问他。

霍行舟别过头看着他，半晌才说："冯佳说，晚上能不能来我家烧烤，怎么样？"

洛行忙不迭地说："好……好啊。"

霍行舟沉默了一会儿，点了点头，说："那行。"

洛行缺的不仅是亲情，还有友情，要让他多接触一些冯佳这种大大咧咧的朋友，让他知道大家都很喜欢他。

他说一万次，都不如别人无意之间的一个示好举动来得有意义。

下午放假，冯佳跟霍行舟敲定了晚上见面的时间就先走了，说晚上要给他们俩一个惊喜。

霍行舟跟洛行没有直接回家，而是先去超市买晚上烧烤要用的东西。

霍行舟把两个人的书包放进购物车，这才慢条斯理地带着洛行在蔬菜区溜达。

其实家里还有很多菜，但洛行觉得既然是请人家吃饭，就应该用心一点儿。

"这个是冯佳爱吃的，买一点儿吧。"

"班长好像很喜欢这个，买一点儿吗？"

"这个是……"

洛行走在前面，絮絮叨叨地边说边拿。霍行舟推着车跟在后面看他挑东西。

他总共才跟这几个人吃过几回饭，就把他们的喜好记得这么清楚，用最真诚的心意回报别人的一点儿善意。

两个人买了不少东西，又因为都是蔬菜、肉类，所以非常重。

霍行舟没让洛行拎重的东西，全自己拎着，到家的时候手都麻了。他轻轻攥了几下拳缓了缓，再按开指纹锁让洛行先进去。

洛行第三次踏进这里，觉得心情和前两次有点儿不一样，好像没那么紧张不安了。

也许是很好的人也会感染别人吧，霍爸爸和霍妈妈人那么好。

他看着霍行舟把东西放进厨房，忽然觉得好不真实。

"你想什么呢？"霍行舟放好东西一转身就看见他正站着发呆，便抬手敲了他的额头一下，"东西不重吗？还一直拎着。"

洛行这才回过神来，忙不迭地说："不重。"

霍行舟接过东西，这一袋确实不算重，重的都归他拿了。

"现在时间还早，我估计他们还要三个小时才能来，你要是困了，就上去睡一会儿。"

洛行摇摇头说："我不困。"

霍行舟"嗯"了一声，催促他上去把衣服换了——他上回来的时候带了不少衣服过来，伍素妍还特地给他腾出了一个柜子。

霍行舟在洛行那些衣服里扒拉了半天，发现大都不太适合——穿少了太冷，穿多了嫌热，索性就找了一件自己的薄羊毛开衫递过去："你穿我这件吧，我妈上次买的，我还没穿过。"

洛行刚想拒绝，见他背过身去找什么东西了，只好把话咽了回去。

他里头穿的是一件纯棉衬衫，直接把开衫套在外面就行，只不过袖子太长了，穿上后活像唱戏的。

霍行舟没忍住笑了，让他把袖子往上面折几下，退开了几步评价："还挺好看。"

洛行本来没什么感觉，听他这么一说，突然就有点儿好奇自己穿上这衣服是什么样子了。下楼的时候，他不经意地在镜面墙上看了一眼。

这件开衫的颜色很衬肤色，只不过穿在他身上松松垮垮，显得他太瘦了，还有点儿小，有点儿像偷穿大人衣服的小孩，不伦不类的。

哪里好看了？

由于洛行两次都是伤的手，霍行舟说什么也不让他动刀了，就让他坐在一旁看着自己忙，跟自己说说话就行。

他有条不紊地拿起蔬菜，挨个儿洗干净了，放在一旁的架子上沥水。

洛行不好意思干坐着，就从流理台下面的储物柜里找出干净的碟子，把蔬菜挨个儿摆上去。

外头的冷风呼呼吹着，树枝张牙舞爪晃动着，屋内却是温暖又安宁。

等两个人忙得差不多了，也快六点了。

霍行舟问洛行饿不饿，打算先给他弄点儿东西垫垫肚子，结果门铃就响了。

洛行刚要起身，就被霍行舟按住肩膀："你坐着，我去开门。"

洛行点点头，紧张地坐直身子，看着他走到门口。

霍行舟站的位置正好挡住了外头的人，他没看到人，也听不见霍行舟说了什么，正想起身，霍行舟就把门给关了。

他的脸色不是很好看。

"是……是谁啊？"洛行不自觉地站起身。

霍行舟说："推销东西的。"然后他笑着问，"冯佳他们还要一会儿才会过来，晚上估计要闹到半夜，指不定是通宵，你熬得住吗？"

洛行被吓了一跳："你们要吃这么久吗？那他们也住在这里吗？"

霍行舟没忍住，"扑哧"一声笑出来："打游戏呢。我们家有个影音室，我爸花了大价钱弄的。他们趁我爸不在家就过来打游戏。你先上去睡一会儿，等他们来了我叫你。"

洛行除了写作业，还没有通宵干过什么事，不由得也开始期待了。

赵久兰在门口站了一会儿。

快过年了，天气变得异常冷，她感觉脸已经被风吹僵了，忍不住抬手搓了搓。

她不经意间抬头，从一尘不染的门上看见了自己的样子，倏然又放下了手。

她这才发现，自己已经三十七岁了，不再年轻了。

虽然她衣着得体，打扮得精致整洁，也不得不承认自己老了。

她仰头看着霍家精致豪华的别墅，再想起自己那个破败不堪的小院子，心里的愤恨便又增加了一分。

原本她也可以有一个很好的未来，也能过着养尊处优的生活。

可是……

赵久兰闭了闭眼，想起记忆里那个风趣幽默，永远穿着得体的西装，俊秀谦和的男人。她没想到，他如今已经变得苍白干瘦，像一个日渐风干的苹果。

这个她恨了大半辈子，和洛行有着极其相似的眉眼的男人……

不，她已经不确定了。昨天他来找自己，当她看到他的那一瞬间，好像突然不认识这个人一样，足足愣了有五分钟。

两人都沉默着，谁也没有主动开口，仿佛在等对方，又或许是不知道怎么打开话匣子。

她定定地站着，还是忍不住先开了口："你来干什么？"

洛志远是强忍着骨痛来的。听了霍行舟的话后，一想到洛行的耳朵和清瘦的身子，他就无法再坐下去，必须要找她问个清楚。

"行行呢？"洛志远原本还有一些愧疚，但见她还是这样冷漠，也没再跟她客套，直截了当地问。

"关你什么事？"赵久兰毫不客气，冷笑一声，"他和你有关系吗？"

洛志远的腿疼得几乎受不了，他痛苦地扶住门框，艰难地喘了一口气："久兰，你别跟我吵架，他是你儿子，也是我儿子。"

这么一个称呼瞬间打碎了赵久兰的理智，她突然尖叫起来，尖锐的嗓音几乎能把人的耳膜刺穿。

周奶奶听见这一声尖利的叫声，连忙从隔壁跑过来。

"洛行妈妈，发生什么事了？"

赵久兰挤出一个疏离的笑容给周奶奶："没事，您回去忙吧。"

周奶奶不太放心，看了看门口那个手扶着膝盖的男人，见赵久兰一脸冷漠地看着他，想着这是别人的家事，就回去了。

"你不喜欢洛行为什么不告诉我？你不想养他，为什么要生下来？"洛志远忍受不了她这种表情，强压着愤怒问。

"我喜不喜欢他轮不到你来置喙，你算什么东西，来管我的事？"赵久兰咬牙切齿地问，"怎么，他去跟你告状了？行啊，他连你都能找到，哼。"

洛志远失望地摇了摇头："直到今天你都还在恨我。好，就算你恨我，你为什么要把仇恨发泄在孩子身上，他做错了什么？"

"做错了什么？"赵久兰眼神一冷，冰刀似的射向洛志远，一步步逼近他，"你问我他做错了什么，那我呢？我又做错了什么？"

"赵久兰！"洛志远声音一沉，胸口不住地起伏，"我一直觉得是我喝醉了，我有责任。可当年是你主动的，我不是一定要对你负责！"

"是啊。"赵久兰别过头道，"所以我没找你负责，我走了啊。"

"你！"洛志远语塞，气得血气上涌，死死地捂着胸口才能冷静下来。他深吸一口气，又说，"好，我问你，既然你不要我对你负责，那你为什么让他姓洛？这么多年，你为什么不肯放过自己？"

为什么不放过自己？

这么一句话好像把她问蒙了，一瞬间从剑拔弩张变成了静谧无声。

半晌过后，又听见他低声说："洛行是无辜的，你既然生了他，为什么就不能给他一点儿爱呢？你是他的母亲啊，他是你怀胎十月生下来的骨血啊！"

"他连这个都跟你说了？"赵久兰的语气仍旧带着嘲讽，只是没有先前那么尖锐了。

洛志远不答反问："你不想要他，为什么不让我把他带走？虐待他，把他打到失聪，就能让你快乐，让你少恨我一些吗？"

赵久兰好不容易平静一点儿,闻言,一瞬间又像被点着了的炮仗:"怎么,你觉得当年伤害得我还不够,又来找我的麻烦?"

"你别这么不讲道理好不好?赵久兰,我诚心诚意地请求你,你如果不爱洛行,那我麻烦你把他交给我,我会照顾好他。你如果遇见喜欢的男人,也别总是纠缠着对我的这一点恨意,去追求自己的幸福,行吗?"洛志远实在忍不了她的脾气,总是说不到两句就要夹枪带棒。

他这话一出口,赵久兰的脸色立刻变得铁青,仿佛这句话对她来说是最严重的羞辱。她咬紧了牙关,伸手狠狠地扇了他一个耳光。洛志远躲闪不及,承受了这一巴掌:"我看你是疯了!"

赵久兰冷笑起来,完全不顾形象,攥紧了拳头:"我是疯了,我早就疯了。从你说你从没有爱过我,你心里有另外一个人的那天起,我就疯了。"

"好,我告诉你我为什么生下洛行。"赵久兰转过身,高高地扬起头,眼泪顺着眼角滴下来,滑过白皙的面庞,落到头发里,看不见了。

"我恨你,所以我要让你后悔一辈子。洛行就是你唯一的孩子,而他永远不会叫你一声爸爸!"顿了顿,赵久兰不知想到了什么,忽然哽住了,好久没再发出声音。

洛志远愣住了,他实在不能接受这样的理由。原本那么干净、漂亮的女孩,怎么会变成如今这个样子?

"我知道你的父母很喜欢孩子,我有了洛行,他们一定会视若珍宝,并且要求你跟我结婚。"

赵久兰抬手抹掉眼泪,深吸一口气,笑着转过头来:"但是我后悔了,洛行失聪那天我就后悔了。我要让你和你的全家人都承受比我更大的痛苦。"

洛志远气疯了,踉跄着扑过来,手在离她很近的地方停下了,到底没有狠下心打她。

他看着赵久兰通红的眼眶,愤恨地收回手,拳头捏得咯咯作响:"你……你简直不可理喻!"

"既然他都跟你告状了,那我也就不必隐瞒了。我就是恨他,我一天都没爱过他,如……"

"不是他找我告状,是我要死了,是我找的他!"洛志远再也忍不住了。他并不想让赵久兰知道自己生病的事,但又不想洛行再被误会。

那个孩子善良极了,他也看得出,直到现在洛行还是爱她的,虽然已经没有那样深了。

赵久兰蒙了一会儿，呆呆地看着憔悴不堪的洛志远："什么意思？"

洛志远闭了闭眼："我得了白血病，一直没有合适的配型。有一次西成偶遇了洛行，就让他来看我，想让他给我捐献骨髓。"

赵久兰沉默了好一会儿，忽然笑了："我还以为你比我高尚多少，原来你更无耻。"

"赵女士，有何贵干？"霍行舟拉开门，无情地将她从回忆里惊醒。

赵久兰倏然睁开眼，狼狈地躲开视线，好半天才讪讪地笑了笑："洛……洛行在吗？"

霍行舟眉毛一皱，挡在门口，双手抱胸，靠着门框："你要见他？"

"不……"赵久兰忙不迭地否认，"不，麻烦你把我今天来找你的事情也瞒着他，可以吗？"

"嗯？"霍行舟挑了挑眉，嗤笑了一声，"怎么，您今天这是找我的麻烦来了？不过我不是您的儿子，您可打不着我。"

赵久兰听出他语气里毫不掩饰的嘲讽和敌意，攥了攥手指，越过他看向屋内，眼神复杂："我就是想问问你，洛行会捐骨髓吗？"

霍行舟的眼神瞬间冷下来，并不回答，只是冷冷地看着她，压抑着关门的冲动。

他想听听这个女人会说些什么。

她该不会是想让洛行去捐骨髓吧？他原本不想让洛行有个坐牢的妈妈，可如果真是这样……

赵久兰咬了咬牙，抬起头看向霍行舟："不是，我不是让他去捐献骨髓。"

"那您今天来这儿是干吗呢？"霍行舟掀了一下眼皮，对着她一笑，"在我面前演悔恨戏码？算了吧，我不是洛行，我不吃这一套。"

赵久兰有点儿尴尬，感觉出他越来越强的敌意，剩下的话怎么也说不出口，好半晌才摇了摇头："既然他没捐那就算了，我走了。"

她落荒而逃，霍行舟忽然看不懂了。

今天她来这一趟的目的，就是问洛行捐没捐骨髓？

她有毛病吗？

赵久兰走了好长一段路，又回过头来看了霍行舟一眼，动了动嘴唇，好像说了什么，又好像什么也没说，接着转过头去。

霍行舟刚要关门，一辆出租车停在了对面的路上。冯佳等几个人从车上下来，跟赵久兰擦肩而过。

双方略微颔首就算是打了招呼，赵久兰正好坐了车离开。

李乐凡笑眯眯地跑过来，挤进门里，脱了羽绒服挂在衣帽架上，搓了搓手说冷。

冯佳走得慢了一点儿，一步三回头地看赵久兰，皱着眉头问霍行舟："她来你家干什么？"

"你认识？"

"认识啊。她是我一个远房姨妈，就跟我小舅舅一辈的。"冯佳见霍行舟皱了皱眉，知道他没想起来，又提了一句，"荆修竹，打游戏的那个。"

霍行舟点了点头："你小舅舅姓荆，她姓赵，怎么是一家的？"

"哎呀，不是一家，是远亲。"冯佳比画了一下，想了想才说，"我小舅舅是我们家亲舅舅，她是我姥姥的干女儿。在我姥姥那一辈，两家因为有点恩情，就认了亲戚，不过后来好像闹掰了。"

霍行舟略微蹙眉看着他，没说话。

冯佳沉默了一下，笑着说："本来也是，恩情是该还的，但是好像听说害得我姥姥掉了个孩子，好长时间没能再怀上，所以我小舅舅才那么晚生嘛。后来我姥姥实在忍不了了，就搬走了。"

"人都走远了还看，你不进来我可关门了。"霍行舟原本穿得就不算多，在门口站了这么久，早就冻僵了，因而脸色不太好看，催促了一声。

"她长得跟她妈妈挺像的，眉眼有七八分相似。"冯佳钻进门来，边脱衣服边说，"元旦我小舅舅不是回家了吗，我回去找他玩，正好遇见她来找我姥姥帮忙。怎么，她还跟你们家有关系？"

霍行舟不动声色地看了一眼楼上："她是洛行的妈妈。"

"啊？"冯佳愣了几秒，像是在想事。霍行舟还以为他又要说什么，就等了一会儿。

过了好半天他才迸出一句话："那洛行岂不是我的远房表弟？我的乖乖。"

霍行舟走在前面，冯佳靠过来揽住他的肩膀，坏笑着说："舟哥，你说我让他喊一句表哥，他会不会生气？"

霍行舟别过头，朝他和善地微笑了一下："你试试？"

"喊冯胖子就行了，别见外，哈哈哈——咯咯。"冯佳跑到厨房，看了看已经摆好在三层小推车上的蔬菜和肉，搓了搓手，问，"哎，我表弟呢？"

霍行舟刚走到楼梯上准备去喊洛行，听见这话又回过头来。冯佳立刻淡定地改口："我洛神呢？还不下来接受我们的叩拜，干什么呢？"

"你别乱用词，回头你那些乱七八糟的话给我憋回去。"霍行舟威胁地看着他，然后抬脚上了楼。

他推开门，洛行已经睡着了。

他的衣服挂在床尾的衣帽架上，拖鞋规规矩矩放在床边，整个人窝在蓬松的被子里，露出小小的一张脸，脸颊有点儿红。

霍行舟看着洛行的眉眼，一张模糊的小脸浮现脑海，他忽然想起一件事来。

他小时候有一回跟叶俏俏一起去找薛笺玩，因为玩得太晚，就住在他们家了。第二天要走的时候，发现附近有一棵桑葚树。

叶俏俏要吃桑葚，薛笺嫌脏不肯去摘，他便爬上去摘，无意中看见隔壁的小屋里坐着一个小哑巴。

他不爱吃糖，叶俏俏给他的糖放在口袋里碍事，就随手扔给那个小哑巴了。

那……那么他一直找的那个人就是自己？

过了半晌，霍行舟从回忆中抽离，抽了自己一巴掌。

当年自己如果多问几句，是不是洛行就可以少吃这么多苦了？

他……霍行舟觉得一口气堵在胸口，上也不是，下也不是，堵得他很难受。

他又想起洛行小心翼翼地跟自己讲小时候遇见一个大哥哥的事情。

洛行说这些的时候，眼底有无法掩饰的沮丧，甚至还有一点自卑。

霍行舟恨不得狠狠地揍自己一顿。

这么重要的事，他怎么能忘记呢！

霍行舟蹲下身，深吸一口气，轻轻地拍了拍他的头。

洛行皱了皱眉头，口中无意识念了一句什么。霍行舟没听清，他满脑子都在想着如果他能早点儿认出洛行，或是那个时候没忘记洛行的话，该有多好。

这么多年，他在那个"小黑屋"里吃了多少苦啊。

他那么怕黑，只是停电就怕成那样，在小黑屋里待着的一个又一个漆黑的夜晚，他该有多绝望！

霍行舟闭了闭眼睛，他那个时候在干吗呢？在和自己的朋友们玩乐，过着和他大相径庭的生活，感受不到任何一丝痛苦。

冯佳在楼下叫唤："洛神，舟哥，好了没啊？我都饿死了！快点儿啊！"

洛行被吵醒了，揉揉眼睛坐起来："冯佳他们来了吗？"

霍行舟把衣服递给他："嗯，他们来了有一会儿了，你穿好衣服下楼吃饭吧。"

霍行舟怕给他压力，所以没把赵久兰来过的事说出来，也没告诉他，自己已经知道了自己就是那个哥哥。

洛行换完衣服，去卫生间稍微洗漱了一下，这才跟着他一起下楼。

陆清和跟叶俏俏也已经到了，正坐在沙发上聊天。冯佳剥了一地的坚果壳，正抱着手机和李乐凡拌嘴。

"你往里躲躲啊，没见外头都是人吗？就你这种水平，我小舅舅都带不动你。"冯佳一边骂一边吸气，一脸的紧张模样。

李乐凡"呸"了一声，边操纵人物往房子里爬，边去踹他："你行了，你小舅舅厉害跟你有什么关系？小舅舅还没说我呢，轮得到你废话？对吧，小舅舅？"

从听筒里传来一声轻笑。

冯佳"哎哎"了两声，突然发现屏幕上几点血迹喷溅开，然后他操纵的人物头顶冒起一阵烟，变成了一个方方正正的盒子。他扔了手机，愤怒地扑上去打李乐凡："我让你踹我。"

两个人打闹着，不知谁一拳打到了陆清和身上。他破天荒没皱眉，反而好脾气地往边上让了让，给他们留出更多的空间打架。

叶俏俏眼尖，看见洛行和霍行舟从楼上下来了，忙说了一句："哎，别打了，他们下来了。"

冯佳一句"表弟"刚出口，霍行舟一个眼刀扫过来，他强行将话一拐说："我表弟跟我说，让我今天多吃点儿。"

"你想多吃点儿就干活去。"霍行舟朝厨房示意，"去外面那间玻璃房子里烤吧，不然我妈回来又得训我。"

霍行舟家院子的右侧有间玻璃房子，原本是霍叶山弄给伍素妍种花的，没想到她种什么死什么，后来就空置了。

冯佳"哎"了一声，立刻跳起来，进厨房把霍行舟刚才洗好的菜给推了出来。李乐凡轻车熟路地找了一捆烧烤签放在车上，催促他快点儿推。

洛行看着他们笑闹，不由得也笑起来。叶俏俏和陆清和把带来的饮料和啤酒拎起来，也往外面去了。

一共就十几米的距离，霍行舟叮嘱洛行把羽绒服和围巾一样不落地穿戴好，然后才去拿烧烤酱和刷子之类的工具。

洛行要帮忙，被他拒绝了："什么时候轮到你动手了？你待会儿等着吃就行了。"

霍行舟推开玻璃门，让洛行先进去，然后自己才进去。

玻璃房里也有暖气，几个人穿着轻便的衣服就开始忙活。叶俏俏在一旁串蔬菜，陆清和串不太容易串的肉类，冯佳和李乐凡在捣鼓炉子。

不一会儿，一盘盘菜就准备好了。

霍行舟把酱料挨个儿倒在盘子里，让洛行帮他端过去放在架子上。他知道洛行不吃辣，就准备了蜂蜜，他将蜂蜜倒了一点儿在盘子里，让洛行烤鸡翅的时候刷一点儿。

"啊，可以烤了，可以烤了！饿死我了。"冯佳取了一串青椒和一串鸡翅放在炉子上，两腿叉开坐在椅子上便开始烤。

外头又下雪了，越下越大，纷纷扬扬地落下来，落在玻璃房顶上，很快便给它铺上了一层薄薄的毛毯。

屋子里满是欢声笑语，冯佳最会调动气氛，偶尔和霍行舟、李乐凡拌嘴，叶俏俏偏头和陆清和说话，一切都温馨极了。

洛行看着他们，心里也暖起来。他不自觉地想，他以前从来没想过会和这么多人一起吃东西，一起玩。

"洛行，你把那个辣椒酱递给我一下。"李乐凡伸手喊了一声，一开始洛行没听清，他差点儿跳起来催促，"快点儿，快点儿，东西要煳了！"

洛行忙不迭地端起辣椒碗递给他，看着他手里吱吱冒油的烤肉和烤鸡翅，又看着自己手里清清淡淡的蜂蜜鸡翅，无意识地咽口水。

霍行舟见他眼睛直勾勾地盯着李乐凡的鸡翅，笑了笑，拿起小叉子叉下一个李乐凡烤的鸡翅，递给洛行："尝尝？"

洛行接过鸡翅，看着焦黄的鸡肉和红红的辣油，忍不住吞了一口口水才张嘴咬了一口，结果一入口就被辣得直吸气："好辣啊。"

霍行舟吓了一跳，没想到他这么不能吃辣，忙打开一听果汁给他。他接过来喝了好几口才稍微缓过来，恐惧不已地问李乐凡："这个你能吃得下去？"

李乐凡笑着拍了拍胸脯："我是麻辣小王子好吗！"

洛行摇了摇头。

霍行舟"扑哧"一声笑了。

冯佳跟李乐凡争着给对方抹辣椒，打闹时余光忽然瞥见外头一个身影，忙问："哎，你们看，外头那个是不是薛筿？"

众人往外看，却没看见人，只有一个影子一闪而逝，被绿色植物挡住了。

叶俏俏的脸色瞬间不好了，她皱了皱眉，用力把他的鸡翅膀按在木炭里说："冯佳，你怎么这么烦人？"

冯佳知道叶俏俏是因为闵谣而讨厌薛筿，刚才一时嘴快，没想太多，这下回过味来，咳了一声说："啊，那个……霍行舟，你家有没有水果啊？我去拿一点儿。"

洛行见他们提起薛筿，忙站起来说："我去拿吧。"说着便起身走了，也没顾得上穿羽绒服，出了玻璃房子，被风一吹立刻打了个哆嗦。

他跑到主屋门口，发现门自动上了锁。这道门需要霍行舟的指纹才能打开，他开不了门，又回去找霍行舟。

"你坐着吧，我去拿水果。"霍行舟起身去端了一盘水果回来，几个人又吃了一会儿，差不多吃饱了。

叶俏俏和陆清和跑到外面看雪去了，李乐凡也吃得差不多了，招呼冯佳一块儿出去堆雪人。

一时间，屋子里只剩霍行舟和洛行两个人静静地烤着串。偶尔有烤出来的油滴到炭火上，燃起一点点火苗和烟。

霍行舟怕他闻着烟味会不舒服，让他稍稍坐远一些。但他没这么烤过肉，觉得很好玩，便说："不难受，我……我想试试自己烤得怎么样。"

霍行舟一愣，笑了："好啊，我喜欢吃肉，不爱吃素。"

"嗯。"洛行拿起最大的一串肉放在炉子上认认真真地烤起来，脸被炭火烤得通红，睫毛微微垂着，小巧的鼻尖上挂着一点点儿汗珠。

烤肉冒出了不少油，外表焦黄，冒着香气，洛行觉得差不多熟了。

"你尝尝。"

霍行舟接过肉串，吹了吹，咬了一口，忽然愣住了。

洛行紧张地问："好吃吗？"

霍行舟艰难地嚼了两下，然后迅速吞下去："好吃，果然你做什么都是最好的，真厉害。"

洛行的眼睛一弯，笑起来，这才放了心。

他这种水平，一看就没烤过肉，外头焦得发苦，里头却还没熟，半生带腥的，简直是魔鬼料理。

霍行舟不忍看他失落，全部当珍馐吃了下去。

"你还吃吗？有没有吃饱？"洛行见霍行舟一直在喝水，又看着炉子里的炭火问。

"你还想烤吗？"霍行舟又倒了点儿温水递给洛行喝，"你还想烤我就还能吃下去，不想烤了咱们就一块儿出去堆雪人，堆一个比陆清和他们那个还好看的。"

洛行一侧头，看见陆清和正在把自己的围巾解下给雪人系，立即被吸引了，点了点头说："那我们也去吧。"

"行。"霍行舟仰头灌了大半瓶水，用剩下的一半把炭浇熄了。

⑫
因为你有
千百样好

✦

外面的雪很大，但几个人丝毫不介意。

冯佳对堆雪人不感兴趣，专注地和李乐凡打雪仗，弄得脖颈间全是雪，跟触电了似的乱抖，跑过来让洛行给他弄出来，洛行哭笑不得。

"洛行，你别管他，给他塞一把雪进去，冻死这个傻瓜，哈哈哈。"李乐凡蹑手蹑脚地从后面绕过来，抓了一把雪，迅速从冯佳的后脖颈塞了进去，掉头就跑。

"你个傻瓜别跑。"冯佳被冻打了个激灵，抬脚就追。

叶俏俏抿嘴笑起来，看他们围着院子跑，眼看就要跑过来了，吓了一跳，忙说："你们小心点儿，别撞到……啊！"

雪人应声而倒。

两个人好不容易堆起来的雪人被毁，陆清和脸上的那点儿笑容瞬间坍塌，抓起一把雪，扯住冯佳的后衣领将他往身边一拽。

冯佳手脚并用地挣扎："陆哥，陆哥，别冲动啊。"

陆清和皮笑肉不笑地看他一眼，不由分说地捂住他的嘴，喂了满满一嘴雪。冯佳翻着白眼"呸"了几口："你吃什么长大的？这么凶！"

霍行舟走过来，正好看见这个场景，李乐凡在一旁都快笑傻了："活该，哈哈哈——让你走路不看路，傻了吧！"

冯佳抓起一把雪，团了团，径直扔到了李乐凡脸上："要不是你，我能撞坏班长的雪人？陆清和，你一视同仁，连他也一块儿揍啊！"

陆清和没理他，转头继续给叶俏俏堆雪人去了。

洛行没堆过雪人，觉得好玩，蹲下身摸了一把雪："好冷。"

霍行舟从屋里找来两副手套，笑着说："戴手套就不冷了，不然玩一会儿冻出冻疮有你难受的。"

洛行小时候除了学习就剩学习了，从来没机会玩闹，一切对他来说都是新奇的。

洛行乖乖地戴上了手套。

"好了。"霍行舟自己也三两下戴上手套，看着陆清和那边已经又滚了一个巨大的雪球当底座了，忙说，"快点儿，快点儿，咱们堆一个大的。"

洛行说了一声"好"，便开始捧雪。不过他没堆过，有时候还是帮倒忙，把好好的圆雪球弄得突出一块。

霍行舟也不在意，还夸他弄得好。

他早就过了喜欢堆雪人的年龄，搁平时，谁要喊他出来打雪仗、堆雪人，他铁定要先嘲讽一句"幼稚"，再说一句"多大年纪了，是不是傻瓜"。

可现在他就是觉得好玩，打球、打游戏都没这么好玩。

过了一会儿，一个大雪人就堆好了，不过还是比陆清和那边晚了一步。叶俏俏已经跑进玻璃房里找了一个红椒出来给雪人当鼻子，又用两颗葡萄当眼睛，把自己的酒红色小礼帽摘下来，戴在了雪人的头上。

洛行看着十分羡慕，也进房子里找了些水果和蔬菜来点缀。回来的时候，他发现霍行舟团了雪给雪人弄了两只耳朵在头顶上。

洛行捧着水果愣了一下："这是兔子吗？"

霍行舟眼底含笑："你这个胡萝卜也太大了，哪有这么大的鼻子？又不是大象傻不傻？"

洛行低头一看，好像是大了点儿，然后不好意思地笑了笑，换了稍微小些的蔬菜代替了。

不伦不类的雪人堆完了，霍行舟拿出手机说："来，我给你拍一张照片，往兔子身边靠靠，对，蹲下来。"

洛行靠着大兔子，朝镜头笑了一下，笑容略有些僵硬却也真挚，腼腆的样子被镜头捕捉到了。

"好了吗？"洛行脚都快蹲麻了，见霍行舟还是没动，疑惑地问了一句。

霍行舟移开视线，说："好了。"他刚想收起手机，忽然又想到什么，扬声说道，"哎哎哎，你们都过来，咱们合个影。"

叶俏俏和陆清和没意见，李乐凡说："舟哥，你怕不是返老还童了吧？

堆个雪人还合影，幼不幼稚？"

冯佳哈哈笑起来："你懂什么啊！舟哥这叫人老心不老。"

"我老了也照样揍你，过不过来？"霍行舟冷冷地扫了两个人一眼，将手机放在一旁的架子上固定好。

冯佳和李乐凡忙不迭地拍拍手上的雪跑过来，站了洛行后面，各自悄悄比了两根手指出来，竖在洛行的脑后。

叶俏俏则挨着陆清和站着。霍行舟调好角度和延迟拍摄的时间，看见冯佳他们的小动作，笑了笑，走过来站在洛行的右侧。

片刻后，他走回来拿手机，见照片拍得不错，说待会儿发给几个人留念，谁删就揍谁。

"行了，进屋吧，别感冒了。"霍行舟看几个人都冻得鼻头发红，身上估计也流了汗，这样一冷一热，容易生病。

几个人在门口跺了跺脚上的雪，进了屋，脱下衣服挂起来，进了影音室。

洛行还是第一次进影音室，有点儿局促地坐在沙发上。霍行舟端了不少坚果和水果放在矮桌上，几个人围坐在厚地毯上。

霍行舟招手让他过来，给他塞了一个抱枕靠在身后："流汗没有？要不要换衣服？别感冒了。"

洛行摇摇头："我没有多少汗，不碍事。"

"霍行舟。"陆清和开口。

"哎哟，陆大爷您要什么？"

霍行舟笑着问，被他瞪了一眼，"你出来一下。"

洛行茫然地看了两个人一眼，霍行舟拍了拍他的肩膀："没事，你坐着，我马上就回来。"

陆清和已经走到外面了，笔直地站着，和霍行舟吊儿郎当的样子形成鲜明的对比。

"叫我干吗？"

陆清和似乎在想措辞，又似乎在犹疑，过了许久才开口说："你知道洛行为什么听见薛笺的名字就要走吗？"

"他说觉得薛笺是我们的朋友，他还是回避一下比较好。"

陆清和笑了笑，冰雪似的清冷面容上忽然如春风化雨一般。他问道："你信吗？"

霍行舟沉默了一下，说："不信。"

"看来你还有点儿脑子。"霍行舟冷笑了一下，眼看就要嘲讽了，他赶紧说道，"他之所以走开，应该还是没有把自己当成大家的朋友，或者没有跟我们是自己人的觉悟，觉得自己是外人，又或者是他在克制自己。"

霍行舟点了点头。洛行一直很抗拒和大家太亲近，多半是赵久兰给他的心理枷锁在禁锢着他。

他执意要带他回家过年，也是希望能通过这段时间的相处，让他明白这个世界还有很好的爸爸妈妈，并不全是"赵久兰"。

"我总觉得薛笺今天出现在你家门外不是偶然，他自从闵谣出事后就一直不是很正常。闵谣出事以前你们的关系很好，后来因为闵谣的事跟他疏远，最后还跟他决裂。他心里其实一直是不甘的吧。"陆清和这个人比较冷淡，看待事情也非常理智，"一个人疯狂起来会做出什么事情就不可控了。"

霍行舟点点头："我知道。"

"嗯。"陆清和不是一个多话的人，能提醒他也是因为两人做了多年兄弟的缘故。除了叶俏俏，没人能让他多出一分钟耐心。

他转身推门进了影音室。

霍行舟站在原地，皱着眉头想了一会儿。他认识薛笺很久了，甚至比认识陆清和更早，他却一直看不懂这个人。

薛笺和陆清和有些像，话都不是很多。

不同的是，陆清和是纯粹不爱跟除了叶俏俏以外的人说话，浑身上下都透着一股"生人勿近，熟人也勿近"的冷漠。

薛笺却是不可一世，矜贵高傲，不屑与别人交往。

洛行不会玩游戏，却又不好拂冯佳的面子，实在拒绝不了，也下载了游戏一起玩。

他头一回接触游戏，在里面连路都不会走，总是撞墙，还乱开枪，手忙脚乱。

陆清和虽不大玩游戏，但实力竟然很强。叶俏俏不玩，他们四个组排，带着洛行这只菜鸟竟然也进了决赛圈。

冯佳信誓旦旦道："洛行，你不先躲好，看表哥带你吃鸡吗？"

洛行根本没注意冯佳刚才自称"表哥"，光顾着紧张了。他深吸一口气，说了声"好"，然后就躲在了门口，紧张兮兮地转动视角看着门外和窗外。

他听不见游戏中细微的声音，全凭眼睛来看，一会儿就累了。

霍行舟一回来就看见他紧张得腰背笔直，手指僵硬地按在屏幕上，顿时笑了，走到他旁边坐下。

"干什么呢？"

洛行紧张地侧头看他："冯佳他们教我玩游戏，我不会……"

霍行舟笑了笑，屈起一条腿，把手臂搭在上面，侧着身子问他："你杀了几个人了？我看看。"

"一个。"

霍行舟心道"你打死的那个应该是人机"，嘴上却说："洛行真厉害。"

"哪有。"洛行难为情地眨了眨眼睛。陆清和他们都很厉害，那个人还是他误打误撞用平底锅砸死的。

霍行舟将手机接过来，稍微看了一下四周的环境，重新找了一个位置。

洛行看他手速飞快地打死了一个人，从那个人尸体变成的小箱子旁边捡了一点儿东西。

他操纵人物和另外几个人会合，冯佳叫了起来："我不是让你先躲一下吗？你怎么出……咦？"

他光顾着说话了，没注意身后的集装箱后有个人，挨了一枪。等他一回头，屏幕上就出现了击杀喊话。

洛行打死的？

他抬头一看，才发现洛行的手机不知什么时候已经到了霍行舟手里，洛行正凑在他身边看。

冯佳"啧"了一声。

这一把不出意外吃了鸡，霍行舟不遗余力地把洛行夸了一遍，鼓励他再开一局，说不定这次还能吃到鸡。

洛行也觉得挺好玩的，就答应了。陆清和却没了兴趣，说不玩了，跟叶俏俏一块儿看电视剧去了。

霍行舟替补上来四排，这次因为有他在，一直带着洛行，洛行倒是没那么紧张了。最后吃鸡的时候，他的战绩竟然还不错。

"你看吧，我们洛老师学什么都是最快的。"霍行舟笑眯眯地看他，"以后你会不会嫌弃我菜，不跟我玩了？"

洛行忙不迭地否认，小声说，"你那么厉害，反而是我……我什么都不会。"

几个人闹到凌晨四点多，叶俏俏熬不住了。

霍行舟的家里客房多，她跟陆清和各自去睡了，冯佳和李乐凡精神头仍很足，抓着手柄打游戏。

有了巨大的屏幕和身临其境的音效加持，打起游戏来刺激极了。

几个人闹到天亮才消停。胡乱睡了一会儿，冯佳等人离去。

早上起来，霍行舟和洛行煮了面对付了一下。霍行舟一边骂人一边收拾东西，腰酸背痛。弄完还没休息一会儿，洛行就拿卷子过来了。

两个人坐在客厅的地毯上奋笔疾书。

霍叶山和伍素妍一起回来的，开门看见这个场景，还以为走错地方了："霍太太，看看你儿子怎么了。"

伍素妍正取围巾呢，听见这话，疑惑地探头看了一眼："哎哟，我的乖乖。"

一阵冷风从门口刮进来，洛行以为是没关好门，抬头一看，立即爬起来，局促地喊了一声："叔叔阿姨好。"

霍叶山笑了笑，说："你别紧张，坐吧。"

伍素妍没他这么矜持，把围巾和羽绒服脱了就扔给霍叶山，换了鞋走过来，笑眯眯地说："小宝贝写作业呢？吃饭没有？"伍素妍疼惜地捏捏洛行的脸，因为手冷还冻得他哆嗦了一下，他却没有反抗，乖乖地说："吃了。"

"你们怎么一起回来了？"霍行舟仰起头问道。

"我们一起回来还要请示你？"伍素妍哼了一声，又笑眯眯地问洛行，"你告诉霍妈妈，吃的什么？"

洛行有点儿紧张，几乎是一直盯着伍素妍的嘴，她话音一落，他就立刻回答："吃的面。"

"哎呀，那个怎么能吃呢？你等着啊，霍妈妈给你做好吃的去。"伍素妍瞪了儿子一眼，"让你在家好好照顾同学，怎么就给人家吃面？"

洛行忙道："不是不是，是我要吃的。早上刚起来不是很饿，随便吃一点儿就行了。"

伍素妍"嗯"了一声，笑着说："你们写作业吧，我去做饭。"她说着便往厨房走去，朝换完鞋的霍叶山招了招手，"先生，来帮个忙。"

霍叶山点了点头，一起进了厨房。

"洛志远配型的事差不多安排在一周以后，你说咱们要不要告诉洛行一声？"伍素妍穿上围裙，背过身去。霍叶山自然地帮她系上带子，想了想说："告诉他吧，这件事不该瞒他。"

"说实话，我是不想让他的父母再来影响他的生活，但是毕竟又和他有关系，而且要是不说，他也一直放不下心来。"

伍素妍戴上袖套，等霍叶山洗好了菜，又看他切了一会儿。

"霍先生。"

"嗯？"

"我想认这个小孩做干儿子的事情你看出来啦？本来我还想着怎么跟你提呢，没想到你也上心了。"伍素妍眨了眨眼，伸手揽住他的肩膀，仰头亲了他一下，"目光如炬霍先生，怎么这么可爱！"

霍叶山沉默了一会儿，自动忽略"可爱"这两个字，说："只要是你愿意的，无论什么决定我都会支持你。"

伍素妍忽然想起他给霍行舟取名字时候，她问："为什么叫行舟？那不是一艘船吗？"

他说："人生就像行船，有白日，有黑夜，有风雨，也有艳阳，但终有一天船会靠岸。只要记住自己的方向，别被别人影响，误入歧途，无论结果怎样，都是最好的。"

霍叶山在教育霍行舟这件事上从来不做硬性要求，只要他不后悔，对得起自己的原则，就随他去。

伍素妍回过头，看了一眼正在认认真真教霍行舟做题的洛行，手托着下巴喃喃："要是洛行也有一个你这样的父亲，该多好。"

霍叶山笑了笑："他现在不是有了吗？"

虽然洛行以前没有他这样好的父亲，但如果洛行想，从现在开始就已经有了，没什么好遗憾的。

"宝贝们，吃饭了。"伍素妍挨个儿把菜端出来，扬声冲外头喊。

霍行舟早就不想写作业了，忙不迭地扔了笔站起身。洛行老老实实地将他扔掉的本子和笔收拾好，归在一起才跟上来，礼貌又规矩地先打招呼："叔叔，阿姨。"

"快去洗手吃饭。"伍素妍笑着在围裙上擦擦手，说，"今天的菜有一半都是霍爸爸做的，我这辈子才吃过几回他做的菜呢。"

洛行局促地捏了一下手指，点了点头，不知该说些什么，被霍行舟一把拉过去："洗手，洗手！发什么呆？"

他看着洛行说："你别紧张，就当跟叶俏俏他们那样相处就行，上回不是都见过了吗？"

"嗯，我不……不紧张。"洛行说着不紧张，其实呼吸早就出卖了他。

霍行舟笑了笑，"走吧，吃饭。"

洛行忽然伸手拽住霍行舟的袖子，后者疑惑地回头："怎么了？"

"我想跟阿姨说我听不见的事情。"洛行认真地说。

霍行舟转过身来，温声问："你为什么突然想跟他们说这个？"

他听不见的事还牵扯着赵久兰，以及其他很多事情，说出来等于是在伤口上撒盐。

洛行咬住嘴唇想了很久，还是说道："你让阿姨帮我给……他找配型，叔叔阿姨对我也很好，我应该……应该对他们坦白。"

看着洛行仰头看向自己，霍行舟低头斟酌了一下后又问他："你觉得瞒着他们不好？那你自己呢？不难受了？"

"我不知道。我就是觉得，如果阿姨他们知道我隐瞒了他们这么多事情，会不开心。"洛行无意识地抠着手指，顿了顿又问，"你呢？你觉得我该不该说？"

霍行舟笑着安慰道："如果你准备好了，那就说吧。没准备好就再等等，他们不会在意这些的，放心吧。"

洛行点点头。

两个人回到餐桌边，伍素妍正在盛饭，笑眯眯地说："快坐下，尝尝霍爸爸的手艺。"

"谢谢阿姨。"洛行忙不迭地接过碗，紧张地吸了一口气，还没来得及开口，就被霍行舟按住了手。霍行舟轻轻摇了摇头。

洛行不明白他为什么突然制止自己，但也松了一口气，安静地吃起饭来。

伍素妍一直热情地给他夹菜，他碗里的菜堆得跟小山似的，怎么也吃不完。

伍素妍才不管霍行舟的脸色难看，说起他小时候的丑事，逗得洛行抿嘴偷笑。

"啧，胳膊肘往外拐成这副德行，也不怕骨折。"

伍素妍扫他一眼："你说什么？"

霍行舟立刻收起尾巴，咳了一声："您多吃点儿。"

伍素妍点头："乖儿子。啊，对了，还有几天就过年了，我看今天天气不错，咱们下午一块儿出去买年货吧。"

霍行舟对逛街兴趣不大："你自己去得了。"

伍素妍盛了一碗甜汤放在洛行面前，"呸"了一声说："你知道什么？趁着今天给你们俩买点儿过年的新衣服，再看看有什么想吃的也一块儿买了。你不要新衣服？"

洛行忙不迭说："阿姨，不用，我有衣服穿。"

霍行舟一听给洛行买衣服，忙说："要的要的，多买点儿。"

伍素妍"哎"了一声："那就这么定了，快吃饭。"

伍素妍做事一向雷厉风行，在置办年货这件事上也是一样。从传统的春联、福字、大红灯笼、窗花，到各种摆件挂饰，只要看着还算顺眼的都挨个儿买下来，大大小小的盒子摞了一堆，可苦了一身书卷气的霍叶山，害他摇身一变，成了搬运工。

洛行不好意思空手，赶紧去分了几个盒子拎在手里。霍叶山笑了笑："你拿得动吗？"

"拿得动的。"洛行忙不迭地点头，生怕他觉得自己好吃懒做。

伍素妍走在前头，还没尽兴，又绕到一家店里，弯腰打量了半天，问："老板，这个怎么卖啊？"

"这个八十元一对。"老板面露喜色，面前这个女人一看就很阔绰，她赶紧介绍起来，甚至从柜台后面拿出了更多款式。

"先生。"伍素妍头也没回地往身后招手，"过来看一下这个。我觉得都挺好看的。你说咱们买哪个挂在宝贝的屋里？一对是不是少了？都买了吧……不好不好，又太多了……"

霍叶山凑近了帮她出主意，两个人商量了半天。

还有两天就是大年三十了，商场里的人是真的多，简直是人山人海，迈不开步子。

看见休息区正好空了两个位子，霍行舟立刻跑过去坐下来，朝洛行招手："过来歇一歇。"

洛行也累了，他实在不明白为什么伍素妍穿着高跟鞋还能健步如飞，精神奕奕，他实在是一步也走不动了。

"累不累？"霍行舟问。

"嗯。"洛行诚实地点点头，把年货放在脚边，抬手捶了捶小腿肌肉，长长地呼出一口气，笑眯眯地看着伍素妍挑东西的背影，"阿姨好有精神，这么久竟然还不累。"

"小宝贝累了呀？"伍素妍正好回头，听见他们俩的悄悄话，一下子笑了。

洛行被抓个现行，脸颊一红，用力摇头："不累的！"

伍素妍走过来，笑眯眯地拍拍他的头说："霍妈妈光顾着买东西，把你们给忘了。咱们吃饭去？"

霍叶山也过来了，跟他说："累了的话要说，不用紧张。"

洛行受宠若惊，轻轻摇头，跟他们再三解释："叔叔阿姨，我真的不累，就是人多，有点儿挤。"

伍素妍也觉得逛得差不多了，转过头征求霍叶山的意见："那咱们带他们去吃饭吧，歇一会儿，我也累了。"

洛行看着伍素妍仰头和霍叶山说话，眼角眉梢都是笑，不由得有些艳羡。这样好的家庭，这样好的家教。

一家人过年会一起买年货，说说笑笑。连他这个外人都被他们感染了，觉得年味儿十足了。

以前过年的时候，他从来没有跟赵久兰出来买过东西，家里甚至连春联都没有贴过，冷冷清清的。

"洛行！"

他们正要下电梯的时候，从拐角处忽然钻出来一个人影，惊喜地叫了他一声。

洛行的脚步一停："贺婷婷？"

贺婷婷走过来，她身穿一件粉色大衣，白色的贝雷帽下，头发垂了两束在脸侧，衬得脸又白又小，可爱极了。

"你也来买东西吗？好巧啊。"贺婷婷四下看了看，疑惑地问，"你一个人吗？"

洛行不自觉地看了一眼正在打电话的霍行舟，点了点头。

贺婷婷和他从小学到初中都是一个班，也是少数知道他家庭情况的人，却没像别人那样议论或者嘲笑过他，算是他仅有的朋友了。

不过因为后来的扶植计划，她去了一中，洛行来了二中，两个人就那么失联了。

"对了，你妈妈要从一中辞职的事情你知道吗？"

洛行一愣，摇了摇头："我不知道，她没跟我说。"

贺婷婷"嗯"了一声，看着他有些苍白的脸，好半晌才说："其实我也不知道是不是真的。考完试那天，我帮班主任给教务主任送东西，听见他们聊天说赵老师要辞职的事，又说什么家暴，我还以为是你……"

"我？"洛行蹙着眉，看她欲言又止的样子，心里顿时憋着一股气，十分难受，"你直说吧，不碍事的。"

贺婷婷"嗯"了一声："我听他们的意思，好像是赵老师去找校长辞职，但因为她是编制内的教师，不是合同制的，不能说离职就离职。然后她就和校长坦白，说她以前家暴过你，不配做一个老师，所以要辞职。"

洛行猛地后退几步，她自己和校长说家暴过自己？

为什么？

贺婷婷见他一副"大受打击"的样子，连忙伸手扶了他一把。

霍行舟打完电话，回头找洛行，就看到洛行和一个女生在一起聊着什么。

贺婷婷摇摇头说："没事。你妈妈的事你也别放在心上。她现在可能是后悔了，毕竟你还是她的亲生儿子……"

话音一停，贺婷婷也有点说不下去了。其实赵久兰对洛行不好她是知道的，要说赵久兰后悔，这比天上下红雨还奇怪。

这时，霍行舟走了过来，一只手搭在洛行的肩膀上。

她吓了一跳："你是谁啊？"

"我是……"

霍行舟刚开口，洛行忙抢着说："我在二中的新同学。"

有人在叫贺婷婷，她回头看了一下，然后说："哦，你有同学一起，那我就先走啦。"

"嗯，再见。"洛行松了一口气。

霍行舟垂眼，似笑非笑地睨了他一眼。

洛行侧头看了一眼贺婷婷离开的背影，不住地回想她刚才说的话。赵久兰为什么会突然跟人坦白这种事，还辞职了？

她又想干什么？

洛行一路提心吊胆地回到霍家。

除了伍素妍还精神头十足外，其他人都累得快虚脱了。霍叶山有份合同要谈，先上楼去了。

"你们也去歇着吧，我去给你陆叔叔家送点儿东西。"伍素妍没换鞋，蹲在地上整理了一下年货，挑出几样拎起来。

"这个给俏俏，这个给清和……"她边挑边念叨。霍行舟说累，拽着洛行一块儿上楼休息了。

洛行坐在窗边捶腿："阿姨的精力也太旺盛了，太能逛了。还有，阿姨好喜欢投喂我，我都快撑死了。"

霍行舟转过头冲他笑。回想吃饭的时候伍素妍一个劲地给他夹这个、夹那个，眼底是明晃晃的宠爱。

"你胳膊这么瘦，你看看脸也没多少肉，多吃点儿。"

"这个肉多吃点儿，青菜、萝卜先不吃。"伍素妍说着将洛行碗里的青菜、萝卜往霍行舟碗里一夹，给洛行换了个虾尾。

洛行本身胃口就不大，她这么一个劲地喂根本吃不下，却又不想拂了她的好意。到最后他实在吃不下了，才小声说："阿姨，我饱了。"

伍素妍手一顿，失望地"哦"了一声："这样啊，那算了，下次再吃吧，别撑坏我的宝贝了。"

霍行舟的手机响了，他拿起来接，洛行一看他的口型就愣住了：伍素妍打的？

难道是他们忽然觉得他在这里影响他们一家团圆，想让他离开吗？

霍行舟挂断电话，一转头，看到洛行神色凝重的样子，忙道："我跟你说一件事，你有点儿心理准备。"

洛行没见过霍行舟这么正经的表情，不由得更慌乱了："什么事？你说。"

他等了一会儿，霍行舟还是没说话。

洛行惴惴不安。

霍行舟见他脸色不断变化，不知道他又在想什么吓自己，忙道："其实就是除夕吃饭的事。我们家还算挺大，所以每年过年都得回老家聚一聚，谁也躲不掉。"

"什么意思？"洛行没听明白，却不由得觉得慌张，心向下一沉，脸色都白了，说，"那是让我先……先回家吗？"

"不是这个意思。"霍行舟感觉洛行整个人都僵硬得不像话，脸上是无法掩饰的沮丧。

"我爷爷奶奶退休后不想在大城市待着，就去晋城老家那边山下住着，老两口过着闲云野鹤般的生活。但每到过年的时候，除夕守岁大家得在一起。"

洛行这下听明白了——他要和爸妈回老家，陪老人家吃饭，除夕只能自己一个人过了。

他原本以为今年可以不用一个人孤零零地看着时钟一点一点转过零点，把旧年拨过去，也不用寂寞地看着别人家放烟花。

他本以为能和霍行舟一家一起过年，体验一把有人互道新年快乐的感觉，为此，他开心得都快疯了。却没想到，最后还是要一个人。

家族大是挺麻烦的，他以前听同学说，过年的时候要陪着爸妈去各个亲戚、长辈家里拜年，能从初一拜到初七。

他虽然期待和霍家人一起过年，但他还是懂这些人情世故的。

"我知……知道了，你到了爷爷奶奶那边不用担心我，没关系的，反正就是吃一顿饭，我自己也会做。本来我也觉得跟你们在一起过年不合规矩，你别……"洛行语无伦次地说着，语速越来越快。

"你在说什么呢？"霍行舟突然认真地道，"我跟你说这个不是让你回家去一个人过年的，是想跟你商量商量，我要是不去的话，你给不给我做饭。"

"啊？"

"啊什么啊？"霍行舟"哎"了一声，略微皱了皱眉，说，"回老家过年人多，闹哄哄的，我向来不爱掺和，所以我打算跟我妈说一声就不去了，咱们俩在家过年得了。"

洛行忙不迭地摇头，说："那怎么行！过年是团圆的日子，他们都去，你怎么能不去呢！你爷爷奶奶肯定很想见你，一年也见不到几次。"

霍行舟不像他，赵久兰不愿意看见他，有他在或没他在毫无影响。

但霍行舟的长辈一定是很想念他的。

"话是这么说，可你回家这个年还不知道怎么过呢。"霍行舟想了想，说，"要不你跟我一块儿回去？"

霍行舟见他十分挣扎的样子，便道："你挑一个，我都听你的。"

洛行眨了眨眼睛，复又抬起头说："你回去吧，我没关系的。"

"你傻不傻？过年反正家里人多，我这种小辈多一个少一个也无所谓，我爷爷奶奶不缺这一个孙子。"

洛行抿了一下嘴唇，低着头在心里想：霍行舟看似粗枝大叶，其实比任何人都要细心。

他怕自己又要回到那间漆黑冰冷的屋子，怕他又缩回那个自卑又怯懦的壳里去。

霍行舟征求他的意见："爷爷那边我们也有房子，我爸妈这么喜欢你，是想带你一起过去的。他们让我问问你，要是你不介意，就跟我一起去。"

"阿姨他们要带上我？可是……"洛行迟疑地问。他想了想，还是觉得不好。

霍行舟"嗯"了一声，又说："就是在老人家面前我得老实听话。算了算了，咱们还是不去了。就说我病了，或者说我手断了，腿断了，在家养伤呢。"

洛行怕他大过年说出什么不好听的话，忙不迭地制止了他。在心里艰难地拉扯了半天，他才点头："我跟你去。"

"真的？"霍行舟惊喜地问。

那边山上有很多好玩的，霍行舟有意带他出去散散心，省得他总是闷在家里想那点儿破事。

"嗯。"

大年三十的早上，洛行醒得早，过去叫霍行舟起床："霍行舟，阿姨让我叫你起床。"

霍行舟揉了揉眼，含糊地应道："不起，才几点。"

"六点半了，昨天睡觉前阿姨说让我们早点儿起来贴春联的。"洛行伸手推他，见他不肯睁眼，又扯了一下被子，"你快点儿起来，别赖床了。"

"好了好了，我起来了，小唠叨。"霍行舟不情愿地爬起来穿衣服。

待霍行舟洗漱完毕，两人一起下了楼。

霍叶山在餐桌上铺了纸，备了墨，正在写对联。

"昨天不是买了春联吗？怎么还写？"霍行舟拿起一颗花生，剥开了，一粒扔进自己嘴里，一粒给了洛行，凑近看了两眼。

"贴得了这么多吗？"

霍叶山瞥他一眼，就差没说"没文化的一边去"，然后笑着问洛行："洛行，会写字吗？"

洛行点了点头。霍行舟"啧"了一声："写字谁不会？我也会啊。"

"起开。"霍叶山伸手拍了他一下，"你那个狗刨字也能见人？贴在门上算辟邪？鬼画符一边去。"

霍叶山朝洛行招了招手，笑着说："你在这里住了这么多天，怎么还是这么局促？过来写几个字我看看。"

洛行走过来，接过霍叶山手里的毛笔，有点儿忐忑地说："叔叔，我写得不好看。"

"没事，我看看再说。"霍叶山往旁边让了让，眼底含笑，示意他大胆写。等他落笔的时候，忽然想起什么似的说，"《血里有风》我考虑再版，你写得好的话，到时候我就让你写封面的字。"

洛行笔一歪，直接废了一张纸，一下子慌了："对不起，我……"

"啧，你瞧瞧，这还不如我呢。"霍行舟靠近，敲了洛行的脑袋一下，看向霍叶山说，"你看你喜欢的小孩，连个字都不会写，就别让他在这儿浪费纸了。"

霍叶山还能不知道他在想什么，冷冷地嗤笑了一声："收起你的小心思，我还用你算计？"

霍行舟咳了一声，转头去厨房找东西吃。洛行在霍叶山鼓励下，紧张地抽掉废纸，把笔在砚台里重新蘸了蘸，稍稍想了一下，写了半副春联。

他小时候是练过书法的，连霍行舟这种不懂书法的都觉得他写得好，何况是霍叶山。

他才收了笔锋，霍叶山便挑起了眉，不经意看了一下墙上自己写的那幅字，又看了看他写的，惊讶地发现他的字跟自己的字竟然有九成相似。

"小朋友，学我的字？"霍叶山笑着问。

面对偶像，洛行顿时不好意思起来："不……不好看。"

霍叶山本来就挺喜欢洛行，乖乖巧巧的，对于他的每一本书的理解也非常独特到位，深刻得就像同他一起创作过一样。再加上洛行给他翻译的那本书，语句非常细致，意义几乎毫无差异，就十分欣赏他。

现在一看，他连字都写得和自己非常相似，不由得更喜欢了。

霍叶山拿起他写的这幅字，上上下下打量了一会儿，笑着说："这么像，学了挺长时间吧？"

洛行悄悄看了一眼厨房里的霍行舟，极轻地点了点头。

"有多久了？"

"七年。"

霍叶山一愣：七年？

七年前洛行才十岁，就已经能看懂他的书了吗？对书中某些内容的理解很多成年人都做不到，一个十岁的孩子如何能有那样的共鸣？

霍叶山心疼不已，轻笑着将话题引往轻松的方向："你下了不少功夫吧？每天都在练我的字？"

洛行面对偶像霍砚生一直比较矜持，几乎是问什么答什么。听他这么一说，洛行就老老实实地回答："您的字自成风骨，我只能学出形，学不出神。"

霍行舟正好过来，听见这话冷哼一声："有什么好学的？不就俩字儿吗？我也会写。"说着，他捞起笔，在一张崭新的金箔红纸上"唰唰"写了几笔。

洛行看着纸上那个张牙舞爪的"呵"字，还有他冷嘲热讽的表情，心里就觉得好笑。

霍叶山也看见了，气得把杯子往桌上一拍："你滚出去把春联都贴好了，'福'字倒着贴，糨糊在桌上。"

霍行舟冷哼一声，扯过一堆晾干墨迹的春联走了。洛行忙不迭地端起糨糊跟了上去。

到门口的时候，霍行舟把春联放在玄关的柜子上，伸手扯住他："哎哎哎，穿衣服，外头冷，鼻子给你冻掉！"

洛行"嗯嗯"两声，乖乖接过他手里的羽绒服套上。

霍行舟拉开门，找出人字梯来站上去。洛行在下面给春联背面涂好糨糊，他才接过去贴上。

风挺大，雪纷纷扬扬落下来。洛行微微眯着眼睛看霍行舟，一脸担忧地扶着人字梯，生怕他掉下来。

霍行舟贴完了，准备下来时看到他一脸紧张的样子，笑了笑，俯下身来朝他钩钩手指。他将红色的春联递给霍行舟。

霍行舟讲了个笑话，逗得洛行眯眼直笑。

伍素妍正在厨房做饭，无意间偏头向看窗外，透过漫天飞雪，看见霍行舟站在人字梯上微微弯腰，洛行高举春联仰头看他，三千世界都成了背景，天地也失了声音和颜色。

里里外外所有的门都贴好春联后，伍素妍又让他们把窗花、摆件什么的都弄好，全忙完也快中午了。

"小宝贝们，吃饭了。"伍素妍在厨房里喊了一声，"咱们吃完饭就回爷爷那里了，路上还得两三个小时呢。"

吃完午饭以后，由霍叶山开车，四个人回了晋城老家。

车子越靠近晋城，洛行越是不安。他悄悄地抬头看前面的伍素妍和霍叶山，在霍行舟的安排下，他同他们已经很熟悉了，可霍行舟其他的长辈们……

平常带个同学回家玩无伤大雅，过年这种家人团聚的日子，他一个外人贸然跟过去，要怎么解释？

虽然霍行舟的爸妈不介意，但他还是觉得很紧张，手指扣在一起，感觉掌心里的汗渍越来越多，黏黏的。

霍行舟发现他很紧张，以口型问他："紧张？"

洛行没否认，乖乖地点了点头，小声说："要不然我还是……"

霍行舟明白他缺乏安全感又极度没自信，去别人家本身就需要极大的勇气，何况是过年这种时候。

但他不希望洛行永远都生活在封闭的小圈子里，把自己困起来，用孤独和寂寞保护自己。

他要让洛行不惧风雨，将来无论遇到什么事，都能坦然地面对，不再害怕。

车子飞快地前行，霍叶山不时地和妻子说些生意上的事情，偶尔也聊到家里的小辈，洛行心里的紧张感减轻了不少。

霍家的老宅在晋城郊区的山脚下，远离大城市的喧嚣，不是别墅，而是一排连绵的小平房，只有一层。

院子是用篱笆围上的，左侧用铁丝网隔出几间鸡鸭圈，右侧原本种着很多蔬菜，收获之后留下一畦畦空地，覆盖着一层积雪。

茅草门房上贴着红色的春联，一个精神矍铄的老爷子正一手抱着一个葫芦切成的瓢，另一只手抓了一把谷子在喂鸡。

一阵炊烟升起，油烟味随之散出来，透着浓浓的生活气息。洛行和霍行舟拎着东西跟在伍素妍他们后面，深吸了一口气。

"爸，妈，你们怎么也不等我来了再做饭？光让你们老两口忙活了，多让人过意不去。"伍素妍笑眯眯地挽起袖子，朝着老太太走过去，笑着去接锅铲。

"哎呀，你别动手了，去屋里玩吧。他们也才刚来呢，干干净净的，别弄脏了。"老太太笑着把菜倒进锅里，心想，这大儿媳妇向来是最孝顺、最能干的，也最没架子。

伍素妍翻炒了几下，霍叶山等三人才拎着东西进来，她忙介绍道："爸，妈，这个小孩叫洛行，行舟的同班同学。他爸爸妈妈都在国外没回来，我看着怪可怜的，就一块儿带来了，你们不介意吧？"

老太太是最喜欢小孩子的，忙在围裙上擦擦手，从口袋里掏出一把花生和糖，分别给了霍行舟和洛行，然后笑眯眯地打量洛行："哎哟，这孩子长得怪可爱的，几岁了？"

霍行舟笑着先喊了一声："奶奶，您怎么先问他不问我啊？我才是你的亲孙子。"

霍奶奶笑着拍拍他的手说："你净说傻话，奶奶疼不疼你你不知道吗？跟同学都能吃醋，也不怕人笑话。"

洛行忙不迭双手接过花生，惶恐地回答："谢谢奶奶，我十七岁了。"

"真乖，快去屋里玩吧，外头怪冷的。"霍奶奶拍拍他的头，疼惜地说，

"大过年的，爸爸妈妈都不在身边，别见外，就把这里当自己家啊。"

洛行点点头，又跟着霍行舟走到霍爷爷面前，乖乖巧巧地问了好。

霍爷爷没有霍奶奶那么慈爱随和，正在跟霍叶山说话，闻言停下来转过头打量了一下洛行。

他穿着规矩的浅色羽绒服和黑色长裤，小脸白净，身子偏瘦，站在霍行舟身边显得乖乖的，不说话时挺安静，不惹人烦。

洛行被他这凌厉的目光打量，不由得紧张了起来。

伍素妍介绍的时候，没有把洛行家里的真实情况说出来，只是说洛行是霍行舟的同学。

霍爷爷把葫芦瓢递给霍叶山，他接过去轻轻笑了一下，接管了喂鸡的工作，一脸的书卷气配着鸡圈背景竟然还有点儿隐士风格。

"会下棋吗？"

洛行一愣，好半晌没反应过来。

"爷爷，人家就是来……"霍行舟话还没说完就被打断，只听见洛行软软地开口道："会……会一点儿的，爷爷。"

霍行舟伸出手，偷偷敲了一下他的手，用口型提醒他："我爷爷下棋可厉害了，我爸在他眼里都不识数，你可别打肿脸充胖子啊。到时候没法收场，我可不救你，喊哥也没用。"

洛行眨了眨眼睛，点点头。

"真的？"霍爷爷顿时来了兴趣，抬脚就往屋里走，边走边说，"快点儿，下一盘！"

霍行舟一拍脑门，完了。

老爷子是一个棋痴，自己跟自己下棋都能把自己给气着，老太太向来不理他，霍叶山他又瞧不上。

一大家子人没有一个的棋艺入得了他的眼的。

霍行舟看着洛行，"啧"了一声说："你不会是在我爸面前写几个字被他夸几句就飘了吧？虚荣心要不得啊。"

洛行本来还有点儿信心的，听他这么一说，顿时也泄了气："那我……我和爷爷说不太会下棋，他会不会生气？"

霍行舟有点儿头疼，说："自从章效谦去世了以后，他一直没找到能跟他一块儿下棋的人。"

章效谦？那个围棋大师？

洛行张了张嘴，这下紧张变成了慌张，见霍行舟也没辙，只能硬着头皮和他进屋了。

洛行一进屋，屋里坐着的一大堆长辈齐刷刷地看过来，他下意识地后退一步。

霍行舟揽住洛行的肩膀，大大方方地说："二爷爷、二叔、二婶、三叔、三婶、姑姑、姑父、大哥、三姐……这是我的同学，叫洛行。"

等他挨个儿问候完，洛行在他们审视的目光下局促地微微鞠躬："你……你们好，我是洛行。"

霍行舟的二爷爷看着挺随和，冲他笑了笑，摆摆手让他坐。

叔叔婶婶却没有那么热情，冷冷地打量他几眼，扭过了头去。

几个哥哥姐姐也不是很热情，稍微点头就算打招呼了，有一个还冷笑了一声。

反倒是地上的一群小豆丁挺热情，都围过来抱霍行舟的大腿。

霍叶山一家离得远，跟他们来往不多，只不过看在老人的面子上假装和气罢了。

姑姑倒是挺和善的，温婉地朝洛行笑了笑，提醒儿子："言言别闹哥哥，把糖分给哥哥一个。"

言言一副小大人的模样，高高举起手里的糖果，奶声奶气地说："哥哥，吃糖。"

洛行忙蹲下身子，笑着接过糖，刚想说话就见他伸出手："哥哥抱！"

霍行舟听见声音，"嗞"了一声，从后头将孩子拎起来抱在怀里："几岁了还让抱？丢不丢人？来，哥哥抱你。"

言言在他怀里扑腾了几下，奋力朝洛行那边挣扎："不要你，不要你，我要好看的哥哥抱！"

"什么好看的哥哥？我也好看。"霍行舟拍了他的脑门一下，扳过他的小脸，强迫他看自己，"看看，我多帅，比那个好看的哥哥帅多了。"

"给你吃吧，哥哥自己也有糖。"洛行怕他口无遮拦，忙把糖纸剥开了递给言言，又悄悄瞪了霍行舟一眼，示意他别乱说话。

二婶在一旁冷哼一声，往自己儿子手里塞了一块糖，收回了视线，皮笑肉不笑地找霍行舟的姑姑说话去了。

霍行舟抱着言言，带着洛行到一边去，蹲下身陪他玩了一会儿。

"洛行。"

"嗯？"洛行抬起头。

霍行舟张嘴，用口型给洛行解释自己家跟二叔、三叔家的小恩怨，又说和几个哥哥姐姐也没什么交情，让洛行别在意，他们连他都不喜欢。

洛行点点头："我知道的。"

他对于眼神和微动作是最敏感的，一进屋就从他们的眼神里就看出来谁对自己友好，谁嫌弃自己了。

他去别人家过年，受冷遇是难免的，毕竟他是外人嘛。

洛行眨了眨眼，看见那几个哥哥姐姐在低声议论："大伯是不是有问题？大过年的把外人带到家里来，安不安全啊？"

"就是。过年家里那么多钱和贵重物品，一个外人在能不能放心啊？再说，大过年的，带一个外人回来算什么事啊？"

"你小声一点儿，别让姑姑她们听见。"

"听见怎么了？我在自己家里还不能说话了？"

"好看哥哥，这个给你玩。"言言从口袋里摸出一个稀奇古怪的蛋形玩具，把洛行的视线拉了回来。

洛行没玩过这个，接过来在言言的指导下陪他玩了一会儿，又不自觉地转过头来看了一眼霍行舟那几个哥哥姐姐。

"那个小孩，你过来。"霍爷爷从门口探出头，朝洛行招了招手。

洛行下意识去看霍行舟，他笑了笑，说："没事儿，有我呢。"说着，他站起身，一只手抱着言言，"走咯。"

洛行紧张地捏着言言的玩具，深吸一口气，跟着他一块儿进了霍老爷子的屋里。

他下围棋的技术其实还算可以，但仅仅是小时候学过一点儿，后来上了初中就偶尔自己跟自己下着玩。再长大一些上了高中，因为学习忙，他就没再碰过围棋了。

他要是下得不好，霍爷爷会不会很失望？

霍老爷子房间里的陈设非常简单，大多数是和棋有关的，桌上有十几副各式各样的棋子，墙上还挂着各种合影。

洛行对这方面不是很了解，但相框上有字，都是一些棋类比赛的合影和获奖纪录。

"没事，你待会儿就随便下，有我呢。"霍行舟在他身侧低声安慰，"反正能下得过他的人也没几个。"

"可是……"洛行把剩下的话咽回去。

言言也神秘兮兮地凑近洛行，趁机亲了他的脸颊一口，说："哥哥别怕，等会儿你要是输了，我就把棋盘打翻，外公就不知道啦！"

"坐。"霍老爷子伸手示意。

他坐在靠墙的位置，面前摆着一个空棋盘，两侧分别摆着两个揭开了盖子的棋盒，晶莹的棋子静静地躺在里头。

洛行紧张极了，看着老爷子严肃的表情，不由得攥了攥手指，然后坐下来。

霍行舟站在他身后。霍老爷子咳了一声："小朋友，让你三子先行，够吗？"

洛行其实心里没一点底，但因为不想让老爷子失望，所以他还是点了点头："够了，爷爷。"说着，他深吸一口气，探进棋盒里拈出一颗冰凉的黑玉棋子。

老爷子从不轻视对手，无论对方是几岁，都会全力以赴，所以让了三子之后便再没有放水，反而拿出了自己的实力，步步为营，围剿洛行。

棋子一颗颗落下来，气氛也越来越紧张。霍行舟看不懂这玩意儿，总觉得洛行的肩比一开始更僵了，抬头一看，自家老爷子的表情也更严肃了。

一时间，屋子里只剩紧张的呼吸声和棋盘落子的清脆声。满头银发的老人不自觉地皱起眉，霍行舟一脸自豪，垂眼看着洛行，这小孩真是……

他知道这个小孩小时候除了学习就是学习，在赵久兰的强压教育下，从来没有一点儿玩闹的时间。他以为只是文化知识学得好，没想到他连围棋都学得这么好。

他小时候到底吃了多少苦啊？

他取悦霍叶山和霍老爷子的这些技能有多强，也代表了他过去的生活有多痛苦。

一局棋下来，洛行竟然只输了老爷子半子。老爷子呆呆地看了棋盘半晌，连连摇头又点头，又过了一会儿才说："再来一盘！"

洛行长长地吐出一口气，看着兴致高昂的老爷子，强忍住摸额头的冲动，其实他的后背现在全湿了。

老爷子真的好强，他已经拼尽全力了，还是在领先三子的情况下才能稍输半子。

老爷子很久没有遇见这么强的对手了，他不爱参加那些乱七八糟搞噱头的比赛。自从章效谦死了以后，他索性就搬到山脚下来住了，自己跟自己下都比跟那些人下强。

没想到这个文静内向的小孩竟然有这么强的实力！

又下了三盘，前两盘洛行分别输了一子半和一子，最后那一盘竟然险胜了老爷子半子。

"啪！"

老爷子一巴掌拍在棋盘上，震得棋子七零八落，吓得洛行一跳，不由得紧张地看着他的脸色，再神色慌乱地去看霍行舟。

他只顾着拼尽全力应战，只希望自己不要输得太难看，没想到竟然能赢。他是不是惹爷爷不高兴了？

洛行局促地站起身："对不起，爷爷，我……"

霍行舟略一蹙眉，将他护在身后："爷爷，您干吗呢？"

"赢！你竟然赢了我！"老爷子缓过激动劲儿，用力攥住洛行的手，左看右看，老泪纵横地说，"长江后浪推前浪，了不起！"

洛行蒙了，霍行舟也蒙了，这个突然转折是怎么回事？

霍行舟率先明白过来，张扬地笑道："爷爷，您也不看看他是谁的同学，我爸妈都很喜欢的小孩能差吗？"

老爷子连连点头："他比你爸强多了。"老爷子背着手，一脸骄傲地领着言言走在前头，"好了好了，吃饭去。"

洛行在他们身后看着，原本紧张的心情也不自觉地放松了，脸上露出一点儿笑容。

"吃饭咯！"老太太和伍素妍两个人把所有的菜都端上桌，最后的汤是霍行舟端来的。二婶冷哼一声："就她会讨老太太的欢心，怨不得喜欢他们一家人呢，虚伪。"

"可不是，咱们脾气直，可学不来巴结这一套。"

"是啊，谁让人家手段好呢。哎，我听说她手下带了不少男艺人，还有那个什么影帝跟她关系那么好，大伯子整天出去采风，也真是放得了心。"

"人家追求事业嘛，哪像你我没出息，就会在家相夫教子做个本分的女人，比不上哦。"

洛行瞥见她嘲讽伍素妍，心底顿时升起一股小火苗。她们自己坐在这儿看电视聊天，阿姨在外面和奶奶忙活年夜饭，她们竟然还能说出这种话！

"你看什么呢？"霍行舟把汤碗放在桌上，见洛行一直在看着几个姊姊发呆，便走过来敲了他的额头一下，"她们是不是说你什么了？"

洛行怕他知道了会生气，大过年的惹得老人家难过，忙摇了摇头："没事，我看言言呢。"

"好看哥哥，我在这儿呢！"言言不知道从哪儿冒出来，奋力扯了他的衣服下摆一下，讨好地要抱。

洛行无法抗拒小言言的示好，弯腰笑着将他抱起来，和霍行舟一起带他洗手去了。

老爷子坐在正位上，身侧则是坐着霍叶山一家，洛行坐在霍行舟的右侧，旁边挨着非要跟他坐在一起的言言。

巨大的餐桌是特别定做的，所以才能正好坐下十六个人。

桌布是崭新的，桌上摆着一道道色香味俱全的菜，热气腾腾的，散发着一股浓烈的年味。

老人家住的地方人烟稀少，不过也有几户人家正在放鞭炮和烟花，电视机里播放着春晚节目，一派欢乐笑闹的气氛。

洛行一开始还有些紧张，但听着众人说笑聊天，再加上言言一直要吃这个，要吃那个，还要他喂，弄得他手忙脚乱，竟然也就习惯了。

霍行舟的姑姑偶尔笑着让言言乖一点儿，言语间却也满是宠溺，叫了几次后便由着他们俩闹了，自己笑着和伍素妍聊天。

一家人闹哄哄地在一起吃饭，这种体验对洛行来说还是头一回。他不由得想，如果他自己有一个这样的家，也有爷爷奶奶、外公外婆，会不会也是这样的场景？也许会吧。

霍叶山不怎么喝酒，但吃年夜饭时还是和老爷子喝了几杯。霍行舟平时虽然没个正行，这个时候却还是规规矩矩地给长辈们倒了酒，又给爷爷奶奶布菜，礼数周全。

洛行羡慕之余，更觉得霍行舟真的是一个很好的人，对长辈们这么周到。

他真的很优秀！

这样聊着天，一顿饭吃下来差不多到了十一点。言言早就困了，却不肯撒手，窝在洛行怀里睡觉，谁抱都不乐意。

姑姑歉疚地说："你看这……"

洛行没法起身，忙抬头道："没事的，阿姨，我抱着言言就好了，不重。"

姑姑笑着点了点头："那行，等他再睡得沉一些，我就抱他去屋里睡，辛苦你了。"

她那样客气弄得洛行挺不好意思，于是抿着嘴唇点了点头。

伍素妍和奶奶两个人在包饺子，姑姑也加入进来。叔叔婶婶他们说困了，也没等跨年就走了，留下一地狼藉和桌上乱七八糟的碗盘。

霍行舟收拾了一下桌子，将碗筷一股脑送到厨房去，洗了手再回来陪洛行说话，等着跨年。

伍素妍利索地擀着饺子皮，奶奶和姑姑两个人在边上坐着包饺子，三个人有说有笑的。

霍叶山和爷爷不知道在聊什么，偶尔点点头，一家人其乐融融。

洛行垂眼看着睡着的言言，小豆丁的脸软软嫩嫩的，大概是做了梦，说了一句他听不懂的梦话，可爱极了。

他想，时间如果能停在这一刻就好了。

"你累不累？给我抱吧。"霍行舟坐到洛行身边，伸手要接言言，小家伙皱了皱眉，半梦半醒地挥手："不要你……要好看哥哥抱。"

"哼，这个小崽子，睡着了还挑人，让我把他扔到门口去。"霍行舟不由分说地将他从洛行怀里接过来，威胁道，"你再缠人明天就不让你跟好看哥哥一块玩了，看给你能的。"

言言也不知道是梦是醒，竟然真的乖了，窝在霍行舟怀里沉沉地睡了过去。

洛行哭笑不得，捏捏言言的脸，无奈地说道："他就是一个孩子，你干吗跟他较劲？你今年三岁吗？"

"我就三岁，怎么了？"霍行舟哼了一句，忽然想起一件事，说，"昨天我妈让我跟你说一声，已经找到合适的骨髓了，如果顺利的话，下个月洛志远就会动手术了。"

"真的吗？"

洛行虽然表面没说，可心里一直记挂着这件事，还曾想过如果真的找不到配型，他就和霍行舟商量，去救洛志远。

林西成说得对，他给了自己生命，自己就还他一条命，以后再不相干。

"嗯，我妈已经把这个消息告诉他们了，这几天他们就会动身去国外了，做术前准备。"霍行舟看着他的眼睛，见他松了一口气，才又说，"至于你妈妈，如果她后悔了，求你原谅她，你会原谅她吗？"

"你怎么知道？"洛行问。

他明明没有告诉任何人啊，贺婷婷也不认识霍行舟，不可能是她说的。

霍行舟笑了笑："有什么事能瞒得过我？我是谁啊？说吧，她又找你没有？"

洛行抬起头，被他吓了一跳的心稍稍平稳了些，摇摇头，又放缓声音说："其实我也不知道。她只是没有爱过我罢了，对我不好是因为她自己也很痛苦。她让我姓洛，在折磨我的同时也是在折磨自己。"

他不想给赵久兰找借口。一次又一次地同她产生牵扯，这是他没有办法的事情。

即便他无数次想要割舍这段亲情，却还是无法改变这个人是他母亲的事实。他无法说恨她，也无法说原谅她，只希望她能放过自己，也放过他。

"我不想和她互相折磨。"洛行说。

霍行舟无奈又讽刺地笑了笑："如果她能像你一样善良，就不会有现在的局面了。后悔就完了吗？要我说，这个女人就应该被送进监狱，让她在那里好好冷静一下。"

洛行收起笑容，垂下眼帘道："她只是不幸运，没机会遇上这么多很好、很温柔的人。这个世上的两情相悦太少，一厢情愿却多。"

霍行舟默默在心里叹了一口气。

"当——当——当——"新年的钟声敲响了，也打断了霍行舟想说的话。他转而笑着看了他一眼。

大家有说有笑，都在忙自己的事情。

他低下头，对洛行说："新年快乐。"

洛行吓了一跳，条件反射性仰头，看见他在重复嘴型，也小声地回复他："霍行舟，新年快乐。"

"宝贝们，新年快乐！"伍素妍端了几盘饺子出来，喊他们俩过来吃。言言也睡醒了，揉揉眼从霍行舟的怀里钻出来。

霍行舟父母在老家也有房子，就在这附近。吃完饺子，一家人散步回去，权当消食。

伍素妍交代两个人早点儿睡，又叫霍行舟半夜别瞎胡闹，明天还要早起给爷爷奶奶拜年。

洛行从不睡懒觉的，他起来的时候看时间还早，就坐在房间里看书，等差不多了才去叫霍行舟。

当两个人收拾好下楼的时候，霍叶山已经开车带老爷子去给祖宗上香回来了。

洛行之前跟燕然有份合同出了点儿问题，需要商讨一下，怕霍行舟无聊，就让他先去爷爷奶奶家，自己马上就过去。

　　他仔细商讨了解决办法，半个多小时后才前往爷爷奶奶家。

⑬
迟来的
幸福感

✦

在爷爷奶奶家吃完中饭，霍行舟一家就打算返程了。

下午回江城的时候，伍素妍坐在副驾驶座上，笑眯眯地把自己准备的红包摸了出来。霍行舟刚想伸手，却被她拍了一下："起开。"

霍行舟满脸问号："不是，我怎么觉得我现在越来越没地位了？我好歹是你亲儿子吧？红包留我的一份。"

伍素妍白了他一眼，笑着对洛行说："宝贝，叫声妈妈让我听听。"

霍行舟怕吓坏洛行，忙道："妈！"

"谁让你叫了？"伍素妍嫌弃地看了他一眼，移开目光，温柔地看着局促不安的洛行。

"反正我喜欢你，我和霍爸爸商量过了，这个干儿子我是收定了。"顿了顿，伍素妍觉得可能说得太直接了，又说，"当然了，如果你觉得不是很能接受的话，也没关系的。那是我命不好，不配。没事，我没事，我一点儿都不难过。"

霍叶山闻言没忍住，"扑哧"一声笑出来，被妻子瞪了一眼，忙又收住了笑："嗯，我也想听人叫爸爸，可能也没那么幸运了。"

伍素妍从包里取出一串钥匙，说："宝贝，这是我们家所有门的钥匙，你喊我一声妈妈，我就把这个给你。"

洛行沉默半晌，张了张嘴，有些难为情地眨了眨眼睛，最终咬了一下嘴唇没吭声。

"这样都没有吸引力吗？"伍素妍蹙眉嘟嚷了一句。就他家这种条件，按道理应该没问题啊？

洛行好不容易克服了难为情，平复着心跳，好半晌才轻声叫了一声："妈妈。"

伍素妍瞬间眉开眼笑，心像被一把巨大的糖果锤子砸了一下，又甜又酸又疼，连声叫道："乖，乖宝。"

伍素妍捧着脸，一脸幸福地说："哎呀，圆满了，圆满了。"

洛行觉得好不真实。

半年前，霍行舟还不认识自己。

四个月前，他们才敲定会考同一所大学。

现在他竟然认了霍行舟的爸爸，也是他的偶像，当干爸爸。他也可以叫霍行舟的妈妈为"妈妈"。

他简直要被幸福感淹没了。

洛行就在这种幸福感中度过了一整个寒假，年后初八正式开学。

霍叶山的工作比较自由，所以还待在家里，伍素妍初三就已经满世界忙了，一天发无数条短信交代爷仨吃什么。

两个人收拾了一下寒假作业和书包，下楼的时候，霍叶山从厨房端了粥出来，抬头说："洗手吃饭了，待会儿我送你们去学校。"

霍行舟一听，嗤笑了一声："您今天不是有事吗？还有时间送我们上学？我上小学你们俩都没送过我，一个干儿子罢了，还亲自送去上学，值当吗？"

"好好说话。"霍叶山白他一眼，边脱围裙边说，"我去学校跟你们校长谈谈合同的事情，你不想坐我的车就自己打车去。"

霍行舟沉默半晌，道："我选择闭嘴。"

洛行笑眯眯地看着爷俩儿拌嘴，心里暖洋洋的，默默地去给三个人把粥盛了，刚想坐下来就感觉手机振动了一下。他笑着收回视线，拿出手机一看，笑容瞬间僵在了脸上。

洛志远发了一张照片来，是他即将进入手术室时拍的。

不远行：行行，谢谢你。只是，手术的费用，你是从哪里来的？

洛行眉头一皱，下意识地看了一眼厨房里的霍叶山和正在洗手的霍行舟，咬了一下嘴唇，回复他。

洛行：安心手术，祝您康复。

很快，他的手机又是一振。

不远行：你说实话，你是不是做了什么？我不值得你去……你不说实话，这个手术我不做了。我不能害了你的前半生，又害了你的后半生。

洛行一时没反应过来，把这句话来来回回咀嚼了三四遍，才读懂他话里的意思。

他总是用这种想法去臆测别人吗？

不说实话，这个手术就不做了？当初他欺骗自己去北市捐献骨髓，现在又有什么立场威胁自己？

洛行攥着手机的手颤抖起来，浑身的血液倒流起来，恨不得将手机砸个稀烂，再也看不见上头的消息。

饶是他脾气再好也忍不住了，他讥讽不远行：你是不是以为别人的钱都是出卖什么才得来的？第一，你确实不值得我这么做，我不会为了你出卖自己；第二，给我找配型、安排手术这样的事，你该不会以为仅凭钱就能做到吧？活了这么大，你还这么天真的吗？别用你的想法去臆测人是否堕落。冒昧地问一句，你想给我什么补偿？钱？还是从来未曾给出的父爱？说出这两个字的时候，你不觉得可笑吗？我有父亲了，他比你好一万倍。如果你康复了，麻烦你像以前一样，就当我不存在于这个世界，谢谢。

洛行手速飞快地打完字，没有给他任何反应的机会，发送过去便直接将他拉黑。他是头一回这么言辞尖锐地讽刺别人，心里有一种报复的快感。

不管后果是什么，他再也不想和那个人有任何牵扯了。

洛志远健不健康，幸不幸福，以前和他没有关系，以后也不会有关系。

至于他的补偿，他爱给谁给谁去吧。他从今往后有爸爸了，叫霍叶山，是一位很好、很好的父亲。

虽然霍叶山不会像伍素妍那样细致入微地照顾人，温言软语宝贝长宝贝短地叫洛行，但他会用平常心待洛行，就像他一直都是洛行的父亲那样。

洛行很满足，不会去奢求其他了。

"吃饭了，别玩手机了。"霍叶山从厨房出来，扫了他一眼，忽然想到什么似的，又说，"《血里有风》的封面已经定稿了，吃完饭我发给你看看。那边说你的字写得很好看。"

"真……真的吗！"洛行心里的那点儿阴霾一扫而空，惊喜地看着霍叶山。

"嗯，快吃饭吧。"

洛行一直很喜欢《血里有风》，能为它写封面书名，激动得简直连饭都快吃不下去了。

霍叶山笑了笑，觉得洛行真是一个傻孩子。目光无意一瞥，看到自家儿子一脸嘲讽的表情，脸色瞬间冷了下来："干什么？"

"我没干什么啊？你们爷俩儿搁这儿父慈子孝，还有空训我？"霍行舟嗤笑一声。要不是怕洛行会饿，他恨不得饭也不吃了，赶紧回学校。

"嗨嗨嗨，吃饭了，还看！"霍行舟怒瞪着他，"再眼冒星星，跟没见过偶像似的，腿给你打折了。"

吃完饭，霍叶山把两个人送到校门口，自己去停车了。

新学期重新分配宿舍和班级，九班向来是一个烂摊子，没人乐意收，学校也就懒得管他们，直接让他们维持原样不变。

不过，程老师叫了叶俏俏、洛行等几个成绩拔尖的学生，问他们要不要转到重点班去，他担心这里的学习环境会影响他们。

丁超忙不迭地答应了，他早就在九班待不下去了。

张辰澜和叶俏俏不走，说九班挺好的，各科老师也没有懈怠，不会影响学习。

"那行，你们还在九班，如果有什么问题及时跟我说。还有一百多天就要高考了，这可是决定一辈子的一个学期，千万不能勉强。"

"知道了，程老师。"

程老师看着洛行，欲言又止："你过来一下吧，我还有点儿其他事跟你说。"

程老师让其他人先走，把洛行留了下来。两个人站在楼下的走廊里说话，背后是公告栏，贴着新学期的各种事项。

"洛行啊，我和教务主任商量过了，你呢，还是到十一班或者八班去，九班不适合你。"

洛行眉毛一蹙："什么意思？"

程老师看着他。他身上穿的衣服是名牌，脚上那双鞋也价格不菲，他的家庭条件和状况自己也有所耳闻。赵久兰辞职的事，他也听到了一点儿内幕。洛行能不能买得起这身衣服可想而知。

"你现在还是学生，为了追求名牌而影响学习是很不应该的。如果你有什么困难，希望你能来找老师。"

洛行一头雾水地看着程老师。他在说什么？

程老师见他还在假装听不懂，顿时有点儿生气："有学生给校长写匿名信，说你跟霍行舟家走得太近，是吗？"

洛行的心一紧，难道老师知道霍妈妈认他当干儿子的事情了？这是不被允许的事情吗？

"程老师，您能告诉我，是谁跟您说的吗？"

"都说了是匿名，我们也不大清楚。那个学生拍到你在他们家住了一整个寒假，你自己看看，这是你吧？"程老师拿出一沓照片递给洛行。

他接过照片，一张张地看。

放假那天吃烧烤拍的、一起出门买年货拍的……虽然离得远，但都能看清，正是他和霍行舟。

别的他不敢肯定，但吃烧烤那天冯佳突然喊了一句薛笺。

他们几个都没看见人，冯佳还因此惹恼了叶悄悄，让她烧焦了一个鸡翅，现在看来冯佳确实没骗人。

他捏着照片，手背上的青筋都凸了起来，嘴唇紧抿着。

"因为没有证据，所以我先跟校长要了照片来，把这件事情压了下来，没对外声张。"程老师小心地看着他的脸色，放低了声音问，"你有什么要解释的吗？"

他抬头认真地看着程老师："没有。"

"你！"程老师瞪大了眼睛，有些恨铁不成钢。顾及洛行的成绩和为学校拿的奖，以及他平时那乖巧的模样，强压下怒火，循循善诱："你是不是缺钱？告诉老师。"

"程老师，我不缺钱。"

"不缺钱那就是追求名牌了？奢侈的生活会毁了你的！你跟霍行舟不一样！你知道自己在做什么吗？"程老师勃然大怒，几个路过的学生被吓得一激灵，赶紧绕路走。

"程老师，我很清楚自己要的是什么。我不会毁掉自己的。"洛行是真心喜欢这位老师，也明白他这么问是为了自己好。

但霍家人是他的底线，是他不能抛弃的底线。

"你的成绩和平时的表现，大家都看着呢。校领导也好，局里领导也罢，都知道你……"程老师皱着眉，有些语无伦次了，"你现在也就是个孩子，走错一步路，可就没法回头了！"

程老师说完顿住了。其实洛行并不是那种会被生活迷了眼的孩子，他一直很独立。

那个时候，他还拜托洛行带动霍行舟学习呢。

自从洛行来了以后，霍行舟的成绩突飞猛进，名字都上了年级组榜，洛行的成绩也没下降。

只是，他如果为了虚荣心而毁掉一生，这不值得！

程老师的心里很乱，不住地叹气。洛行咬咬牙说："程老师，虽然霍叔叔认我做了干儿子，但我是不会占他们的便宜的，我也不会去奢求那些不属于我的东西，请您放心。"

程利民一愣："干儿子？"

"是的，霍叔叔和伍阿姨很喜欢我，所以邀请我在他们家过年，还认我做干儿子。"

听完洛行的解释，程利民连连摆手，"行了，你先回去吧。"

洛行刚要转身，又被程利民拽住："你叫霍行舟来我的办公室一趟，我有点儿事跟他说。"

洛行回到教室时，霍行舟已给他擦干净桌子上的灰尘，把书按照高矮顺序依次摆好，正看着劳动成果笑。

"霍行舟。"

"你回来啦。"霍行舟拍拍手，转过头，一脸求表扬的表情。看见洛行脸上沉重的表情后，他的笑意瞬间凝固，"怎么了？"

洛行看了看教室里的同学，压低了声音说："刚才老师给我看了一沓照片，拍到了我住在你们家，我就跟程老师说了认霍妈妈当干妈的事情。他叫你去他的办公室一趟。"

叶俏俏回来的时候告诉他，程老师问他们转不转班，还打趣他洛行要走了，不跟他玩了。

霍行舟当时嗤笑了一声："我在哪儿他就得在哪儿，我这个哥哥不发话，你看他敢走吗？"

冯佳从外面进来，新年见第一面就"呸"了一声："您也就过过嘴瘾。"

接着，洛行就回来了。

霍行舟擦擦手，把湿纸巾扔进垃圾桶，安抚似的拍了一下他的手说："行，我去见他。"

洛行看着他走出教室，深吸一口气，心立刻悬了起来。

霍行舟走到办公室门口，抬手轻敲了一下，里头应道："进来。"

推门进去，程利民坐在办公桌前，桌上放着一沓照片。霍行舟垂眸看了一眼："哈，这全家福拍得不错。"

程利民喝了一口茶，闻言忍不住翻了个白眼。

霍行舟拿起照片，一张张仔仔细细看完。程利民掀了掀眼皮，问："你有什么想说的吗？"

霍行舟"嗯"了一声："这谁拍的？看着技术不错，还把我拍得挺帅。"

"你给我滚！"程利民一口茶呛在嗓子眼里，狠狠地将杯子放在桌上。

"我真滚了您可别再叫我。"霍行舟笑了笑，一动也没动，等着程老师缓过劲儿，"您要骂我，骂就得了，别动气伤身。"

"我动气伤身？"程利民瞪着他，看他吊儿郎当地笑着，气得都快冒烟了，"你少给我惹事儿，我就谢天谢地了。"

"我上学期德智体美劳全面发展，期末考试就差一张奖状贴家里了。"霍行舟装模作样地叹了一口气，说，"现在的少先队员都没我听话。"

程利民深吸一口气，冷漠地扫他一眼，道："你说说洛行跟你家是怎么回事。"

霍行舟收起玩笑的神色，正正经经地说："他给我爸那本破书翻译了一个法语版，我爸就很欣赏这个小孩儿。正好有一次放假他去我家玩，我妈瞧见了他，也挺喜欢的。两个人一拍即合，我妈就认了他当干儿子。"

程利民没接话，这是他头一回见霍行舟露出这种认真而谦逊的表情，心里就乱得很。

他其实想过霍行舟这种不讲道理的人会不会欺负洛行，所以一直关注着他们。后来看他们俩不仅相处得可以，霍行舟的成绩还上升了，他就放下心来了。

洛行那样的家庭和心性，除了学习再找不到更好的出路。

后来，他也知道了洛行听不见的事，就更心疼洛行了。

这个小孩确实太苦了，现在有霍行舟的爸爸妈妈疼他，应该是一件好事。

程利民年近六十，经历过的风风雨雨太多了，他是真心喜欢这些孩子，希望他们每一个人都能有一个很好的将来。

所以当他看到照片的时候，第一反应就是不能由学校来处理。

谣言一旦流传开来，就压不下去了。

霍行舟规规矩矩地站着听他说完，才开口："程老师，我知道您是为洛行好，怕他受伤害。"

程利民心想：你知道才怪。

"他以前可能没有体验过被人疼爱的感觉，但是他有基本的判断能力，不会看见别人的父母好就动歪心思。我相信洛行。"霍行舟顿了顿，抬头定定地看着程利民说，"我的爸妈是真的心疼他，想要给他一个家，弥补他前面十七年从未感受过的父母的疼爱。"

程利民若有所思地点点头。

像洛行这样的孩子，表面看着自立又坚强，其实内心非常脆弱。他没有感受过正常的父母的宠爱，所以在这件事上会更加慎重。

"霍行舟。"

"嗯？"

程利民动了动嘴唇，半晌没说话。见霍行舟皱了皱眉时，他才道："你既然已经是洛行的哥哥了，就要好好待他，明白吗？"

霍行舟点点头："我明白。"

程利民长长地舒了一口气："洛行生在那样的家庭，会比一般人更加脆弱。比起从没有看见过阳光，将他从黑暗中拽出来又打回去，要残忍多了。"

"谢谢程老师。"

霍行舟忽然想起自己上高中的前两年曾被程利民训得狗血淋头，现在再看，好像也没那么烦躁了。

"你出去吧，好好学习，争取跟洛行考同一所大学，别输给了弟弟。"程利民略有些疲惫地摆了摆手。

霍行舟"嗯"了一声，抬脚刚想走又反应过来，指着桌上的照片问："老师，这个能给我吗？"

程利民迟疑了几秒才说："拿去吧。"

霍行舟从教室后门进来，坐下来和洛行说话，从兜里取出那沓照片。

"你拿回来了！"洛行惊喜地睁大眼睛，刚才他还在担心程老师会因为这些照片为难他，没想到他竟然将它们拿回来了。

霍行舟"嗯"了一声："收起来吧，拍得还挺帅。回头你买几个相框，咱们裱起来挂家里。"

"你还开玩笑！"洛行小心翼翼地拿起照片，他都担心死了。

霍行舟支着头看他："我没开玩笑，我是认真的。你都是我的宝贝弟弟了，咱们俩的照片还不能挂在家里吗？"

"什么认真的啊？"冯佳一回头看见照片，"哎"了一声，"这照片……不够意思啊，舟哥，我们明明都在，你光拍你们俩，这不对吧？"

"我说你蠢，你还演上了。"霍行舟屈指敲了一下桌子嘲讽道，"我跟他都在照片上，难道我会分身术？"

冯佳一想，也是啊。拿过照片仔仔细细打量了一会儿，翻到后面便开始笑："哎哟，哎哟，这是买年货吧？不得不说还是霍叔叔帅，舟哥你还差点儿味儿。"

霍行舟踹他："滚蛋！"

冯佳缩了缩脖子继续看照片，夸了几句伍素妍气质真好，霍叶山气质也好，又开玩笑说两人怎么就生出了霍行舟这样的货色。

霍行舟笑了笑："来，继续说。"

冯佳将照片往桌上一扔，"嗖"的一声转过身，装模作样地跟李乐凡研究学问："你看这种题型，它……我怎么看不懂？"

"噗。"洛行没忍住，直接笑了出来。冯佳装不下去了，把课本一甩，打游戏去了。

洛行把照片小心翼翼地收在书包里，低声问："程老师还说什么了吗？"

"说了。"

洛行瞬间紧张起来，皱眉问："他说什么了？"

"他没说什么，就是说让你不要有压力，不要因为我爸妈对你好你就战战兢兢的，让你心安理得地接受我们的疼爱就行了。他还让我好好学习，不要输给弟弟。"霍行舟挑眉看他，伸手在他的胳膊上敲了敲，"弟弟，我输给你了吗？"

洛行松了一口气，笑眯眯地说："你什么时候赢过我呀？"

霍行舟"哎哟"一声："你长本事了，有人护着你了，敢欺负哥了是吗？"

洛行一本正经道："你快点把卷子做了！"

霍行舟将双手垫在脑后，看着他眼底的笑意，不由得弯了弯眼睛。

这小孩终于学会与人相处了。

"晚自习结束后我去找一趟薛笺，你要先回宿舍还是跟我一起去？"霍行舟问。

洛行想了想，以前他觉得薛笺和霍行舟之间总是牵扯到闵谣，他作为一个外人不方便，因此处处给薛笺留余地，回避他。

可现在薛笺明摆着不让自己好过，那他也就不用给薛笺留什么余地了。

因为他现在也是"霍家人"呀。

"嗯。"

这时霍行舟的手机响了一声，他拿起来一看，是伍素妍发的微信：

告诉洛洛宝贝，洛志远的手术很成功，没有排异反应，再留院观察一段时间就能出院回国了。

他回了个"嗯"字，然后把微信内容跟洛行说了。

他心里的这块大石终于放下了。

伍素妍：对了，我预约的医生下周六正好回国，让他给小宝贝系统地检查一下耳朵，看看到底还能不能治。我把检查前的注意事项发给你，你照顾好他。

伍素妍：你一个字一个字地看，别给我一目十行。

霍行舟沉默半晌，再次回了一个冷漠的"哦"字。

上课铃正好响了，霍行舟把手机往桌肚里一扔，拽过课本摊开。

开学第一天，学生们都还没收心，课堂上乱糟糟的。

洛行听不见，所以不受影响，霍行舟也破天荒地看着讲台。

英语老师在讲台上面瞧见他一直很认真地听课，惊讶极了，一堂课连着叫他起来回答了七八个问题。

见他全都答对了，英语老师这才确定，霍行舟是真的在认真听课。

很快，整个高三教师办公室都在传霍行舟"改邪归正"了。

几位老师笑着问程利民有什么妙招，能把这个浑不懔给教育成优秀学生，也教教他们。

程利民深藏功与名，笑了笑，不说话，只留给其他老师一个潇洒的背影。

这边霍行舟正埋头做卷子。因为洛行的督促，一整个寒假过完，他对各科知识不仅没有生疏，反而下笔有如神助。

洛行给他掐的知识点都非常准，课堂上记的笔记也都很精要。他初中成绩原本就拔尖，和薛笺不相上下。只是后来荒废了两年的高中时光。

他以前上课大多时间都是在睡觉，其实他哪儿有那么困，偶尔也会听一些，只是考试不乐意写卷子罢了。

这段时间经过洛行的辅导与疏通，他把以前那些记在心里的知识点翻出来，再加上他原本头脑就很灵活，所以学起来也很快。

洛行偶尔看他写作业，给他检查的时候会留下一些批注。等到他做完了，再让他把批注看一看，然后抄下错题再做一次。这样一来，他少走了不少弯路，成绩提升很快，洛行也感到很欣慰。

"开学第一天就这么多卷子，你还出！你想累死我吗？"霍行舟刚写完小课的卷子，还没来得及伸个懒腰，就见洛行的草稿本又递过来了，简直想摔笔。

"还没有下课呢,你再做一会儿。"洛行耐心道。

不一会儿,下课铃响了。学生们蜂拥而出,争先恐后出去吃饭。

他们两个人都不爱跟人挤,每次都是等着人群散了才慢悠悠地下去。

洛行也不着急收拾桌子,霍行舟默默地开了一局游戏,打算发泄一下。

这一局的对手都挺厉害的,足足打了十分钟还没结束。洛行见霍行舟的脸色难看,摸不准他现在是不是生气了,轻轻地碰了一下他的手臂。

霍行舟手一歪,打偏了,直接让人秒了。

他把手机往桌上一扔,咬牙说:"你过来!"

洛行缩了一下身子,轻轻地摇头,小声说:"我们要下去吃饭了。"

霍行舟瞪着他,语气冰冷地说:"喊哥,说你知错了,不然不给你饭吃!"

⑭
我害怕错过，
独自存活

✦

洛行不动。

霍行舟摊手，好整以暇地等着他屈服，冷哼一声："你知道我的这个游戏有多难吗？被你碰一下死了，你知道得花多长时间才打得回来吗？你就敢瞎碰我。"

"对不起。"洛行颤抖了一下肩膀，小声说。

霍行舟冷哼一声，继续忍着笑忽悠他，"你管我妈都叫妈了，喊我哥委屈你了？我死这么一下得花半个月时间打回去，没法学习了。"

洛行一听，立刻说："对不起，哥哥。"

"我勉勉强强原谅你了。"霍行舟得了便宜还卖乖，拿起手机看了一下时间，正好冯佳发微信来问什么时候到，菜已经上桌了。

"走了，吃饭去。"

吃完晚饭，洛行和霍行舟不跟冯佳一起走。

"你们去哪儿？带着我们俩呗？"冯佳抬肘杵了杵李乐凡，疯狂暗示，"对吧，凡凡哥哥？"

霍行舟的眼皮直跳："好好说话。"

冯佳"哦"了一声，又转回来："舟哥，带上我们俩一起呗。"

"带你干吗？"霍行舟白他一眼，笑道，"我跟洛行找薛筊有点儿事，你也去？你能忍住不揍他吗？"

"不能吧……但我还是要去，我舟哥找人谈判不能没有后援团，不能没有排面，我得去。"

开玩笑！十一班跟十三班之间就隔了一间教室，就他这种招蜂引蝶的气质，万一他们跟薛笺闹出动静，其他人不都知道了？那还得了。

"找薛笺？"陆清和不知什么时候走了过来，听见他们的聊天内容，淡淡地说道，"他今天没来。"

陆清和就是十一班的，消息自然是准的。他顿了顿，说："老师说他是因为家里有事，请了一周假。你们找他有事吗？"

"就之前那点儿事。"霍行舟没跟陆清和多说，只说等薛笺来了告诉他一声，就带着洛行一起回教室了。

人没到，照片到了，小算盘打得挺响啊。

洛行舒了一口气。

快上晚自习了，对洛行来说，眼下最重要的是督促霍行舟学习。既然他不敢来，那就等他出现了再说。

"你耳朵最近怎么样？"霍行舟想起什么似的，突然问。

他一直有些担心，但洛行不肯说，一直说没事。可从他自己的感觉来看，好像更严重了一些。

"我没什么事，就还是那样。"洛行不自觉地抬手摸了一下耳朵，笑着说，"其实也没什么影响，反正我能看得懂唇语，其他的也有微信，无所谓的，你别担心。"

"嗯，不过还是要去看一下的，到时候考英语你听力题也得做啊。你别说什么不做听力题也比我分数高的话啊，我要是生气了，也是会揍人的。"

洛行抿着嘴笑："你打不过我。"

霍行舟"啧"了一声，冷哼一声，道，"你又知道了。"

洛行笑意渐收，仰头看着天空轻轻吐出一口气，语气轻快地说："其实我不想总花阿姨的钱，耳朵是我自己的问题，我想自己治。"

虽然伍素妍没有跟他说过，但他知道霍家爸妈一直把这件事放在心上，也早就约过医生了，只是一直没有排到机会而已。

他们对自己已经够好了。

他不想事事都依靠他们，他自己也攒了一些钱，虽然不是很多，但好歹也是他自己挣的。

"怎么，还分你我呢？"

"不是分你我，我只是觉得……我受你和叔叔阿姨的照顾，还用你们的钱来治病，很不好。"洛行垂了垂眼睛，总觉得牵扯了那么多的金钱利益，在别人看起来，好像是他对霍家有所企图一样。

霍行舟沉默了一下。

他没想到洛行接受了自己家人的善意后还是有这样的顾虑，不由得抿了一下嘴唇，没说话。

"你别告诉叔叔阿姨，他们要是听见我这么说，会不开心的。"洛行看他一副欲言又止的样子，便没有追问原因。

半晌，霍行舟笑了笑，说："确实不能告诉他们。"

洛行"嗯"了一声，内心惴惴不安，深吸一口气。他们对自己这么好，自己还如此见外，真是白眼狼。

"他们啊，估计只会更疼你，到时候家里不知道还有没有我的地位。"霍行舟翻了一张卷子，笑着说，"我爸妈肯定觉得，这个小孩怎么这么乖，没有因为突如其来的宠爱而晕头转向，反而那么会替人考虑。"

"啊？"洛行一愣，是……是这样的吗？

霍行舟在心里想：是这样的，就是这样。伍素妍要是知道你这么有心，估计心都要化了。

人啊，有时候就是这样，看似带有强烈的主观色彩的判断，其实也是以客观事实做根据的。

霍行舟看他已经开始做题目了，便翻出手机看伍素妍发给他的术前检查的准备项目，一个字一个字地看过去。

他向来不爱看书，尤其是那种冗长无趣的说明文字，往往看了不到两分钟就想扔了。

这个注意事项的字还很小，他把两根手指放在屏幕上将文字放大、挪动再缩小、放大，反反复复都快看吐了。

晚自习结束的铃声响起，霍行舟长舒了一口气，眼睛酸胀得看教室的节能灯泡的颜色都是绿的。

回宿舍后，在霍行舟软磨硬泡下，洛行终于把自己珍藏的小盒子拿了出来。

其实洛行收在盒子里的东西不多，他只是在偶尔遇见霍行舟时，捡了一些他"不要"的东西罢了。

洛行爬上床，拿出那个看起来挺破旧的铁盒子，放在寝室的桌上，深吸一口气，打开了盖子。

霍行舟一愣。

里头的收藏远没有他想象中的那么"丰满"，只有一张被压得平整极了的糖纸，一张折叠的，看着很残旧的，大概是从作业本上撕下来的纸，一个钥匙扣，还有一个不知道是什么玩意儿。

"这些都是我的？"

"嗯。"洛行拿起那张已经脱色到透明的糖纸，笑着说，"那时候你给了我这颗糖，糖纸是彩色的，在阳光下一照，像彩虹一样，五颜六色的，可好看了。"

霍行舟摊开掌心，洛行小心地将糖纸放进去，那张小小的塑料糖纸就像脆弱的蝶翼，一道道折痕被压得平平整整，奇异地和他的掌纹重叠了。

"五年前，我去你们学校比赛，看见你刚从办公室出来，冷着一张脸。我想向你问路，还没来得及开口，就看见你气冲冲地把这个扔了。我捡起来一看，居然是你的检讨书。"

洛行将纸递给他，看他展开，又继续说："后来等我比赛完离开的时候，看见你被一群同学簇拥着，嗯……眉目飞扬，自信骄矜，很好看。"

霍行舟的鼻子一酸。这张检讨书的纸张已经泛黄，字迹也很模糊，他已经忘了那个时候是为什么写的检讨，也忘了曾和他有过一面之缘。

如果那个时候自己能收一收脾气，多看他一眼就好了。

那时的洛行一定很希望自己能看他一眼，跟他说说话，告诉他正确的方向吧。

只可惜他没有。他可能连看都没看洛行一眼，甚至还会嫌洛行碍事，恶声恶气地让洛行起开。

他记不清了。

霍行舟第一次觉得自己的记性原来这么差，五年前的事情就已经忘得一干二净了。

他又拿起一个钥匙扣："这上面原本还有一串钥匙，我怕你回不了家，偷偷地把钥匙扣拆下来，把钥匙放在信封里寄给你了，你收到了吗？"

霍行舟想了一下，好像有这么一件事。那时候他还想着是谁那么傻，偷了东西还把钥匙还回来，所以回家就把锁给换了。

"收到了。"

洛行松了一口气："那就好。"

霍行舟失笑，都那么多年了他还记着这件事呢，到现在才松一口气。那要是他一辈子不说，还真就内疚一辈子了，傻不傻啊？

掌心里这个当时的限量版纪念钥匙扣，现在看来已经过时了，还很幼稚。只不过当时他可喜欢了，冯佳跟他磨了很久他才送了冯佳一个，结果第二天他的这个就丢了。

原来是被人珍藏起来了。

"那这个呢？"霍行舟皱眉用两根手指捏着那个看不出是什么的黑乎乎的东西，"该不会是个粪球吧？"

"是你的作业。"洛行无奈地说。

"作业？"霍行舟一脸茫然地问，"哪个倒霉老师布置的捡粪球的作业？我当时还真捡了？不是吧？你收错了吧？"

洛行见他把这个东西贬得一文不值，拿回来像宝贝似的捧在手心里："这才不是粪球，是你的美术作业，好像是用黏土做的一个雪人。你还忽悠同学，说你老家的雪就是黑色的。"

"噗——"霍行舟忍不住笑出来，"我当年这么幼稚呢？让我看看这是什么雪人。这是脑袋还是屁股？剩下的那一半呢？"

洛行顿了顿，眨了眨眼睛说："你扔进垃圾桶里了，我想去捡，但是被一个婆婆倒走了，只捡到了这一半，应该是身子吧。"

"我的乖乖。"霍行舟把这个"粪球儿"还给他，哭笑不得。

洛行拿起最后一件物品，是他刚转来不久，霍行舟在体育馆送他的那本书。

那个时候他还不知道霍砚生就是霍行舟的父亲，单纯将它当成是霍行舟送他的礼物，当宝贝一样舍不得翻开，偶尔翻动也得先洗好几遍手才会小心翼翼地翻。

这本书里有一句话叫——"有些人血里有风，注定漂泊。"

书中的主角一生追寻的东西看似曾经抓住，可其实一样也没有真正拥有过。

他穷尽半生追求的道，也从未真正触及。

他一生追求自由，却要因为各种各样的现实情况不得不一次次地放弃、妥协。经历了数十年的困苦和取舍，他到死也没有真正得到自己想要的。

洛行想，他比主角不知道要幸运多少倍。

他已经得到了自己想要得到的，连从没有奢望过的上天也一并给了他。

看，上天待他不薄。

他没有父亲，赵久兰对他不好，但比他更苦的大有人在，还有些人为了活下去便已用尽全力，他已经很幸福了。

高三的下学期从倒计时一百天开始，时光就像被人手动拨快了好几倍，等学生们忽然反应过来的时候，才发现，原先以为尚且遥远的高考，只剩下三个多月了。

程老师亲自盯了一段时间，发现霍行舟真的跟浪子回头似的，现在都能考到年级组九十几名了。

虽然他跟洛行之间还有几乎上百名的差距，但再努力一把，考上同一所大学也不是没可能。

程利民放了心，想着这两个孩子果然没让他失望。

"学习压力不要太大，松弛有度才能有成效。"下课后，程利民并没有急着走，又多交代了几句才离开教室。

下午的时间过得很快，刚做完两张卷子就已经打下课铃了。高三下半学期的卷子更难了，很多都超出了霍行舟以前做的题的难度。他把笔一扔，伸了个懒腰，动了动脖子和腰，低声骂了一句："什么破卷子？这么难！"

洛行在一旁偷笑，拿过卷子来给他检查。冯佳转过头来要抄，被霍行舟瞪了一眼："起开，我辛辛苦苦写的，给你抄？自己写！"

冯佳委屈地噘起嘴："舟哥，你变了，你以前不是这样的。"

"是的，我变了，我以前不知道作业竟然这么难写。"霍行舟仰头叹了一口气，"这比我一口气上三十个空篮还难。"

洛行检查完，发现错题比例还行，这么难的卷子他能做到这样，已经算是很不容易了。

这时，一个纸团落在他的手上。

是冯佳扔过来的。

"干吗？前后桌还递字条？"霍行舟不耐烦道。

"班长给你的。"冯佳眨巴眨巴眼睛，努力做出一个可怜巴巴的表情。

霍行舟恶心地踹了他一脚："好好说话。"

"嘤嘤嘤——你欺负人家，人家不理你了啦。"冯佳抹着并不存在的眼泪，转过头去打游戏了。

霍行舟拆开字条，上面就写了一句话：手机关机了？我爸找你。

霍行舟这才想起掏手机，结果一摸口袋，没了。

他稍稍回想了一下，手机是什么时候丢的呢？

"怎么了？"洛行见他摸了两下口袋后脸色忽然一变，皱起了眉头，好像有事，便问了一下。

"手机掉了。"霍行舟皱着眉回忆。

"没事，你把你的手机借我一下。"

洛行把手机解锁后递给他，静静地看他登录微信，然后跳出了几条备注是商叔叔的消息。消息闪得很快，他没看清。

商清明：我今天一回来就听说赵久兰去自首了，这件事你知道吗？

商清明：该不会是你又威胁她了吧？

商清明：差不多就得了。你手里有能制衡她的东西，把她逼到绝路，她指不定会做出什么来。而且这种事过了这么多年，也没有证据可以采集，很难判定的，你别冲动。

商清明：证据采集期间会有人去学校找洛行，你让他做好心理准备。

霍行舟的眉头皱得死紧。

赵久兰自首？没毛病吧。

她自首关自己什么事？

自从赵久兰寒假去找过他一次以外，他就再没见过她。

霍行舟看着手机，一时间没回复。上次她去找他，临走时一副欲言又止的样子，难道那个时候她就后悔了？

她那个时候很局促地看了一眼楼上，霍行舟问她想不想见洛行的时候，她几乎想也没想就拒绝了，还交代他不要说自己来过。

想见又怕见，最后落荒而逃，看着确实是有点儿反常。

但是，自首就完了？

她当年对洛行做的那些事，有法律惩罚她就完事了？一笔勾销？做梦吧。

霍行舟冷嗤一声。他给商清明回复：她自不自首跟洛行没关系，不是我干的，她爱干吗干吗。但是如果你能遇到她，替我转达一下：想让洛行原谅她，下辈子吧。

法律可以让她受到应有的责罚，但洛行失去的东西能追回来吗？他的耳朵能变好吗？能让他不再怕黑吗？不能。

赵久兰就算自首，也弥补不了对洛行的伤害。

"是不是有什么事？"洛行见霍行舟的眉头越皱越紧，担心地问。

霍行舟想了想，觉得这件事不应该瞒他，就说："你妈妈去自首了。"

洛行闻言，脑子瞬间蒙了，呆呆地问道："自首什么？"

"我听商叔叔的意思，应该是她后悔当年对你那样了。商叔叔说，这两天应该会有人到学校里找你问关于当年家暴的事情，让你有点儿心理准备。"霍行舟忽然停了一下，转过身看着洛行呆呆的表情，认真地问，"如果……如果你妈妈真的后悔了，你会原谅她吗？"

洛行的手指攥紧了。

赵久兰和洛志远不一样，洛志远没有给过他一丝一毫的关爱，甚至明知他的存在，却还是漠视了他十七年，需要他的骨髓救命了，才想要见他一面。

不管他是不是想让洛行捐献骨髓，又或是为了不留下遗憾，他都只是为了自己。

"我想写作业了。"洛行收回视线，没有再去看霍行舟，然而略微颤抖的手却出卖了他现在的心情。

"你写吧，我出去一趟。"霍行舟把手机还给他，站起身，忽然想到什么似的，拍了冯佳一下。

冯佳："干吗？"

"我出去一趟，晚自习结束之前没回来的话，你就别出去浪了，跟洛行一块回宿舍。"

"你去哪儿啊？"冯佳一脸疑惑，他都好久没见霍行舟逃课了。

"有点儿事。"

霍行舟没找程利民请假——不是什么正当理由，他不会批假的，就没费那工夫，直接翻墙出去了。

赵久兰这种家暴虐待儿童的案子不归市刑侦队管，但他不认识社区片警，只能去找商清明。

他得先弄清楚赵久兰想干什么，不能让她想一出是一出。洛行是她生的不假，但不是任由她捏圆搓扁的。

他从墙头上跳下来时，差点儿踩到一个老头儿的脑门。他往旁边歪了一下身子，差点儿崴着脚。他心有余悸地爬起来："大爷，您站这儿干吗呢？"

老人看了他一眼："同学，你是高三的学生吗？"

霍行舟打量了他一下，头发花白，身子略微伛偻，颤颤巍巍的，看起来比自己爷爷的年纪还要大一些。

"是，您找人？叫什么？看我认不认识。"

"叫……好像是……"老人想了想，好半天才醍醐灌顶似的说，"叫洛行。"

霍行舟到市刑侦队的时候都快到下班的时间了，门卫大爷尽职尽责，看了他一眼，不让进，说什么也不让进。

两个人磨了二十分钟嘴皮子，霍行舟的耐心用尽："我是商清明的儿子，二十年前他曾经在大明湖畔和一个山村姑娘有了我，我是来认亲的。"

门卫心想，你就扯谎吧，谁不知道那个刑侦队长家里就一个姑娘，认亲都认到刑警队来了！他连连摆手："这是让你瞎胡闹的地方吗？快走快走。"

霍行舟的手机丢了，来得急，没先去补卡、买手机，不然现在也不可能被困在门口进不得。

他想了想，道："这样，大爷，您让我给商队打个电话行吗？要是他不出来，我立马就走。我真是有急事。"

门卫盯着他看了一会儿，看他说得煞有介事，万一真是家里有急事，他也担待不起，就松了口："行，你打电话吧，快点儿啊。"

霍行舟忙不迭地进来，拿起电话拨了号码，那边很快就接了起来，是个女人："您好。"

霍行舟下意识地把电话挂了，在门卫开口让他滚蛋之前，又迅速拨打了一遍，还是刚才那个女人："您好，找谁？"

霍行舟一愣，低头看座机上显示的号码，来回看了几遍，没错啊。

"请问这是商清明先生的号码吗？"霍行舟谨慎地问。

"是，他去开会了，你找他有事吗？"接电话的女警顿了顿，说，"等一等，你这个号码是我们门卫大爷的？"

霍行舟忙说："是，我是商清明队长失散多年的儿子，我是来寻亲的，请问您能带我进去等他吗？"

女警一听，顿时来了兴趣，连忙说道："你站在门口千万别走，我出来接你。"说完就把电话给挂断了。

霍行舟在门卫的打量下，坦然地注视着刑侦队的大楼。

过了一会儿，门卫看见市刑侦队唯一的女警周苇健步如飞地往这边走来，高跟鞋在她的脚底踩得跟风火轮一样灵光。

她拉开门卫室的大门，脸不红，气不喘，上下打量了一下霍行舟，满脸压抑不住的八卦神情："就是你？"

霍行舟乖巧地问好："姐姐好。"

周苇都三十五岁了，在外面高中生都得喊她阿姨，猝不及防听见一声"姐姐"，乐得捂嘴直笑："哎哟，你这嘴可真甜。跟我走吧，商队快开完会了。"

两个人边走边说话，直到推开门，周苇才随口问了一句："小朋友，你叫什么呀？"

霍行舟"哦"了一声："夏紫薇。"

周苇："啊？"

商清明开完会，见下属们看他的眼神都跟看渣男似的，不由得皱眉，视线一转，就看见周苇黑着脸领着霍行舟进来，愣了一下。

"你怎么来了？"

霍行舟还没回答，周苇反倒先说话了，她冷声道："来演《还珠格格》的。"

众人："啊？"

霍行舟眯眼笑了笑，向周苇道歉："对不起，姐姐，我也是没办法了，门卫大爷说什么都不让我进来。"

周苇现在听着这句"姐姐"很不是味，商清明没忍住，"扑哧"一声笑出来，带着霍行舟进了办公室，把手里的文件往桌上随便一扔："说吧，什么事？"

霍行舟规规矩矩地坐在沙发上，说："我来找您详细了解一下赵久兰的事。不过说这个以前，我有件事要告诉你。刚才出校门的时候，我遇见洛行的外公了。"

"外公？"商清明翻文件的手停顿了一下，抬起头，"你怎么认识他外公的？上次去的时候不是没见到吗？"

"我是没见到，不过刚才在门口，他跟我打听洛行，说他的外婆前段时间因为意外去世了，他也查出了肝癌晚期，命不久矣。"

霍行舟说完又将话题转到赵久兰自首一事上，问商清明对此的看法。

"其实我也不是很清楚。"商清明抬腕看了一下手表，说，"反正也快下班了，我带你去她自首的派出所问问。"

"谢谢商叔叔。"

霍行舟和商清明跑了地方派出所，因为知道商清明不能插手别人片区的事，他只抱了随便打听一点儿消息的希望。

没想到，凭着商清明八面玲珑的手段，他们竟然连笔录都看到了。

"看上去她确实是后悔了。"商清明对犯人笔录这种东西向来敏锐，是不是撒谎，一眼就能看得出来。

霍行舟没说话，脑海里一直在想赵久兰的笔录。从上面的内容来看，赵久兰应该是自洛志远那次去找她之后，才发现自己爱了、恨了这么多年的人已经面目全非了。

到最后她甚至已经不知道自己对他到底是爱还是恨。

她十八年没有回过家，没有见过自己的父母，再见却是最后一面。

她因为一个不爱自己的男人和家里决裂，足足蹉跎了十八年。她办完了母亲的丧事，又即将面对父亲的死亡。

她的执念也让自己变得面目全非，现在打算幡然醒悟？

霍行舟想到那次见她时她脸上的痛苦和压抑的悲伤，她当时应该是想让洛行陪她一起回去办母亲的丧事，大概以为他不会答应，才不敢见他吧。

"行舟。"

商清明侧头看着几乎和自己一般高的霍行舟，这个他看着长大，和亲生无异的孩子，叹了一口气，说："其实你也只是个孩子，你能负得起的责任有限。况且别人母子俩的事情，你做不了主。"

"我知道。"原不原谅赵久兰一事上，霍行舟没打算替洛行做主，一切都看洛行，原谅也好，不原谅也罢。

他只是心疼洛行过去经历的那些，坏人即使被惩罚了，也抹不去曾经的伤害。

市局离二中挺远的，又因为出了一场连环车祸，从高架一路堵到了市区。霍行舟回到学校的时候，都快十一点半了。

霍行舟向商清明道了谢，匆匆往宿舍走。

他三步并作两步，快速穿过校园，等到了寝室楼外，看见冯佳抻长脖子，一个劲儿地张望，跟一块望夫石似的。

"哟，您搁这儿演什么戏呢？"霍行舟被他逗笑，打趣一声，"丢了钱啊？"

冯佳一见他回来了，差点儿直接跪了下去，抓着他的手，着急地说："舟哥，你杀了我吧。"

"噗。"霍行舟将他扶起来，哭笑不得地说，"我杀你干吗？你又背着我干什么事了？弄坏什么东西了？"

"不是。"冯佳缩了缩脖子，都快哭出来了，不敢直视他的眼睛，嗫嚅道，"我把……我把洛行给弄丢了。"

"什么意思？"霍行舟眉头一皱，心里"咯噔"一下，有种不安的感觉，立刻抓着他的手臂问，"丢了是什么意思？"

"我们吃完饭后就一起回去上晚自习了，他本来是在写作业的，但是第一节晚自习下课，就七点半左右那会儿，他说有点儿事要出去一下。"

"然后呢？"霍行舟越听心越沉。

"他说出去一下，我心想这会儿正上着晚自习，他能干吗去，无非就是去上个厕所。我还问他要不要陪他一起去，他说不用。"

冯佳顿了顿，往后退了一步，小声说："我以为他拒绝是因为你回来了，他要出去接你，就没跟他一起去，结果他到晚自习结束也没回来，手机也关机了。我和李乐凡、陆清和一起出去找了，但是找不到人。"

霍行舟眉头皱得紧紧的，呼吸沉重，他抬手指了指冯佳："你……"

"对不起，我也没想到他能在学校里走丢啊，我……"冯佳语速飞快地道歉，"我要是知道，肯定一步也不会离开他。对不起，舟哥，你打我吧。"

霍行舟转过身，一言不发，带着满身的怒气走了。

冯佳追上来道歉，内疚得不知道该说什么，只能语无伦次地跟他解释。他停下脚步，看了冯佳一眼，深呼吸一下，说："我没怪你，你不用道歉了，先去找人。"

霍行舟攥紧拳头，压抑着内心的不安，咬牙说："他怕黑，又听不见，快点儿找！"

冯佳"哦"了两声，忙不迭地跑开了去找人，他在心里暗暗发誓，就算把二中翻过来，也得把人给找到。

可二中这么大，有这么多间教室，想找一个人谈何容易？

如果是别人，叫一声也许就能应了，可是洛行听不见！

霍行舟心急如焚，一间间教室挨个儿找。里面的衣服全汗湿了，他干脆脱了外套，穿着单薄的针织衫穿梭在一栋栋教学楼里。

二中的校园因为是老校区，占地面积非常大，除了新建的教学楼、展厅和礼堂，还有很多废弃的老楼。

他挨个儿把高三的教学楼的每间教室找了一遍，陆清和跟李乐凡把高一、高二的教学楼找了一遍，可是都没有找到洛行。霍行舟的心越来越沉。

他整个人都在发抖，呼吸也不稳了。他对陆清和说："我去后面的废弃楼看看，你跟李乐凡从展厅那边找。冯佳已经去看监控了。不管有没有找到，等会儿还在这里会合。"

陆清和没多说什么，点了点头立刻走了。

他们几个人在校园里像无头苍蝇似的寻找，路上遇见九班的人，他们从没见过霍行舟这么失魂落魄的样子，全吓了一跳。

霍行舟抓着人就问："见到洛行了吗？"

每个人都摇头，他点了点头，无意识地说了声"好"，然后继续找，心里一个劲地喊：洛行千万别出事！

霍行舟跑遍了老楼，到处都静悄悄的，衬得他的呼吸声粗重极了，像是黑暗里的一只猛兽。

"洛行！"

"洛行……"

霍行舟忽然听见校园里响起此起彼伏的叫喊声，拔腿便往声源处跑。原来是九班的同学们自发来帮他一起找洛行了。

有些人已经洗漱完了，穿着拖鞋就出来了。还有些女生头发都是湿的，一绺绺搭在脑后，顾不上吹干，就加入寻找洛行的行列。

霍行舟心里一暖。

他来不及说感谢，朝着反方向跑去，在心里一遍又一遍地说："洛行，你看，你赢得了这么多人的喜欢，一定不要害怕，等着我们找到你！"

一群人足足找了四十分钟仍没有找到洛行，此时距离洛行消失已经有四个半小时了。

霍行舟几乎可以肯定，洛行一定是出了什么事。他不是那种顾前不顾后的人，如果是要去哪儿，他一定会告诉别人，不会让别人担心。

尤其是他离开之前还交代冯佳照顾洛行，洛行不会让他们找不到人，连累冯佳挨骂的。

他宁愿委屈了自己，也不会让别人因为自己受委屈。他到底去哪儿了呢？

赵久兰那里？

应该不可能。七点多那会儿还在上晚自习，没有假条他出不去。因为这几天的晚自习程老师都有事不在，没人批假条。

"哎呀！"

霍行舟一时没注意，撞到了一个人。对方也没注意，跌倒在了地上。

"霍行舟？"一个女同学从地上爬起来，疑惑地走到他面前，关心地问，"你怎么了？"

霍行舟没空敷衍她，冷漠地绕过她："没事。"

"手机你收到了吗？"一个女同学跟在他后头，但他的步伐实在太快了，她追不上，只能提高了音量问。

霍行舟停下了脚步，回头问："你说什么？"

女同学忙小跑到他面前，喘着气说："今天我在走廊见你手机从口袋里掉出来了，我想还给你，但是叫你你没停下。"

"说重点。"

她被他的怒意吓了一跳，脸色发白地后退了几步，嗫嚅道："我把手机给别人了。"

"你给谁了？"霍行舟双拳握得咯咯响。

女同学身子一抖。霍行舟心里越发烦躁，强压着脾气放低声音："告诉我，你把手机给谁了？"

他的手机没有上锁，捡到手机的人如果有心找洛行……

"薛……薛笺。"女同学颤抖着，抽抽噎噎地说道，"他说他跟你是好朋友，正好要去找你，我就把手机给他了。"

霍行舟脑子一蒙。

薛笺！

他压制着浑身的戾气，伸手道："把你的手机借给我用一下。"

女同学防备地看着他，谨慎地问道："你要我的手机干什么？"

霍行舟没空跟她废话："快！"

女同学被他吓得肩膀一缩，把手机取出来颤抖着手解了锁，战战兢兢地递给他，紧张地看着他的手指在屏幕上点了点。

霍行舟手速飞快地拨打了陆清和的电话，一等那边接通，就立刻道："你去薛笺的宿舍看看他在不在，我的手机在他那里。我怀疑他是用我的手机给洛行发短信，骗洛行出去了。"

"薛笺？"陆清和只迟疑了半秒，便立刻应声，"好，我知道了。"

"嗯，这个电话是我借的别人的，不用回过来了。"正要挂断电话时，霍行舟看见叶俏俏的身影，又道，"有消息打俏俏的电话。"

挂断电话，霍行舟把手机扔还给女同学，眼神冰冷得没有一丝温度。

最后只剩下没装监控的废弃体育馆和训练区没有找。霍行舟问叶俏俏要了手机，她跟张辰澜一起，方便联系。

冯佳一直在门卫那里看监控，因为洛行是下课时走的，人太多了，又是晚上，到处都很暗，根本没法儿找。

陆清和很快回了宿舍楼，问了薛笺的室友，了解到他今天根本就没有回宿舍，室友打他的电话也关机了。

霍行舟走投无路，哪怕知道不可能，也还是给赵久兰去了一个电话。

"丢了？"赵久兰像是被点燃的炮仗，尖叫道，"你说你会照顾好洛行，你是怎么保护他的？"

"没事，我不会让他出事的。"霍行舟说完便挂断电话。

不会的，我不会让他出事的。

霍行舟不敢多想，只一遍又一遍迫使自己冷静下来。

"咔。"

霍行舟感觉自己踩到了什么，脚步一顿，低头用手机一照，发现是一部被摔烂了的手机，他踩碎的是已经破碎不堪的屏幕。

他捡起来一看，心都凉了，是洛行的手机！

霍行舟呼吸一室，连忙举着手机照亮，这才发现自己已经找到了那个传言中闹鬼的废弃展厅。里头有数十座石膏像，又久不通电，就算大白天都阴森森的，根本没人敢过来。

他的脚一软，几乎是连滚带爬地跑到门边，发现上了锁。

他举着手机绕到窗户边，因为是展厅，外头的阳光会影响展出的效果，所以窗户上都挂着遮光窗帘。

霍行舟面前一片漆黑，什么也看不见。他把耳朵贴在窗户上，听不见任何声音。

他毫不迟疑地捡起一块石头狠狠地朝窗户砸去，"啪"的一声，玻璃应声碎裂，"哗啦啦"落了一地碎片，有几片碎玻璃落在他的手背上，他感觉手背被刺了几下，也没顾得上看，三两下就将玻璃碴拔掉，从窗口跳了进去。漆黑的展厅里没有灯，一座座人高的石膏像立在黑暗里，让他汗毛直竖。

"洛行！"

展厅并不算特别大，大约三个教室大小，也只有一层。他攥着手机一点一点往前，最后在一座石膏像下找到了缩成一团的洛行。

他心里的大石瞬间落了地，眼睛酸得几乎看不清东西了。他先给陆清和打了电话："找到人了，你跟俏俏说一声，让她帮我先谢谢同学们，今天辛苦你们了。"

陆清和"嗯"了一声："人找到就好，薛笺那边我帮你盯着，回来了通知你。"

"好。"

霍行舟长舒了一口气，蹲下身子，如获新生般拍了拍洛行的背："我终于找……洛行？"

才一碰触到他，霍行舟的身体骤然僵硬——洛行正在发抖，口中无意识地喃喃："妈妈，放我出去……"他的气息紊乱，喘息着一遍遍地重复，"这里好黑……"

霍行舟强自压抑着怒意，打开了手机的手电筒，照到他的脸上。

洛行的脸上全是冷汗，嘴唇白得没有一丝血色，紧闭着眼睛，嘴里无意识地喃喃着，俨然已经崩溃了。

"洛行，看着我！"霍行舟拍着他的脸，一遍又一遍地说，"我来了，我来了，别害怕，都过去了。"

"霍行舟……救我……"洛行仿佛察觉不到，仍喃喃重复着。

霍行舟可以想象，在这将近五个小时里，原本就怕黑的他是怎么在这间"鬼屋"里度过的。

霍行舟将洛行稍稍拉开，稍稍适应了黑暗的眼睛看见洛行双目失焦，嘴唇惨白地哆嗦着喃喃自语，身子止不住地颤抖。

"我来救你了，不要害怕。"霍行舟一下一下拍着他的后背。

洛行一遍遍地重复着祈求，求赵久兰不要关他，一遍遍保证自己会乖。

"洛行，你看着我。"霍行舟一遍一遍地叫他，"我是霍行舟，以后你再也不用害怕了，我来救你了。"

"洛行。"

"霍行舟。"洛行喃喃重复了一遍。

霍行舟惊喜地"嗯"了一声，说："是的，你再叫一遍，我是谁？"

洛行看着他的眼睛，喊了一遍："霍行舟。"

霍行舟刚想开口，就见他的眼泪瞬间掉了下来："哥哥，你去哪儿了？"

洛行红着眼睛，抓着霍行舟的袖子第一次失态地诘问一般失声痛哭道："为什么……为什么你不来救我？"

"我等了你十年，你为什么不来救我？"

洛行在他面前一直是比较克制和内敛的，从来不肯把自己内心的恐惧和害怕暴露出来，努力把最好的一面展现给他看。

现在洛行这么声嘶力竭地诘问他，显然是崩溃了。

"对不起，对不起，我来晚了，对不起……"霍行舟也不管他是否听得见，一遍又一遍不厌其烦地道歉。

"是我错了，是我来晚了……"

洛行说完那句就消停了，没有闹腾，只是静静地喘着气。

月光照映出洛行惨白的脸色。

霍行舟挽扶着洛行一步一步蹒跚着往宿舍走去。

洛行就像从山崖石缝里长出来的一株小草，饱经风霜又久经摧折，经历了千辛万苦才长成现在的模样。

他每次想到洛行之前受过的苦，心中便充满戾气。他想起了小时候他在树上看见洛行时他那双黑玉般的眼睛，想起他怯生生的，渴望的眼神。

如果时光能倒流，他不会只给一颗糖，他会朝洛行伸出一只手，对他说："跟我走。"

陆清和赶了过来，见他走得踉踉跄跄，担忧地说："我帮你。"

"不必。"霍行舟嗓音喑哑，目不斜视，"他人呢？"

"他一直没回宿舍，但是我问了门卫，没有他出去的假条。如果不是翻墙出去了，那他一定就还在学校里。"

陆清和顿了顿，环视了一下校园，推测道："他一定就在附近。"

"好，我马上回来。"

说完，霍行舟头也不回地往寝室走去。陆清和点了点头，转身离开。

冯佳知道找到洛行了，先一步回了宿舍，和李乐凡、叶俏俏一起站在寝室楼下等着。

看见霍行舟扶着洛行由远及近走来，冯佳下意识地跑过去，却又不敢说话，张了张嘴又把话咽了回去。

"辛苦了。"霍行舟说。

冯佳听他这么说，更是不知道说什么了，眼睛酸极了，反手一抹，一股湿痕。他咬牙狠狠地骂了一句脏话。

李乐凡抿着嘴唇没说话，叶俏俏看了他们两个人一眼，长长地吸了一口气又吐出来，最终也什么都没说，只静静地接过自己的手机。

"回去吧。"霍行舟说着，带着洛行一步步往宿舍楼里走了。

"你的手……要不要去医院？"叶俏俏扬声问。

他和洛行的脸色都不好，他衣服上还有大片大片的血迹，让人实在不放心。

霍行舟的脚步一顿，说："不碍事。"

他进了宿舍楼，叶俏俏不能跟过去，想了想还是觉得不放心，立刻扭头对李乐凡说："你在这里等我一下，我去拿点儿东西过来，等会儿你们让他包扎一下伤口。"

李乐凡说："好。"

霍行舟上了楼，冯佳也迅速跟了上去。因为是上床下桌，霍行舟没法将洛行放到床上去，索性就将他放在了椅子上。

洛行已经稍稍恢复了一些意识，吞咽了两口口水，抓着霍行舟的袖子，哑声问："我们在哪里？"

"宿舍。"霍行舟看见洛行脸上全是黏腻的冷汗，扬声道，"冯佳，打盆温水来。"

"哦，哦！"冯佳只愣了一秒便立刻反应过来，听他的指令打了一盆温水，扯过洛行的毛巾放在盆里，然后端了出来。

他心里内疚极了，不敢看霍行舟的眼睛，干咳了一声说："那个……我刚才订了外卖，我去校门口等着吧。"

霍行舟接过盆说了声"好"，伸手去盆里拧毛巾，眉头一皱。

"你受伤了！"洛行惊声开口。

"没事，不小心划了一下，问题不大。"霍行舟捧水洗了一下伤口，拧干毛巾后让洛行擦脸。

"你还说问题不大！伤口这么深，还流了这么多血！"洛行急得眼睛通红。

"真的不碍事。"霍行舟想了想问他，"对了，你怎么会在那个废弃的展厅？"

洛行闻言，身子剧烈一抖，才刚驱散的恐惧立刻又蔓延回来，呼吸急促了起来。

"你要是觉得害怕，那就不说了，没事没事。"霍行舟忙不迭地说，又重新拧了毛巾给他擦手。因为他的伤口一直没止住血，毛巾上都带着一淡淡的血腥气。

洛行深吸一口气，艰难地闭了闭眼睛，说："我……我收到了你的微信。"

"我让你去的那里？"

"嗯。"洛行咽了一口唾沫，哑声道，"你说有事要跟我说，让我在第一节自习课结束的时候过去一趟。我到那里的时候没有见到人，但是我一进去门就被反锁了，我……很怕黑……后来我就睡着了……"

霍行舟没看到洛行是被谁骗过去的，但他所认识的薛笺做事不会这么没有头脑。他既然敢用自己的手机发消息，又怎么会没有准备？

他不会让自己陷进这种没有水平的危险里。

李乐凡拧开门进来，手里拿着叶悄悄给的药。他正在交代用法，冯佳也跟着进来了，手里拎了一大包食物。

洛行没顾上别的，先帮霍行舟包扎好伤口，才抽出空来向冯佳道谢。

"你别……别跟我说这些了。"冯佳已经无地自容了，没想到洛行还跟他道谢，这更让他羞愧欲死。

霍行舟端了一碗粥给洛行，闻言白了他一眼，嗤道："差不多就得了，再装就不像了，搞得跟没来得及拯救地球一样。"

冯佳脱口而出："你才是装，我是真的难受。"

李乐凡"扑哧"一声笑出来，咳了两声打圆场："好了好了，既然洛行没事就算了，霍行舟又没怪你，你自责什么劲？虚不虚伪？"

冯佳愤恨地咬了一口排骨，顿了顿，又忙不迭地把鸡丝粥往洛行那边推，"表弟多吃点儿，不够我再买。"

洛行没多想他这个称呼，腼腆又歉疚地笑了笑："你别内疚了，这件事又不怪你，要怪也是怪我自己。"

霍行舟冷哼一声，头也没抬地说："你等什么呢？还不跪下谢恩？"

冯佳沉默了，觉得霍行舟这种态度简直对不起自己刚刚那点儿内疚，又觉得自己有点儿可笑。霍行舟从来都是有一说一，很讲道理的人，从来不会不分青红皂白地责怪别人，是他小心眼了。

吃完饭，霍行舟催促洛行去刷牙洗脸，冯佳朝霍行舟使眼色，小声说："陆清和发消息说，在攀岩墙那儿找到他了。"

霍行舟"嗯"了一声："你跟他说我待会儿就到，让他稍微等一会儿。"

冯佳说了声"好"，又转身去给陆清和回消息。

李乐凡小声问："什么意思啊？这件事还跟薛笺有关？"

冯佳也不知道，但他猜测，应该是薛笺把洛行关起来的。

攀岩墙是废弃了很久的，对面就是石膏像展厅，洛行怕黑的话，那里对他而言简直就是地狱。

见他没回答，李乐凡又问："那我们待会儿跟不跟霍行舟一起过去呢？制着他一点儿。"

如果霍行舟这个样子去见他的话，还是怕出什么状况。

"去！当然要去！"冯佳咬着牙，瞳孔微缩了一下。

洛行撑着水池的两边，深吸一口气，悄悄把霍行舟调好的水温拧到冷水，掬起冰冷的水洗了一把脸，才找回一丝清明。

今天晚上，他脑子里混混沌沌的，有很多东西都记不起来了，只能断断续续想起霍行舟当时对他说了些什么。

他脑子里嗡嗡的，却什么也听不见，原本还有一些的听力好像瞬间被全部剥夺了。他抬手按了按耳朵，还是听不见任何声音。

到底是怎么回事？难道是因为他在展厅里太过惧怕，造成了一时失聪？

他判断不出来，只觉得疲惫又烦躁。

他的情绪说不出，也理不清，难受得只想摔东西、尖叫。但是如果他这样的话，霍行舟心里会难受，冯佳也会更内疚。

洛行深吸一口气，拿过毛巾擦脸。

他挂好毛巾，调整好表情，洗漱好了才走向霍行舟，笑了笑："我洗好啦。"

霍行舟"嗯"了一声，不知道声音大不大。洛行已经完全听不见了，他的世界终于彻底归于沉静了。

"不早了，去休息吧。"

洛行"嗯"了一声后爬上床。他怕自己再说一会儿话就会让霍行舟发现异常，索性早点儿睡，也许明天早上起来，他又能听见一点儿声音了。

霍行舟低声说："睡吧。"

洛行"嗯"了一声，闭上眼睛。

也许是太累了，他竟然不到五分钟就陷入了沉睡之中。他的脸色依然那么苍白，嘴唇同样毫无血色，甚至翘起了一点儿干皮。

他估计是睡得不安稳，漆黑的睫毛时不时轻颤几下，像一对受惊的蝶翼。

霍行舟起身下了床。

他的眼神瞬间化为冰冷而锋利的利刃，眼神阴沉得可怕。

"冯佳，你在这儿陪着洛行，我出去一趟。"霍行舟又看了沉睡的洛行一眼。

冯佳沉默了一下，看了他两秒，欲言又止，却只是点了点头："好。"

霍行舟没再说什么，转身出去了。李乐凡担心地追了上去。

"你放开我！"

薛笺被反剪着手，白净好看的脸贴在攀岩壁上，沉声怒吼："你抓我干什么？"

陆清和表面看着清冷斯文，竟然只用一只手就将他制得服服帖帖。薛笺这才记起来，这个人生于军人世家。

"陆清和，你抓我想干吗？轮得到你管闲事？你放开我，听见没有？"薛笺被他按着手，难受地挣扎着。

陆清和懒得跟他说话，虽然制住了他，却没有伤到他一根汗毛。

这个人要由霍行舟来解决，谁都没资格。

霍行舟赶来后，看见了被压在攀岩壁上的薛笺。两个人的视线相对，薛笺没有在他脸上看见想象中的冷笑，只有面无表情。

他看着自己，仿佛在看一团不屑一顾的垃圾。

薛笺被他的这个眼神刺痛，哪怕他带着恨意，带着愤怒，带着嘲讽，自己都会觉得爽快极了，可是他没有。

薛笺死死地咬着牙，陆清和松了手，他一下子脱力，撞到了攀岩壁上的凸起处，撞得他的脸颊生疼。

霍行舟低头，将洛行给他包扎在伤口上的厚厚的纱布一层层揭开，最后将那一条长长的沾着血的破布，丢在地上。

他活动了一下手指，面无表情地走到薛笺面前，声线毫无起伏："手机呢？"

薛笺原以为他会质问或是打自己，没想到他的第一句话问的竟然是这个，病态的笑容瞬间僵在了脸上。

"没错，你的手机在我这里。"薛笺从口袋里拿出手机，剩下的话还未来得及出口，便被霍行舟一下子抽走了手机。

"陆清和。"

陆清和闻声抬头，霍行舟手一扬，将手机扔了过来，他立即接住。

霍行舟眼神冰凉地看着薛笺："我真为你感到可悲。"

薛笺扭曲的脸上竟慢慢浮现出笑意，他甚至畅快地哈哈大笑了两声。

霍行舟悲悯地看了他一眼："薛笺，你知道你哪里最可怜吗？"

薛笺的笑容僵在脸上，仿佛被狠狠地刺了一刀，哆嗦了一下嘴唇："我可怜？我一点儿都不可怜！"

"当年闵谣遭受网络暴力，她还求我不要伤害你。"霍行舟的目光冰冷，仿佛钉子，钉得他无处可逃。

"我当时答应了她，今天就不会食言。"顿了顿，霍行舟微微抿了一下唇，又道，"闵谣一开始甚至都没有怪过你，压死她的最后一根稻草，是你的避而不见和羞辱、戏弄。"

"是的，我是故意的又怎么样？如果不是她，我们现在还会是最好的朋友！"

他能忍受霍行舟无视他，恨他，可他不能容忍霍行舟像看世界上最可怜的乞丐一样悲悯地看着他。

即使得到他的怨恨也比这样要强！

十八年了，他们从出生起就认识了，是最好的兄弟！

可是自从闵谣出事后，他就疏远了自己。叶俏俏、陆清和、冯佳，甚至不知道从哪里冒出来的洛行都能做他的朋友，自己却被他当成陌生人！

从前，他对谁都是一模一样的嘲讽脸，可后来他发现不是这样的。

他对洛行简直就像对待亲弟弟一样，去冯佳的生日宴会带着他，打球要叫他，还一起烤肉、买年货、贴春联。

他哪里没有资格跟霍行舟做朋友了？

看着昔日风光、骄傲，如众星捧月般存在的薛笺如今这副样子，霍行舟不禁有些恍惚。他没有想到薛笺的心理已经病态到这种地步。

"薛笺。"霍行舟像看一团垃圾一样看他，声音轻极了，"你知道我为什么不想跟你做朋友吗？因为你让我觉得……"

薛笺抬起头，死死地盯着霍行舟的嘴，不自觉地屏气。

"无比恶心。"霍行舟面无表情道，"'朋友'两个字从你嘴里说出来都是侮辱。"

薛笺的心被这句话打入冰窖，神情痛苦不堪。

"你知道为什么吗？"霍行舟问。

薛笺茫然地看着霍行舟。

"因为，"霍行舟停了好一会儿，才缓缓道，"因为你叫薛笺。"

薛笺一下子脱力摔回到地上，再也提不起一点儿力气，他趴在地上毫无生气地笑起来，苦涩、不甘和癫狂交织在一起。

因为他叫薛笺。

"哈哈哈——哈哈哈——哈哈……因为我叫薛笺，因为闵谣的事，你永远都不会原谅我。霍行舟，你可真狠啊。"

霍行舟没有再理他，像往常一样，一个眼神也不肯施舍给他，毫无留恋地离开了。

陆清和看了他一眼，也冷漠地走了。李乐凡是高中才认识的霍行舟，和薛笈不算太熟，来这里纯粹是想拉架。但霍行舟并未如自己想象中那样用暴力解决，而是击溃了他的内心。诛心更让他痛苦。

李乐凡并不觉得霍行舟狠，只是觉得解气极了。

薛笈扑倒在地上，再也忍不住地哭了，满脸泥污和泪水混在一起，看起来狼狈极了，完全不像是那个从市一中转学来的学霸。

李乐凡收回视线，胸口郁结着的一股气渐渐消散。他追上霍行舟，说了一句："干得漂亮！"

霍行舟回来后听冯佳说洛行一直在做噩梦。

冯佳到底不是个没心没肺的人，一直等到霍行舟回来他都没敢闭眼，困得头一磕一磕的就咬舌头，强撑着精神盯着床上的洛行。

睡意过去了，他反倒睡不着了，听见霍行舟叹气的声音，张了张嘴，话在舌尖滚了好几遍才问出来："舟哥，薛笈的事情解决了吗？"

"嗯。"霍行舟还不知道洛行已经听不见了，尽量把声音降到最低。

冯佳睡不着，心里乱糟糟的，十分难受，只想找人说话："舟哥，你真的要考大学吗？以后咱们是不是就见不着面了？"

霍行舟笑着说："现在交通这么发达，怎么就见不着面了？还是你觉得毕了业就不是朋友了？"

冯佳只怨自己嘴笨，心里堵着好多东西却不知该怎么说，都快把他给憋死了。

良久，他又说："对了，昨天我听我妈妈说，我姥姥寒假去参加洛行外婆的葬礼了。你估计不知道，他外公好像也快了……"

霍行舟看了一眼睡得还算安稳的洛行，压低声音说："我知道，放寒假那天你遇到赵久兰，她应该就是想找洛行说那件事的。她最后没说，我想大概是她没脸提吧。"

"啊？"冯佳顿时愣住了。

霍行舟又道："今天我在围墙外面遇见洛行的外公了，他想见一见洛行，远远地看一下。但我看得出来，其实他想听洛行叫他一声外公。"

"那你答应了吗？"冯佳问。

"我没有，我不能替他做任何决定。本想回来之后就问问他的，但出了事，就搁置了。等过几天再说吧。"霍行舟抬头看了一眼窗外，天边已然泛起了鱼肚白，透出一点儿柔软的橙红色光晕。

天边像一幅勾勒得正好的油画，又像点燃了的火焰，撕裂了黑暗，迸发出无限的希望和光华。

其实，那位老人对于洛行而言是一个陌生人，也是一个亲人。

赵久兰做的事，归根究底与他是无关的。

世事无常，谁又能真的分得清对错是非。如果可以有一套方法来将这世上的事情分割开来，那么一切就简单了。

"唉。"冯佳叹了一口气，叹完了也不知道自己在叹息什么，又叹了一口气。

"以前我在书上看过一句话，叫'人死如灯灭'。人一死，所有事情都一笔勾销了。但是如果一个人作了恶，那又怎么能一笔勾销呢？他的灯是灭了，可别人的灯还在烧着，痛苦也在持续着，这又怎么算呢？"

霍行舟不太想跟他讨论这种深刻的话题，觉得没意义，笑了笑，转移话题："哟，你还会看书呢！失敬失敬。"

"我怎么就不能看书了？你少瞧不起人了，我也是看过不少书的文化人好吧！我小舅舅都没看过这么多书呢！"冯佳不服。

霍行舟笑道："你背后这么拉踩你的小舅舅，他知道吗？"

冯佳"哦"了一声，说："他知道啊，这又不是什么秘密。不过，他脸皮厚，你要是提起这个，他能给你吹三天自己打游戏有多牛。"

霍行舟："……"

良久，霍行舟问："几点了？"

冯佳看了看时间，说："六点了。"

"洛行。"霍行舟伸手拍了拍洛行的肩膀，把他从睡梦中叫醒。

洛行皱了皱眉，醒来还没睁开眼就先打了个呵欠。霍行舟没忍住笑了，伸手捏住他的鼻尖，这下直接把他憋醒了。

"早……早啊。"洛行只茫然了一秒就瞬间清醒了。

霍行舟催促道："起床上课了，快点儿。"

两个人洗漱后，顺便还给冯佳带了早饭。

课间休息时，霍行舟想了想决定还是把事情的真相告诉洛行，他叹了口气，道："昨天用我的手机发微信给你，引你去展厅，把你关起来的人是薛笺。我已经收拾了他。"

洛行愣了好半天才消化了这句话，他不知道怎么评价薛笺，总觉得脑海里的词汇太贫乏了，完全不够去形容这个人阴暗的内心。

"关于薛笺对你做的事，晚点我去找程老师，看校方怎么处理。别管他了，写你的卷子吧。"霍行舟不愿意他想太多，往他面前推了推作业。

隔天，洛行和霍行舟从校外吃完饭回来，就在校门口遇见了赵久兰。

她站在门卫室前头，和门卫打着商量，想让门卫放她进去。可门卫不为所动，摆了摆手："不行不行，现在是上课时间，家长不允许进校。"

赵久兰攥着手，急得眼睛通红："我求求你，我儿子昨天在学校里不见了，我就进去看一看他回来没有，求求你了。"

门卫觉得她在扯谎，更不答应了："你儿子不见了，你今天才来找？你既然想知道就打个电话问问啊，我不能让你进去。"

赵久兰有些难堪，她要是能打通电话，还需要找到学校来吗？她知道洛行不愿意见自己，只想在教室外面悄悄看一眼，确定他没事就放心了。

她不知道洛行的手机坏了，以为他是不肯接，恳切地哀求门卫："要不然这样，求求你帮我去九班看一下一个叫洛行或是霍行舟的学生在不在，求求你。"

门卫皱眉："你儿子到底叫什么？我看你就是个骗子。再不走，我报警了！"

赵久兰缓缓地蹲下，靠着门口的自动门跌坐下来。她没有母亲了，父亲也病入膏肓，若父亲去世，儿子同她断绝关系，从今往后她真正就是一个人了。

赵久兰的眼泪止不住地落下来，苦苦哀求："求求你，我只看一眼。要不你把我的手绑上，我保证不会做什么怀事。我只看一眼，求求你。"

"妈？"

洛行看着校门口那人的背影，呆了一下，下意识地喊了出来。

霍行舟眉尖一蹙。陆清和没见过赵久兰，也不清楚她对洛行施加的痛苦，略微疑惑地看了他一眼。

"你先回去吧，我跟洛行晚点儿回去。"霍行舟说。

陆清和向来对别人的事没什么兴趣，闻言只是轻轻地点了点头，然后便朝着校门走去了。

门卫认识他，给他开了门。赵久兰也想往里闯，被门卫一把拉住，怒道："你再这样，我就报警了！"

陆清和停下脚步，看了憔悴不堪的女人一眼，说："洛行在后面。"

赵久兰一僵，被门卫拉了个趔趄，一回头便看见洛行站在马路对面，隔着车流，远远地看着她。

"洛行。"她轻轻叫了一声。

洛行没想到能在学校门口看见赵久兰，紧张地后退了一步。

他在心里猜测她来的目的。

是要勒令他转学？

霍行舟心疼地说："昨天我出去就是为了查她自首这件事，她应该是真的后悔了。昨天晚上我找不到你，以为你又背着我偷偷回去了，就给她打了电话，她应该是担心你。"

洛行呆呆地看向霍行舟的嘴唇，试图从他的口型中判断出真伪。

赵久兰担心他？

洛行愣了两秒，忽然笑了，笑得凄凉又难看："不是这样的。她大概只是觉得我没用，给她丢人了吧。"

霍行舟想起商清明的话，想了想，道："不是。你那么厉害，不给任何人丢人。"

洛行深吸一口气，仰起头将酸呛收回去，说："你能先回去吗？我想自己跟她谈谈。"

霍行舟不太放心地看了他一眼，最后却尊重了他的意思，点点头说："好，我在教室里等你。"

洛行点点头。

他不能什么事都躲在霍行舟背后，让他帮自己解决。

这些属于他自己的过去，必须让他自己来断，也只有他自己才能斩断。

"洛……洛行。"赵久兰沙哑着嗓音，迟疑地开口。

洛行已经听不见声音了，她的嗓音是否哽咽，他也听不出来，只是发现她的脸色很难看，苍白又憔悴，活像被岁月摧残了千万次。

在他的记忆里，赵久兰是最注意形象的，哪怕是在家里都要细致装扮，一丝不苟，不允许外表有任何邋遢的地方。

她现在这样又是在干什么呢？

"您找我，有事吗？"洛行问。

赵久兰有些局促，两只仍然细致的手抓着发皱的衣服下摆，张了张嘴，好半天才说出一句完整的话："我来……我来看看你，昨天霍行舟说你不见了，我……我很担心。"

担心？洛行在心里笑了笑，原来赵久兰的嘴里也会说出这样的字眼吗？

赵久兰移开视线，不敢去看洛行的眼睛，她总觉得那双漆黑的瞳眸里有最可怕的凶兽，只要看一眼就能将她狠狠地撕碎。

"谢谢，我没事。"洛行不知道自己该用什么样的态度和她对话，他曾经那么迫切地、小心翼翼地讨她的欢心，希望她高兴，希望她知道哪怕他没有爸爸了，他还是她的宝贝，能好好保护她，可是她不要。

她对这些讨好无动于衷，甚至是深恶痛绝。

赵久兰想伸手拥抱儿子，却只能忍住，退后几步。她低头沉默了一会儿，又抬起头说："你的耳朵……最近怎么样了？"

洛行心尖一颤，没料到她会提这件事，心里那点儿小小的恶意又冒了出来，于是他张口说："已经完全听不见了……但没有什么影响，您不必担心。"

赵久兰嘴唇颤抖起来，风将她的头发吹乱，被泪水乱七八糟地糊在脸上，狼狈极了。

"对不起……对不起，妈妈不是有意的，我那时候只是太……"

"您不必和我道歉，因为就算是道歉，我也听不见了。我曾经千方百计想让您多看我一眼。"顿了顿，洛行仰了仰头，苦笑着说，"我失聪那天甚至觉得好开心，因为您终于看我一眼了，还喂了我一口蛋糕。蛋糕真的很甜，我这辈子都没有吃过那么好吃的蛋糕。可是……"

"那只是您做给洛志远看的。不过不要紧，您起码没有遗弃我，我很感激。"

"别说了……求求你别再说了。"他的话极轻地吐出来，重重地敲在赵久兰的心上，令她无比愧疚。

"我转来二中以后，知道您肯定会不开心，所以您生日那天我去买了蛋糕。当时店员问我给谁吃，我说给我妈妈，她最喜欢这家店的蛋糕。"

他的话音一顿。

赵久兰涕泪横流，抬起头看向洛行。

他眨了眨眼睛，说："那家店本来要关门了，但还是特地给我做了一个，上面写了字——妈妈生日快乐。"

"也许您早已忘了自己的生日，也并不在乎我给您的礼物，所以才会将它摔在地上，这些都不要紧。"洛行低低地吐出一口气，他从来没有这样跟赵久兰说过这些话，怕她不高兴，但现在他不想再讨好她了。

"您是我的妈妈，这是不可磨灭的事实。您生了我，养过我，如果有一天您老了，需要我的照顾，我不会视而不见。"

赵久兰不声，他的每一句话都说得很轻，却像一把把匕首插在她的胸口，再狠狠地拧一圈。

以前，她以前为什么没有注意到他的心里有这么多的委屈和不甘？

霍行舟说得对，她哪怕有一秒真真正正看过洛行一眼，她一定会喜欢这个孩子的。可是她没有。

她这辈子只顾着去恨一个从来不属于她的男人。

"我不求你的原谅，我已经去自首了，这段时间会有警察来找你做笔录，你尽管说，不必顾忌我。"赵久兰深吸一口气，再重重地呼出来，泪水模糊了她的视线，将洛行模糊成一个虚虚的光影。

"我做错的事，我会付出代价。"

洛行别过头，心里涌起一股复杂的情绪："您坐了牢，我的耳朵也不会好了。"

有些罪孽，赎不回来了。

赵久兰踉跄了两步，跌坐在地上。

洛行走过来，将她扶起来，用柔软的指腹替她拭去眼泪。他的声音很轻："妈妈，我不恨您，也不想让您坐牢，但是我们以后别再相见了。"说完，他转身走进校园。

赵久兰站在原地看着远去的洛行，终于忍不住号啕大哭起来。

洛行回到教室的时候，发现霍行舟就像他说的一样，哪儿也没去，安安静静地坐在位子上写作业。

冯佳和李乐凡都不在，他周遭的空气仿佛都慢了下来。那一瞬间他忽然很想大哭一场，把这十数年的委屈全部冲刷干净。

洛行走到霍行舟的课桌旁。

霍行舟看着他的眼睛问："怎么样了？"

洛行过了好久才说："我跟她说以后不要再见了，你会觉得我很自私吗？"

霍行舟摇摇头："不会，这就是最好的决定。见了你，她也痛苦。"

洛行点点头。面前这个人看似粗枝大叶，其实心细如发，也比自己想象的更懂他。

伍素妍和医生约的时间到了，亲自来接洛行去医院检查。他有些紧张，手掌交握在一起，掌心黏黏的。

霍行舟拍拍他的肩，说："你不要紧张，我在这里陪你。"

医生是一个挺爽朗的外国人，操着一口不大流利的普通话说了半天，洛行的紧张感奇异地打消了不少。

霍行舟听不大懂那些专业术语，也看不明白仪器上的数值，医生看他比洛行还紧张，直接将他撵了出去。

"什么病人家属？心理素质太差了！"

霍行舟沉默数秒，心道：什么医生？素质更差！

洛行笑了笑："你出去吧，我没事。"

"嗯。"霍行舟拍拍他的头，"我在外头等你。"说完，霍行舟毫不客气地瞪了医生一眼，然后出去了。

医生不在意他的不客气，笑眯眯地转过头，一边操作仪器，一边问洛行的感觉。

霍行舟和伍素妍在门口等着，闲聊时他的手机忽然响了一声。他拿出来看了一眼，是赵久兰发来的。

赵久兰：你能给我一张洛行的照片吗？要是不太方便的话，你们的合影也可以，我想给他外公看看。

赵久兰：老人家已经不行了，死前的愿望就是想看一看外孙的样子。

赵久兰：我知道我对不起洛行，也没脸再去要求他来尽孝。但是求求你看在老人家没有做错事情的分上，让他看一眼。

伍素妍见儿子皱眉，疑惑地凑过来问："怎么了？"

霍行舟一时间也不知道该说些什么，只能把手机给她看，征求她的意见。

伍素妍沉默了一会儿，又看向检查室紧闭的门，半晌后说："其实赵久兰有一句话说得对，老人家没有做对不起洛行的事，想见他一面无可厚非。"

霍行舟点点头。

"但是，"伍素妍收回视线，看了自家儿子一眼，"这件事不该你来替洛行做决定。你只要向他转达这件事，见或不见，照片发不发，都该让他自己去决定。"

伍素妍说："洛行不是谁的附属品，他的意志、他的想法，都得由自己支配。"

"我知道。"

他是洛行，是独立的、独一无二的洛行。

霍行舟拿起手机，给赵久兰回复了消息。

约莫一个小时后，当霍行舟感觉腿都快站麻了的时候，医生终于拉开了门，让他们两个人进去："来吧，我说一下检查结果。"

洛行坐在椅子上，紧张得两只手交握在一起。

医生没有先跟他说结果，问了他的感觉之后就开始捣鼓设备，然后就任由他紧张，他也没好意思追问。

其实对于耳朵能不能好这件事，他已经不那么执着了，反正现在微信之类的通信工具这么发达，他也看得懂唇语。

只是他不能听见霍行舟说话，不能听见霍妈妈温柔地笑着叫他宝贝，不能听见霍爸爸叫他的名字，有点儿可惜罢了。

他抬起头，看着认真给他做检查的医生，多么希望他头顶忽然冒出圣光，然后对他说："你的耳朵还可以治好，可以听见刮风下雨、虫鸣鸟叫，听见这世界上的美好。"

洛行深吸一口气，努力压下满脑子的思绪，终于熬到了检查结束。

"请坐。"医生道。

伍素妍坐在一侧的椅子上，霍行舟则走过来，一只手按在洛行的肩膀上微微使力，无声地给他传递力量。

"小子，紧张吗？"医生抬头看了霍行舟一眼。

霍行舟沉默了半秒，刚才还想着这医生脾气挺好，原来记仇呢。顿了一下，轻笑道："你紧张吗？"

"什么？"医生愣住了。

霍行舟笑着威胁他道："我们这里有种电视剧，里头有句台词你可能没听过，叫'治不好他，你就提头来见'。"

外国医生稍微消化了一下，忽然瞪大眼睛："你们中国的医生还可以自己提头来见的吗？"

伍素妍忍不住笑出声来，轻咳了一声，说："好了好了，再演就不像了。"

"这个小朋友的耳朵是后天受伤导致的失聪，简单来说就是耳朵里有东西受损了，当时的医生不知道是怎么治疗的，但幸好还保留了一些听力，不过……"

"不过什么？"霍行舟皱了皱眉，"你就说能不能治好吧。"

"他最近是不是又经受了什么刺激和伤害？现在最后一点儿听力也没有了，也就是完全失聪的状态。"医生说。

霍行舟手指一紧，无意识地掐得洛行的肩膀生疼。

他为什么没告诉自己？

医生没给他去问洛行的机会，继续说："不过治还是有希望治的，但能不能治好我不敢保证。医生不是神，只能尽人事，听天命。现在的问题是，你们正在读高三，还有不到三个月的时间就要参加高考了。如果现在选择手术，加上住院和恢复期，怎么着也得两个月；如果不动手术，他的耳朵不知道能不能再等两个月。"

医生说完，抬头看向洛行，又将视线一挪，落在了霍行舟的脸上。

洛行听不见，可霍行舟听得见，每一个字都听得清清楚楚的。

这是他这辈子做过的最难的选择题，无论怎么选都是他不能承受的。

如果要洛行不参加高考，他肯定不会愿意。

可如果这辈子就这么听不见了，他又怎么能真正地快乐起来？

思虑良久，他说："我们……"

"动手术的话，我到高考那天能出院吗？"洛行忽然问。

霍行舟和伍素妍皆是一僵，齐齐地看向他。他是最看重学习的，做梦都想考一所好大学，怎么会……

医生点了点头："完全可以，如果恢复得好，一个多月就可以回学校上学了。"

洛行稍稍迟疑了一下，在心里盘算了一下时间。就算最长两个月的恢复期，他多看看笔记应该也没问题。再者……

他抬头看着霍行舟，说："之前程老师跟我提过保送的事情，我那会儿很担心你，不确定你考不考得上，所以一直没有说。现在你的成绩应该是够分数线了，如果你愿意的话就报那所大学，行吗？"

"当然！"霍行舟第一次听见他有这样为难别人的要求，生怕他又缩回去，立刻答应，"好，好，我们就考那所大学！我豁出命去也要考上！"

洛行点点头，把心里那点儿对手术失败的担忧悄悄压了下去。

医生看着他们俩，在心里想，就算是拼尽全力，也得让这个小孩儿重新听见啊。

世界这么好，哥哥这么好，爸爸妈妈也这么好，听不见多可惜啊。

出了诊室，霍行舟光顾着开心了，走到楼梯口才忽然想起来，抓了一下洛行的手臂，看着他的眼睛，把语速放得很慢："洛行，你的外公就在这家医院，可能快不行了，你见吗？"霍行舟有些担忧地问。

洛行愣住，没看清似的眨了眨眼睛，隔了好几秒才干巴巴地问："我外公？"

霍行舟将他拉到楼梯的角落，低声说："他生了病，就快不久于人世了。你妈妈本来求我发一张你的照片给老人家看看，但是我不能擅自决定，所以问问你。"

洛行死死地攥着手心，对于"外公"这两个字，他陌生极了，一时间理解不了为什么人会在死之前想见见那些"陌生人"。

他不想眼睁睁看着生命在自己眼前逝去。可不让他见，他应该会很遗憾吧？

霍行舟温声道："人死如灯灭，即使遗憾，也不会存在多久，无论你的选择是什么样的，都没有错。"

洛行点了点头，他当然知道，可他狠不下心。他想，就见一见吧，就当是帮助一个萍水相逢的人，让他了无遗憾地离开这个满是遗憾的世界。

"我外公看起来慈祥吗？"洛行抬头，定定地看着霍行舟的眼睛，有些迟疑地问，"他是不是一个看起来有些严肃，却又很慈爱的老人？"

霍行舟一怔，心想洛行这些年虽然遭受了那么多的委屈，却还是长成了这么好的模样。

他伸手拍了拍洛行的头："走吧。"

根据赵久兰发来的病房号，两个人很快找到了那里。赵久兰正从开水房出来，手里拎着两个热水壶，见到洛行的那一刻，她忽然停下了脚步。

两个人隔着不长的走廊对视着，明明只有七八米距离，赵久兰却觉得两人中间隔了一整条银河。她再也触碰不到洛行了，这个曾经是她在这个世界上最亲的人。

良久，赵久兰扭头回了开水房，没有过来打招呼，也没有一起进病房。洛行愿意来见见自己的外公，她已经知足了。

看，这个孩子仍旧这么善良，即使无法原谅她，他也不会迁怒其他与她有关的无辜之人。

为什么以前她就没发现呢？

赵久兰仰起头，两行泪从脸颊流淌下来。旁边打水的人看了她一眼，又见怪不怪地收回了视线。在医院里，眼泪是最不值钱的东西。

洛行推开门，看见了在病床上躺着的老人。他身上插满了各种各样的管子，病房里有一股难闻的气味。

他已经病得说不出话了，见到洛行的那一刻，那双浑浊的眼睛好像瞬间亮了一下，插着输液针的手动了一下，嘴里发出无意义的音节。

洛行看着骨瘦如柴的老人，病魔将他折磨得几乎没有了人形，枯瘦的手臂和手指只余一层皮。

这就是他的外公吗？

洛行忽然有些茫然，又觉得可怜。他曾经也是如霍老爷子那般精神矍铄的老人吧？现在却像这样等待着被死亡召唤。

洛行的鼻尖泛酸，走上前抓着他的手，乖巧地喊了一句："外公，我来看你了。"

老人的眼角淌下两行泪，顺着太阳穴流进稀疏的头发里，很快就消失不见，只剩两抹湿痕。

他说不出话，洛行又说："您会下棋吗？我下棋下得可好了，等您好了，我跟您一起下棋。"

老人拼命张着嘴，想要说话，喉咙却像被炭火烧过，只能发出嘶哑的"啊啊"声，他急得双眼通红，干瘪的血管也好像一瞬间绷了起来。

"我妈妈说，等您好了，她就搬回去跟您一起住，所以您千万要好起来。我妈妈只剩您了，您别不要她。"洛行抬手抹去他温热的眼泪，忍住心里的酸涩和泪意，眨了眨眼睛。

老人粗哑的声带终于像被打开了开关，声音断断续续传来："我……我答应……你再叫我……叫我一声外公。"

他的嘴唇一直在抖，洛行没有看明白，霍行舟走过来揽着洛行的肩膀提示。

"外公。外公。"洛行攥着他的手，一声声叫着，不知道是在满足谁的期盼。

老人的脸上慢慢浮现一点儿笑意："好，好……我的外孙可真乖，只是我看不到你将来……结婚啦……我真想再多活几年，好好看看你啊……"

洛行心里难受，视线模糊，看不见老人逐渐定格的表情，也听不见仪器的长鸣，但他感觉手里枯瘦的手指失了力气。

洛行手一松，再也忍不住地号啕大哭起来。

霍行舟一下一下拍着他的后背。

其实霍行舟能理解老人家撑着最后一口气都要见到洛行的执念，只是这样对洛行来说未免太狠了。

他们没有给过洛行爱，却要他经历死别。

"洛行，别哭了。"霍行舟低声安慰。

洛行已经在忍了，可他真的忍不住。眼睁睁看着一条生命在自己眼前逝去，那种无助、悲切的感觉，他永远不会忘记。

老人拼了命发出最后的声音，虽然老人说的话他都没能听清，可通过霍行舟的转述，他真的感觉好难过，那么悲伤的话语，那么深的执念。

洛行忽然就觉得，听不见也好，不被人接受也罢，在生死面前，任何事情都是微不足道的。

"你外公想见你，一定不是为了让你哭。他最希望的一定是你笑，用你最好看的样子送一送他，听话。"霍行舟用口型说给他一个人听。

也许是父女连心，老人咽气的那一刻，赵久兰手里的水壶突然脱了手，发出"砰"的一声巨响，开水洒了一地。

她跌跌撞撞地跑进病房，看见洛行哭得不成样子，床上的父亲仍睁着已经失焦的眼睛，留恋地看着这个世界。

她再也忍不住，跪在地上，无声地痛哭。

从今往后，她真的只剩一个人了。

老人交代了不办葬礼，直接将自己火化了和妻子埋在一起就行了。赵久兰哭过一场，发了微信给洛行，说自己带着父亲回乡了，以后不会再回江城。

她要他抛弃过去，忘掉过去，如果发生了什么事情也一定不要太过执着，别像自己一样。

洛行看着手机屏幕出了好一会儿神，只觉得心里空落落的。这段时间，他经历了洛志远的病重和外公的去世，还经历了她的幡然悔悟。

这些事情猝不及防地砸了他满怀，甚至没给他反应的机会，就又马不停蹄地离他远去了。

他甚至抓不住一点儿痕迹，只余长长的遗憾和无可奈何。

洛行看着微信，说不好对赵久兰是一种什么样的感觉，但"妈妈"两个字始终是他心里的一根刺。

霍行舟看出了他的难过，想了想，说："洛行，我妈说等咱们俩高考完了就出去旅游，你有没有什么想去的地方？"

"旅游？"

霍行舟坐在他身边，歪着头跟他说："就当是毕业旅行了。叶俏俏跟陆清和他们初中就出去玩了，我是不想出去看人头就没去。你要是想的话，我陪你一块儿去，看你想去哪个城市。"

"我没有旅游过，不知道哪里好玩。你想去哪儿？会不会太浪费钱了？"洛行现在已经很惶恐了，实在不想让霍妈妈破费。

"没事，反正你现在是他们的儿子，等以后赚了钱全部交给他们就行。"

洛行点点头："嗯！"

霍行舟笑了笑："你还真愿意啊？以后你的工资可能不低，我妈全拿着可能连吃饭的钱也不给你，你也乐意？"

洛行认真地说道："我愿意！"

霍行舟心想：这话可不能让伍素妍听见，不然她得爱死洛行，那他在家就更没地位了。

洛行办完了所有保送需要的手续之后，基本就成了这个学校最闲的人了。

至于薛笺，他最终被校方严厉警告，被记了大过，不久他就申请了退学。这年的高考迫在眉睫，不过也没人在乎他的未来会如何了。

洛行现在什么也不用担心，只要在别人高考完提心吊胆等成绩的时候，美滋滋地等通知书就好了。

同学们听说了，纷纷朝他投来羡慕的目光。

霍行舟敲着桌子，故作凶狠地说："哎哎哎，都起开，一群学渣。"

有人哀号："让我沾沾学霸的气息，到时候考个好成绩。啊，洛行，抱我一下吧，给我点儿加成。"

霍行舟一听，立刻厚脸皮道："来来来，我抱你一下，我也是学霸。"

"嗯……"众人嫌弃。

洛行笑眯眯地看着围在自己面前的同学们，他们闹哄哄的，说的话他也听不见，不过看着每个人脸上的笑容，他感觉心里暖极了。

洛行被他们的善意感动得不得了，知道他们这是在给自己信心，怕自己手术紧张呢。

"谢谢。"

洛行眨眨眼，像这样被善意拥抱，他除了说谢谢，竟然不知道还能说些什么。

众人又七嘴八舌说了些"手术加油""一定会好"的话，直到上课铃响了，老师进来了，才散开。

下课后，伍素妍来接洛行去医院。霍行舟答应了洛行要努力考上那所他保送的大学，不能任性地旷课陪他一起去。

霍行舟将他送到门口，说："别害怕。"

洛行抱着书包，用力点头："我不怕！那我走了，哥哥再见。"

霍行舟冲他摆手："去吧。"

伍素妍怕他会害怕，一路逗着他说话，到医院全程陪同他做了一圈检查，又听了一堆术前需要注意的事项，回到病房时都快晚上八点了。

伍素妍临时有事要走，就安排了一个人来照顾洛行，歉疚地说自己会尽快赶回来。

洛行忙说："妈妈您去忙吧，我没关系的。"

伍素妍摸了摸他的脸，依依不舍地走了。

手术当天，霍行舟有一场考试。他拼命赶时间做完，赶在洛行进手术室的前一秒到了医院。

洛行躺在手术床上，看到他气喘吁吁地奔过来。

护士回头看了一眼，问："认识的？"

洛行躺着不能点头，只眨了眨眼睛，小声说："是我哥哥。"

护士说："有话等出来再说吧，我们要进去了，家属在外面等。"

霍行舟笑着朝洛行挥了挥手："去吧，哥哥在外面陪你。"

霍行舟看着"手术中"的灯牌亮起，心也不自觉地吊了起来，漫长的三小时活像过了三年那么久。

洛行被护士推出来的时候，麻药的药效还没过，嘴唇略有些苍白。

"医生，手术怎么样？"霍行舟腾地站起身，生怕对方对着他摇头。

"我想我应该不用提头来见了。"医生笑着揶揄他。

护士在旁边偷笑，补充了一句："手术很成功，不过具体的恢复情况还是要看病人自己，后续多观察吧。"

霍行舟松了一口气："谢谢医生。"

医生："这段时间注意给他忌口，还有些注意事项要记清楚，你跟我来。"

霍行舟跟上去，听医生絮絮叨叨说了一大堆注意事项，强行全部记下来。他道了谢，走到门口，想了想，觉得不放心，又折回来打开手机录音。

"医生，要不你再跟我说一遍吧。"

医生："……"

当霍行舟回到病房的时候，洛行还没醒，睡得又乖又安静。

时间不知不觉绕了大半圈，晚上七点了。

他跟程利民请了一天假，今天洛行做手术，他一定得在医院陪着洛行。

程利民知道自己反正拗不过他，就算不准假，他也得翻墙出去，索性就准了假，但是交代他第二天的课必须来上。

霍行舟看着洛行的手腕，细细软软的，让人感觉一掐就断似的，却又顽强成那样。

他想起洛行转学来的第一天，冯佳开玩笑说，新同学要是爬在他头上兴风作浪怎么办？他那会儿说了什么来着？

哦，对，他说自己就顺着钟楼爬上去。

结果洛行没有兴风作浪，是他让洛行成为自己家的一员。

霍行舟低笑出声，爬钟楼啊……

"嗯……"一声低低的呻吟响起，洛行浓密的睫毛像蝶翼般轻轻颤抖了两下，然后睁开了眼睛。

霍行舟下意识地站起身，有什么哽在喉间，噎得他呼吸困难。

洛行艰难地睁开眼睛，眼前昏昏沉沉看不太清楚，嗓子也有点儿干。

"怎么样？你还……还好吗？有没有哪里不舒服……"霍行舟紧张地盯着他，小心翼翼地问，既怕声音大，又怕声音小，连话都不知道怎么说了。

洛行轻笑了一下："没事。"

"那你……"霍行舟欲言又止，扫了一眼他的耳朵。

"我暂时还听不见。"洛行说。

霍行舟皱眉，抬手就去按铃。医生以为发生了什么事，匆匆忙忙跑进来，看洛行一脸平静，反倒是霍行舟慌里慌张的，顿时眉头一皱："你干吗？"

"你不是说手术很成功？怎么他还是听不见？"

医生嫌弃地看他一眼："人才刚从手术室出来，麻药的药效都还没过呢，你有没有一点儿常识？"

霍行舟"哦"了一声，理直气壮地说："我是没有啊，我又不是医生！"

医生没见过无赖到这种地步的人，气得转身就走，到门口时又转过头来："你不是医生，你还跟我这么大声说话？"

霍行舟："……"

洛行其实已经可以听见了。

失去听力的时间太久，他都已经忘了曾经听得见的时候是什么样了。乍一听见，只觉得连青草的颤动都是有声音的。

他彻底听得见的那天，霍行舟两只手死死地攥着桌沿，紧张兮兮。既怕他听不见，又怕声音大了，吵得他耳朵痛，弄到最后只发出了一个气声："你听……听得见我说话吗？"

洛行才点头，霍行舟转身把医生抱起来转了两圈。

"听见了！我弟弟说他听见了！"

"见没见过世面？丢人。"医生皱眉拍着他的胳膊，"臭小子，撒手！我都被你转得头晕了，快点儿撒手！"

霍行舟开心得快要疯了，哪里还管谁讽刺他，就是揍他一顿，他都乐意。

他把医生放下来，又笑着去看洛行。

洛行无奈地看着他笑。

转眼高考倒计时已归于尾声，程利民不再像之前那样拼命地督促他们学习，反而是让他们好好休息，别再想学习的事情，养足了精神迎接考试。

霍行舟把这个政策贯彻得非常彻底，非要洛行跟自己爸妈一块儿去送考。

伍素妍嗤笑他："你行了，有你爸送你去得了。洛洛宝贝跟妈妈去玩，谁要去晒太阳啊！"

霍行舟"喂"了一声，不满道："家属送考这不是标配吗？你跟我爸出去玩吧。"

洛行小声地跟伍素妍打着商量说："妈妈，我想送哥哥去考试，行吗？"

伍素妍的脸色立刻阴转晴，笑眯眯地说道："当然可以，当然可以，宝贝说什么就是什么，爸爸妈妈陪你一起去。"

霍行舟沉默了几秒，问出了在心底压了很久的问题："妈，您说实话，我在这个家什么地位？"

伍素妍认真地想了想，环视了一眼周遭，保养得宜的细白的手指往后一指："比它差点儿吧。"

霍行舟偏头一看。

墙上有一幅精心裱起来的霍叶山和洛行两个人合写的字。

行吧。

"明白了，我收拾收拾就滚。"

上了车，洛行帮他再次确认考试要用的东西都带上了，很快就到了考场门口，霍行舟说什么都得要句祝福。

洛行一脸茫然，伍素妍翻了个白眼："宝贝别理他，赶紧滚。"

霍行舟不依不饶地盯着他："快点儿啊，弟弟，难道你要让我考不好吗？"

洛行最怕听这个，忙摇头，好半晌才深吸一口气，声如蚊蚋般开了口："哥哥加油。"

高考结束，学生们解放了，纷纷站在楼梯上，将堆积如山的试卷抛洒了下来，如雪片一般布满了高三的教学楼。

学生们压抑了三年，校长和老师们也默认了这种解压方式，就由着他们闹，反正这也是他们在校的最后一天了。

纵然教他们的时候时常受气，可一想到这一毕业可能就再也不会相见，又不由自主地红了眼眶。

九班教室的黑板上画着夸张的图案，学生们站在前面合影。洛行也被拉过去，一起照了好多张。

"哎哎哎，洛行，洛行！"冯佳从外面冲进来。

洛行疑惑地回头，见他火急火燎的，笑了笑："怎么了？"

冯佳双手撑着膝盖，上气不接下气，指了指身后："霍行舟……霍行舟他在旗杆底下唱歌呢！"

洛行一愣。

九班同学一窝蜂簇拥着洛行下去，等到操场的时候，陆清和差不多已经把霍行舟向校广播站借来的设备给调好了，并给了他一个"OK"的手势。

霍行舟拿着话筒，装模作样地咳了两声，说："高三开学的时候，我说要是被洛行爬头上撒野，就在旗杆底下唱《征服》。"

他看向台下的洛行，微微偏了一下头，笑着说："我一直没唱是因为他那会儿听不见，我不想让他感觉遗憾。现在他听得见了，我想是时候履行诺言了。"

众人起哄般"嗷嗷"叫起来，紧接着，霍行舟低沉的，有些失真的歌声经过劣质麦克风传输出来。

"外表健康的你心里伤痕无数，顽强的我是这场战役的俘虏，就这样被你征服……"霍行舟低声唱着，向所有人宣告：洛行从此有家人了，再也不用踽踽独行，孤单一人了。

洛行看着台上的他，心想，自己刚转学来的时候哪里想过会有这一天？

他完全不敢奢望的幸运，霍行舟给了他一次又一次。

给了他快乐的高中生活，给了他爸爸妈妈和一个家，还有自信、温暖……霍行舟给他的东西实在是太多太多了。

霍行舟唱完《征服》，放了麦克风走下来。

他步履缓慢，像逆着时光朝洛行走来。

时光也许无法逆行，走过的路，蹚过的河都无法再折转，可只要心里抱有信念，总会摘到那颗属于他的星。

它只照亮一小方天地，也只环绕着一个人发光。

洛行想，自己早已经牢牢握住了这颗星。

（正文完）

岁月漫长，
时光滚烫

✦

高考才结束，洛行就开始紧张了。

他是保送生，没有任何悬念。但霍行舟是自己一题一题考出来的，而且他是从高三才开始恶补，基础并不扎实。

他真的很担心两个人最后不能在同一所学校读书。

相比较他的紧张，霍行舟就显得轻松多了："我考试没睡觉，也没瞎做题，检查了好几遍呢，能考上的，别怕。"

洛行还是很紧张。

霍行舟无奈地拍拍他的头："你上楼去换件衣服，出门了。"

"哦哦。"

冯佳昨晚在群里约他们出去看电影，庆祝高中生活终于结束了，从此真正迈入成年人的行列。

霍行舟懒得打字，开语音嘲讽了一句："你都是陈年老树皮了！"

伍素妍柔声让洛行张嘴，塞了一颗坚果进去。

"宝贝，坚果好吃吗？"

洛行眯着眼笑："好吃，妈妈也吃一个。"

伍素妍被他哄得眉开眼笑，霍行舟在家里的地位一落千丈，抱着狗阴阳怪气地说道："咱们俩以后睡门口吧，在这老霍家算是彻底没地位了。"

洛行以为他是真的难受了，剥了一小捧坚果到他面前，小声说："嗯，哥哥也吃。"

霍行舟白他一眼，刚想发出一声冷哼说不吃，但看他一脸讨好的样子，心一下就软了。

霍行舟见拿起手机在群里回复语音："行，你说个时间和地点，明天我带洛行过去。"

霍叶山正好下楼，听见他们俩说要出门，便问了一句："要我送你们吗？"

洛行怕打扰他写稿，忙道："不用麻烦您。"

霍叶山点点头说："行舟，照顾好洛行，他的耳朵还在恢复期，有些东西不要给他吃，知道吗？"

霍行舟说："知道，我仔细着呢。"

冯佳非要去玩密室逃脱，所以把地点定在了市中心的某个商场。

七月的阳光炎热似火，两个人没走几步就汗流浃背。霍行舟带着洛行进了一家奶茶店，先要了一杯加冰水果茶。

"慢点儿喝，急了要拉肚子。"霍行舟交代他。

洛行捧着水果茶小口小口地喝，杯子里的冰块发出清脆的撞击声，他忍不住晃了晃。

霍行舟一下子笑了："你怎么还晃起来了？跟小孩儿一样。"

洛行被抓了个现行，立马停下动作，捧着杯子规规矩矩地喝水果茶。

"一会儿咱们先去玩，结束了再去吃饭。你要是怕的话就跟我说，提前出来也可以。"霍行舟知道他怕黑，胆子又小，怕他被吓着。

洛行以前听不见，所以在黑暗之中才会很慌乱。但现在他可以听见了，也就没那么害怕黑暗了。

而且他现在有哥哥，还有爸爸妈妈，他什么都不怕。

"我不怕的。"洛行说着，把自己的水果茶杯子放在霍行舟旁边，一红一绿相得益彰。

霍行舟伸手按了按他的肩："嗯，有我呢。"

洛行眨眨眼，乖得不得了。

路人瞧见了，也忍不住羡慕："这兄弟俩感情真好，我们家那两个天天都掐架，可气死我了。"

"是呀，一看弟弟就好乖。这得是什么福气才能有这么俩儿子啊，真让人羡慕。"

不一会儿，冯佳和李乐凡也到了，然后两人准备一起去买奶茶。冯佳没走两步又回头看霍行舟，"舟哥，陆清和喜欢喝什么啊？班长我知道，他我就不知道了。"

虽然毕了业，但他们还是习惯叫叶俏俏班长。

"薄荷水吧。"霍行舟说。

冯佳要了四杯饮料，然后到霍行舟旁边坐着等叫号。

"哎，舟哥，你说陆清和跟班长会报哪所学校啊？"冯佳虽然没心没肺的，可想到高考结束就真的面临离别，心里总是有点儿难受。

他一个学渣肯定是不能再跟他们一起了。

以李乐凡的成绩，勉强能上个二本，但估计会要去远一些的城市，不能那么任性随意地报志愿。

叶俏俏和陆清和的成绩都拔尖，报哪所学校都很稳的。

本来他还觉得岁月漫长，然而高中三年，教室外面的树叶从绿到黄，时间过得那么快，他们马上就要各奔东西了。

也许以后的很长一段时间他们都不能再见一面，又或许这辈子都不怎么会见面了，人山人海，终将他们冲散。

"舟哥。"

霍行舟抬头："干吗？"

冯佳抓住他的肩膀乱晃："你放假了可一定要回家啊！我会想你的！你不能抛下我！知不知道！"

霍行舟被他晃得头疼，踹了他一脚："你再晃我，我就直接交代在这儿了。"

"你们来得这么早呀？"叶俏俏甜美的嗓音从后面传来。

几个人回头看。

换下校服的少女白皙娇俏，今天居然穿了一件汉服出来，头上的步摇一颤一颤的，像一个侯门小姐一样端庄漂亮。

她身边仍仍站着骑士一般的陆清和。

不，今天应该叫护卫。

他也穿着一件同系列的汉服。

他长相清雅，穿着青白色汉服更显清俊，像一个下凡的仙君一般淡漠疏离。

冯佳"哇哦"一声："班长真好看，天仙配！"

洛行一下子笑了："天仙配是指董永和七仙女，你到底在说什么呀？"

冯佳挠头："是吗？"

李乐凡都快笑死了："当然是啊，你这个笨蛋。"

洛行笑着对叶俏俏说："应该叫神仙眷侣。"

叶俏俏伸出一只手冲洛行比了个心，再眨了眨眼："biubiu！"

饮料这时也做好了，几个人一边喝着，一边往密室逃脱的店铺走去。冯佳扭头问霍行舟选择哪个场景和模式。

"俏俏是女生，选一个不太吓人的。"

"不要，我才不怕呢！我要这个。"叶俏俏伸手一指《夜嫁新娘》。

霍行舟眉毛一挑，偏头去看洛行："你怕吗？"

洛行看着宣传图，也有点儿兴奋，眼睛亮亮地看着他："不怕。"

"好。"

工作人员引领着他们进去，边走边说："每一个关卡都有相应的'钥匙'，根据提示逐一解开，不要使用蛮力破坏道具和场景。我们会有监控，可以向场外求助，但不要使用手机和手电筒，也不要拍照。还有……"

工作人员交代完注意事项后，打开门："请进。"

冯佳走在最前面，一进去就"嗷"了一声往后退，撞到后面的洛行，把他也吓了一跳，一头撞到霍行舟身上。

"没事没事。"霍行舟扶住他，安抚道。

洛行深吸一口气，用力瞪了冯佳一眼："你干吗一惊一乍的？吓我一跳。"

他的耳朵现在好了，听声音非常清楚，冯佳那一嗓子把他吓坏了。

霍行舟踹了冯佳一脚："滚到后面去。"

冯佳颤巍巍地挪到后面，霍行舟拽着洛行走在最前面，冯佳拽着李乐凡的胳膊哆哆嗦嗦地跟上，心里完全没有了刚开始选主题时的期待。

叶俏俏反倒很兴奋，在跟陆清和讨论剧情，一点儿也没看出害怕。

这是一个偏恐怖灵异的主题。

两个新人穿着古装婚服，新娘子的珠帘好似还在晃动，配上阴暗的灯光和声音特效，洛行忍不住往后缩了缩。

洛行眯着眼不敢看，半晌才悄悄睁开一条缝。霍行舟胆子极大，上了一炷香，一道声音忽然响起："一拜天地。"

冯佳又"嗷"了一声，紧紧扒着李乐凡的肩膀不敢动："我不敢动了，我好害怕，我想出去了，救命。"

洛行的脸都有点儿白了，显然也有点儿怕，死死地闭着眼。

"有……有东西吗？"

霍行舟对这些没什么感觉，感觉到他在颤抖，略蹙眉问他："要不要出去？"

洛行感觉得出叶俏俏的兴趣很浓，又想到其他人也许也想玩，便深吸一口气说："没……没事，我不怕。"

洛行后背几乎全湿了，连呼吸也有点儿接不上。

他不想扫大家的兴，咬着唇说不怕。

"对对对，出去，我不行了。我要死在里面了，救命啊，姐姐。"冯佳顾不得那么多了，冲着摄像头狂吼，又拿出手机疯狂地给工作人员发微信："姐姐，我不行了，我完全动不了了。"

工作人员："呃，是哪里不敢碰吗？"

冯佳说："我不是哪里不敢，是哪里都不敢。"怕表达得不够到位，他又补了个哭的表情。

工作人员沉默了一会儿，劝他："这只是一个主题密室，都是我们布置出来的，没那么恐怖。人也都是活的，你不要那么怕。"

冯佳疯狂打字："道理我都懂，但我就是害怕，那种感觉你知道吧？"

工作人员："确定要放弃吗？你们才刚刚开始，后面还有很多剧情没有展开呢。这是一个很不错的剧本，确定就要这样放弃吗？"

冯佳太确定了，这个地方也太可怕了。

他回头看向霍行舟，扑在他身上假哭："舟哥，我心脏病都要犯了。"他幽怨地看向叶俏俏，"班长，你是仙女，你不会让我死在这儿吧？"

叶俏俏随和一笑："哎呀，如果你怕的话，我们就出去吧。"

"尿蛋。"霍行舟白了他一眼。

工作人员过来将他们放出去，站在外头冲他们直笑，还给他们写了一张字条，告诉他们："半个月内你们再来也是可以的。"

霍行舟伸手接过字条。冯佳仰了仰头，说："我怎么觉得又不怕了？"

李乐凡翻了个白眼："演，继续演。"

一直到了提前订好的烤肉店，李乐凡还在笑冯佳不行，被一个主题密室吓成这样。

"还不如去滑雪呢。我看点评说一点儿也不恐怖，说那破门踹一脚就开了，这谁能踹开啊！"冯佳幽怨地咬着筷子嘟囔。

霍行舟带洛行选了菜品回来，听见他的控诉，立即嘲讽了一句："可把你给娇弱坏了，白长了这两百斤肉在你身上。你论斤卖掉得了。"

冯佳泫然欲泣，哭唧唧地冲他抹了抹并不存在的眼泪："舟哥哥，人家不行了嘛！那你疼疼人家，帮人家拿菜，人家要吃虾虾。"

霍行舟起了一身的鸡皮疙瘩，在桌子底下踹了他一脚："你捋直了舌头说话。"

洛行"扑哧"一笑："我帮你拿吧。"说完看向霍行舟，见他点头便过去了。

洛行帮他拿了菜回来，差不多可以开始烤了。洛行先放了几片肉，细致地翻面，烤得两面焦黄流油。

他拿了一片生菜包住肉，递给霍行舟："哥哥。"

霍行舟一愣，随即笑了。

"长大了，知道孝敬哥哥了。"霍行舟接过食物送进嘴里。

霍行舟歪着头看他认认真真地盯着烤盘，细白修长的手指握住筷子，耐心地给烤肉翻面，乖得不得了。

他忽然想起洛行刚转学来的那会儿，他带洛行去吃过一次烤肉。

那个时候他还听不见，无论做什么都像一只受惊的小兔子，紧张兮兮的，打起十二万分的精神，即使投喂一口也很排斥。

他那个时候非常自卑，谁对他好一些，他就想千万倍地回报。

现在的他就像拥抱了太阳，整个人散发出温暖又温柔的少年气，眼角眉梢全是令人着迷的开朗笑意。

驱散过往的那些黑暗，往后余生都是阳光和鲜花，洛行有了一个很温暖的家。

"你第一次给我烤肉的时候还有一半是生的，给我吃得拉了一晚上肚子。"霍行舟说。

洛行一下子惊呆了，内疚得直道歉："对不起。"

霍行舟也给他烤了一些肉，还没夹到碗里就听冯佳在一旁说："别说一半是生的，就是全生的，你哥哥也能全吃下去。"

洛行抿了抿唇。冯佳又说："不信你现在拿块生肉试试，他保证一点儿不剩全吃了。"

洛行歪头看霍行舟，霍行舟故作惊讶道："你不会真让我吃生的吧？"

"不会。吃熟的，以后绝不让你拉肚子。"

霍行舟又故意松了一口气："还是弟弟好啊，知道疼哥哥。"

一顿饭下来，几个人都撑得不行。洛行和霍行舟要去逛逛，给伍素妍和霍叶山挑一份结婚纪念日礼物。其他人于是就先走了。

　　"随便买一样就行了。"霍行舟双手插兜，看洛行紧张兮兮地到处看，不由得想笑。

　　所以说伍素妍和霍叶山疼这个小孩儿呢。

　　洛行认真地想了一会儿，爸爸妈妈都不缺钱，得挑一份走心的礼物。他忽然看到一家店，问霍行舟："哥哥，这个你觉得好吗？"

　　霍行舟抬头一看，是一家陶土手工体验店。

　　"可以。"

　　店主是一个年轻女人，看起来三十几岁，长长的辫子歪在一侧，穿着围裙，看起来格外温柔。

　　"两位小哥哥是想要买礼物还是想体验呢？"

　　洛行说："我们能自己做吗？我想做四个杯子。"

　　店主笑着说："当然可以了。"

　　洛行拉着霍行舟一起在店里坐了一下午，霍行舟不时抱怨腰都要断了，洛行就一直温声安抚："哎呀，你忍一忍嘛。我们做四个杯子，你一个，我一个，爸爸妈妈也各一个，以后我们喝水的时候就都会想起大家了。"

　　店主笑着说："好乖的弟弟！你这个哥哥怎么这么不能忍啊？"

　　霍行舟一忍就是一下午，终于做好了四个"形状奇特"的杯子。

　　两个人都弄得一手泥，好不容易才在水龙头下把指甲缝里的脏污给洗干净。洛行也觉得有些累了，不过如果爸爸妈妈喜欢，那他再累也是值得的。

　　他只要一想到以后他们累了、渴了的时候，端起来的杯子是他亲手做的就很开心。

　　店主将四个半成品放在一起，又在木牌上贴好标签："这个凭据给你们，明天下午过来取哦。"

　　洛行接过字条，盯着那四个半成品看了一会儿，又看了看店主的作品。

　　两相对比，如同精致的艺术品和小孩的涂鸦。

　　洛行忽然有点儿沮丧："我做得太丑了，爸爸妈妈万一不喜欢怎么办？还是不要了，我们去挑别的礼物吧。"

　　霍行舟连忙道："不会的，你送什么他们都会喜欢，更何况你还花了这么多心思，比什么都珍贵。"

洛行还有些犹豫。

霍行舟说："你信不信哥哥？"

洛行想到伍素妍和霍叶山对他的好，而且他们也不是在意物质的人，于是用力点头："信！"

"好乖。"

拿到成品的当天就是伍素妍和霍叶山的结婚纪念日，伍素妍刚换完衣服下楼，洛行紧张地捧着盒子来到他们面前："爸爸妈妈，这是我和哥哥亲手做的礼物，有点儿丑，希望你们不要嫌弃。"

伍素妍接过礼物，笑眯眯地问他："小宝贝真有心！那我能现在就拆开吗？"

洛行紧张地点点头。

"哎呀，这个花盆可真别致。"

霍叶山拿起来端详了一会儿："好像没有排水口，是忘了吗？"

洛行一下子沮丧起来，霍行舟在旁边疯狂地使眼色，伍素妍权当没看见："哎呀，没关系，养点儿大蒜头还可以。"

霍叶山说："韭菜怕是会烂根，还是不要种了。"

洛行更沮丧了，眼睫毛都盖下去了。

伍素妍又说："嗯，或者撒点儿小麦种子也行？那个出苗率很高，而且耐晒耐涝，一般不会死。"

霍叶山这次点了点头，表示认同。

洛行都快哭了。真的看不出是个杯子吗？他就知道不应该送这么差的礼物，这下爸爸妈妈一定会觉得他不好了。

早知道会是这样，他就去挑胸针、钢笔之类的礼物了。妈妈就算是不喜欢，也不会觉得他敷衍，送这么破烂的东西。

他眼睛发酸，眼中的泪水快要聚成一个小泉眼，下巴突然被捏住抬起来，通红的眼睛一下子撞进伍素妍的笑眼里："小宝贝被吓哭了吗？妈妈是逗你玩的，我早看出来是一个杯子啦。"

洛行一呆，愣愣地看着她。

霍叶山也笑了："挺别致的杯子，爸爸也很喜欢。"

洛行又去看霍叶山，红着眼睛像一只小兔子，怎么看都乖，怎么看都软。

伍素妍一只手拿着杯子，另一只手捏捏他的脸，笑着说："这份礼物可比给妈妈花一千万还要贵重，我太喜欢了。"

洛行吸了吸鼻子，带了点儿撒娇意味埋怨道："妈妈您就会欺负人，爸爸也跟妈妈一起欺负人。"

伍素妍的心简直都要化了："妈妈的宝贝。"

洛行咧开嘴笑："祝爸爸妈妈结婚纪念日快乐，永远年轻！"

番外二
清辉流转，
永不熄灭

✦.

　　"哎，干吗呢？"

　　霍行舟一进屋就发现洛行撅着屁股在翻箱倒柜，也不知道在找什么东西。他走过去问："你找什么呢？"

　　洛行头也不抬地说："我在找你的大学录取通知书，不知道被我放到哪里去了，你看到了吗？"

　　"你这几天不是天天抱着睡觉吗？"霍行舟一想到他天天宝贝似的抱着录取通知书，好像是他费尽千辛万苦考上的一样，就想笑。

　　洛行轻咳了一声说："也没……没有天天吧。"

　　霍行舟控诉道："怎么没有？我收到录取通知书的那天你就开始抱着它，我这个考试工具人，惨啊。"

　　洛行小声说："我太开心了嘛。"

　　霍行舟冷哼一声，转身打开衣柜，找了两件衣服出来招呼他赶紧换上。

　　洛行一脸疑惑："啊？我们要出门吗？"

　　他转头看了一眼窗外，这会儿天都快黑了，并且爸妈也还没回来，没听说要出去吃饭呀。

　　霍行舟说："你跟我出去买点儿东西，快换衣服，我在楼下等你。"

　　"可是录取通知书……"洛行实在想不起他把录取通知书扔哪儿了。他记得自己昨天晚上睡觉前把它放在枕头下面了，可是刚才到处找了，都没有看见。

　　要是没有录取通知书，那霍行舟不是白考了？

霍行舟沉默半晌，从衣柜里摸出录取通知书朝他晃了两下。洛行要去拿，被他举得高高的，怎么也够不着。

"你看见没？它好好地在这儿。你实在不放心就找人裱起来挂在墙上，一天三炷香。"霍行舟说完，把录取通知书往衣柜上方一扔，"快换衣服！"

洛行闷闷地"哦"了一声，不情愿地换衣服，嘴里小声嘟囔："我就是高兴嘛。"

霍行舟无奈地从衣柜上方拿了录取通知书下来，塞到他的怀里："这下行了？"

洛行抬头一笑，小心地把录取通知书放在枕头底下。不然以霍行舟的脾气，真的可能挂在墙上，被人看到也太好笑了。

霍行舟换衣服很快，先下了楼，打完电话发现洛行还没下来。

"洛行，好了吗？"

洛行应声说好了，快步跑下来时正好看到霍行舟挂断电话，回头的瞬间被客厅明亮的灯光一照，他忽然就想起刚来二中的那天。

一眨眼都过去一年了。

"你跟谁打电话呢？"洛行问。

"推销的。那咱们走？"

洛行点点头，外头的天差不多全黑了，启明星遥遥地挂在天上，还有一架闪着灯光飞过的飞机。

两个人没有叫车，而是沿着盘山路慢慢往下走。七月的晚风带着一股闷热的湿气，因为是在半山上，又夹带着一股清新的草叶香。

他的胸腔灌满山间清新的空气，耳边有细细的虫鸣声，还有风吹动草叶的声音，一切都美好得有些虚幻。

从耳朵恢复听力到现在，洛行有时候还会觉得不真实，难以置信自己真的听见了。

他真的能这么幸运吗？

洛行在脑海里胡乱想着，等他回过神来，就被眼前的景象惊呆了。

路两旁，彩色的灯泡绵延数十米，在树干上绕了一圈再向前延伸，灯光一闪一闪，像黑夜里的一只只小萤火虫。

灯光的尽头，彩灯拼出九个字：洛洛小宝贝，生日快乐。

洛行惊呆了，眼眶瞬间湿了，覆盖上一层雾气，模糊得看不清字。

"这……这是……"洛行声音颤抖着，转过头去看霍行舟。

霍行舟说："你以前的生日都是一个人过，今后的每一个生日我们都陪着你，好不好？"

洛行还沉浸在惊喜之中，呆呆地看着灯牌。

"走，过去看看。"霍行舟带着他走到灯牌那儿，他发现说今天晚上出差不在家的霍家爸妈竟然都在这里。

桌子上摆着一个巨大的蛋糕，旁边放了一大堆礼盒，大大小小全用缎带绑着，再往后便是浓浓的夜色了。

灯光下，有飞虫一绕一绕的，霍家爸妈正在一边摆着东西，一边说着什么，离得远，他听不见他们说什么，但看得见他们在笑。

两个人走了过去。

霍行舟喊了一声："爸妈。"

洛行感动得不知道说什么，微微哽咽地喊："爸爸，妈妈。"

伍素妍"哎呀"一声，摸了摸他的头，就像对自己的亲生儿子一样，笑眯眯地说："你怎么还哭了呢？过生日可不许哭！"

洛行忙不迭地擦干眼泪，用力点头："嗯。"

半山腰，连绵数十米的彩灯、闪耀的灯牌、满地的礼物和桌上写着祝他生日快乐的巨大的蛋糕……

洛行从来没有过过生日，也不知道过个生日能玩什么花样，以为最多就是像冯佳生日那样，几个朋友出去聚餐。

他没想到自己过的第一个生日竟然这么隆重，这也太……太破费了。

"妈妈，其实不用……不用这么麻烦的。"洛行有些无措。他总觉得霍家爸妈对他太好了，好到让他担心上天都会嫉妒，有一天会收走他这得来不易的幸福。

如果是这样，那他宁愿他们不要对自己这么好，一般般……一般般就好了，不要这么宠他。

洛行正心中不安，霍行舟看着他刚刚还挺红润，突然一下子变得苍白的脸，问道，"不舒服？头疼吗？"

洛行摇摇头，小声说："不是。"

"那是怎么了？"

今天晚上的布置，霍行舟和爸妈几天前就开始商量了，还把陆清和冯佳他们几个人拖来帮忙弄。

霍行舟想给他一个难忘的十八岁的生日回忆，让他以后哪怕是八十岁了，想起来也觉得开心。

"你是不是不喜欢？"霍行舟头隐隐有些担忧。

"我不是不喜欢，就是觉得……"洛行咬咬嘴唇，瞥了爸妈一眼又收回来，小声说，"我是怕有一天你们不对我好了，我肯定会很难过，还不如……不如一开始就不要对我这么好。"

霍行舟笑着说："傻不傻？我们一辈子都会对你好的。家人是什么意思，你知道吗？"

洛行不知道该怎么说。

霍行舟替他说出来："家人就是无论你走多远、到哪里都不会失去，只要你回头就能看见的人。我们都是你不会失去且一回头就能看到的家人。"

洛行心中的不安被压下大半，伍素妍提醒他们先过来许愿。

洛行走到桌边，霍爸爸点燃蛋糕上的蜡烛，火光映在每个人的脸上，被偶尔拂过的风吹得一抖。

伍素妍和霍行舟开始唱生日歌，霍叶山微笑着跟着拍子拍了几下手。结束的时候，洛行闭上眼，悄悄在心里许下一个愿望。

片刻后，他睁开眼，一口气吹灭蜡烛。其他三个人一起说："洛行，十八岁生日快乐。"

洛行刚忍住的眼泪又想往外冒，好不容易才憋回去，笑着说："谢谢。"

霍叶山从蛋糕上拿掉蜡烛，霍行舟从桌上拿起蛋糕刀递给洛行，让洛行切下这个蛋糕的第一刀。

他的十八岁，他人生的新起点。

洛行将第一块蛋糕端过去给霍叶山："爸爸，吃蛋糕。"

第二块蛋糕他捧给了伍素妍："妈妈，吃蛋糕。"

两个人笑着接过蛋糕，虽然霍叶山不吃甜的，但还是舀了一勺吃了。洛行的心里又酸又疼，他想起自己曾经满怀期待地捧着蛋糕给赵久兰，却被她摔在地上。

他还记得蛋糕被雨水冲刷的轨迹，还记得蛋糕盒四分五裂的样子。雨水混着眼泪，尝不出什么味，可就是莫名让人觉得又酸又苦。

这一次，他没有被拒绝。

他攥着刀，又切了一块蛋糕给霍行舟，依旧双手捧着："行舟，吃蛋糕。"

霍行舟接过蛋糕，舀了一勺，却没自己吃，反而递到了他的嘴边，以口型说："洛行，吃蛋糕。"

洛行的眼睛通红，一滴眼泪掉在了蛋糕上。

"甜吗？"霍行舟问。

洛行吸着鼻子点头："嗯，很甜。"

"甜就别哭了，不然我妈可要生气了。"

洛行不想让他们不开心，立刻抹了把眼泪，重新笑起来。

这里是半山，地方并不是很大，刚才他悄悄打量过，地上堆了十八个礼盒。

伍素妍不知什么时候走了过来，喊他的名字。他一回头就被她握住手，轻轻拥抱了一下。

伍素妍："洛行，我只做过霍行舟的妈妈，和他的相处模式你很了解。如果我有什么地方做得不好，你要告诉我。"

洛行惶恐极了，忙说："您对我很好。"

伍素妍"嗯"了一声，又说："不管你从前经历过什么，全忘了吧。现在你有家了，但终有一天你要脱离我们的羽翼，去走完自己的人生。"

洛行轻轻点头。

伍素妍伸手摸摸他的脸，说："但是你要记得，爸爸妈妈永远爱你们。你可以乖，可以任性，也可以撒娇，爸爸妈妈喜欢你，不止因为你乖，更是因为你是洛行，是这么优秀，世界上独一无二的洛行。"

洛行的眼睛又酸了，想起霍行舟说的，他要是哭，妈妈会不高兴，立刻仰头把眼泪憋回去。

夜空星河灿烂。

以前，他很怕黑，但现在他手里握着最炙热的光明，什么黑暗他都不怕了。

他有家，有爸爸妈妈，还有哥哥。

这是他此生能握住的灿烂星河，清辉流转，永不熄灭。

番外三
当年盛夏

"喂，小孩儿。"

洛行抬起头，看向声音传来的方向。

窗户旁边有一道院墙，此时有一个小少年正趴在墙头，一脸脏兮兮地朝他扬起下巴："你在这里干什么？"

洛行仰着头看他，却没有接话。

他是被妈妈惩罚进来面壁思过的。从他记事起，只要他犯了错，或是赵久兰不高兴了，就会让他进这间小黑屋。

他第一次进来的时候哭了一整夜，嗓子都哑了，手指甲全部抓出血了，但赵久兰没有将他放出来，甚至拿扫帚将他打得手臂都肿了。

彼时他还小，不知道自己做错了什么，撕心裂肺地哭，想要妈妈疼他一点儿，以躲避惩罚。

别家的孩子都是这样和妈妈耍赖的。

然而，他不仅没有得到她的心疼，还换来更加冷漠的责打。他只好哭着说"妈妈我错了""妈妈不要打我了""好疼啊""妈妈对不起"。

他很快就知道求饶换不到心软，只好一声不吭地承受，自觉来到小黑屋里思过。

这次是因为他考试得了九十九分。

他会做那一道题，他是故意错的。他已经好久没有跟妈妈说过话了，他想让妈妈多看他一眼，哪怕是骂他一句也行。

他听班里的孙晓红说，她考了九十八分，妈妈很温柔地问她成绩为什么下降了，还帮她讲错题。

洛行心动了，鬼使神差地在考试的时候刻意写错一道题。

他回到家，紧张地深吸一口气，对赵久兰说："妈妈，我……我考了九十九分。"

赵久兰正在做饭，一听见这句话，整个人几乎弹起来。她把菜刀剁在菜板上，一把扯过卷子，看到了上面的九十九分。

"你为什么才考九十九分？我是怎么教你的？"赵久兰将试卷扔到男孩的脸上，满脸怒气，仇恨几乎把小小的少年淹没。她还觉得不解恨，伸手拧住少年的脸颊，"我怎么教你的？我是怎么教你的？"

洛行被她吓坏了："对不起，妈妈，对不起，我再也不考九十九分了，对不起。"

"你不要叫我妈妈！我不是你妈！"赵久兰指着他的脸，憎恶地冷声说道，"给我滚！"

洛行知道这句话的意思是让他面壁思过，他默默地蹲下身，捡起试卷，眼泪"吧嗒"掉在了手背上。

他打开门，把自己反锁在小屋里，一直待到现在。

"你怎么不说话？是哑巴吗？"墙上坐着的小少年又问。

洛行抿了抿嘴唇，还是没有接话。妈妈不喜欢他跟别人说话，如果被她知道了，她会不高兴的。

小少年艰难地爬上树，摘了桑葚，满不在乎地用衣服兜起来，把白衣服弄得一片狼藉。

洛行咬咬牙，细声细气地说："弄脏了。"

霍行舟刚想跳下墙头，听见声音又转过头来，趴在墙上问他："你说话了吗？"

洛行轻轻点头，小声地跟他说："你把衣服弄脏了，这个洗不掉。"

"洗不掉就不洗啦。"霍行舟从衣服兜里拿出几颗桑葚，通过窗户递给他，"你吃吗？这个很甜。嗯，也有的很酸，紫色的这种比较甜，但是一碰就坏了。给你这个甜的。"

洛行没有吃过这个，赵久兰不喜欢他弄得脏兮兮的。但看着那颗深紫色的果实饱满诱人，还有一些地方破了皮，汁液染在小少年的手指上，他不由得伸出了手。

他也想尝一尝到底有多甜，能让少年不怕弄脏衣服都要爬来摘。

霍行舟看他怯怯地伸手，拿了一颗桑葚放进嘴里，小脸立即皱了起来，好不容易才吞咽下去，眨了眨眼里的泪。

"不好吃吗？"

洛行立刻摇头："好吃。"

"那这个都给你。"霍行舟将兜里的桑葚全部给他，还从口袋里摸出一颗水果糖一并递过去，"糖给你吃。"

洛行伸手接过来，看到他一下子笑开了，洁白的牙齿，弯弯的眼睛，被身后的阳光衬得就像个天使。

他在书上看过，天使都是这样的，一身阳光，不像他，只能蜷于黑暗之中。

妈妈说他只能待在没有人的地方苟延残喘。

妈妈不许他觊觎别人的东西，也不许他打扰别人，因为他给别人带来的只有伤害。

"我叫霍行舟，我爸爸说是'逆水行舟'的'行舟'。你记好，不许忘了。"

洛行点点头，再抬头时他已经跳下墙头，仿佛从没有出现过。

洛行看着掌心里的糖果，慢慢地缩回了阴暗的角落里。

天色慢慢暗下来，但他突然没那么害怕了。

他将那颗糖的糖纸剥开送进嘴里，糖一点点儿化开，甜味儿一点点儿沁入心里，他将那个名字默念了几遍。

"霍行舟，逆水行舟。"

第二天是周末，赵久兰去学校批卷子了。洛行一个人在家写作业，忽然听见了一声叫喊："小孩！小孩！"

他推开门出去，看到站在门口的小少年。霍行舟？

"你快来！"霍行舟朝他伸出手，今天他换了衣服，干干净净的，衬着身后的骄阳，看起来就像电视里的王子一样。

洛行有点儿迟疑，如果赵久兰回来了发现他不在家会不高兴的，于是他摇了摇头："我要写作业的。"

霍行舟索性跑进来，抓着他的手腕说："我带你去一个好玩的地方。"

洛行长得本就瘦小，根本毫无反抗之力，一下就被拽到了不远处的一棵树下。霍行舟指着树上的果子说："你在这儿等着，我上去摘给你吃，可甜了！"

"不要，会被骂的。"洛行有些退却。这些果子是别人的，不能擅自采摘。

"没关系的，不要怕，这是姑姑家的果树。你等着哦。"霍行舟不由分说地爬上树，灵活地坐到了一个树杈上。洛行羡慕地看着他，自己都不会爬树。

"小孩，你接着，别被我砸到啦。"霍行舟先叫了他一声，等他仰头举起手才扔下一颗，看他接住了才咧嘴一笑。

这个小孩也没那么傻嘛。

"我再多摘几颗。"霍行舟又摘了几颗扔下来，看他小心地摆在地上，仍旧干干净净的，没弄脏衣服。他跳下树，胡乱抹了抹脸上的汗，就地坐下来，拿起一颗果子在衣服上蹭了蹭，"咔嚓"咬了一口，"你吃呀，可甜了。"

洛行拿起果子，却没往身上蹭。要是被赵久兰知道了，会骂他的。霍行舟以为他怕脏，就接过来在自己的衣服上蹭了蹭，然后递给他："你吃吧。"

洛行接过果子，咬了一小口，立刻眯起了眼睛，好甜。

"好吃吧？我跟你说，现在还没那么好吃呢，等过一段时间会更好吃，到时候我再来找你玩。你一直住在这儿吗？"霍行舟吃够了，仰躺在树下，看着从枝叶间落下来的细碎的阳光，歪头看他，"哎，你那天为什么在那间小屋里？你妈妈罚你吗？"

洛行摇摇头："不是。"

霍行舟也没多问，躺在他身边拽他的衣服："你叫什么名字呀？"

"洛行。"洛行伸出手，在他的掌心一笔一画写下自己的名字。霍行舟"哎"了一声，惊喜地说道："你的名字跟我的很像，我们都有行字，我爸爸说我的名字是'逆水行舟'的意思，你的名字是什么意思呀？"

洛行摇摇头，霍行舟的名字一听就是认真取的，很有意义。赵久兰那么讨厌他，肯定不会认真帮他取名字，应该没有什么意义。

"那我们就是好朋友了。嗯，你几岁了？"

洛行告诉他自己属什么，霍行舟算下来："我比你大，那你以后叫我哥哥吧，我保护你！以后如果有人欺负你，你就喊哥哥来，我一定来救你。"

洛行迟疑了一下，轻轻地点点头，乖得让人心软。

有个年轻女子从路边的车上下来，朝这边招了招手，扬声喊："行舟，要回家了哦。"

少年从地上爬起来，随便掸掸身上的草叶和尘土："我妈妈来接我回家了，你也赶紧回家吧，下次我再来找你玩。"

洛行乖乖点了点头，霍行舟说："果子全留给你吃吧，你要是还想吃就来这儿摘，要是有人骂你，你就说是我让你来的，别怕。"

洛行答应了，其实根本不可能来摘。霍行舟又说："你笑起来很好看，要多笑，那我走啦。"

"嗯。"洛行跟他摆手说再见。他走到马路对面，被女子笑着骂了一句，他踮起脚在女子脸上亲了一口钻进车里。女子无奈地笑了笑，上车前朝洛行点了点头。

洛行看着这对母子忽然有点儿羡慕。如果赵久兰也对他这么好就好了，也不用这么好，一点点儿好就行了。

他低下头看着地上的一大堆果子。他们两个人吃了不少，剩下的霍行舟全留给他了。但他又不可能带回去，赵久兰会生气的。

他得回家写作业去了。

也许下次霍行舟还会来找他，给他摘很甜很甜的果子，他还能在树下听霍行舟讲自己的事。

霍行舟还说如果有人欺负他的话就来救他，哥哥，他有了一个哥哥。

洛行快步跑回家，找出一个空白的小本子，在上面慎重地写下三个字——霍行舟。